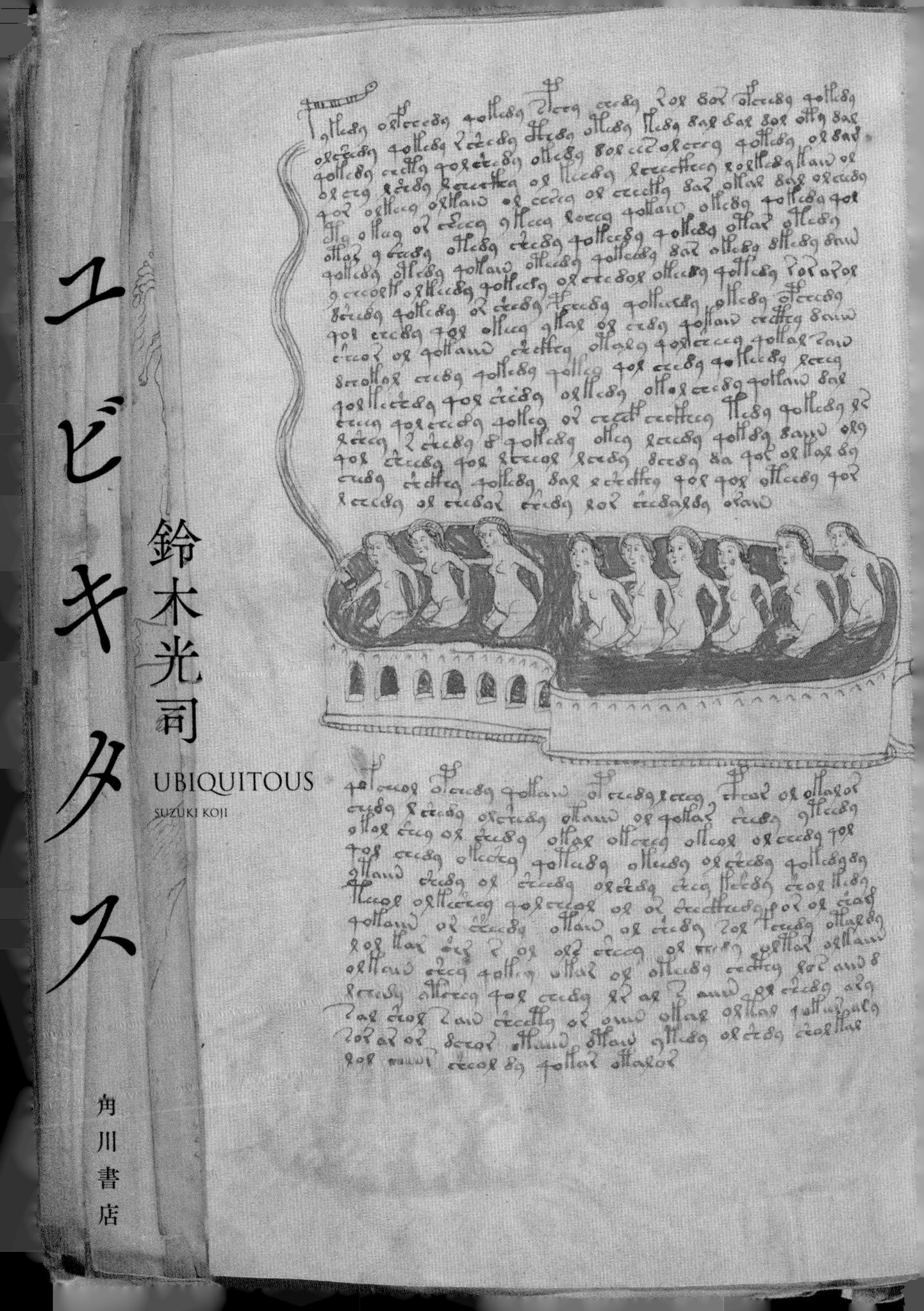

ユビキタス

鈴木光司

UBIQUITOUS

SUZUKI KOJI

角川書店

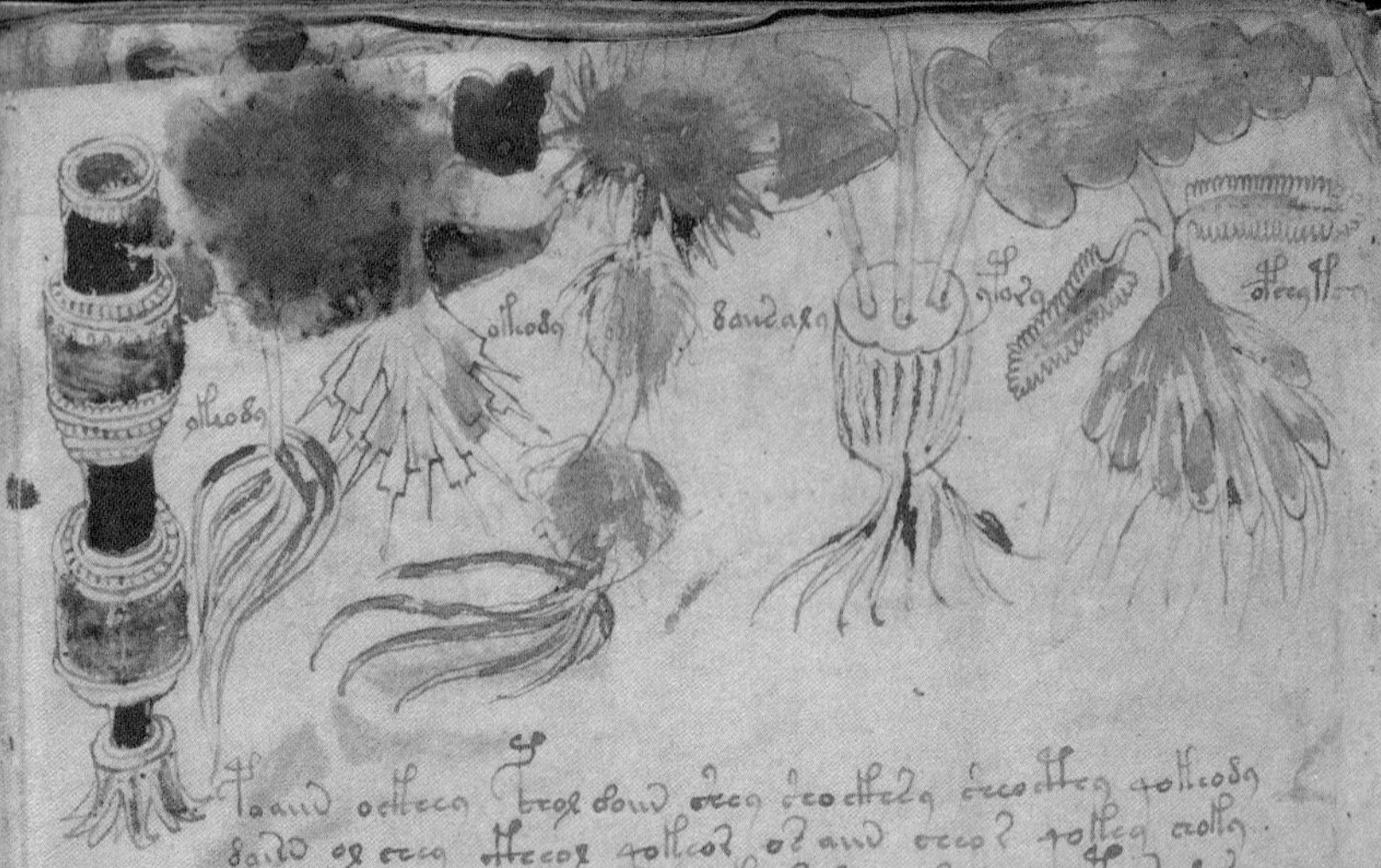

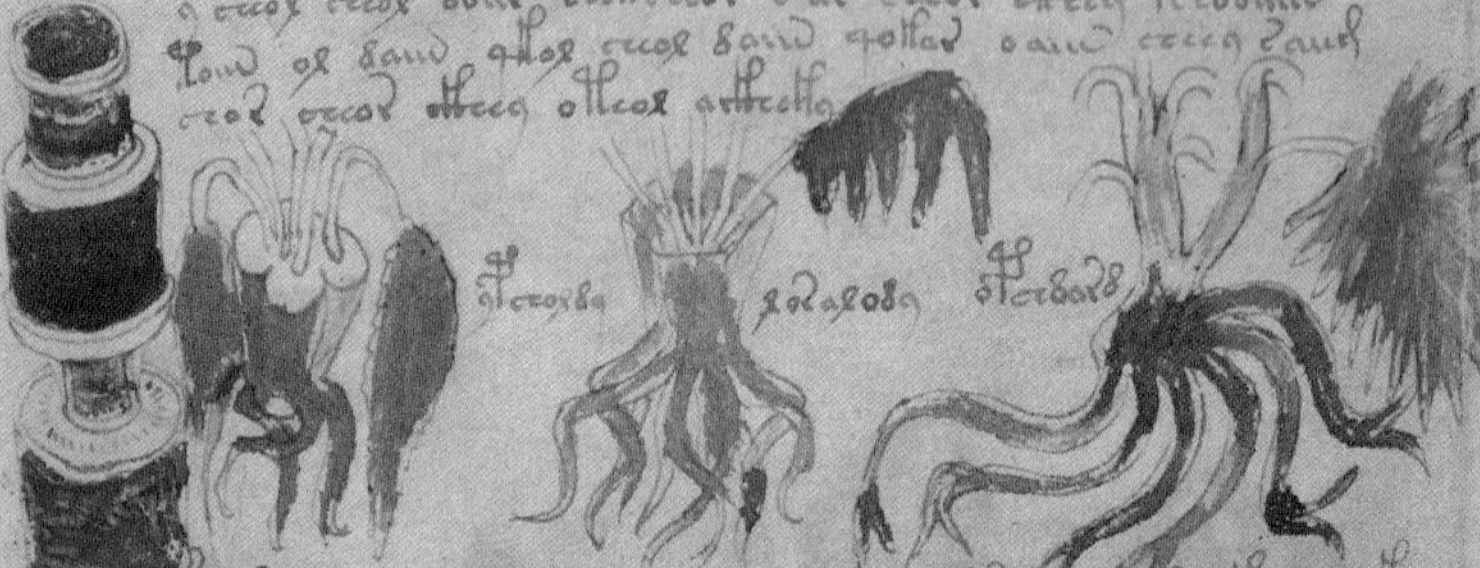

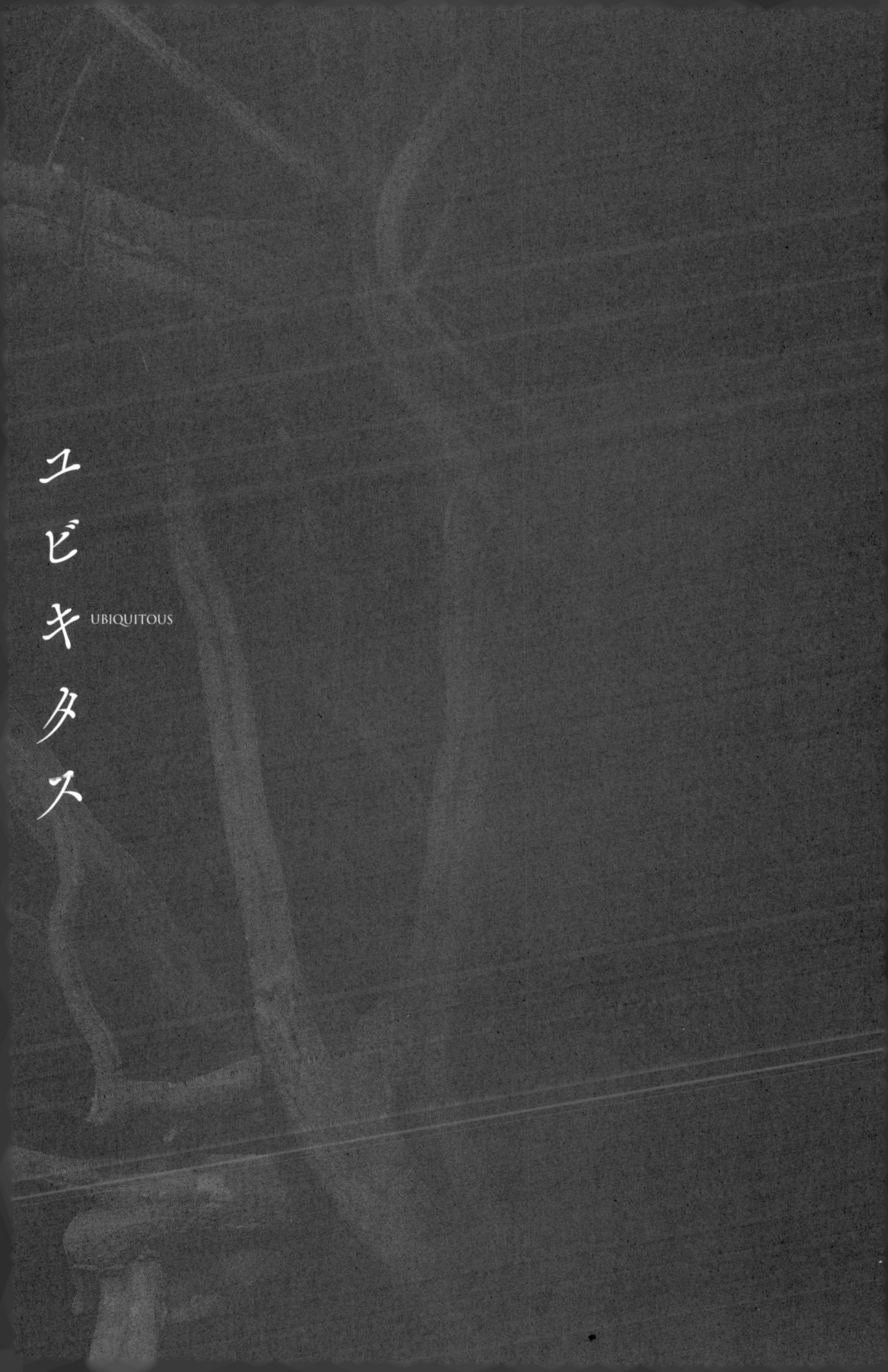

ユビキタス

UBIQUITOUS

CONTENTS

装幀　坂野公一（welle design）

装画　Sarah Jarret 'Woodland Sleeper'

扉絵　Cipher manuscript (Voynich manuscript).
General Collection, Beinecke Rare Book and Manuscript
Library, Yale University.

プロローグ

３６０度見渡す限り氷の世界……。

地球上でもっとも寒いといわれる南極大陸は、最大五千メートル近くの厚みを持つ氷床で覆われている。その重量で大陸を下に沈めるほどの氷床は百万年にも及ぶ降雪によって作られた。内陸部の降水量がサハラ砂漠より少ないことと、五千メートル近い厚みを鑑《かんが》みれば、氷床の形成に費やされた膨大な時間がずしりと体感できてくる。

日本の第１次南極観測隊が、東経39度南緯69度付近にある小さな島に「昭和基地」を開いたのは１９５７年１月のことであった。１９７０年、昭和基地から２７０キロ南東に位置する分厚い氷の上に、「みずほ基地」を築いて氷床掘削に挑戦し、１９９５年にはさらに標高３８１０メートルの地点に「ドームふじ」を設け、ドリルを降下させて長さ４メートルの氷の棒「コア」を引き上げる作業を開始する。

現在、掘り下げた深度は三千メートルを優に超えている。

当然ながら、深く掘り進むほど氷ができた層は古くなる。これまでに一度も溶けたことがないため、「コア」にははるか昔の大気に含まれた二酸化炭素、放射性物質、宇宙塵《じん》、火山灰、生物由来の化合物などが閉じ込められている。加えて、人類が地球に誕生するはるか以前に、進化の袋小路に迷い込んで行き場を失い、絶滅の一歩手前に追いやられた微生物が、厚い氷に幽閉されて長い眠りを貪《むさぼ》っているかもしれない。

「ドームふじ」から掘削された「コア」は冷凍保存された上で日本に運ばれ、専門の研究機関によって克明な調査が為《な》される。

年代順に固化された大気の詳細な分析で明らかになるのはここ100万年に及ぶ地球のありのままの姿……、「コア」は自然界が埋めた「タイムカプセル」ともいえる。

この貴重な研究素材を日本に運ぶ任務を負うのが南極観測船「しらせ」である。南極が夏を迎える11月に日本を出港し、冬の到来を待たず四月頃に帰港するスケジュールが、毎年繰り返される。南極観測隊は文部科学省の管轄下にあるが、艦の運航は海上自衛隊に委ねられ、人員や物資の輸送、器材の投入や回収をはじめ様々な観測が行われている。


202＊年春……。第67次南極観測隊の任務は終了し、南極を離れる時がやってきた。昨日のうちに180度の進路変更が行われ、「しらせ」の船首はアフリカ大陸の南端に、船尾は昭和基地の方向へと向けられていた。日本に持ち帰る物資の積み込み作業も昨日のうちに終え、通称夏隊と呼ばれる観測隊と越冬隊の交替要員の乗船が終わり次第、日本に針路を向けて出港の運びとなる予定であった。人員の乗船が完了するまでの間、「しらせ」運用士官を務める海上自衛隊、阿部豊二《あべゆたか》尉は、艦橋に立って名残惜しそうに純白の世界を眺め渡した。

……南極を離れるのは、嬉《うれ》しくもあり、寂しくもある。

昨年11月に横須賀《よこすか》を出港して以来、半年間顔を見ることがなかった妻と娘に再会できるのが大きな喜びである一方、地球上の他の場所では決して味わえない極寒の仕事を終えることに多少の未練が残る。

「しらせ」を降りて、待っているのは、陸上での研修生活である。そこで学んで一級機関士の資格を取った後は、護衛艦の機関長の任務に就くことがほぼ内定していた。再度「しらせ」に乗船できたとしても、そのためには一佐か二佐の階級が必要となるため、20年ばかり先のこととなる。護衛艦からイージス艦勤務へとステップアップして、「しらせ」との繋《うな》がりが断ち切られる確率のほうがはるかに高く、これが南極との永遠の別れとなるのはほぼ間違いなかった。

「しらせ」の運用士官を任命されたときは、極寒の中での過酷な生活を覚悟して、心が暗雲に包まれたが、いざ夜の来ない氷上生活を始めてみれば、南極ならではの珍しい風景を目の当たりにして、すぐに心が踊り始めた。純白の氷が薄い光を散乱させる白夜は五十日近くも続き、オーロラは緑色の帯をたなびかせて空に舞い、別の天体に降り立ったような生活は刺激と興奮に満ちて毎日が驚きの連続であった。

白夜とオーロラの美しさは予想通りであったが、思いがけず供された快楽のひとつに、食事の旨《うま》さがある。昭和基地で食べる食事はうまいと噂に聞いてはいたが、実際に食してみれば評判以上で、毎週金曜日に出されたステーキの味は最高ランクであった。

氷の切り出し場の前にしつらえた簡易キッチンで、一流のコックが腕を揮《ふる》ったカレーうどんに舌鼓を打ったのも、忘れられない思い出のひとつだ。光輝く氷のテーブルに並べられたメニューだからこそ、美味《おい》しさがより引き立った。

ペンギンやあざらしの突然の訪問、氷上ピクニック、薄闇と無音のハーモニー……、五感を通して体感された日々の断片は、楽しい思い出として胸に刻まれている。

二度とこの感動は味わえないだろう。

懐かしい風景をあれこれ回想していた阿部二尉の眼前で、南極との掛け橋が切り離されていった。すべての観測隊の収容を終え、タラップが上ったのだ。

艦長の出港命令が下されるや、総員が持ち場に就いて4基の発電用ディーゼルエンジンの回転数が上げられていった。

発電された二万キロW以上の電力が巨大なモーターを回転させ、二軸のプロペラへと伝わり、強力な推進力を発揮し始めた。

船体に走る振動が身体へと伝わり、阿部二尉の胸に、いよいよこれで南極とお別れかと、感慨が湧き上がる。

氷上に立って羨《うらや》ましそうに手を振る越冬隊に、帰路に就く観測隊員はデッキに立って名残惜しそうに応《こた》えている。

ギヤが前進に入り、艦がゆっくりと動き出すと船体を包む振動の質に変化が生じた。

1・5メートルから2メートルの厚みを持つ氷を船体の重量で叩《たた》き割る衝撃音が加わったからである。

砕氷しながらの前進は遅々たるもので、艇速はせいぜい3ノットから5ノット程度だ。しかし、数日かけて氷から抜け出し、氷山の浮かぶ海水上を航行するようになれば、艇速は15ノットへと上がる。

厚い氷に閉ざされて船が動けなくなることもままあるため、海水に乗り出すのは皆一様にホッとする瞬間でもあった。もはや日本に帰港するまでの障害はほぼなくなったといえる。「しらせ」は安定した艇速を保ちつつ、右方向に舵《かじ》をきり、一路オーストラリア東岸に針路を合わせた。

シドニー港で観測隊員を全員下船させた後は、海上自衛官のみのメンバーで横須賀を目指すことになる。


4月＊日……。

無事横須賀港に入港した「しらせ」は、一週間の滞在の後、大井《おおい》埠頭《ふとう》に回航され、そこで、シドニーで下船して空路帰国していた観測隊員と合流した。

艦に積まれたままの物資や荷物を降ろし、しかるべき場所に輸送するためである。その中には、大量の南極氷が含まれていた。

「しらせ」乗員や観測隊が持ち帰るおみやげとして、「南極の氷」は定番ともいえるものであった。

阿部二尉も例外ではなく、最後の航海になるらしいと知れ渡ったとたん、三人の友人からおみやげを要求されてしまった。

彼らが指定した品物には特別の注文が付けられていた。

……氷床深くから掘り出した南極の氷。

銀座《ぎんざ》には、南極の氷で作った水割りを一杯数千円で提供するクラブもあるらしく、その価値を十分知った上でのリクエストである。純白の世界から掘り上げた一片をグラスに浮かべ、太古のロマンを味わおうというのだろう。

深いところから掘り出した氷のほうが、価値が高まると勘違いしているらしく、友人一同は、氷床深くの氷という条件を付けてきたのである。

阿部にとって南極の氷は砂漠の砂と同等で、珍しくも何でもなかったが、都会に暮らす者にとっては魅力溢《あふ》れる一品であろうと重々承知している。

友人たちとの堅い約束を果たすべく、阿部は、親しくなった観測隊員のひとりに、掘削したものの不要となった氷を融通してほしいと頼み込んであった。

運用士官に与えられた任務のひとつに氷の管理が含まれているため、別に難しいことではない。

冷凍コンテナに保存された深層の氷を、観測隊員から約束通りもらい受けた阿部二尉は、大井埠頭で４つの発泡スチロールの容器に均等に振り分け、宅配便で自宅と３人の友人宅に送ることにした。

こうして、表層の切り出し場から採った通常の氷とは別に、深層に眠っていた氷が、都内とその近郊にある四つの家庭に届けられることになった。

第Ⅰ章　依頼

１

２０２＊年、春……。

池袋駅から北に五分ほど歩き、首都高速の手前を左に折れてすぐのところに建つ雑居ビルは、駅近の好立地にもかかわらず相場以下の賃料が売りだった。戦後すぐの頃に建てられた団地と似た外観の4階建ての壁には、ところどころひび割れが走っている。ここに事務所を構える人間の懐具合がよくなさそうなのは外見からも明らかだ。

そんなビルの３０６号室に探偵事務所を構える前沢恵子《まえざわけいこ》は、他の住民の例に漏れず、維持費の支払いに窮していた。

テナント料を三か月滞納して、いつ立ち退き要請が出てもおかしくない状況である。以前に勤めていた大手探偵事務所から回してもらう下請け仕事が主な収入源とあって、まとまった金の入ってくる見込みはまったくない。いつ廃業に追い込まれるかと怯《おび》える日々を過ごしている。

部屋自体が、身動きがとれない状況を如実に表現していた。ワンルームの中央には仕事用、飲食用、接客用を兼ねたテーブルがどんと置かれ、動けるスペースが限られている。恵子は、淹《い》れたばかりのコーヒーを零《こぼ》さぬように横歩きしてテーブルに置き、身体を捻《ひね》って椅子に腰を滑り込ませ、パソコンを開こうとした。

そのとき、ドアのチャイムが鳴った。

調査依頼の来客を期待しかけたが、甘い考えはすぐに捨てた。依頼者は事前に必ず電話をよこし、費用等の概要を確認した上で、来訪の日時を予約する。ここ数日間、そのような電話を受けたことはなかった。

恵子は、椅子に落ち着けたばかりの身体を器用に捻って立ち上がり、玄関へと進んでドアの前に立った。

魚眼レンズを覗《のぞ》く前から、廊下に立つ人間がだれなのかわかる。ドア越しであっても気配を感じ取ることができた。

そこにいるのは稲垣謙介《いながきけんすけ》……、かつて幾度となく肌を合わせ愛し合った男。しかしそれは不毛の愛だった。元をただせば、現在の苦境を作った張本人ともいえる。昨日に電話をもらい、ディスプレイに彼の名前が表示されたタイミングで切ってしまったのは、別れ際の往生際の悪さが脳裏に蘇《よみがえ》って胸に痛みを覚えたからだ。

催促するように二度目のチャイムが鳴らされ、身体をビクッと震わせた恵子の目は、鼻先にある魚眼レンズへと引き寄せられていった。

小さく丸いレンズを通して眺める風景は球体を描くように歪《ゆが》んでいる。その中心にいるのは、思った通り、稲垣謙介だった。

恵子は、じっと息を詰めて相手の出方を窺《うかが》った。魚眼レンズから覗く前に謙介の存在を察知したのと同様、謙介もまたドアの向こうで息を潜める恵子に気づいているに違いない。透明なガラス板を挟んで向い合うようなものだ。

だからといって、恵子は声を上げることができなかった。

……あなたと出会ったこと、すっごく、後悔している。

別れ際に言い放った言葉は真実だった。その思いは今も変らない。恵子は、そろそろと後じさりしてドアから遠ざかっていった。いくら生活が困窮しているとはいえ、よりを戻す気にはなれない。

離れていくのを察したのか、謙介はドアをコツコツと叩《たた》いてきた。

「恵子、お願いだ。話だけでも聞いてくれないか」

隣近所に筒抜けになるのを恐れて声を抑えたつもりだろうが、焦りと、ささくれ立った心のせいでトーンが高くなっていく。

謙介は、誠実さを押し出しつつ、ゆっくりと語りかけてきた。

「ドアの隙間に手紙を挟んでおくから、読んでほしい。読んでみて、興味があるようだったら、直《じか》に、話を聞いてもらえないか。きみにとって、決して悪い話ではないと思う。路地から大通りに出た角にコーヒーショップがある。そこで待っている。一時間は待つつもりだ」

要件を伝え終えた謙介がその場から立ち去ろうとするのがわかった。廊下に響く足音は徐々に小さくなり、階段ホールを過ぎたあたりで消えた。

恵子は魚眼レンズで不在を確認してから、そっとドアを開いた。廊下にだれもいないことを確認すると同時に、ドアの隙間から白い封筒がはらりと落ちてきた。恵子は封筒を拾って表と裏を確認した。表に「前沢恵子さま」、裏に「稲垣謙介」とだけ記されてある。恵子は封を切って一枚の便箋《びんせん》を取り出し、顔の前で広げた。

一読して、謙介が来訪した目的が理解できた。

速足で部屋に戻った恵子は、洗面台に立って鏡に写る自分の姿をチェックした。日焼け止めクリームを塗った程度のすっぴん顔は、シングルマザーの生活苦を滲《にじ》ませつつも、野性的で美しい。さらに引き立てようと軽くメイクをほどこし、地味な部屋着を脱いで春めいたワンピースに着替え、サンダルをつっかけて外に出た恵子は、謙介が待っているコーヒーショップに向った。

指定された店に入る前に腕時計を見たところ、手紙を読んで十分も経過していないのがわかった。一時間は待つつもりでいると言い残した謙介の言葉を信じれば、彼はまちがいなく中にいる。

店内に入りながら顔を巡らせた恵子は、窓際のテーブルに彼の姿を認めつつ、そのままカウンターへと進んでホットドリンクを買い、謙介の前に座った。

三年ぶりで見る懐かしい顔には歳相応の皺《しわ》が刻まれていた。

口を開いたのは恵子が先だった。

「罪滅ぼしのつもり？」

「開口一番それかよ」

謙介は苦笑いを浮かべた。

ダブル不倫の関係にあったにもかかわらず、謙介のほうは社会的制裁を受けず、これまで通り、仕事と家庭の両方を維持できているのに比べ、恵子は、大手出版社の職と家庭を同時に失い、どうにか娘の親権だけを死守して食うや食わずの苦境に陥っている。その不公平な結末を思えば、救いの手を差し延べて、罪滅ぼしをしたくなるのも道理……、恵子は謙介の心理をそう推測したのだ。

抹茶ラテを一口すすって、恵子は悠然と口をとがらせる。

「さっきは、またストーカーが来たかと、ビクビクしたわ」

別れ際に謙介が演じた無分別な行為はストーカーさながらであった。

「ストーカーだけは勘弁してくれ」

女にもててきたという自負があるだけに、謙介は、ストーカーの称号にだけは我慢ならないのだ。

「わかった。蒸し返したりしないから。さ、ビジネスの話をしてちょうだい」

「大まかなところは手紙に書いたとおりだ。どう、やる気ある？」

「どんな仕事も断らないのが、わたしの流儀なの」

喉《のど》から手が出るほど仕事を欲しがっているのを隠して恵子ははったりをかませた。

「わかった。じゃあ、引き受けてもらえるという前提で喋《しゃべ》るから、聞いてほしい。以前にも話したと思うんだが、おれの幼馴染《なじ》みの親友に、麻生敏弘《あそうとしひろ》という男がいた……、覚えているかい？」

「医者の卵だった人でしょ」

「そう、敏弘は当時、研修医を終えようとする頃で、基礎医学の道に進もうとしていた。話は少し長くなるが、我慢して聞いてくれ。事の発端は、今から十五年前に遡《さかのぼ》る……」

そう前置きして謙介が語り始めたのは、十五年前の梅雨時に彼の自宅で持たれた、敏弘との飲み会の様子だった。

2

２０１＊年、初夏の夕暮れ……。

高校の教職に就いて四年目に入り、教師という職業にも慣れてきた頃、実家暮らしの謙介は、幼馴染みの親友、麻生敏弘の訪問を受けた。

リフォーム前の、古めかしくだだっ広い和室の座卓に、酒や料理を並べ、ふたりは小学校中学校時代の思い出話に花を咲かせた。

謙介と敏弘は、小学校から大学までの一貫教育を看板とする学校の同期である。

理学部に進学した謙介に対し、医師の家系の三代目となる敏弘は親の期待通り医学部に進んで、基礎医学の探求へと興味の矛先を向けていた。

お坊っちゃん育ちを隠すためか、わざと辛辣《しんらつ》な態度を取るところがあり、人を気遣う素振りとは無縁で、ぶっきらぼうな印象を与えるが、なぜか謙介とはうまが合い、小学校時代からの友情が途切れたことはなかった。見え透いた優しさを嫌う謙介は、敏弘の核心を突く正直な物言いが気に入っていた。

和気あいあいとした飲み会であったが、時間が経つほど敏弘の飲み方が破滅的になっていくように感じられた。会話を楽しむための酒が、悩みごとからの逃避を目的とする酒に変りつつあった。

夜も更け、当然、泊まっていくのだろうと、今夜の予定を訊《き》くと、敏弘は「帰る」と言う。

「泊まっていけばいいじゃないか」と勧めても、「いや、車で来たから」と譲らない。

深酒で運転できるはずもなく、「代行を呼ぶつもりなのか」と問い詰めると、「運転手役の女が外で待っている」と平然と答えた。呆《あき》れて時計を見ると、飲み会が始まってから二時間が経とうとしている。

……その間、敏弘は、車の運転席に彼女を座らせたまま待たせていたというのか。

慌てて表に出た謙介は、道の膨らみに停められたBMWに近寄り、運転席に座る若い女性に声をかけ、敏弘の代わりに謝った。

「すみません。気付かずにいて。もしよかったら、上がってお茶でも」

女はぺこりと頭を下げ、力なく笑いながらドアを開けて表に出た。

すると、敏弘がいつの間にか現れ、謙介と女の間に割って入って不機嫌な声を上げた。

「余計な気遣いは無用、ほっとけ」

「そんなわけにはいかない。おまえはもっとレディに優しくしたほうがいい」

それを聞いて謙介に好印象を抱いたのか、女はバッグから取り出した名刺を差し出してきた。

「わたし、中沢《なかざわ》ゆかりと言います」

敏弘はそれを見逃さず、「今さらそんなものを渡してどうする」と渋面をつくり、ゆかりの手を払って名刺を叩き落とした。

気まずい雰囲気が流れる中、敏弘は、「ごめん、白けさせてしまったな」とぎこちない笑顔を見せ、「また来るよ」と言い残し、ゆかりの運転する車で帰っていった。

走り去る車を見送ってから、謙介は路上に落ちていた名刺を拾い上げ、名前や肩書きを見ないままポケットに入れた。

謙介がゆかりと会ったのはその一度きりである。


一週間後、謙介は、またも敏弘の訪問を受けることになった。

日を置かずしての訪問には、前回に言い出せなかったことを伝えようとする意図が見え隠れした。

案の定、会った早々から、敏弘は「いやー、参ったよ」としきりに溜《た》め息を漏らした。

口振りから、女性関係のトラブルに巻き込まれたらしいとわかり、謙介は勘を働かせて、「彼女は元気か」と、それとなく中沢ゆかりのほうに話を振ったところ、「できちまったかもしれない」と、低い声が返ってきた。

思った通りだった。

おそらく一週間前から生理が遅れるかして妊娠の兆候が懸念されていたのだ。

「どうするんだ」

妊娠が判明した場合の身の振り方を尋ねたところ、敏弘の口から前時代的な表現が漏れた。

「島流しにしようと思う」

「島流し？」

謙介は思わず、すっ頓狂《とんきょう》な声で聞き返していた。

「ああ、スタイルは抜群だし、かわいいんだが、あいつ、ちょっとおバカなところがあってな。入信している新興宗教の教義を説明しようとして、おれに自作のイラストを見せたことがあるんだ。金色に光輝く太陽の下で樹木が瑞々《みずみず》しく育ち、幹の下に寝そべる男女の傍らでは子どもたちが遊び、さらにその周囲では虎やライオンが優しげなまなざしを注いでいる……、自分で描いた幼稚な絵の構図はざっとそんな具合だった。楽園だとさ。イラストに描かれた夢の楽園には、病気や老い、死や闘争など、何のトラブルもなく、永遠に、幸福な人生が送れるというんだ。

みんなで手を取り合って理想郷を創り上げることが、ゆかりが入信している新興宗教団体の理念だった。バカバカしくて、笑っちまったよ。何のトラブルもない世界で永遠に生き続けるのが、拷問に等しい行為であると、わかってないいんだ。まともな人間ならわかる。人間にとってもっとも我慢ならないのは『退屈』だって。

だから島流しにしようと思う。自分たちだけの理想郷を創るのに、もっとも相応《ふさわ》しい場所にな。どこかって？　第六台場《だいば》さ。東京湾のど真ん中にあり、摩天楼を睥睨《へいげい》して、樹木や珍しい植物が繁茂する原生林に覆われ、東京都によって上陸が禁止されている無人島……、元はといえば、外敵の侵入を防ぐため江戸幕府によって築かれた砲台で、無用の長物そのもの。まさに、楽園を創るのにぴったりの場所じゃないか。根無し草の住む場所としてこれ以上相応しい場所はない」

ほろ酔い加減での告白を、謙介は言葉通りに受け止めたわけではなかった。自分の子を孕《はら》んだかもしれない恋人を無人島に島流しにするなどという妄言は正気の沙汰《さた》とは思えない。露悪趣味が高じた末の悪い冗談ととらえ、苦笑いを漏らす謙介ではあったが、多少の真実も含まれているような気がしてならなかった。

結局、どこまでが本当でどこからが嘘なのか、真偽を確認できぬまま、事のなりゆきはうやむやになる。

その一か月後、敏弘は劇症型溶血性レンサ球菌感染症に罹《かか》って命を落としてしまったからだ。


ところがつい最近になって、十五年ぶりに敏弘の父である麻生繁《しげる》から連絡を受け、相談に乗ってほしいと持ち掛けられて訪れた豪邸で、謙介は久し振りに、麻生繁、祥子《しょうこ》夫妻に再会することになった。

繁と祥子は、八十四歳と七十八歳という実年齢以上に老け込んでいた。

特に祥子の老化は激しく、老いてますます元気な昨今の老婦人とは大違いであった。

肌に張りがなく、目尻には深い皺が刻まれ、首筋の皮膚はたるみ、訪れるたびに笑顔で迎えてくれた顔からは生気が消え失せている。三十五歳にしてようやく授かった一人息子を亡くした悲しみが、十五年間かけて身体の隅々に染み渡り、老いを早めたのだ。

繁もまた、たったひとりの跡継ぎを独身のまま失った失意に沈み、身体が一回り小さくなったように見えた。

ところが、送り主不明の花が届けられたことにより、希望をなくした夫婦に細い光明が差すことになる。

花の宅配業者から花束を受け取り、首を傾げながら祥子が送り主を尋ねたところ、言われた名にまったく心当たりがなく、何かの間違いではないかと訴えたが、送り先の住所に間違いはなかった。

伝票にははっきりと「麻生繁、祥子」と夫婦の名が並んでいた。

不審を拭《ぬぐ》えないまま、花束を花瓶に差していた祥子は、鮮やかな赤い花びらを持つフリージアが三月の誕生花であることに気付き、誕生日を祝うための花束ではないかと思いついた。

ただ、その日は繁と祥子の誕生日とかけ離れていて、十五年前に亡くなった敏弘の誕生日とも二か月ズレていた。

そんなとき、フリージアの甘い香りに刺激されて脳内にインスピレーションが流れ込み、ある仮説が芽生えた。

……自分には孫がいる。花束は孫の誕生日を祝うためのものではないか。

敏弘は、深い付き合いのあった恋人を妊娠させたまま逝《い》ってしまったのではないか。恋人は敏弘の死後、たったひとりで子を生み育て、彼女自身か、その経緯を知っている者が、こっそり花束を送ってきたのではないか。

こうあって欲しいという願望が先走り、妄想は次々に膨らんで、孫がいるという仮説は確信に変っていった。

そして一晩寝て起きた翌日に、夢のお告げで孫の性別を知らされる。

……女の子。

初めのうち妻の訴えを半信半疑で聞いていた繁は、これまでに幾度となく祥子が不思議な力を発揮して未来を予測した事実を思い出し、真剣に耳を傾けるようになっていった。血を分けた孫がいるとすれば、老い先短い命であっても、生き方には明確な目的が生じ、莫大な遺産の処し方も変ってくる。

本当に孫が存在するか否か、是が非でも確認しておかなければならない。

こうしてふたりの願望は一致して、謙介が呼ばれることになった。

小学校からの幼馴染みで親友の謙介なら、敏弘の恋人について何か心当たりがあるのではないかと、藁《わら》にもすがる思いで電話をかけたのだった。

応接間の革張りのソファに向い合って座り、謙介は、死の一か月前に敏弘から聞かされた言葉を、そっくりそのまま麻生夫婦に伝えた。

中沢ゆかりという女性を妊娠させた揚げ句、東京湾に浮かぶ第六台場に島流しにするという息子の妄言を聞いて、眉をひそめる祥子に、謙介は慌てて解説を加えた。

「いえ、言葉通りに受け取ってはいけません。あいつは昔から露悪的なところがありました。いかにも育ちの良さそうな外見や、お行儀のいい優等生への反発があったのでしょう。自分の行動にわざと毒を盛って、人を驚かそうとするのです。根はいい奴なんですが、優しい人と言われるのが大嫌いでしたから……。第六台場に島流しにするというのは何らかの譬《たと》えです。ぼくの勘では、子を生んで、育てられるような特別の場所を用意して、環境を整えようとしたのではないか……、近くにあって遠い場所……、灯台下暗しの意味を込めて第六台場と言い換えたような気がしてなりません」

繁は、納得したように大きく頷《うなず》いて、謙介に尋ねた。

「謙介くんは、中沢ゆかりさんが敏弘の子を生んだと、確信していますか」

「わかりません。でも、可能性は否定できないでしょう」

繁と祥子は顔を見合わせて互いの意志を確認した後、謙介に深く頭を下げてきた。

「お願いします。もし、いるのなら、孫を見つけてください」

謙介は思わず人差し指を自分の鼻に当てていた。

「ぼ、ぼくがですか？」

一介の高校教師に、十五年前に生まれたかもしれない子どもの居場所を突き止める技量はない……、そう言いかけて思い出したのは、前沢恵子の顔だった。

出版社を辞めてから、恵子は、雑誌記者時代に培った取材力と人脈を買われて探偵事務所に転職し、そこで経験を積んで個人事務所を開いたばかりと聞いている。不倫調査を主体とする探偵業の中にあって、人探しもそこそこの比重を占めているため、専門の技量を身に付けているはずであった。

「ぼくには無理ですが、人探しを得意とする探偵に心当たりがあります。ひとつ、その人に正式に依頼してみてはいかがですか」

謙介は、恵子の能力を誇大に宣伝した上で、彼女を強く推薦した。

繁と祥子は、再度顔を見合わせてから正面に向き直り、頭を下げた。

「ぜひ、お願いします」

これまで探偵に調査を依頼したことがなく、どのくらい費用がかかるのか見当がつかないと、繁は困惑の表情を浮かべるのだが、謙介もまた調査費の相場に不案内であった。

逆に、繁がどこまで出せるのか、おおよその予算額が分かれば、あとは交渉次第となるに違いない。

「たぶん、調査費は着手金と成功報酬の二本立てになると思います。逆に、いかほどまでなら出せると、考えてますか？」

繁は、躊躇《ちゆうちよ》なく、調査に費やすことができる最低額を口にした。

数字を聞いて、謙介はゆっくりと目を閉じ、心に念じた。

……これで罪滅ぼしができる。

3

コーヒーショップのテーブルに座る恵子に、十五年前の敏弘にまつわるエピソードと、一週間前に麻生家を訪問した経緯を語り終えた謙介は、相手の意向を見極めようと上半身を倒して顔を近づけた。

「どう、引き受けてくれるかい？」

事の次第を飲み込んだ恵子は即答した。

「もちろん」

承諾の言葉を聞いて、謙介はバッグから一枚の名刺を取り出して恵子に渡した。

恵子が目を落とした先の名刺には、「中沢ゆかり」と名前が記載されていた。

とりたてて変った名前でもなかったが、所属する団体名はちょっとユニークである。

「夢見るハーブの会」

新興宗教らしき名の下には住所と電話番号が添えられている。

十五年前に本人から手渡された名刺が、調査を始める上で最初の取っ掛かりとなるはず……、
謙介はそう確信して名刺を手渡したのだろうが、正にその通りだった。

「名前と、当時の所属がわかっているなら、そう難しい案件でもなさそうね」

恵子は、これはおいしい仕事かもしれないと期待を抱いた。

「ところで、きみの場合、着手金はいかほどかな？」

「相場通りなら、百万というところかしら」

「麻生さんが想定しているのはそんな額じゃない」

「わかった。じゃ、八十万にまけてもいい」

謙介は、唇を舐《な》めてから顔をゆっくりと横に振った。

「逆だよ。麻生さんが提示した額は、一千万。成功報酬はさらに同額とプラスアルファ……」

恵子は、手で摑んだ抹茶ラテの容器を顔の前で止め、半開きの口から溜め息混りの声を漏らした。

「一千万……、プラスアルファ……」

人探しの報酬としては破格の額である。

「プラスアルファというのは、首尾よく孫に会えた場合、気分次第で、成功報酬が天井知らずに跳ね上がるという意味らしい」

恵子は、同じポーズのまま、まばたきだけを繰り返した。たっぷりと数十秒かけて数字を噛《か》み締めた後、口をついて出たのは、脈絡を欠いた質問だった。

「わたしのこと、誰から聞いたの？」

「え？」

「あなた、出版社を辞めたあと、わたしが探偵業に身を転じたなんて知らなかったはずでしょ」

「きみの職場の後輩であり、おれの大学時代の後輩でもある、葉月有里《はづきゆうり》からだよ。もとはといえば、おれたちが知り合ったのは、有里たちとの飲み会だった」

「わたしと別れたあとも、有里とは連絡を取り合っていたわけね。それで、わたしの近況を聞いていた。でも、なぜ？」

「なぜって……、きみの境遇が気になったからに決まってるじゃないか」

「女は、別れた男の近況なんて、まったく気にしないわ」

「それは……、人によりけりじゃないのか」

「見守っていてくれたの？」

「ま、そう受け取ってもらって構わない」

たっぷり十秒の間をおいた後、恵子は頭を下げた。

「さっきは、ストーカー扱いして、ごめんなさい」

謙介は、深々と頭を下げる恵子に唖然《あぜん》として、笑い声を漏らした。手の平返しのあからさまな豹変《ひょうへん》がおかしかったに違いない。

「エゴだよ、エゴ……、恩に着せるつもりは毛頭ない。きみの身を案じてというより、負い目を帳消しにしたいという自分本意の行為なんだから、気にするな」

謙介は恩を売ろうともしないで、自分のエゴと言い張り、恵子が負う貸し借りの負担を減らそうとしているのだ。

「ありがとう」

感謝の念とともに恵子の目から涙が溢れてきた。

「そんなことより、近いうちに、麻生家に案内するよ。麻生夫妻から直に話を聞き、正式に契約を交わすといい」

「うん。よろしくお願いします」

恵子は手の甲で涙を拭いながら何度も頷いた。

4

その翌々日、孫探しの業務を正式に引き受ける契約を結ぶため、恵子は謙介に伴われて麻生家を訪れた。

総ガラス張りの窓から庭を眺める応接間に通され、麻生夫妻と向い合ってソファに座った恵子は、調査が今後どのように進むのかを説明した上で報酬の額を確認した。

大方のところ事前に聞かされた通りである。孫の存在が否定された場合はそこで調査は打ち切りとなり、報酬は着手金のみとなるが、孫の存在が判明してその子との会合が実現した場合は、着手金と同額が成功報酬として支払われる。契約書に明記されないものの、気分次第でボーナスが加算されるのは、口ぶりから間違いなさそうだ。

通常の人探しの相場をはるかに超える数字のせいで、契約書にサインする恵子の指は思わず震えた。

印鑑をつき、隣に座る謙介に心の中で「ありがとう」と呟《つぶや》いたとき、家政婦に案内されてがっちりとした体格の男がにこやかな笑みを浮かべて応接間に入ってきた。

ソファに座る四人の視線が一斉にその男へと注がれた瞬間、応接間を包む空気が一変して堅苦しいムードが取り払われていった。

男の服装は身体にフィットした白のTシャツと濃紺のジーンズというラフなもので、布地に隠されていても筋肉の隆起が見えるようだった。全身から放たれる生命力に加え、笑顔は柔和で、人を引きつける魅力に溢れている。

恵子は、いつもの癖を発揮し、紹介される前にこの男の職業を言い当てようとした。

……ガテン系、スポーツジムのトレーナー、いや、医学部教授の家系である麻生宅に招かれるのだから大学関係者の線が濃い。大学ラグビー部のコーチ、あるいは体育系の教員といったところか。

男は、麻生夫妻に深々と頭を下げ、謙介には軽く片手を上げて「ヨッ」と気さくに声をかけた。

「わざわざお呼び立てしてすまないね」

そう言いながら、繁は恵子の斜め前のソファに座るよう片手を開いた。

「ご無沙汰してました。ここに来るのは十五年ぶりです」

十五年前……、それは麻生家のひとり息子が亡くなった年である。

繁は恵子に向き直って男を紹介した。

「こちらは露木《つゆき》眞也《しんや》くん。母校の理工学部で物理学を教えています。医学部時代の敏弘の二年先輩で、敏弘が兄のように慕っていた方です」

「はじめまして。探偵の前沢恵子です」

名乗りつつ名刺交換した恵子は、手渡された名刺に記された大学名と講師の肩書きに目を落とし、職業当てクイズの答えが半分当たっていたことにホッと胸を撫《な》でおろす。

大学関係者と見抜いたのはともかく、専攻の物理学を言い当てるのは到底ムリであったと認めざるを得ない。

繁はこの場に露木眞也を招いた理由を訥々《とつとつ》と恵子に告げた。

人探しにおいては、ターゲットの交遊関係や成育歴などが重要な手掛かりとなる。そこを基点に人間関係の輪を広げて取材を行えば、真相に到達するチャンスが増えるだろうと、人探しの調査がやりやすくなるよう、繁はいち早く露木を恵子に紹介することにしたのだという。

敏弘の同級生の謙介が、小中高校時代の彼を語る上での情報提供者だとしたら、医学部の二年先輩で実の兄弟のように懇意にしていた露木は、大学時代以降を語る上でその任を負うことになる。

麻生夫妻、謙介、露木の四人が交わす雑談で明らかになったのは、医学から物理学へと研究対象が逸《そ》れて物理学講師になるまでに辿《たど》った露木の異色の経歴だった。

露木は、数学の才能を生かして、宇宙と生命の不思議を物理的なアプローチで解明する道に乗り出そうと決意し、T大学物理学科大学院で素粒子物理を学び、プリンストン大学に留学して博士号を取得後に帰国し、大学に研究職を求めようとした。

ところが、相次いで発表した三本の論文に論理的な飛躍があると批判を受け、「似非《えせ》科学者」「トンデモ系科学者」の烙印《らくいん》を押されてしまう。

世界的な権威を持つ科学雑誌に掲載されたわけではなかったが、現代科学の主要パラダイムに真っ向から反旗を翻す内容に同業者は恐れを抱き、身の保全を優先して露木から離れ、リクルートの手を差し延べようとする先達はだれひとりいなくなってしまった。

孤立無援に陥った露木は、正統派の物理学者となる道を諦《あきら》めるほかなかった。

現在、母校の理工学部で物理学講師を務めながら、本の執筆を主体に生計を立てているが、親から引き継いだ遺産のおかげで生活に困る身分ではなく、大学での講義や本の執筆は、生活費を稼ぐためのものというより、労働と研究から充実感と喜びを引き出すための手段に過ぎないという。

著作は十数作を数え、ベストセラーになった作品もあるというので、さっそく取り寄せて読んでみようと恵子は思う。

麻生家を辞すまでの間、恵子の視線は幾度となく露木に吸い寄せられていった。仕事を成功に導くためには、この先、露木と会う回数はいやが上にも増えるはずである。

どんな会話が持たれるのかと、恵子は好奇心を膨らませた。

露木が醸し出す雰囲気は普通の男性と一線を画している。その口から吐き出される言葉は刺激に満ちたものになるに違いない。専門の異なる人間との交流は、知識の幅を広げて成長を促してくれるだろう。

敏弘の子を妊娠したかもしれないターゲットのフルネームと当時の所属がわかっている上に、敏弘の大学時代以降に詳しい協力者を得て、恵子の脳裏に「簡単に解決する案件かもしれない」という甘い期待が生じかけた。

と同時に、「待て」という警告の声が耳朶《じだ》の奥から湧き上がる。

仕事の依頼主は上品で人の良さそうな老人で、破格のギャラにもかかわらず強圧的なところはまったくなく、自ら進んで調査への協力体制を整えてくれる……。

あまりにも話ができすぎているのだ。

恵子の耳に今は亡き父の声が蘇る。

「話がうまく進んでいるときこそ、最悪の事態を考えろ」

「希望的観測を抱いてはならない。いくら望んだところで、事態は思う通りに進んではくれない」

ノンキャリアながら神奈川県警の警視まで出世した父の人生訓は、コツコツと実績を重ねる過程で身についたものだ。

雑誌記者時代も、探偵になってからも、ときどき父の言葉が蘇って自戒を促すことがあった。うまい話の先には、一度嵌《は》まったら抜け出せなくなる陥穽《かんせい》が横たわっていることが多い。

ここでいう陥穽とは、何か恐ろしいことに巻き込まれてしまうこと……。

女の力では到底制御できそうにない露木の存在感が、逆に、不安をかきたてるのだ。彼の身体には相手の意志を無視して巻き込む力が漲《みなぎ》っているように見える。頼りになりそうでいて、案外こういったタイプが危険人物になり得るのかもしれない。

恵子は窓の外に広がる庭に顔を向けて、露木の横顔から視線を逸らせた。

初夏を目前とする季節とあって、池を取り囲む木々の緑は瑞々しく、濃密な葉群はその重みのせいで応接間のほうに頭を垂れ、中央に立つ高い木の幹に寄り添うもみじの枝はガラス窓のすぐ手前にまで迫っていた。

恵子は、ふと「監視されている」という気配を感知した。

強引さとは無縁の、無害で優しい存在の代表格である植物を見て不安を抱くのは初めての経験だった。植物の群れがことさらに身を乗り出して自分のほうに迫る様が、「人間たちが集まって何を話しているのか」と、応接間の会話に聞き耳を立てる姿に重なった。

そのとき、旧知の人々との会話から離れて露木の上半身が恵子のほうへと傾き、耳元に彼の声が届けられた。

「よく手入れの行き届いた庭でしょう」

　恵子の視線を追って庭に顔を向けた露木は、植物が見事に配置された庭の美しさを褒め、同意を求めてきた。

「ほんと、素晴らしいですね」

「ユビキタスという言葉をご存じですか」

「ユビキタス……、遍《あまね》く行き渡る……」

「そう、どこにでもいるということ。ぼくは、ユビキタスという言葉に触れるたび、植物を連想してしまうんです。地球生命全重量の99・7%を占める植物に対して、動物の重量はわずか0・3%に過ぎない。人間の重量なんて、さらにその一部……。地球生命のほぼすべては植物で占められている……、いざとなったら、逃げ切れるものではない」

　意味深な露木の言葉を恵子は無言で受け止めた。

「敏弘の人生を語る上で、植物は重要なキィワードになります。近いうち、ゆっくり話しましょう」

　露木はそう言い置いて背筋を伸ばし、旧知の人々との会話に戻っていった。

　取り残された恵子の耳にざわざわと葉擦れの音が入ってきた。

　庭のほうに目をやると、池の水面を渡るそよ風がガラスの隙間から吹き込んで、レースのカーテンを揺らしているのが見えた。

　恵子の耳に、葉擦れの音は、植物の笑い声と聞こえた。

5

　麻生家を訪れた翌日の朝に銀行を訪れ、預金通帳に記帳して入金を確認し、滞っていた支払いを済ませて事務所に戻った恵子は、チラシに混って投函《とうかん》された一通の封書を集合ポストに発見した。

恵子は、送り主の名を見ながらドアを開け、事務机の前にすわるやいなや、封書を乱暴に投げ出していた。

読まずとも中身は知れている。

いつもならすぐにゴミ箱行きとなる封書であったが、心の余裕から「どれひとつ文面をじっくり読んでやろう」という気が湧き起こり、封を破った。

思った通り、中から出てきたのは、三か月滞納した家賃の督促状だった。

ご丁寧なことに、契約書のコピーと、これ以上家賃を滞納した場合は法的手段に訴えますと、脅し文句を並べた手紙が同封されていた。

ついさっき、来月分と合わせて四か月分の家賃を振り込んだばかりなので、督促状は行き違いである。

恵子の口から思わず悪態が飛び出していた。

「バーカ」

それだけでは足りず、会ったこともない大家の顔を勝手に思い浮かべて「ボケ、カス、ハゲ」と口汚なく罵《ののし》ってから、手紙を粉々に破いてゴミ箱に放った。

子どもじみた行為に自嘲《じちよう》の笑いを漏らしつつも、危ない局面を切り抜けたという安堵《あんど》が湧いた。

こんな奇跡が現実に起ころうとは夢にも思わなかった。

生活が困窮した原因を作ったのは元はといえば謙介である。いや、正確には、探偵を雇って不倫調査に乗り出した謙介の妻というべきか……。

調査結果を持って乗り込んだ謙介の妻が、上司に激しく抗議したせいで、恵子の不倫は週刊誌編集部内に知れ渡ってしまう。

普段から芸能人の不倫を暴いて部数を稼いできた週刊誌にとっては由々しき事態であった。ライバル週刊誌の餌食《えじき》となる前に先手を打つべしという、編集部内の機運の高まりに抗し切れず、恵子は、安定した給料の保証された出版社を退社せざるを得なくなる。

次の就職場所を探すことになった恵子に、リクルートの手を差し延べてきたのは、調査した側の探偵社の女社長である宗像典子《むなかたのりこ》だった。

週刊誌記者の経験と父が元神奈川県警の警視という家庭環境が有利に働き、探偵業はきっと肌に合うからと太鼓判を押され、もう出版社はこりごりと、別の業種をリサーチしていた恵子は、宗像の申し出を受けて探偵業に鞍替《くらが》えすることになる。

宗像の言った通り、聞き込み、張り込み、尾行など、週刊誌記者と探偵の業務には似たところが多々あって、恵子はめきめき頭角を現し、経験を積んで独立開業への道を歩き出した。

ところが現実は甘くなかった。探偵社を立ち上げてすぐ軌道に乗せた宗像と異なり、恵子への調査依頼はさっぱりで、大手からの外注を時給千五百円で受けて糊口《ここう》を凌《しの》ぐという苦境がここ半年ばかり続いていた。

そこに現れたのが困窮の原因を作った謙介であった。

地獄へと叩き落とした張本人が垂らす蜘蛛《くも》の糸にしがみつき、どうにか窮地から抜け出すことができたのだから皮肉なものだ。

麻生繁から振り込まれた額は一千万円ではなかった。

消費税が上乗せされて一千百万円という数字が並んでいた。

これまでプラスマイナスのラインを行き来していた通帳残高が、滞っていた諸経費の支払いを済ませた後も、まだ一千万を超えている。

贅沢《ぜいたく》をしなければたっぷり一年間は食いつなげる額だった。おまけに、成功報酬が入って、通帳の記載額はさらに跳ね上がるかもしれない。

恵子は、取らぬ狸の皮算用を戒めつつ、関係資料を納めたファイルから一枚の名刺を抜き取った。

「夢見るハーブの会　　中沢ゆかり」

肩書きと名前の下に記載された電話番号をプッシュする前に、恵子は、ノートに今日の日付と現在の時刻を書き込んだ。

調査費用の額と連動するため、一件の調査に要した日数と時間はしっかり記録しておく必要がある。

記載された電話番号が、中沢ゆかりのものか、「夢見るハーブの会」のものか、わからないまま数字をプッシュしたところ、受話器から落ち着いた女性の声が流れてきた。

「この番号は現在使われておりません。番号をお確かめの上、おかけ直しください」

十五年前の名刺である以上、予想された結果でもあった。

電話一本でいきなり中沢ゆかりに到達できれば、まさに濡《ぬ》れ手で粟《あわ》であったが、甘い期待は軽く一蹴《いっしゅう》されてしまう。

恵子は焦ることなく、これからやるべき調査の道筋を、ざっと頭に描いてみる。

手掛かりはふたつある。中沢ゆかりという個人名と、「夢見るハーブの会」という団体名だ。

名簿屋にコンタクトを取り、中沢ゆかりの以前の住所が判明すれば、住民票から戸籍謄本の入手へと駒《こま》を進めて、現住所どころか、非嫡出子の有無までわかるかもしれない。一般の人間が他人の戸籍謄本を取得するのは不可能だが、蛇《じゃ》の道はヘビ、プロの探偵にはお手の物である。

その作業を今日の午後にやるべき仕事と位置づけた上で、昼までの時間を使って「夢見るハーブの会」を調べようとパソコンを起動させた。

名前をネット検索にかけるとすぐに何件かヒットした。

次々に読み飛ばしていくうちに会の概要が知れてくる。

一般的に薬草がハーブと呼ばれることからも、ゆかりが所属していた集団は植物を主に扱っていたようである。

カルト集団とドラッグとの関係は深く、ネットの掲示板には、薬草の成分を摂取させて信者たちをトランス状態に陥らせ、洗脳を施し、布教していたという誹謗《ひぼう》中傷も散見された。

しかし、元はといえば、自然農法を推奨する「自然智教会」内の一派が、教会の強引な布教活動を批判した末、素朴な本義に戻るのを旨として分離独立した団体であった。穏健な教義をモットーとして、近隣住民とのトラブルもなく、女性信者のみ集まって細々と運営されているという書き込みのほうが圧倒的に多い。

ところが、検索を進めるうち「集団自殺」という剣呑《けんのん》極まりない件名が連続してヒットし、恵子は思わず手を止めていた。

十五年前の七月、敏弘が死んだのとちょうど同じ頃、本部施設内で共同生活を営む教団幹部数名が集団自殺して、自然消滅してしまったという記事が掲載されているのだ。

恵子の記憶に、十五年前のミニカルト集団死事件はうっすらと残っていたが、まさか中沢ゆかりが所属していた教団であるとは思いも寄らなかった。

さらに検索を進めると、事件に関する克明なドキュメンタリーが発刊されているのがわかった。

本の著者はノンフィクション・ライターの上原信之《うえはらのぶゆき》、著作名は「カルト集団死の謎」とある。

本の購入手続きへと進んでカスタマーズ・レビューを読んでいくうち、恵子は、午後の計画を見直そうかと思いついた。

カスタマーズ・レビューの評価は概ね好評で、扱われている事件への興味がかきたてられたからである。

……集団自殺か、事故等による集団死かの判別は不明で、事件の原因はいまだ謎に包まれている。

……教団施設で集団死に到るまでの描写は凡百のホラー小説を凌駕《りょうが》するほどの迫真性に富んでいる。

……現場となった家屋は現在も無人のまま放置されている。

ネットに載っていた住所と名刺の住所は一致している。地図で確認したところ、現場となる教団施設は、池袋を起点とする私鉄沿線の駅から歩いて十分程度のところにあるとわかった。

片道三十分もかからない距離という位置関係も手伝って、無人の廃屋の外観だけでも見ておきたいという願望が、むくむくと頭をもたげてきたのである。


池袋駅の地下街でランチをとってから私鉄に乗り、九つ目の駅で降りて十分ばかり歩くうち、目的の住所に近づきつつあるという実感がひしひしと迫ってきた。

近づくほどに、空気に含まれる微細な粒子が増え、甘い香りに鼻の粘膜がむずむずし、恵子は立ち止まってくしゃみをひとつした。スマホの地図アプリによれば、既に目的地付近にいるのは明らかだった。

ぐるりと周囲に顔を巡らせてから、住所を確認し、顔を前方に固定させた。

目の前にあるのは、こんもりとした小さく美しい森のように見えた。

ボロボロの外壁、崩れかけた屋根、うず高く積まれたゴミ……、廃屋という言葉から想起されるイメージと大きく異なっていたため、恵子はわが眼を疑った。

例年より遅れて咲いた桜もとっくに散り終わった四月中旬、その一角だけ異次元の法則に支配されているかのように、板塀に囲まれた庭に繁茂した植物の群れから一際高く伸び上った数本の桜が、満開の花を散らせていたのだ。

ねっとりと絡みつくような花の香りが、ところどころ剝《は》がれた板塀の隙間から漂い出て、強く鼻孔を突いてくる。玄関前の石畳を無理に押し分けて伸びる草は、生命力の強さを示して、今にも足首に巻き付いてきそうだ。

恵子は、空車だらけの駐車場に挟まれ、両側に広いスペースを持つ家の囲りを一周することにした。

二百坪程度の敷地に植えられた八本の桜から散る花を踏みながら、板塀の内側に目を凝らし、そこにあるはずの家を探す。

桜のみならず、椿、細葉、松、オリーブ、ソテツなど、鬱蒼と茂る植物が視界を閉ざして、家の外観がなかなか見えない。

北西の角に立ち、繁茂の薄い部分を見つけて背伸びしてようやく、外壁の一部が目に入った。白塗りの外壁の二階部分には、レースのカーテンが引かれた出窓が四つまで確認できた。二階だけで四部屋以上の個室があるとすれば、敷地の中心を占めるのは、総床面積百坪近くある大きめの一戸建てであろうと見当がつく。

ざっと一周して再度外玄関の前に戻った恵子は、木枠の横に表札を探したが見つからず、手に持ったままの名刺に目を落とした。

十五年前に謙介はこの名刺をもらっている。ゆかりは、この家で共同生活をしていたメンバーの一員であった可能性がある。

ここで集団死したメンバーの中にゆかりが含まれていたら、実に残念な結果となる。敏弘の子を腹に抱えたまま、母子ともに死んで孫は存在しない。事の次第を麻生家に報告したところで調査は終了、成功報酬にはありつけなくなる。

成功報酬はともかく、破格の調査料を自ら提示して困窮から救済してくれた麻生夫婦には大きな恩を感じていて、是が非でも孫の顔を見せてあげたかった。

今の恵子にとって、調査に邁進《まいしん》する動機のほとんどは、老夫婦の喜ぶ顔を見たいという点に集中している。

恵子は、今後、調査のために敷地内に入る必要が生じるか否かを念頭に置いて、玄関横の板塀にできた隙間から庭を覗いた。

崩れかけた倉庫の横に、数メートル四方で土が盛り上がっている箇所があり、その部分だけが一際丈の高い草で覆われていた。玄関の門扉は取っ手に厳重に鎖が巻かれて施錠されている。正面突破は無理そうだが、ざっと一周した感触から、侵入はそう難しくないと見当がつく。問題は侵入する勇気が湧くかどうかである。信徒が集団死した廃墟《はいきょ》となれば、おそらく、オカルト好きの若者たちの間に、心霊スポットとしての噂が広まっているはずである。板塀のあちこちに残る痕跡《こんせき》から、既に何組かのグループが侵入しているのは間違いなさそうだ。

十五年前にこの家で起こった事件の真相究明と、中沢ゆかりの存在が大きく関わっているとしたら、やはり、侵入せざるを得なくなるかもしれない……、と考えただけで、恵子の背筋に悪寒が走った。

霊感とは無縁の恵子であったが、「場」に残る怨念《おんねん》の強さと、死んだ人間の数が比例すると思われてならなかった。

ひとりよりもふたり、ふたりよりも三人……、数が増えるほどに怨念は増幅されてゆくのだ。

七人が同時に死んだ場所となれば、霊気は濃く渦を巻いてその場から立ち上ぼる。

花々の芳香に押されて板塀の隙間から妖気《ようき》が滲み出てくるようであった。

繁茂する植物の匂いに刺激を受け、恵子は、かつて読んだ小説のタイトルを脳裏に思い浮かべた。

「桜の樹の下には」

作者は梶井基次郎《かじいもとじろう》。文学部心理学科の学生として過ごした大学時代に読んだ掌編である。極めて短い作品ながら、土の下の描写が印象に残っている。

「桜の樹の下には屍体《したい》が埋まっている……」という書き出しで有名な「桜の樹の下には」は、桜がなぜかくも美しいのか、その理由が一人称で語られる。

語り手の「俺」は、桜が美しい理由を聞き手である「お前」にこう説明する。

爛漫《らんまん》と咲く桜の根元の土中には、馬、犬、猫などの動物に加え人間の屍体が埋まっていて、液状化した腐肉を求めて絡み付いた無数の根毛が、養分たっぷりの汁を吸い上げている……。そして「俺」の目には、樹の幹を縦に走る維管束の中を上昇してゆく水晶のような液が見えるのだと、うそぶく……。

実際のところ、動物の肉体を構成する成分である窒素、リン酸、カリウムなどは、植物の成長を促進することが知られている。「俺」の考察はあながち間違ってはいない。

かつて動物の肉体を構成していた要素が、根毛に吸い上げられて樹木を成長させ、やがてその一部になるのだとすれば、「屍体が、いまはまるで桜の樹と一つになって、どんなに頭を振っても離れてゆこうとはしない」という文章が、小説の末尾に置かれるのも頷ける。

眼球が抜け落ちた眼窩《がんか》を通って侵入した無数の根毛が、脳髄の液を吸い上げることにより、人間の想念が植物へと移入されていくのではないか……。

……植物と動物の合体。

板塀よりはるかに高く聳《そび》える木々が、十五年前までここに暮らしていた人々の霊を宿しているように感じられ、恵子は、一歩二歩と後退していった。

そして、小石が転がる音に反応して身を翻し、駅のほうに身体の正面を向けたとたん、足早に歩き始めていた。

何モノかに追い立てられる気配が背後から迫り、足はさらに速くなっていったが、恵子は、振り返ることなく歩き続けた。

6

「カルト集団死の謎」が届くとすぐ、恵子はむさぼるように読み進めて、「夢見るハーブの会」の内実と、事件の全容をより詳しく理解しようと努めた。

ドキュメンタリーは4章仕立ての構成になっていた。

第1章　独立までの道程
第2章　誕生と成長
第3章　崩壊
第4章　残された謎

第一章において、紙面の大半は「夢見るハーブの会」の母体であった「自然智教会」に対する批判に費やされていた。

「世界神光教会」から分派し、公称信者数三十万人を誇るまで成長した「自然智教会」は、三十年ばかり前の一時期、周辺住民を主体とする一般社会と内部信者からの批判を受け、指導体制の変革を余儀なくされたことがあった。

批判の大半は、布教活動と献金活動の強引さに集中していた。

強引な勧誘によるトラブルの頻発や、無理な献金で生活が困窮する信者の増加に嫌気が差して教団首脳部を糾弾する声が高まり、信者の離反が続出した。

「夢見るハーブの会」創立者である新村清美《にいむらきよみ》もそのうちのひとりである。

元はといえば「自然智教会」の広報部でスポークスマンの役職に就いていたが、理想を同じくする同志数名と共に脱会し、独立を模索する道に踏み出す……。

内紛と離反のくだりが描かれるのが第一章とすれば、「夢見るハーブの会」の誕生と成長の経緯が描かれるのが、第二章である。

著者の上原の書き方は、新村清美たちの独立を批判するでもなく、中立と客観を維持するものだった。

新村清美は、年齢不詳の美魔女とうたわれ、実年齢六十歳超えを匂わせながら、三十代といっても通用する肌の色艶《いろつや》を誇っていた。美しさの恩恵をある植物エキスの摂取のおかげと広言し、「自然食・自然農法」「サイコセラピー」「スピリチュアリズム」のエッセンスを取り入れた教えで女性の関心を集めるのに成功する。

教祖と幹部信者七人、合計八人が共同生活を営む本部施設内の他に数か所の支所を持ち、在宅の信者約百名、外部に約二百名のサポートメンバーを抱え、組織は女性ならではの柔軟な構造を保っていた。

思想的バックボーンを「世界神光教会」と「自然智教会」から引継ぎ、最後の審判によって「悪」から「善」への転換が行われて地上の天国が出現するという「楽園思想」と、「心霊主義」の教えを先鋭化させていた。ただし、それは、幹部メンバーのみが共有する世界観であり、在宅の信者やサポートメンバーに強要する類《たぐ》いのものではなかった。

郊外の農地で栽培した野菜や果物の販売も軌道に乗り、順調に成長しているかに見えた会が、悲劇的な事件に見舞われたのは、独立から二十年近く経った201＊年7月のことである。

事件の詳細なレポートである第三章こそ、ドキュメンタリー中のまさに白眉《はくび》だ。

本部施設で共同生活を送る八人のうち七人が死んだとされる集団死事件の情景は、家屋の外観を見ていることと、上原の的確な筆致と相俟《あいま》って、読んでいくうちに生々しく脳裏に展開され、事件の現場に立ち会ったかのような錯覚を覚えた。

恵子自身が北西の角に立って眺め上げたフロアの下の広間で、201＊年、7月＊＊日、午後4時前後に、事件は起こった。

惨劇が起こったおおよその時刻がわかるのは、午後三時過ぎに若い男によって花束らしき包みが届けられた事実と、防犯カメラが撮影した映像に時刻が刻印されていたことによる。

外玄関のところで、若い男の手から女性信者に花束が渡されたとき、家屋の内外に不審な点はまったく見られなかった。

敷地内にある倉庫の角に設置された防犯カメラが異変をとらえたのは午後四時前後のことである。つまり、三時から四時までのどこかで惨劇の幕は切って落とされた。

防犯カメラが撮影したのは、惨劇を構成する要素のほんの一コマに過ぎず、その小さな手掛かりから事件の全容を割り出すのは難しい。

なにしろ、防犯カメラの焦点は外玄関から内玄関を結ぶルートに合っていて、手前の広間にあるふたつの出窓のうち、玄関側のものだけが、ようやくモニターの隅に映り込む程度なのだ。

上原の筆致は防犯カメラが撮影した短い映像を克明に描写していた。

突如、出窓が勢いよく開かれ、三十代とおぼしき女性が身を乗り出してきたのがpm4：02。

彼女は、窓の外に両手を広げて空を仰ぎ、顔を歪めていった。

恍惚《こうこつ》とも苦悶《くもん》とも判別できぬ表情が浮かぶ横顔は青ざめ、音声がなくても、荒い呼吸で激しく胸が上下する様が見て取れた。

胸を叩き、かと思えばかきむしり、息を吸おうとして顔をしかめ、彼女は、出窓に片足を載せて窓枠をまたぎ、庭先に飛び下りてきた。

着地して身を屈《かが》めたタイミングで、身体は一旦《いったん》モニターから消え、直後、振り乱した頭髪のみがカメラの下をよぎって、視界の外へと消えていった。

このとき出窓を越えて庭に降りたのが、幹部メンバーのS子で、彼女の遺体は母屋と倉庫の隙間で発見されることになる。

S子以外にも、庭で発見された遺体は三体あり、死亡した七人のうち、祭壇のある広間で発見されたのが三人で、残りの四人は窓から飛び下りてしばらく後に、庭のあちこちで事切れていた。庭に降りた女性たちは皆、裸足《はだし》であった。ドキュメンタリーの中には、家屋と庭の見取り図が載っていて、七人の遺体が発見された場所が人型で示されている。

恵子は、その位置関係を確認した上で、情景を思い浮かべようとした。

事件が発生した二十畳敷きの広間は東側に出入り口があり、北側に祭壇、西側には出窓がふたつ並んでいた。

当日の天気は晴れ……。午後四時という時間帯から、出窓には強い西日が差し込んでいたと予想できる。

見取り図をちょっと眺めただけで、恵子は、遺体発見場所に偏りがあることに気づいた。広間中央に置かれた座布団から判断して、当初、七人の信者たちは部屋の中央に座っていたと想像がつく。ところが、ある瞬間を境に、一斉に西側へと移動している。そして、ふたりが出窓の壁に寄り掛かるように、ひとりは壁に到達できないまま仰向けの姿勢で、残り四人は出窓から飛び出た先の庭で、息絶えていたのだ。

なぜこのような行動を取ったのかと、恵子の頭に疑問が湧いた。

広間の出入り口が東側にあるにもかかわらず、なぜ皆一斉に西側に向ったのか。

何らかの事情で、家の外に出たいという衝動に駆られたとしたら、東側の出入り口から玄関へと進めばいい……、そうすればせめてサンダルぐらい履くことができたはず……。ところが七人の信者たちは西側へと移動した……、いや、殺到した。

この不自然な人の流れを説明しようとして、恵子は、ある存在を仮定してみる。

得体の知れないモノが、突如、東側の出入り口から侵入してきたら、どうだろう……。そいつはグロテスク極まりなく、人の恐怖を大きく煽《あお》る外見を持ち、危険な臭いをぷんぷん漂わせていた……。怯《おび》えた信者たちは、侵入者との距離を離そうとして、一目散に反対方向へと逃げた……。

そこで恵子の推測は行き詰まる。

現場検証によって、事件発生当時、敷地内に信者以外の第三者がいた痕跡は一切ないと証明されているからだ。

となると、広間の入り口に立って信者たちを恐怖のどん底に叩き込んだモノは、摑《つか》みどころのない雲のような存在となってしまう。具体的に想像しようとしてもその形態はぼやけるばかりだった。

恵子は、幽霊やオカルトの類いを信じてはいなかった。

ほとんどはまやかしであり、話題を盛り上げるための素材に過ぎないと、バカにするところがあった。

しかし、事件の現場となった廃屋を訪れたとき、板塀の隙間から忍び出る妖気に触れ、はからずも鳥肌を立ててしまったことを覚えている。物理量を持たない異様な気配を、第六感が感知したのだ。

おまけにそいつは、瞬時に人の命を奪う術を持っている……、しかも、自然死と見せかけて……。

亡くなった信者の死因が、現在に到るも不明なままであるのは、ネットの情報で確認済みである。

恵子は、悪寒を覚え、半袖《はんそで》から出た肘《ひじ》を交差させた両手の平で包んだ。

金に目が眩《くら》んで、危険な領域に足を一歩踏み入れようとしているのではないかと、自分の身が案じられてくる。

それ以上に案じられるのは、ひとり娘の身の上だった。

娘の沙紀《さき》はまだ小学校二年生、母が不慮の死に見舞われたりしたら、この先どうやって生きていけばいいのか……。

いや、ひとり残されるのならまだしも、娘が巻き込まれることだってある。ひとつ屋根の下で共同生活を送っていた七人の信者は、皆同じ運命に見舞われた。

恵子は、第四章に入る手前でドキュメンタリーを一旦投げ出し、お湯を沸かした。

気分を変えるためには、コーヒーが必要だった。

調査を進め、深入りすることによって、実体のない悪霊を自分の懐に呼び込んでしまうかもしれない……。

そんな不安を断ち切らない以上、本を読み進む気にはなれなかった。

7

オートロックのない古マンションのエントランスを抜けると、恵子は、エレベーターで四階へと上った。

指定された部屋の前に立ち、一週間前とは逆の立場にいることに気づいて、チャイムを押す手をふと止めていた。

一週間前、人伝に聞いた住所を頼りにやってきた謙介もまた、同様に部屋番号を確認してチャイムを鳴らしたはずである。

あのとき、恵子は、魚眼レンズ越しに彼の顔を見て、即座に居留守を決め込んだ。顔を見ただけで謙介の妻と元夫との顔が同時に連想され、ふたりとの間に巻き上った泥沼の騒動が一気に蘇り、身体が拒否反応を起こしたのだ。

しかし、今ここでチャイムを鳴らしても、相手に拒絶される恐れはない。

アポイントメントを取り付けたときの口調には、歓迎のニュアンスが濃く漂っていた。情報交換は双方の利益につながるはずと、両者の思惑は一致している。

約束の時間ちょうどに恵子はチャイムを鳴らした。

開いたドアの先から、口髭《くちひげ》を生やした、小柄でがっちりとした体型の男性が顔を出し、恵子の顔を見て相好を崩してきた。

「お待ちしていました。むさ苦しいところですが、ま、どうぞお入りください」

「お邪魔します」

案内されて踏み入れた玄関先は、言葉通り、足の踏み場もないほど散らかっていた。

バルコニーのある窓までの壁一面が、天井まで届く作り付けの書棚となっていて、乱雑に収納された書籍類が今にも崩れ落ちそうである。

物書きの仕事場としてはまさにイメージ通りだった。

恵子は廊下に散乱する障害物を避けながら前へと進み、25平米ばかりのワンルーム中央に置かれた丸テーブルの前に立つタイミングで名刺を差し出し、自己紹介をした。

「探偵の、前沢恵子と申します」

それに応《こた》えて、差し出された名刺には「上原信之」の名前、住所、電話番号、メールアドレスと、ジャーナリストの肩書きが添えられていた。

「カルト集団死の謎」の著者である上原には、気難しそうな様子が一切なく、恵子は、ホッと胸を撫でおろしていた。

上原は、時候の挨拶《あいさつ》を並べながら、恵子に椅子に座るようにすすめ、ポットで沸かした湯でティーバッグのお茶を淹れ、湯呑《ゆの》みをふたつテーブルの上に置いてきた。

「ま、お茶でもどうぞ」

湯呑みの縁についた汚れが気になり、口をつける気は起きなかったが、恵子は、笑顔で「ありがとうございます」とお礼を言う。

与えられた時間は約一時間半である。

持ち時間が尽きるまでに、なるべく多くの情報を引き出さなければならない。

今、この時点での情報量は、圧倒的に上原のほうが勝っている。

上原の興味が集中するのは、「なぜ今頃、十五年前の事件を探偵が蒸し返そうとするのか」という一点に尽きるだろう。しかし、依頼主との間に交わされた守秘義務があるため、包み隠さず喋るわけにはいかなかった。

得る情報より、与える情報のほうが断然多いと判断された場合、損な役回りに嫌気が差して人間の口は重くなりがちである。上原の興味を持続させ、貴重な情報を引っ張り出すためには、それなりの作戦が必要だった。唯一のカードである「中沢ゆかり」の名は、最後まで伏せておいたほうがよさそうだ。

まずは、彼の著作を褒めて口の滑りをよくするに限ると、恵子は、「カルト集団死の謎」を話題に上げた。

「ご著書、拝読させていただきました。綿密な取材に裏打ちされた事件現場の描写は、微に入り細をうがって、まるで自分で体験したかのような錯覚を覚えました。文章力がすばらしく、とても参考になりました」

「それはどうも」

上原は曖昧《あいまい》な笑みを浮かべて頭を軽く下げ、お世辞をさらりとかわして、訊かれてもいないのに、十五年前に転機が訪れて、フリーライターの肩書きがジャーナリストに変っていった経緯を語り始めた。

フリーライターとしてマイナーな雑誌にエロ系の記事を書いて糊口を凌いでいた三十歳の頃に、「夢見るハーブの会」の集団死事件が起こり、幹部信者のひとりであった昌代《まさよ》と旧知の間柄であった偶然から、ドキュメンタリーを書くチャンスを摑み、単行本として出版したところそこその評判を呼び、それが転機となって大手新聞社系や出版社系の雑誌から声がかかるようになり、以降、ようやくジャーナリストを名乗れるようになった……。今は、得意ジャンルを幼児虐待やDV、未解決の殺人事件へと広げ、広範な人脈を築き上げている……。

聞きながら、恵子は胸に快哉《かいさい》を叫んでいた。ちょっと胸をくすぐっただけで、自ら率先して喋り出したのだ。

期待以上の饒舌《じようぜつ》さが、金鉱を掘り起こしたという手応えを与えてくれた。特に、幹部信者の昌代と旧知の間柄であったという事実は貴重である。彼女を通して、関係者だけしか知り得ない情報が引き出されているはずだった。

恵子は、視線を上原に据えたまま、手だけを動かしてバッグからノートとボールペンを取り出し、メモを取り始めた。

そして、十五年前の執筆の動機を語り終えて一息つく頃合で、質問をひとつ挟んだ。

「事件が起こったときの時間経過を確認させてください。まず、午後三時頃に花束が届けられます。でも、そのとき、敷地内に不審な点は何も見られなかった。広間の出窓からS子が飛び出す姿を防犯カメラがとらえたのが午後の四時二分。そして、五時近くに救急車が到着して、五人の死亡と意識不明の二人を発見して、事件の処理は警察へとバトンタッチされることになる……、となると、四時半頃に救急車を呼んだのは、だれなんでしょうか」

上原はこともなげに答えた。

「隣家の母親ですよ」

「隣家……」

先週に訪れた廃屋の情景を、恵子は頭に思い浮かべた。

廃屋の両隣はだだっ広い駐車場になっていて家はなかったはずである。

「事件のあと、引っ越したと聞いてますが、当時、教団の施設は、北側と南側に建つ二軒の家に挟まれていました。北側の家の二階にいた男子高校生が、たまたま窓から見下ろしていて、事件の一部を目撃したのです」

「実際に、隣家の方から、お話を聞いたのですか」

「もちろんです。目撃者である高校生からも、通報者である母親からも、会って、話を聞いています」

やはりそうかと、思い当たるところがあった。廃屋の両側の駐車場はガラガラで、いかにも場にそぐわず、不自然なたたずまいがあった。

事件後に、板塀の隙間から流れ出る妖気に怯え、住民は逃げ出したのだ。

ところが上原の動きは迅速だった。引っ越して更地になる前の隣家にすぐ赴き、住民に聞き込み調査を行っている。

当時の高校生だった男性の現住所を調べ出し、自宅を訪れて聞き込み調査をするのは不可能ではない。しかし、そのためには費用と時間がかかる。麻生繁が振り込んでくれた調査料は経費込みの金額であり、無駄遣いは避けるにしかず……。おまけに、十五年前の記憶となれば相当薄れていて、語られる内容の信用度は低い。

事件発生直後、上原は間髪を容《い》れず聞き込み調査を行い、ポイントを絞った新鮮な情報を得て、取材ノートに証言内容を記述しているはずだ。上原からノートを借りて、じっくり読み込めば、時間と経費を節約することができる。

上原との関係は今後も保持すべきとの認識を新たにし、恵子は、まずは手始めにと、湯呑みを手に取って冷めたお茶をおいしそうに飲んで見せた。

「ところで、隣家の高校生は、何を目撃したのですか」

「防犯カメラが撮影したのと、逆向きのシーンですよ」

防犯カメラが設置されていたのは出窓の南側の倉庫で、焦点は北に向けられていた。高校生は、逆に、北側に建つ家の二階から南にある隣家の庭を見下ろしたのだ。

「つまり、出窓から飛び出してきた女性信者の姿を目撃したのですね」

「ええ。一般的に、新興宗教団体には近隣トラブルがつきものなんですが、『夢見るハーブの会』は例外で、近隣住民ととても良好な関係を築いていました。変な隠し事もなく、会えば気さくに挨拶を交わしていたのです。隣家が集会所として使われるときは、いつも外玄関周辺に自転車がずらりと並ぶのですが、その日、自転車は一台もなく、屋内にいたのは幹部信者のみと予想がつきました。

そのうちの四人が、ふたつ並んだ出窓からあいついで飛び出してくるのを、高校生は目撃したのです。

四人とも裸足で、着地した拍子に土の上に両手をつき、よろめきながら立ち上がり、母屋と倉庫の隙間を抜けて、日当たりのいい南側の庭へと這《は》うように進んでいきました。ひとりだけ、庭の手前で力尽き、その場にへたり込んで動かなくなってしまった。南側の庭に散り散りになった残り三人も、母屋と倉庫の陰に隠れて姿は見えなかったのですが、倒れている気配が濃厚で、ぷつりと事切れたような静寂が生まれ、時が経つほどに静けさが増していった……。

異変が生じたのは明らかであり、高校生は自室のある二階から降り、ダイニングキッチンで夕《ゆう》餉《げ》の支度を始めたばかりの母に事の次第を告げました。

最初のうち半信半疑だった母は、息子の部屋に上って隣家の庭を眺めおろして、倉庫の陰に横たわったままの人影を発見する。双眼鏡を持ち出して確認しても、生きているようには見えない……、母と息子は、すぐに隣家の外玄関前に出向いてチャイムを鳴らしたのですが、当然、応答はありません……、こうして、まずは救急車が呼ばれ、状況が確認された後、次々にパトカーがやって来て、集団死事件が明るみに出ることになったのです。高校生が目撃していなければ、事件の発覚はもっと遅れていたでしょうね」

事件の概略を理解した上で、恵子は疑問を口にした。

「ご著書の第四章では未解決のまま残された疑問点を、いくつか列挙されてますね。残された謎のうち、最大のものは何だと、お考えですか」

上原は即答した。

「もちろん、死因です」

死因が不明なことは恵子も重々承知している。

七人の死者に外傷はなく、服毒が疑われたものの、集団死の現場である広間には毒物等の残留物はなかった。司法解剖をしても、体内から既知の毒物は検出されず、一酸化炭素中毒等の症状もなければ、食中毒でもなく、未知のウィルスや病原菌が発見されることもなかった。

唯一、全身の神経が麻痺《まひ》して呼吸困難に陥ったらしい兆候が見られたが、その原因となると皆目見当もつかなかった。

「上原さんは、検死官や解剖医から直接お話をうかがっているのですか」

「ええ。検視の段階でわかったのは、死体のほとんどに窒息によるチアノーゼの症状が見られたという程度でした。司法解剖に回されても、死因を確定することはできませんでした」

ノートにボールペンの先を当てた状態で、恵子は尋ねた。

「司法解剖を行った先生の所属と名前はおわかりでしょうか」

「K大学医学部法医学教室、矢内幸久《やないゆきひさ》教授です」

即座に所属と名前を書き取った恵子は、麻生繁、敏弘の父子と、露木眞也がK大学医学部出身であることを思い出していた。そのツテを辿れば、執刀医から詳しい話が聞き出せるかもしれないと、唇を舐める。

「矢内先生は、死因は確定できないと、明言したのですね」

「いやあ、なんだか、奥歯にものが挟まったような言い方でしたね。真実を隠すというより、確証が持てないことを迂闊《うかつ》に喋ってはならないと、自制しているようでした」

「なぜ、そんな反応をしたのでしょうか」

「矢内教授は、死体に残されていた異変の正体を密かに嗅《か》ぎ当てていた……、しかし、それが医学の常識からあまりにもかけ離れているために、敢《あ》えて、発表を控えたのではないか……、下手に公表して非科学的という烙印を押されたら、学者として命取りになりかねませんからねえ。なんとなく、そんな印象を持ちました」

「未知の毒物が使われた可能性はありませんか」

ネットの掲示板には、新種の毒を使った集団自殺ではないかと、根拠のない臆測《おくそく》がいくつか並んでいた。

「いや、ぼくは、集団自殺説には否定的なんですよ」

上原の著作のタイトルは「カルト集団死の謎」であり、「集団自殺」の四文字は使われていない。

「なぜでしょう」

「カルトの集団自殺にはそれなりの理由がある場合が多いのです。金銭的に困窮した……、内紛が起こって疲弊した……、近隣住民とのトラブルが訴訟に発展して切羽詰まった……、官憲による弾圧が迫っている……、などの理由で追い詰められた末、来世における楽園に夢を託して現世にさよならをするパターンばかりなんです。

しかし、『夢見るハーブの会』は、自然農法で生産した野菜やハーブの通信販売を主体として、ヨガ、自然療法、占いにまで手を広げて、堅実な運営をしていました。信者同士の確執やいじめはあったかもしれませんが、近隣との付き合いは和気あいあいとして、集団自殺をする動機が見当たらないのです」

「三十年ばかり前、東北の片田舎にある新興宗教施設で、除霊と称して信者七人に激しい暴行を加えて殺害する事件が起こりました。同様のことが起こったとは、考えられませんか？」

「通称『悪魔払い殺人事件』のことですね。集団自殺説を否定するのと同じ理由で、その線は考えられません。殺人事件を起こした教団は、病気や借金、痴情のもつれ、訴訟沙汰など、内部に泥沼の葛藤《かっとう》を抱えていました。集団殺人は、信者同士の諍《いさか》いやトラブルを精算するためのもので、教義とは無関係でした。女性のみで牧歌的に運営されていた『夢見るハーブの会』に、そこまでの反目はなかったように見えます」

「ではこの事件を一体どうとらえればいいのでしょうか。ぜひとも、上原さんのお考えを、お聞かせください」

「私見ですが」と断った上で、上原は語った。

「現場となった広間の祭壇には花束が飾られ、祭壇の中心からのばした直線が対角線となる正方形を描いて、八枚の座布団が置かれていました。

これらの状況から、祭壇前に座る新村清美を中心に、信者たちは何らかの儀式を執り行っていたのではないか、そして、その最中、予期せぬ事故が起こったのではないかと思われてならないのです」

予期せぬ事故の例に、恵子は、一度抱いたことのある妄想を当てはめていた。

「たとえば、その儀式によって、悪霊が呼び寄せられてしまったとか……」

冗談と受け取ったらしく、上原は力なく笑って、恵子の臆測を否定する。

「いや、悪霊とか悪魔とかは、会の趣旨とまったくそぐわないですね」

「ではなぜ、信者たちは皆一斉に、東側のドアではなく、西側の出窓に殺到したのでしょうか」

悪霊に象徴される恐怖の源が東側のドアから現れた場合、信者たちは反射的に逆側に移動するのではないかと、恵子は、自説を補強した。

「確かに、その点は不思議なんです。当初連想したのは火事のような現象でした。東側のドアから一酸化炭素などの毒性の気体が流れ込んだとしたら、信者たちの移動にも説明がつくと考えたんですが、ご承知の通り、現場検証の結果、出火や有毒ガスの発生は、一切検知されませんでした。お手上げですよ。真相を明らかにしようと思えば、やはり、事件前後に失踪《しっそう》した女性信者に聞くほかないでしょうね」

　核心へと近づいた手応えを得ると、恵子は、前のめりになって問いを発した。

「当時、教団施設で共同生活をしていたのは、新村清美を含めた幹部信者八名でした。でも、亡くなったのは七名。一名のみ、事件前後に、いなくなっていますね」

「ええ、その通り。でも、彼女がいついなくなったのか、時間が定かではないのです。集団死が起こりつつある中、どさくさに紛れて逃げ出したのか、あるいは、事件が起こる前に姿を消していたのか……」

　当初、警察は、唯一の生き残りである女を摑まえ、事情聴取を行えば、集団死の真相が明らかになるだろうと、血まなこになって消えた信者の消息を追った。ところが、都会の闇に飲み込まれるように女は何処へともなく消え、彼女の行方は杳《よう》として知れぬままである。

　著作の中、新村清美以外の信者にはすべて偽名が使われている。消えた信者の名前を知りたければ、上原に尋ねる以外になかった。

「失踪した信者の名前はおわかりですか」

「確か……、ちょっとお待ちください。確認します」

　上原は、項目ごとに保存された資料の中から、当時の取材ノートを取り出し、指でページを捲《めく》っていった。

「ありました。女性の名は中沢ゆかりです」

　名前を聞いて、恵子は安堵の溜め息を漏らした。蜘蛛の糸は断ち切られることなくどうにか繋《つな》がってくれた。

　中沢ゆかりが死者の側に含まれていたら、麻生夫婦が孫の顔を見るチャンスは限りなくゼロに近くなっていたところである。彼女は何らかの理由で生者の側に組み込まれていた。

「守秘義務があるので詳しくは説明できませんが、わたしが追っているのは、中沢ゆかりなんです」

上原の誠実な対応に感謝の気持ちを込め、恵子は、調査対象の名のみを告げた。

「なんと……」

上原は、驚きのあまり口をあんぐりと開け、額を軽く手で打った。

両者のターゲットはぴたりと一致したことになる。

中沢ゆかりの所在を突き止めることによって、恵子は、彼女が子を生んだか否かの確認ができ、上原は、事件解決の糸口を発見するチャンスに恵まれる。恵子は成功報酬を手に入れ、上原はドキュメンタリーの続編を執筆して名声を手に入れる。

両者の利害が競合することはなく、共同戦線を張るのが一番だ。

恵子は、丸テーブル越しに手を伸ばして、握手を求めた。

即座に意図を察したのか、上原は、差し出された手を握り返してきた。

第2章　変死

I

いっそのことさっぱりと諦《あきら》めてしまったほうがいいかもしれない……、そうすれば、もはや思い悩むことはない。仕事にも身が入るし、趣味を増やして余暇を楽しみ、人生をより豊かにできる。

……だめ、だめ。

葉月有里は首を激しく振り、少子化問題を扱った原稿を読んで湧《わ》き上った共感が独身主義を芽生えさせる寸前で、思考の流れを断ち切り、戦線離脱への甘い誘惑を頭から追い出そうとする。

……罠《わな》に嵌《は》まってはいけない。

結婚願望が強ければ強いほど反動が大きくなると肝に銘ずるべきだ。

今年の秋に三十七歳の誕生日を迎えようとする有里に、残された時間はあまりない。

戦前に比べ、女性の平均寿命は二倍近くに伸びている。だからといって、一生のうちに女性が排卵する卵子の数が、寿命と比例して増えているわけではない。人類発祥以来、女性が妊娠できる期間の長さはほぼ不変なのである。

「二十代で結婚しろ」と口うるさかった父のアドバイスを聞いておけばよかったと後悔しても後の祭り。「なぜ二十代でなくちゃいけないの」と聞き返したところ、「三十代に突入したとたん周囲からいい男がいなくなるからだ」と返され、「なんだ」と鼻先で笑ったものだ。

二十代になったばかりの頃は、同年代の男たちはみな頼りなく、三十代四十代の男たちのほうがよほど逞《たくま》しく魅力的に見えた。有里の目に、年を重ねるごとに男たちは成長していくと映っていた。

ところが、現実に三十代の後半に差し掛かると、魅力的な独身男性の数が激減している状況を目の当たりにすることになる。何のことはない。成長する可能性を秘めた男たちの多くは、二十代でとっくに結婚して家庭を築いていた。家庭を持って生じる責任感が、男を成長させる因子であったことに気づかなかったのだ。

リアルな生活の中では、結婚のメリットを提示してくれる独身男性と出会うチャンスは少なく、かといって、婚活パーティや婚活サイトを利用すれば、スペックを示す数字ばかりチェックする自分に嫌悪感を催す。

独身女性の口から溜《た》め息混じりに漏れる陳腐な言い訳を、まさか自分で実感することになるとは、思いも寄らなかった。

……ほんと、いい男がいないのよね。

いい女の棲息数《せいそく》と、いい男の棲息数の比が著しく崩れているところに問題の根がある。前者のほうが圧倒的に多く、需要と供給のバランスが釣り合わないのだ。なりふり構わず結婚したくなる男の数の少なさが、女性の不幸を招いていると思われてならない。

仕事の途中で紛れ込んできた雑念を振り払い、プリントアウトされた原稿のチェック作業に戻りかけたところで、雑念のさらなる膨張を促す人物が視界に入り、有里は顔を上げた。

膨らみかけた腹に左手を当て、正面に向けた右手をヒラヒラ振りながら、鷹揚《おうよう》な足取りで近づいてくるのは、二年前に「週刊オール」編集部に配属されたばかりの若手、高嶋真奈美《たかしままなみ》だった。

ふくよかな丸顔をポニーテールで縁取り、小柄な身体を少女趣味の服で包んで、見た目の年齢を二十代前半に保とうする魂胆が見え見えである。

真奈美は有里より五歳下の三十一歳。今年の秋に出産を予定しているせいで、有里にとって神経を逆撫《さかな》でする存在となっていた。

真奈美は有里の傍らに立ち、身を屈《かが》めて囁《ささや》いてきた。

「せんぱい、笹山《ささやま》デスクが呼んでますよ。一階の喫茶コーナー」

「今、すぐ?」

「ええ、編集部では話せないんだって」

「そう。わかった。ありがとう」

編集部の人間に聞かれたくない話をするのは、一階の喫茶コーナーと決まっていた。

有里は、椅子から立ち上がってエレベーターホールまで歩き、八階から一階へと降りて喫茶コーナーの入り口に立った。

すぐにコーヒーカップを片手に持って、手招きする笹山の姿をみとめ、彼のテーブルへと進んで椅子を引いた。

「お呼びですか」

「どうだ、婚活のほうはうまくいっているか」

「またか」と、有里はうんざりする。さっさと仕事の話に入ればいいのに、笹山はいつも前置きが長い。おまけにセクハラまがいの言動も多く、辟易《へきえき》させられる。

編集部内最年長の五十八歳で再来年に定年を迎える身となれば、目くじらを立てるのもおとなげない……、軽くあしらうのが一番である。

有里は、適当に近況を報告した後、たっぷりと無言の時間を作って、それとなく本題に入るよう促した。

「おまえさん、真奈美ちゃんを見習ったほうが、よかねえか」

契約スタッフを含め五十人の大所帯となる編集部で、笹山はたいがいの相手を「おまえさん」と呼ぶ。十歳年下の上司である編集長も例外ではなかった。

結婚話に固執するのは、生まれたばかりの孫に話題を振ってほしいからだろうが、有里はその手には乗らず、笹山のいらぬお節介を言下に否定した。

「嫌ですよ」

有里の返事が唐突と感じたのか、笹山は聞き返した。

「え、何が？」

「わたし、真奈美のことなんか、見習いたくありません」

真奈美に結婚生活の近況を尋ねたところ、「あいつ、覇気がないんだよね」と即答されたことがあったからだ。有里は、覇気のない男で妥協するつもりはさらさらなく、毅然《きぜん》とした態度で見返したところ、笹山はようやく本題に入ってきた。

「ところで、おまえさんが興味を持ちそうなネタを摑《つか》んだんだが、どうだ、やってみる気はないか」

「まずは、どんなネタか、教えてくださいよ」

有里は、人間としてはともかく、週刊誌記者としての笹山の取材能力を高く買い、師と仰いでいた。笹山もそれを知っていて、おもしろそうなネタがあると、有里に回してくるのだった。

「つい先日、警視庁科学捜査研究所の研究員に会ってな。上司と意見が対立して腐っていたところを、うまく宥《なだ》めて、痛いところをくすぐってやったら、やっこさん、おもしろそうなネタを漏らしてくれた」

そう前置きして笹山が語り始めたのは、都内に建つマンションの一室で発生した、不審死事件の概要だった。

亡くなったのは花岡篤《はなおかあつし》という三十歳の男性で、現場となったのは四十平米ほどの1LDKの部屋だという。

遺体が俯《うつぶ》せの格好で転がっていたのは、ダイニングテーブル下の絨毯《じゅうたん》の上だった。テーブルには、デリバリーのピザや野菜サラダ、水割りのグラス、ウィスキーの空き瓶などが並んでいた。

状況から、夕食の途中、花岡篤の身体に何らかの異変が生じ、突然死に見舞われたらしいとわかった。

発見されたとき、死後一週間が過ぎて肉が崩れて液状化し、現場は目を覆わんばかりの惨状を呈していた。

部屋は内部からカギがかけられた密室状態で、現場検証と検視が行われた結果、事件性は否定され、新聞報道もされなかった。

第三者によって殺されたのではないとすれば、まず、自殺が疑われたが、室内から毒の類《たぐ》いは一切発見されなかった。おまけに、花岡は一流企業に勤めるエリートで、仕事も順調で、自殺の原因が見当たらない。持病はなく、覚せい剤、違法ドラッグとも無縁で、食中毒、一酸化炭素中毒の兆候もなかった。

家の外で毒を盛られたり、頭に暴力を受けた可能性もあり、司法解剖に回されたが、死因を確定することはできなかった。

事件の概要を語り終えた笹山は、無言のまま首を傾げ、意見を求めた。

有里は、思わず前のめりになっていた上半身を戻しながら言った。

「三十歳という若さ、持病がない、というところが、引っ掛かりますね」

「死因不明のまま処理される単独死なんてごまんとある。特に年寄りとなれば、脳溢血《いっけつ》と判断されて、まず解剖は行われない。しかし、三十歳の若さで、持病もないとなると、ちょっと気になるなあ……」

「気づかないうち、急性食中毒や、急性アレルギー反応を引き起こす因子を、体内に取り入れたとしか、考えられませんね」

「ところが、その因子が何なのか、皆目見当がつかない」

「未知のウィルスとか……」

「さらにもう一件、ほぼ同時期に、似たような不審死が起こっているのを小耳に挟んだんだ。場所は横須賀、自衛隊官舎の一室、亡くなったのは海上自衛官の二尉。夕食後、夫の身体に異変が起こり、妻がすぐに救急車を呼んだが間に合わず、病院到着前に、自衛官は息を引き取っている」

「彼、何歳だったんですか」

「三十歳」

「年齢が一致してますね……」

「偶然で片づけるわけにはいかないだろう。どうだ、興味が湧いたか？　水面下で取材を進めておいたほうが、よかねえか」

「今後、大きな事件に発展しかねない……、そう睨《にら》んでるんですね」

「警視庁の科学捜査官は、当局が何か隠しているかもしれないと、仄《ほの》めかしていた。察しがつくだろ？」

「死因として、未知のウィルスや細菌が疑われた場合、迂闊《うかつ》に公表できませんからね。公表が正しければパニックが起こり、間違っていたら取り返しのつかない失態を演じることになる」

「そうだ。新しい感染症の可能性が浮上し、その発生源が日本となれば、外交上の大問題となる。物流がストップして経済的大打撃を被りかねない」

ほんの一瞬、笹山の顔を深刻な表情がよぎった。しきりにまばたきを繰り返す小さな眼を覗《のぞ》き込んでいるうち、有里には、彼が何を要求しているのか理解されてきた。

都内のマンションと、横須賀の自衛隊官舎で起こった不審死は、近い将来、大事件に発展しかねない案件である。当局の発表を待たず、週刊誌が臆測《おくそく》だけで事件を報道するわけにはいかなかった。しかし、正式に発表された後は、機を逸せずに特集記事を組まなければならず、そのためには、事前に内偵を進めておく必要があった。

いわゆる潜航取材というやつである。

公表されてから取材しているようでは、同業他社の後塵《こうじん》を拝するのは必至。ただし、不審死の理由がたわいもない偶然とわかり、記事にはできず、取材が無駄骨に終わる事態を覚悟しなければならない。

日本人のひとりとしては、むしろ、記事として成立しないほうが望ましい……、と笹山が憂慮しているかどうか知らないが、有里は、意図はよくわかったと大きくひとつ頷《うなず》いて見せた。

「自分の仕事も抱えて、おまえさんも大変だろうが、ま、ひとつ、よろしく頼むわ」

笹山は他人事のようにさらりと言う。

従来の担当を継続した上での潜航取材となれば、仕事量は当然増える。おまけに同僚の協力を取り付けるのは無理そうだ。

編集部内には同業他社との付き合いがあるスタッフが多く、内部から外部へと情報が漏洩《ろうえい》することがままある。鳶《とび》に油揚げをさらわれる事態だけは防がねばならなかった。

内偵していた大物芸能人の覚せい剤疑惑を他社にすっぱ抜かれたり、不倫の証拠となるメールが他社に流出したりと、この手の失敗は枚挙にいとまがない。

敢《あ》えて、喫茶コーナーで話し合いが持たれたのは、他の編集部員に聞かれないためであった。

「ひとりでは荷が重すぎます。外部スタッフの協力を仰ぐのも、だめなんですか」

「同業者は駄目だが、守秘義務のあるエキスパートなら、ま、よしとするか」

それを聞いて、有里は、ある人物の顔を脳裏に浮かべていた。

「ところで、今回の件を、なぜ、わたしに？」

有里は自分が選ばれた理由を知りたかった。

「医療関係はおまえさんの得意ジャンルだろ」

男性医師だけを対象としたお見合いパーティに二回参加した前歴がバレたのかと、有里は思わず身構えたが、どうやら思い過ごしのようだった。笹山は、昨年に有里が中心になってまとめた医療過誤の記事を褒めているに過ぎない。

決まり悪そうに有里が目を逸《そ》らすと、笹山が畳み掛けてきた。

「おまえさんには、きな臭い事件を追うハンターの素質がある」

「ハンター、ですか」

「独特の臭覚を持っていると、おれは、踏んでるんだがね……」

「買いかぶりすぎですよ」

謙遜《けんそん》したものの、悪い気はしなかった。笹山の評価を受けて、俄然《がぜん》、仕事にやる気が出てきたのも確かだ。

しかし、一方では、仕事に一生懸命になればなるほど、ますます婚期が遅れると、自戒の念がわき起こる。

本当は、魅力ある独身男性を次々に狩り立てるハンターになりたい……、しかし、残念ながら、そっち方面の才能からは見放されているようだ。

2

これまでに調べ上げた内容をフローチャートにしてノートに書き込み、流れを整理している最中、恵子は、一瞬の睡魔に襲われて顎をがくんと落としかけた。

このところ眠れない夜が続いていた。

調査料が破格な分だけ、期待に応《こた》えなければというプレッシャーが重くのしかかり、比例して焦りも大きくなる。

調査を開始して三週間が経過したというのにはかばかしい進展が見られず、焦燥感と苛立《いらだ》ちに駆られて、心地いい睡眠が妨げられていた。

恵子はコーヒーを飲んで眠気を覚まし、ノートに目を戻した。そこに並んでいるのは膨大な数の「中沢ゆかり」だった。無駄に費やされた時間の量が思い出され、疲労感に繋《つな》がったのが、居眠りを引き起こした原因と思われた。

調査報告書の提出期限は一か月後に迫っていた。それまでに結果をまとめて麻生夫婦に報告し、今後の方針についてお伺いを立てなければならない。

孫を見つけられれば万々歳なのだが、見つけられなかった場合は、どこで落としどころをつけるかが問題となる。孫の有無の調査において、存在証明は簡単だった。本人を発見して連れてくればいい。ところが不在を証明するのは難しく、提示できるのは、可能性が極めて低いということぐらいで、どこかにいるのではという懸念はくすぶり続けてしまう。しかし、だからといって、永久に調査を続けるわけにはいかない。

調査が空回りした最初の原因は、中沢ゆかりの戸籍に到達できないことにあった。

懇意にしている裏の名簿屋に出向き、わかっている限り中沢ゆかりの情報を提示した上で、名簿を絞り込むよう依頼し、提示されたリストを頼りに電話取材をかけても、一向にそれらしき人物には行き当たらない。

現在の所在がわからないのは当然としても、せめて手掛かりぐらいはしかった。

中沢ゆかりの戸籍さえ手に入れば、家族構成や生誕地、成育歴、かつての住所や通っていた学校がわかって同級生名簿の入手へと繋がり、友人や親戚《しんせき》一同に対して、しらみつぶしの聞き込み調査を行うことができる。

ある人物の現在地を突き止めようとした場合、もっとも役に立つのは、その人物の過去を知ることである。

ところが、中沢ゆかりの場合、同姓同名の女性の名は無数に出てくるのだが、当該人物と確定できるデータは皆無だった。手掛かりとなる生活の場は「夢見るハーブの会」と、その母体である「自然智教会」のみという少なさである。

「夢見るハーブの会」が集団死事件を起こすずっと前に、新村清美は、まだ幼かった中沢ゆかりを連れて、「自然智教会」から独立している。新村清美と中沢ゆかりの年齢差と親密さにピンときて、恵子は再度、上原の仕事場を訪れて情報交換をしたところ、とかく謎の多い新村清美に「中沢ゆかりは実の娘である」という噂があったことを知る。

この噂が正しいとすれば、中沢ゆかりは偽名であり、戸籍に記載された名前とは別人と推測できた。ならば、中沢ゆかりの名前を辿《たど》って戸籍を取り、彼女の過去を知ろうとした行為が無駄骨に終わったのも頷ける。

次に恵子が試みたのは、新村清美にターゲットを変更することだった。

新村清美の戸籍が入手できれば、そこには娘として、中沢ゆかりに相当する人物の記載があるはずだった。

ところが、「自然智教会」に出向いて以前の同僚に聞き込み調査を行っても、新村清美の実像はぼやけるばかりで、一向に戸籍に到達できなかった。

……まるで幽霊のよう。

もともとこの世に存在しなかった母子を探しているような感覚にとらわれ、恵子は、幾度となく調査を投げ出したい衝動に駆られ、頭をかきむしった。

そんな中、彼女の脳裏に閃《ひらめ》いたのは、「無戸籍者」というキィワードだった。

現在、日本人にもかかわらず戸籍を持たない人は、法務省が把握しているだけで千人近く存在する。そのほとんどは、離婚と再婚の狭間《はざま》に生まれた子の出生届を出さないことで生じていた。本来の実数や理由となると、全体像は正確につかめていなかった。

新村清美が無戸籍者であったと仮定すると、一本筋が通ったストーリーが浮かび上ってくる。

七十年ばかり前に、おそらく非嫡出子として、新村清美はこの世に生を受けたのではないか。ところが、事情があって出生届は出されず、無戸籍のまま彼女は教団施設で育てられ、教育を授けられた。無戸籍者に小学校入学の案内は来ないからである。

聡明《そうめい》な女性に成長した清美は教団内で頭角を現すも、母と同じ轍《てつ》を踏み、行きずりの男と関係して子を孕《はら》み、ひっそりと生み落とす……。無戸籍者ゆえ出生届を出すことができないまま、赤ん坊は、ただ、中沢ゆかりと名付けられた……。

祖母から母、母から子に受け継がれた無戸籍の系譜が、調査を困難にしている可能性は十分にあった。

この世に誕生した根拠が奪われている人間を探すのは極めて難しい。

推理が正しければ、三代目の系譜に連なる孫を発見するチャンスもまた極めて低いと言わざるをえず、先行きの暗さに、恵子は、暗澹《あんたん》たる気分になってくる。

どん詰まりとなったフローチャートの先に新しく枝葉がのびる余地はないのか……。

恵子は、これまでの調査の流れを丹念に辿り、どこか別のところに突破口がないかと思い巡らした。

人探しの鉄則である戸籍謄本に頼ることなく、起死回生の一発となる抜け道が、どこかにあるはずだった。

かすかな光明は、ある場所の名を告げる謙介の声によってもたらされた。

……第六台場。

中沢ゆかりが子を孕んだとすれば、その父親となるのは、麻生敏弘以外に考えられない。敏弘は病死する前の月に、「自分の子を孕んだ中沢ゆかりを第六台場に捨ててくる」と告白している。

謙介は、これを質《たち》の悪い冗談と受け止め、「近くにあって隔絶された場所」「灯台下暗し」の譬《たと》えとして、「第六台場」と表現したに過ぎないと解釈した。

中沢ゆかりが子を生む場所を敏弘が指定し、ある意図の元に「第六台場」と仮称したのだとすれば、それをヒントに出産場所をつき止められるかもしれない。

現実の第六台場は、レインボーブリッジのすぐ南、お台場海浜公園から西に三百メートルばかりの海上に築かれた砲台跡である。

周囲550メートル、変形五角形の小さな島は手付かずの植生に恵まれていて、貴重な文化財を守るため、東京都によって上陸が禁じられていた。原生林が生い茂り、昼間でもなお暗い無人島は、人目を忍んで子を生む場所としてうってつけだ。

恵子は、学生時代に読んだ『ローズマリーの赤ちゃん』というサイコホラー小説を連想してしまう。

ベストセラーとなった小説は映画化され、大ヒットを記録している。

ニューヨークの高級アパートに暮らすローズマリーは、夫と子作りに励んだ当夜、悪魔に犯されるという幻覚を見る。その後、妊娠が判明した夫婦の周囲には、なぜか悪魔崇拝者たちが集まって奇行が繰り広げられ、自分が生む赤ん坊が悪魔の子ではないかと不信感を募らせ、日に日に恐怖を増大させていくローズマリーに、いよいよ出産の日が訪れる。一体、彼女は何を生むのかと、ストーリーはスリリングに展開する……。

生まれ落ちるのが悪魔の子と事前にわかっていれば、是が非でも、出産を世間に隠す必要が出てくる。

恵子は、荒唐無稽《こうとうむけい》なフィクションと承知の上で、似たような設定を当てはめれば、敏弘のおかしな言動が説明できると考えた。

無戸籍者の中沢ゆかりが、出産地に第六台場を選ぶのは、なんとなく符牒《ふちょう》が合いそうな気がする。

「カルト集団死の謎」の中、著者の上原は、「夢見るハーブの会」の教義の底には、創立当時より、楽園思想が脈々と流れていると指摘している。楽園思想の源流を辿って行き着くのはエデンの園である。

旧約聖書によれば、人類の始祖であるアダムとイブは、ヘビにそそのかされて禁断の木の実を食べ、神の怒りを買って楽園を追われ、ユーラシアを東に進む旅に出る。これによって人類が背負い込むことになった重荷は、原罪と呼ばれている。

上原によれば、失われた楽園への郷愁は異端の思想へと受け継がれ、現在に至るまで脈々と流れ続けているという。

異端思想の根底には「物質的世界を拒否する傾向」があり、「来世に夢を託して死ぬほうがいい」という考えに傾きがちである。

そして上原は、「自然智教会」のさらに前身である「世界神光教会」が、キリスト教原理主義ともいえる異端の思想の影響を受けていた証拠を示し、「夢見るハーブの会」をその三代目と位置づけるのだった。

とすると、一部の信者が、絶海に浮かぶ無人島こそ来世に夢を託す楽園に相応《ふさわ》しいと考えるのも不自然ではない。

しかし、第六台場は絶海とはほど遠く、東京湾のど真ん中に浮かぶ孤島である。

第六台場への興味はみるみる膨らみ、恵子は、グーグルアースを開いて、その映像をディスプレイに呼び出してみる。

上陸が禁止されているため、グーグルアースのカメラが島内に入ることはできない。せいぜい、面積二万平方メートルばかりある島を囲む石垣を、カーソルを移動させながら辿るだけだ。

数メートルの高さに積み上げられた石垣には、北西の角にだけ切れ目があり、島内へと導く門のように見えた。その手前からは、長方形の石垣が海へと突き出ていて、古《いにしえ》の船着き場を彷彿《ほうふつ》させた。

上陸するとしたら、ここにボートを付けるほかなさそうだ。

第六台場に上陸する計画をシミュレーションしている自分に気づいて、恵子は、「ばか」と苦笑いを漏らす。

第六台場への好奇心が異様に膨らむ心理的メカニズムを、恵子は簡単に説明することができる。

キリスト教原理主義的な傾向を持つアーミッシュやメノナイトなどの信者は、文明から隔絶された片田舎で、産業革命前と同様の素朴な暮らしを営んでいたりする。そんな思想の流れを汲《く》む教団で育った中沢ゆかりが、第六台場で子を生み、母子ともども島内で暮らしているイメージは、妙にしっくりとくるのだ。

第六台場に上陸すれば中沢ゆかり母子を確保できるという甘い期待が、つい湧いてしまう。

そのとき、テーブルに置かれたスマホが着メロを鳴らした。

モニターには「葉月有里」と発信者の名前が表示されている。

謙介が、麻生夫婦の孫探しという仕事を携え、久方振りで恵子のもとを訪れたのは、出版社時代の後輩である有里が、恵子の窮状を謙介に訴えて連絡先を教えるというおせっかいに出たからである。

葉月有里こそ、麻生夫婦の孫探しを始めるきっかけを作った張本人といえる。

3

葉月有里がミーティングの場所として指定してきたのは、赤坂見附《あかさかみつけ》から徒歩二分の距離にあるビルの一室だった。

三階のガラス窓に表示された「カラオケボックス」の文字を見上げて、恵子は、「あのバカ、何考えてるんだろう」と、有里の神経を疑った。

カラオケボックスをミーティングの場とすることに異議はない。しかし、よりによってなぜこのカラオケボックスでなければならないのか……。

エレベーターで三階に上り、ラインで送られてきた部屋の前に立って、二度目の驚きを覚えた。

……313号室。

まさに同じ部屋だった。恵子が数字を覚えているのは、自分の誕生日が三月十三日だったからである。有里が部屋番号を覚えていたはずはなく、数字の一致は偶然としか考えられない。

七年前の初夏、謙介と初めて会った場所こそ、このカラオケボックスの313号室であった。

その夜、大学時代の先輩たちと飲んでいた有里から、突如、恵子は呼び出されることになった。唯一の女性である有里は、先輩たちからいい子を調達するよう命じられ、悩んだ揚げ句、スマホに前沢恵子の番号を呼び出した。

こんな場合の人選は難しい。有里より年下の女性となれば、男性陣からちやほやされるのを見せつけられて苛立ちが募るばかりだろうし、年上の女性となれば、見栄え次第で男性陣から総スカンを食らう恐れがある。

そこで有里は、「年上の、色っぽい、おねえさん」という触れ込みで、恵子に白羽の矢を立てたのだ。前宣伝から「人妻」の二文字を削ったのが、後々、恵子の運命を変えることになるとは露知らず……。

ちょうど仕事を終えたばかりの帰り際に呼び出された恵子が、指定されたカラオケボックス313号室におもむいたところ、入れ違いで男性ふたりが帰って、男女ふたりずつのツーペアとなった。

男ふたりのうちのひとりが謙介だった。

謙介の隣に腰をおろした恵子は、歌はさておき、会話を弾ませて、二時間ばかり楽しい時間を過ごした。

お開きの時間が近づき、有里ともうひとりの男性が目配せをして「じゃ、わたしたちそろそろ」と席を立ちかけたのを見て、釣られて腰を浮かせかけた恵子の手は、テーブルの下から延ばされた謙介の手で握られ、数センチばかり浮いていた尻をすとんと落としたのだった。もっと一緒にいようという誘いと受け止め、恵子は、反射的に手を握り返していた。テーブルの下で交わされた手と手の呼応は、ふたりの恋が始まる合図となった。

その夜、恵子と謙介は、手を握り合うだけで一線を越えることはなかったが、数日後にはふたりだけのデートに進んで、相手が妻帯者であり人妻であると知らぬまま、関係を深めていった。

後々恵子が後悔することになる出会いの場所こそ313号室なのである。

その扉を開けて部屋に入った恵子は、挨拶《あいさつ》もそこそこに問いただす。

「ねえ、有里、ちょっと、これ、どういうこと？」

先に来てビールを飲んでいた有里は、我関せずとばかり顔を上げ、「せんぱい、かんぱい」とジョッキを掲げてきた。

一口ビールを飲んだ後、有里は聞き返した。

「どういうことって、どういうこと？」

「この部屋よ」

「便利よお。密会の場所として最適。防音は完璧《かんぺき》だし、人目も気にならない」

「わかるけどさあ。わたしと謙介が初めて会ったのが、この部屋って、覚えてた？」

有里は「へぇ」と目を見開き、「すごい偶然じゃない。ま、たまたま店の人に通されただけだけどね」と興味なさそうに、ジョッキを口もとへと運ぶ。

唇に泡をつけてビールを飲む呑気《のんき》な顔を見ているうち、部屋番号の一致などどうでもよくなり、「わたしも同じもの」と、恵子は生ビールを注文した。

かんぱいして、ビールで喉《のど》を潤した後、有里は、今回のミーティングの本題に入っていった。

「デスクから潜航取材を命じられたんだけど、なにしろ、担当している仕事だけで手一杯。おもしろそうな案件だから、本当は全部自分でやりたいんだけど、忙しくてそうもいかず、で、こんなときに頼りになるのが、恵子先輩ってわけ。高くはないけど、調査費は計上できるから、仕事と割り切って手伝ってもらえるとありがたい」

そう前置きして有里が語ったのは、笹山デスクが喋《しゃべ》った内容の聞き伝えだった。

有里は、都内のマンションの一室で起こった突然死と、横須賀の自衛隊官舎の一室で起こった突然死の概要を語り、両者とも死因が不明のままであることを強調した。

ほぼ同時期に突然死したふたりの男性は、三十歳という若さだった。「夢見るハーブの会」の七人の犠牲者のうち六人は若い女性で、共に死因は不明のままである。十五年の開きがあるこれらの事件に、共通の因果関係があるかもしれないと恵子は臆測した。

有里から連絡を受けたとき、何か頼みごとをされるだろうと察していたが、まさか似た事案の調査協力を請われるとは思いも寄らなかった。

ひとしきり有里が語ったあとを継いで、恵子は、「夢見るハーブの会」集団死事件を大まかに語った。

「確かに、似たところがあるわね」

有里は並々ならぬ関心を示し、ふたつの事件の共通項をまとめた。
1）ほぼ同時に健康な人間が突然死した。
2）死因が今もって不明のまま。
知る限りの情報を互いに開示した後、恵子と有里は意見を交わして、論理的に筋道が通る仮説を導き出そうとした。

十五年の時を隔てたふたつの事件が、同じメカニズムで引き起こされたと仮定した場合、その原因として何が考えられるだろうか……。死因が不明のままという現状に鑑《かんが》みれば、「未知の要因」が関与している可能性が高くなる。既知の毒の類いであれば、検出はそう難しくないが、新型のウィルスや細菌が出現した場合、その特定に時間を要するのが通例である。

過去の大規模感染事例においても、初期の段階で迅速かつ的確な対応ができた例はあまりない。新種のウィルスが出回っていると判明したときには、既に多くの日数が経過しているものである。

次に問題となるのは、ウィルス、細菌などの「未知の要因」が、同時に複数の人間に感染した経路である。

たとえばウィルスの場合、飲食物が口から入ってうつる「経口感染」、輸血やセックスでうつる「血清感染」、空気中を漂うウィルスが粘膜に付着してうつる「空気感染」、人間以外の昆虫や動物が広げる「媒介感染」の四種類がある。

複数の人間がほぼ同時に死んだ事実を念頭において消去していけば、最後に残るのは「経口感染」のみであろう。毒性のガスや、注射針等の使用は、現場に証拠品が残ってしまう。

ところが、現場に残っていた飲食物を分析しても、それらしきモノは何も発見できなかった。なぜ、なのか。未知のものである上、一見して見慣れたものであるために、見落とされてしまったのではないか……。

しかも、複数の人間がそのモノを同時に摂取したとしか考えられない。効果が現れるまでの時間が一定であると仮定し、なおかつ、摂取時間を一致させなければ、ほぼ同時に死んだことの説明ができないからだ。

恵子は、上原が下した推理を思い出していた。

……死の直前、「夢見るハーブの会」の信者は何らかの儀式を執り行っていたのではないか。

儀式ならば、七人が同時に同じモノを口に入れるシチュエーションが生じないとも限らない。

都内マンションと自衛隊官舎で、二人の男性が同じモノを口に入れる状況として何が考えられるのか。

恵子と有里は、議論を重ねながら、複数の人間を同時に死に追いやった「未知のモノ」を特定するのが最優先事項であろうと、今後の調査方針を一本に絞り込んでいった。

「こんな場合、プロの探偵なら、まずどこに目をつける？」

有里に訊《き》かれて恵子は即答した。

「ゴミ漁《あさ》りね」

「ゴ、ゴミ……」

ゴミ箱を漁るホームレスの姿を連想したらしく、有里は、ビールを飲みかけて噎《む》せ、胸を叩《たた》いた。

「ゴミは、口ほどに、ものを言う」

「でも、とっくに現場検証と検視が終わってるんだから、現場は片付けられているんじゃないの」

「都内の賃貸マンションでしょ。死後一週間で発見されたなら、遺体は相当悲惨な状態になっていたはずだわ。元通りにして、新しいテナントを入れるためには、間違いなく特殊清掃業者が入っている……」

「特殊清掃か……」

「そう。事故物件を元通りにするプロフェッショナル。わたし、一度、特殊清掃の現場に同行取材したことがあるのよ」

「臭い、きついんじゃない」

有里は顔をしかめ、飲みかけたビールをテーブルに置いた。

「他のなにものにも例えることができない強烈な臭い」

「うえぇ」

「死んだ肉体が機能を止めた後も、大腸に棲《す》みついた何兆もの細菌は活発に動いてタンパク質を液体に変え、独特の臭いを発生させる。遺体から染み出た腐敗液は、アメーバ状の生き物のように、どこまでも浸透していく。畳から床板を通過して縁の下の土に滴ることもあれば、逆に、絨毯から壁を伝って天井まで這い上っていくこともある。現場検証が終わって警察が運び出すのは遺体だけで、腐敗液を含め、それ以外のものはその場に放置される。わたしが取材した特殊清掃人は、猟銃自殺した男性の頭から飛び出した脳みそをスプーンで拾って缶に詰めたって言ってたわ」

耳に両手を当てる有里に構わず、恵子は続けた。

「ウジ虫が床を這い回り、部屋中が銀蠅の群れで埋め尽くされた現場には、とても普通の人は入れない。たぶん、気を失ってぶっ倒れるんじゃないかしら」

もうこれ以上は勘弁と、手を横に振りながら有里は訊いた。

「聞き込みの当てはあるわけ?」

「簡単よ。普通、特殊清掃を依頼するのは亡くなった方の親族なのよ。マンションを借りていた男性の名前、わかってるんでしょ。その両親や兄弟に訊けば、請け負った業者や担当者の名前なんて、すぐにわかるわよ」

「じゃ、お願いしていいかしら。レシートや領収書はちゃんと保管しておいてね。経費として計上するから」

有里は、顔の前で両手を合わせて、拝み倒すポーズを取った。

もちろん、恵子に断る理由はない。共通要因が発見できれば、そのまま自分の調査に有効活用できるからだ。おまけに大手出版社の経費持ちで……。

「いいわよ。それともうひとつ気になるのは、『夢見るハーブの会』の集団死と、都内のマンション、自衛隊官舎不審死事件の間に、十五年の開きがあるってこと。ひょっとして、その間にも何件か、表沙汰《おもてざた》にならなかったというだけで、似たような事件が起こっていたかもしれない」

「わかった、それ、わたしが調べておく」

有里は自らその役を買って出た。

現場に赴いてゴミ漁りをするという汚れ役に対して、有里のほうは、ネット検索を主体としたデスクワークで済むのだから、気軽なものである。

相変らず要領がよく、フットワークが軽そうな有里を眺めているうち、恵子は、この年下の女性をちょっとした冒険に駆り出したい欲求に駆られた。

「ねえ、有里。あなた第六台場に行ってみる気ない？」

「え、あそこ、上陸禁止なんでしょ」

「だから深夜にこっそり忍び込むのよ」

「へえ、おもしろそう。いつでも付き合うわよ」

冗談と受け止めたのか、有里は、上陸の目的も訊かずに「おもしろそう」と即答してきた。

そんな有里だからこそ、仕事の相棒に相応しいと恵子は確信するのだった。

4

その日の午前に恵子が足を踏み入れたのは、特殊清掃会社の事務所だった。

昨日のうちに担当者の船木《ふなき》に電話して、「1201号室で亡くなった花岡篤さんの両親から頼まれ、再度、死因を調査しているので協力してもらえませんか」と、来訪の目的を伝えた上でのことである。

凄惨な現場への行き来を繰り返すベース基地には、清掃器材がところ狭しと積み上げられ、足の踏み場もないほど散らかっている。玄関を通過する瞬間、恵子は、以前に取材したときの得も言われぬ臭いを思い出し、身体が外へと押し戻されそうになった。

思わず口許《くちもと》を手で覆う恵子を迎えた船木は、ハンサムな上に、絵に描いたような好青年である。

場にそぐわない彼の笑顔は、一抹の芳香剤となって悪臭の記憶を薄め、恵子の手は口許から離れていった。

　恵子が、「清掃現場のビフォー&アフターを撮影した映像を見せてもらえませんか」と頼んだところ、「人様のお役に立てるならば」と船木は快く応じて、事務所奥のテーブルに恵子を案内してパソコンを立ち上げ、ディスプレイに画像を呼び出し、あとはプレイボタンをクリックするだけの状態にセットして椅子に座るよう促した。

　クレーム等に備え、清掃前後の部屋の様子は動画と静止画の両方で撮影しておくのが基本である。１２０１号室、花岡篤突然死の案件では、船木と助手の秋元《あきもと》が現場に赴いて作業を行ったという。

　映像をモニターに呼び出す準備が整ったところで電話が鳴り、船木は「じゃ、ゆっくりご覧ください」と席をはずした。

「ありがとうございます」

　恵子は、船木の背中にお礼の言葉を投げ、椅子に腰をおろし、プレイボタンをクリックした。

　ディスプレイに呼び出された映像は、都内に建つマンションの１２０１号室の扉を開けるところから始まっていた。

「ドアを開けるのはほんの一瞬だからな」

「わかりました」

　船木の指示に、押し殺した声で応じたのが助手の秋元だろう。

　室内から無数の蠅が飛び出してくる可能性を、ふたりが考慮している様が窺《うかが》い知れる。マンションの共有部分である内廊下を蠅が飛び回る事態となれば、間違いなく住民から苦情が出る。それだけは、なんとしてでも避けねばならない。

船木と秋元の姿が映像に写り込むことはなく、ビデオカメラのマイクはふたりが交わす声のみを拾っていた。特殊清掃のビフォー&アフターの撮影であるため、生きている人間に焦点を当てる必要はない。主な撮影対象は、現場に放置された残留物に限られる。
一、二、三、と数字を数え、さっとドアを開閉させて身を滑り込ませた船木と秋元は、玄関ライトをオンにして、ビデオカメラを廊下の奥へと向けた。
短い廊下の先に、もう一枚、すりガラスがはめられたドアがあった。

事前に部屋の間取りをチェックして、室内の様子がイメージできていたに違いない。

廊下への蝿の大量放出がなかったのは、廊下とリビングダイニングとの間にガラス戸があったからだ。

凄惨な現場が待ち受けているのはさらにこの先であると確認した後、船木と秋元は、清掃器材の入った袋を廊下から室内へと引っ張り込んだ。特殊清掃に使う掃除機、長靴、マスク、防護服、殺虫剤、ゴーグル、ゴム手袋などが、巨大な防水バッグの中にコンパクトに詰め込まれていた。

普段なら、清掃の一週間前に現場に先乗りしてオゾン発生装置を設置し、徹底して銀蝿の駆除を行うところだが、今回は、「早急に」という依頼主の要求を受け、蝿退治に使える手段は殺虫剤の噴霧だけとなるらしい。

船木と秋元は、さっそくガラス戸を少し開けた隙間から噴霧器のノズルを差し入れ、ひとしきり殺虫剤を噴射させた。

蝿の動きが弱まっていくのを見守りつつ、ふたりは防毒マスクを装着していった。

殺虫剤の噴霧が引き起こした変化は、すりガラス越しにも確認できた。

無数の蝿は、苦しさのあまり乱舞し、カサカサと音を立ててガラスにぶち当たって、下へ下へと落ちていた。ドアを開けた先では、重なり合ってもがき続ける蠅が床を埋め尽くしているはずである。

すべて駆除できなくとも、十分に弱らせるのには成功したようだ。

船木と秋元は、またしてもタイミングを合わせてガラス戸を開き、リビングルームへと突入し、床一面でのたうちまわる蠅を踏みつぶしながら窓辺へと進んで、一気にカーテンを開け放った。

突如、午後の陽光が差し込み、薄暗かった室内の様子が明らかになろうとする間際、テーブル下の絨毯にできた乳白色の人形《ひとがた》が動いたように見えた。

遺体が運び出された後もその場に居続けるのは、遺体から染み出た体液で描かれた人形のシルエットである。倒れていた遺体の形状のままに残され、強烈な悪臭の源となる。

カーテンが開かれた直後、人形のシルエットは一旦《いったん》、赤白の斑《まだら》模様を作り、窓と逆の方向に散り散りに移動して、赤黒く色を変えていったように思われた。

その瞬間、強烈な悪臭が脳裏に蘇《よみがえ》り、吐き気を催して、恵子は、咄嗟《とっさ》に停止ボタンにカーソルを合わせてクリックしていた。

眺めているのは、ディスプレイに呼び出された映像であって、現実の風景ではない。以前、特殊清掃の現場を取材して、実際に経験した臭いの記憶が、視覚に誘発されて蘇っただけである。にもかかわらず、臭覚への刺激は現実のものとまったく同じだった。

一体、自分の五感は何に反応したのか。

犯人は乳白色から茶褐色へと変化したジェル状の人形である。それこそが、悪臭の源と知っていたからだ。

恵子はディスプレイから目を逸らし、いつの間にか荒くなった呼吸を整えつつ、オフィスのテーブルに座って電話中の船木の横顔に目をやった。

受話器を耳と肩で挟み、右手に握ったボールペンを紙の上で動かしながら喋る彼の声が漏れ聞こえてくる。客の問い合わせに応えて、おおよその見積額を伝えているらしいとわかった。

電話を終えた船木が、恵子のほうを振り向き、さわやかな笑みを浮かべて歩み寄ってくるのが見えた。

「あれ、もう見終わったんですか？」

ディスプレイにそっぽを向いている恵子をみとめて、船木が訊いてきた。

「いいえ、まだまだ。刺激が強すぎて。ちょっと、お訊きしたいことがあるんですが」

「何でしょう」

恵子は、ディスプレイから目を逸らしたまま、言った。

「部屋に入って、窓のカーテンを開けたとき、絨毯にできた人形のシルエットが、なんだか、動いたように見えたんですけど……」

「ウジ虫ですよ、大量の」

「ウジ虫……」

「人間の遺体から染み出た腐敗液はウジ虫の好物ですから、そこに群がっている。ところが、ぼくがカーテンを開けたことによって光が差し込み、奴らは一斉に逃げ出したというわけです」

「なぜ、逃げるんですか」

「ウジ虫は光が苦手だからです」

ウジ虫に象《かたど》られたシルエットの移動に、なぜ強く興味を引かれたのか、その理由が飲み込めてきた。

光が苦手だから、ウジ虫は一斉に窓と逆方向に逃げた……。

その事実を反芻《はんすう》するうち、恵子の脳裏には、集団死を起こす直前に「夢見るハーブの会」の信者七人が取った不可解な行動が、まるでこの目で見たかのような映像で蘇った。

集団死事件が発生した二十畳敷の広間は、北側に祭壇があり、東側が出入り口で、西側に庭に面した出窓がふたつあるという間取りだった。儀式が行われている最中、部屋の中央で正方形を描いて座っていた信者たちは、異変が生じた後、一斉に西側の出窓へと殺到し、七人のうちの四人が裸足《はだし》のまま出窓を飛び越えて庭に下り、散り散りになって事切れていたのだ。

彼女たちが取った行動が、ウジ虫たちの動きと逆であることに、恵子は気づいた。

集団死が起こったのは、七月の午後四時過ぎのことである。西の地平に傾きかけた太陽は、広間の出窓に強い光を照射していたはずである。照りつける西日に向って、まるで光を求めるかのように、信者たちは殺到したのだ。

偶然なのか、それともこのファクターの裏に重大な秘密が隠されているのか……、真相は不明のまま、恵子は、事実のみを頭に刻んで、ゆっくりとディスプレイに目を戻していった。

続きを見るという意志表示と理解して、船木はその場から離れかけた。

「では、ごゆっくり。何か不明な点がありましたら、遠慮なくおっしゃってください」

恵子は、「ありがとうございます」と頭を下げてから、プレイボタンにカーソルを合わせて、クリックした。

止まっていた映像は再び動き始めた。

5

再開された映像には、淡々と仕事をこなす船木と秋元によって変化する部屋の様子が記録されていた。

フローリングの床やテーブル下の絨毯をぴちぴち這い回っているウジ虫は、電気掃除機で吸い上げられて、紙パックはすぐに一杯となり、そのたびに、交換が必要となった。古い紙パックを取り出し、中身が溢《あふ》れないよう袋の端をきつく縛ると、満載のウジ虫が一斉に蠕動《ぜんどう》して、袋自体が一個の臓器のように脈動する。

船木と秋元は、古代のマヤ人が生きたままの生《い》け贄《にえ》から切り出した心臓を祭壇に放り出すように、袋ごと手で摑んで次々とゴミ袋に投げ入れていった。

最大の邪魔者である蠅とウジ虫を除去してゴミ袋に詰めた後、彼らは、腐敗液の染みた絨毯の掃除へと駒を進めた。

赤黒い人形のシルエットに石灰とおがくずを振り掛け、液を吸い上げるのを確認した後にちりとりでかき集め、ゴミ袋に詰めて臭いの元をしっかりと絶つ。

テーブル下から引き出された絨毯は、巨大なワイヤーカッターで細かく切断され、袋詰めにされていった。

悪臭の源をシャットアウトしさえすれば掃除はだいぶ楽になる。

腐敗液の残る床を専用の洗剤で洗い、拭《ふ》き取ってから防臭剤を散布して、リビングルームに立ち込めていた臭いは除去されたかに見えた。

大方の掃除が終わり、きれいになった室内の様子がディスプレイに映るのを見て、恵子もまた、ホッと胸を撫で下ろしたい気分になる。

ダイニングルームだけではなく、掃除する対象にはキッチンの生ゴミも入っていた。

割れた食器や空き瓶空き缶は分別ゴミとして、生ゴミは燃えるゴミとして処理され、片づけられたキッチン内を眺めながら、恵子は、清掃前の状況を思い出そうとした。

カップ麵《めん》の容器などが乱雑に放置され、あちこち汚れていたのを覚えているが、何がどう変化したのかを確認する必要があった。

特殊清掃会社の事務所にやってきた目的は、残されたゴミの映像を見て手掛かりを発見するためである。

恵子は、映像を巻き戻して清掃前のキッチンを映したシーンを呼び出し、一旦停止ボタンをクリックした。

独立したキッチンは三畳程度の細長い作りで、男のひとり暮らしにしては、整理が行き届いているほうだろう。

右側にステンレス製のシンク、左側に作り付けの食器棚、正面には三口のコンロが設置されている。

食器棚の中段はカウンターとなっていて、コーヒーメーカーと急須《きゅうす》、黒く変色したバナナが盛られた果物籠《かご》などが載せられ、その手前に置かれた鉢植えの花は模造と思われた。目を下に移せば、カウンター下の床には布製のスリッパが二組揃えられ、その手前に直方体のプラスチック製ゴミ箱がふたつ並んでいた。一方が燃えるゴミで、一方が不燃ゴミと、分けているのだろう。

二つ並んだゴミ箱の向こうに、もうひとつ、平べったい白い物体が隠れているようだった。ゴミ箱に邪魔されて全体像は不明であったが、表面の色つやからプラスチック素材ではないとわかる。

画像を駒送りして、ようやく、正体が知れた。発泡スチロールのケースである。たぶん、冷凍食品を収納して、宅配便で送られてきたものだ。中身を取り出した後、分別ゴミに回されたものの、大き過ぎて袋に入らず裸のまま放置されたのだろう。

一階のゴミ集積所送りになっていないことから、死ぬ直前に届けられたものではないかと推測できる。

花岡は、死の当日か前日に宅配便で冷凍食品を受け取り、中身を食べたことによって急性食中毒を起こしたのかもしれない。

恵子は、発泡スチロールの容器が運んだ中身がむしょうに気になり、片手を上げて船木を呼んだ。

「すみません」

遠慮勝ちな小さな声にもすぐ反応して、船木は早足でやって来た。

「どうかしましたか？」

「ここ、ゴミ箱の向こうに、発泡スチロールのケースが置かれてますよね。冷凍食品を運んだようにに思えるのですが、その中身、わかりますか？」

「わかりますよ」

駄目元で訊いたのに自信たっぷりの返事が返り、ちょっと驚いて、恵子は、訊き返していた。

「よく、覚えてらっしゃいますね？」

「もちろんです。一度見たら、決して忘れられない品でしたから」

「何ですか、それ」

「南極の氷です。発泡スチロールに配達伝票が貼られていて、品名の欄にそう書かれていました」

「送り主はわかりますか」

「いやあ、そこまでは。伝票は燃えるゴミとして、発泡スチロールは分別ゴミとして、捨てちゃいましたよ」

「そうですか」

船木は調査の邪魔にならないよう、再び自分の仕事へと戻っていった。

……南極の氷。

確かに珍しいモノであり、一度見たら品名を決して忘れないだろう。

恵子の思考力はフル回転を始めた。

強く引っ掛かってくる要因がいくつかある。ほぼ同時期に起こったもうひとつの不審死事件は、自衛隊官舎で自衛官が亡くなるというものであった。

南極の氷を日本に運ぶ方法は、南極観測船以外にないだろうし、その運航を任されているのは、確か、海上自衛隊だったように思う……。

恵子はすぐに自分のスマホを取り出して検索を始めた。

思った通り、南極観測隊自体は文科省の管轄下に置かれているが、南極観測船「しらせ」の運航は海上自衛隊に一任されていた。

「しらせ」は毎年十一月に日本を出港して、翌年の四月に帰国するというスケジュールで運航されている。二件の不審死が起こったのは、四月の下旬頃と予測され、時期的にはぴたりと合う。

次に「南極の氷」を検索してみたところ観測隊員や「しらせ」乗員にとって、定番のおみやげであることがわかった。銀座のクラブでは、南極の氷で割ったウィスキーが高値で供されているという。

このふたつの事実を念頭において、自然と導かれるストリーを思い描いてみる。

今年の四月に、南極の氷を冷凍保存した「しらせ」が横須賀港に帰港した。そこから、発泡スチロールのケースに小分けされた氷が、おみやげとして近親者に配られ、水割りにして飲んだ者が急性食中毒を起こして亡くなったのではないか……。

一旦立てた仮説を別角度から検証した後、恵子は、すぐに調べるべき項目を三つばかり脳裏に列挙した。
1）花岡篤と「しらせ」との接点はどこにあるのか。

２）横須賀の自衛隊官舎で亡くなった自衛官の所属と経歴をできる限り詳しく調べる。
３）第六十七次南極観測隊と「しらせ」乗員の周囲で、最近、似たような不審死事件が起こっていないかどうか調べる。

恵子は、連続不審死事件の共通項を発見した手応えを得て、有里を電話で呼び出し、彼女の声が耳に入ったとたん、挨拶も抜きで畳み掛けた。

「有里、わたしだけど。横須賀の自衛隊官舎で不審死した人物のフルネーム、住所、所属、経歴等、すぐに調べられる？　それと、都内のマンションで亡くなった花岡篤と、南極観測船との間に、何か接点があるかどうか、調べてちょうだい」

「何よ、せんぱい、慌てまくって。ちょっと待って、メモするから」

有里がメモの準備を整えた頃合で、恵子は同じ内容を繰り返した。

すぐに書き留めた後、有里が訊いてきた。

「今どこにいて、何してるの？」

「言ったじゃない。ゴミ漁りよ」

恵子は、船木に聞こえないよう声を抑えた。

「ようするに、何か摑んだってわけね」

「そう願いたいところ。至急たのむわ」

「わかり次第、メールする」

「パソコンのほうに送ってね」

有里との電話を切り、恵子は、ディスプレイに映っていた静止画像をオフにして、椅子から立ち上がった。

手掛かりを得たという確信が、この場に居続ける意味を失わせている。ゴミ漁りの目的は達成されたと思いたかった。

椅子から立ち上がった恵子を認めて、船木が近づいてきた。

「お役に立ちましたか？」

素朴な問いかけが嬉《うれ》しかった。船木が知りたいのは、自分で撮影した映像の開示が人様のお役に立ったか否か、ただそれだけなのだ。根掘り葉掘り訊かれたら、嘘をちりばめた出任せを吐くほかなく、せっかくの親切にあだを返す気分にさせられる。

「ところで、映像を見ていて、ふと思ったんですが、花岡さん以外の人間が部屋にいた可能性はないのでしょうか……」

「いい勘してますね。実は、ぼくも同じ印象を持ちました。ひとりにしては宅配ピザの量が多すぎるし、グラスが二個洗い物としてシンクに置かれ、キッチンの床にはスリッパがふたつ並んでいました。長年の経験から、複数の人間の存在を疑いましたが、現場検証で第三者の存在は否定されています」

もしだれかが一緒だったとすればきっと恋人に違いない……、恵子の頭にぼんやりと女の顔が浮かんだ。

「そうですか。とても役に立ちました。ありがとうございました」

恵子は、船木の口から得た印象を手帳に書き留め、特殊清掃の事務所を後にした。

事務所に入ったときには気になった臭いは、出るときには気にならない程度に薄まっていた。

船木の事務所から戻ってパソコンを開いたところ、有里から届いたメールが目に飛び込んできた。

余計な文面の一切ない、必要事項のみのメールだった。

……横須賀自衛隊官舎における不審死の被害者は、阿部豊。防衛大学出身の海上自衛官。二等海尉。昨年の十一月に南極観測船「しらせ」の運用士官として乗船して今年の四月に帰国。

家族構成は妻と二歳の娘がひとり。

今年、四月二十六日の夜、身体に変調をきたして意識を失い、妻が呼んだ救急車で病院に運ばれるも、意識不明のまま死去。原因不明の突然死として処理される。

都内マンションで不審死をした花岡篤とは小学校の同級生で、両者とも埼玉県秩父《ちちぶ》市の出身。

これまでのところ、南極観測船「しらせ」の周囲で大量の不審死が発生したという報告はない。

思った通りだった。仮説は事実に近づきつつある。

「しらせ」士官の阿部豊は、今年の四月に南極から戻り、自宅の他に、小学校からの幼馴染《なじ》みである花岡篤におみやげとして南極の氷を送り、それが突然死の引き金となった。

とんだおみやげであったが、さらに問題なのは、これで終わったわけではないということである。阿部豊が送った氷の個数が、自宅を含め、二個のみであるとは到底思えないからだ。

何個かは知れぬが、もっと多かったとすれば、犠牲者の数は発泡スチロールの数と比例して増えることになる。

あるいは、氷が送られたにもかかわらず、まだ口に入れていない人がいるのなら、早急にストップをかけなければならない。

南極観測隊と乗員を合わせ、計250人ばかりの人間が、ひとり四個ずつ氷を送ったと仮定した場合、総計は千個を超える。それだけの人数が尋常ならざる食中毒を起こしていれば、ニュースにならないはずはない。パニックが起こり、南極の氷が犯人として即座に特定されているはずである。

ところが有里のメールによれば、まだそのような事態が進行している様子はないという。

……どういうことなのか。

阿部豊が持ち帰った氷のみが特殊であったのか、あるいは、表層の切り出し場で採氷された氷に、別のところで掘削された氷が混じってしまったか、それとも、阿部豊が管理していた氷にだけ、偶然、未知の微生物が付着していたのか……。

とりあえず、やるべき事は明白だった。阿部豊によって配送された南極氷の個数と、送り先をすべて調べ上げる。早急に横須賀の自衛隊官舎に赴き、阿部豊の妻から話を聞かなければならない。その上で、冷凍庫に残っている氷があれば、凍ったまま回収する。

何人かの命を奪った氷を直に指で触ることはできない。それなりの準備が必要であろうと、恵子は、途中で購入すべき装備をあれこれ思い浮かべながら、レンタカー会社に電話を入れて、コンパクトカーを一台予約した。

6

甲武信岳を水源とする荒川《あらかわ》は、秩父盆地から埼玉県中部を貫いて流れ、都内に入ろうとするあたりで荒川本流と隅田川《すみだがわ》に分かれて東京湾へと注いでいる。

1700万年ばかり前の、埼玉県の北西部がまだ海であった時代に堆積《たいせき》した地層は、その後、荒川に浸食されて秩父盆地となり、南端の一際硬い地層で覆われた深いV字谷に、二十八年という歳月をかけて浦山《うらやま》ダムが作られた。

高さ156メートル、長さ372メートルのダムに閉じ込められた5800万立法メートルの水は、日本の全人口の三分の一が集中する首都圏の貴重な水源であり、洪水の被害を軽減する役も担っている。

荒川水系浦山川の小さな流れが塞《せ》き止められてできたダム湖は、「秩父さくら湖」と命名された。春に湖畔に咲き乱れる桜が、名前の由来である。

　恵子が運転するレンタカーは、横浜横須賀道路、新湘南バイパス、圏央道を経由して入間《いるま》インターで一般道に降り、国道２９９号線を秩父さくら湖方面へと走り、市街を目前とするところだった。

　国道１４０号線を左に折れてすぐ、スマホの呼び出し音が鳴り、恵子は、反射的にダッシュボードのデジタル時計に目をやった。

　……午後四時。

　時刻から、だれが電話をかけてきたのかわかった。

　恵子は、目前に現れたドラッグストアの看板に引き寄せられるようにハンドルを左に切って、駐車場に車を入れた。

　車を停めてスマホを見れば、思った通りの名前が表示されている。

　通話ボタンを押して耳元に持っていくと、いつになく不安を含む、聞き慣れた声が流れ出てきた。

「あなた、今、どこにいるのよ」

　母の康子《やすこ》が電話をかけてくるのはこの三日間、午後の四時頃と決まっている。

　おまけに開口一番に訊くのが居場所だった。

「埼玉県の秩父」

　恵子は素っ気なく現在地を教えた。

「どうして、そんなところに」

「ちょっと調べることがあって」

「あなたが小さかった頃、行ったわよね。三峯《みつみね》神社や秩父夜祭、美《み》の山《やま》公園で桜を見たこともあった」

ここで思い出話に花を咲かせられると長くなる。

恵子は強引に娘のほうに話題を変えた。

「沙紀はもう学童から帰ったの」

「それがね、学童には寄らず、帰ってきちゃったのよ。熱が出たとか言って」

……勘弁してよ。

思わず漏れた溜め息が相手に聞こえる恐れはなさそうだ。最近、母はとみに難聴がひどくなっている。

「熱って、何度」

学校を二、三日休まなければならなくなる事態を覚悟して、恐る恐る体温を聞いた。

「七度六分」

平熱より少し高い程度で、そう心配する必要もなさそうだ。

「母さん、悪いんだけど、念のためもうしばらく居てくれないかなあ」

仕事が忙しいときなど、恵子は、実家の平塚《ひらつか》で兄一家と同居する康子を呼び出して、子育てを手伝ってもらっていた。

康子は三日前に上京し、五日目となる明日には、地元で開催される絵画教室に参加するため、一旦戻る予定であったが、孫が発熱したからには無理そうだと、既に諦め口調になっていた。

しかし、うまくもう一押してあげないと臍《へそ》を曲げかねない。

平塚郊外の広々とした一戸建てに暮らす康子にとって、板橋のマンションは息が詰まると、ひとしきり漏らす愚痴をしっかりと聞いてあげてから、恵子は「お願い」と頭を下げた。

「もう、しょうがないわねえ」

これみよがしの溜め息が通話口から吐き出されてきた。

恵子は、おおよその帰宅時間を告げ、夕御飯のメニューをアドバイスしてから母との電話を切り、同時に、レンタカーのイグニッションをオフにしてエンジンを停めた。

女手ひとつの子育ては難しい。どうにかやりくりできるのは、母がいてくれるおかげだった。おまけに、東京から程近い平塚在住という環境が、上京を容易にしてくれる。

結婚していたときは、母が子育ての手伝いにやって来ることは滅多になかった。元夫の典彦《のりひこ》と母との相性は悪く、狭いマンション内に一緒にいるだけでふたりのフラストレーションは相乗効果で高まり、間に立つ恵子の苛立ちもまたあっという間に沸点を越えるのが常だった。

最近は、夫婦ふたりで行った子育てより、夫抜きで母に手伝ってもらう子育てのほうが、よほど楽であると実感することが多い。

三年前に離婚したとき、世間的には、不倫を犯した非を認め、夫の制裁を受ける形で離婚させられたというポーズを取ったが、実情は異なっている。

探偵業を営んでわかってきたのは、妻の不倫が理由であっても、離婚によって捨てられるのはたいがい夫の側であるということだ。妻を愛している夫が浮気することは多々あるが、夫を愛している妻が不倫に走ることは滅多にない。

恵子の場合、夫と一緒に暮らすメリットがまったくないと思い至り、不倫を口実としてお荷物を処分したというべきだろう。

子育ての戦力外だったとしても、そこそこの給料を運んでいた頃は、まだ共に暮らす意味は保たれていた。

しかし、不倫騒動に嫌気が差して一流企業を辞め、家庭不和の原因を都会のせいと決め付けた揚げ句、群馬の実家に戻って一緒に家業を手伝ってくれないかと誘われたときは、思わず血の気が引いた。

壁に手を当てて身体を支え、呼吸を整えながら首を横に振る恵子を見て、夫は慌てて条件を甘くした。

「いや、おまえは子育てに専念してくれさえすればいい」

家業を手伝う義務から解放されても、牢獄《ろうごく》のイメージはそのままだった。

隠居した舅《しゅうと》の世話を焼き、口うるさい姑《しゅうとめ》の話し相手になり、地元の幼稚園に通う娘の子育てに専念する日々を思い浮かべただけで、冷やりと身が縮む気分になった。

そして、選択の余地もなく、「行くならひとりで勝手にどうぞ」と典彦を突き放したのだった。

離婚成立後、典彦は実家に戻って家業を継いだはずである。恵子は元夫の近況を知らなかったし、知りたくもなかった。

女手ひとつで働きながら子を育てるのは確かにきついが、義理の両親と、子どもの世話だけに明け暮れる単調な日々には到底耐えられない……、それが恵子の生き方である。

母の康子が東京と平塚を行き来する回数が増え、子育てに余裕が出てきた要因のひとつに、父の死があった。

昨年、八月初めの猛暑日に、平塚市郊外に所有する趣味の野菜畑で作業中、父は熱中症で倒れて帰らぬ人となった。

その日の午後、恵子は娘の沙紀を連れて実家に戻る予定になっていた。午後四時頃と、駅への到着時間を告げると、父は車で迎えに行くと申し出て、孫を抱く瞬間を楽しみに待ちわびた。

同居するふたりの内孫は中学生になってから部活や塾通いで忙しく、祖父母に寄り付かなくなり、父の愛情は外孫の沙紀に集中していた。

迎えに来るときはいつも、父は二キロばかりの距離にある菜園での作業を早目に切り上げ、約束の一時間前までには家に戻り、孫と会うための準備にいそしむのだった。

土をいじった手で沙紀を抱き締めようとするたび、「先に手を洗ってちょうだい」と母からたしなめられるため、日によってはシャワーを浴びて汗の臭いを洗い流すこともあった。

ところがその日、三時になっても父は家に戻らなかった。

母の胸騒ぎは徐々に膨らみ、いても立ってもいられず、だからといってへたに動けば行き違いになる恐れもあり、どうしていいかわからずオロオロとする最中、菜園の隣に建つ家の住人から電話を受けたのだった。

受話器を耳に当てる前から、母は、父が死んだことを確信したと言う。

モノ言わぬ受話器から漏れ出た異臭が鼻を刺激してきたからだと……。

これまでに嗅《か》いだことのない臭い……、後々、母は、それを死臭と言い張った。

隣家の住人が、赤く熟したトマトの茂みに倒れている父を発見したとき、死後一時間以上が経過して、蘇生《そせい》はかなわず、駅からタクシーで駆け付けた恵子と沙紀は、亡くなったばかりの父と対面することになった。

泥だらけになるのも厭《いと》わず遺体にすがり、父の胸の上に滴らせた沙紀の涙は、なによりの手向けであった。

父が亡くなって夫の世話から解放されたことにより、母の行動範囲は広がり、結果として、東京と平塚を行き来する回数は増え、皮肉なことに、恵子の子育てが多少楽になったのだ。

シングルマザーという言葉が脳裏に浮かんでは消え、様々な連想の発端となっているのは、つい二時間ばかり前まで、横須賀の自衛隊官舎の一室に滞在していたことが原因であった。

南極観測船「しらせ」の運用士官として任務に就き、帰国してすぐに死亡した阿部豊二尉の自宅を訪れ、未亡人となった妻から詳しく話を聞いているとき、その傍らには二歳になる娘がまとわりついていた。

話を聞き漏らすまいと耳を傾けつつも、事情も知らずに、あどけない笑顔を向けてくる娘に気を取られ、先々にたなびく子育ての暗雲を思って心は砕かれた。

離婚によって夫を失うより、突然死で夫を失うほうが心の痛手はよほど大きいに違いなかったが、似た身の上の者同士、同情はいやがうえにも高まって、おもわずもらい泣きしたほどである。

それでもどうにか、「南極氷の配送先を確認する」という訪問の目的を達成することができた。

阿部二尉は、自衛隊関係の領収書をしっかりファイルに保存していて、中から宅配便で送った南極氷の配達伝票の控えが四通発見されたのである。

横須賀の自衛隊官舎内にある阿部宅、都内マンションの花岡篤宅、横浜市内の田中《たなか》宅、秩父市荒川久那《あらかわくな》の橋本《はしもと》宅……、以上四通である。

四人とも、小学校時代の同級生だった。

すぐに横浜市内の田中と、秩父市の橋本の自宅に電話をかけて安否確認を行った。

田中とは電話が繋がり、まさに明日、友人一同を集めた「阿部豊を偲《しの》ぶ会」が持たれ、そこで南極氷で作った水割りが振る舞われる予定であったと告げられ、あやういところでストップをかけることができた。

恵子は、直接触れないように南極氷を発泡スチロールのケースに移し、着払いで送ってほしいと田中に住所を伝えた。

一方、秩父市の橋本宅のほうは、何度電話をかけても応答はなく、むなしく呼び出し音が鳴らされるだけであった。

そこで恵子は、東京の自宅に戻る前に、秩父さくら湖のほとりに寄り道をしようと思い立った。阿部が送った南極氷が四個のみであるとしたら、最後の一個となる橋本宅の氷を回収したところで、一連の事件はめでたく終了となるはずである。

有里に頼まれたとはいえ、乗りかかった船だ。被害の拡大を自分の手で防ぐことができるとあれば、二、三時間の道草なんてどうってことはない。

船木が言っていた通り、仕事へのモチベーションを高めてくれるのは、「人様のお役に立つ」という実感だった。

恵子は車から降りてドラッグストアに入り、トイレを済ませてから、ビニール袋とゴム手袋、栄養ドリンクを購入した。

店の軒下に立ち、栄養ドリンクを飲み干して空き瓶をゴミ箱に捨て、レンタカーのトランクに買ったばかりの品をほうり込もうとしたとき、恵子の目に、トランク中央に置かれた発泡スチロールのケースが目に飛び込んできた。

ゴム手袋をはめた自分の手で、阿部宅の冷蔵庫から南極氷が入ったビニール袋を引っ張り出し、発泡スチロールのケースに収めたのは、つい二時間ばかり前のことである。

初めて触れる南極氷とあって興味は尽きず、ビニール袋ごと宙に掲げて指でつつき、観察したところ、豆腐大の数片の氷はすべて、全体的に白濁していて、通常の氷より硬そうに見えた。

水割りを一口飲んで、阿部は、「なんか変だなあ」と首を傾げたという。何十万年も前の大気が閉じ込められた南極の氷は、通常、溶けるときにパチパチと軽快な音を発する。ところが、その独特の音がしないことに、阿部は「変」と感じて首を傾げたらしい。三千メートルもの重量を受けて、氷の密度が高くなったのか、あるいは通常とは異なる場所から採取された氷だったのか……。

南極氷が持つ独特の重量感と密度の印象こそが、阿部の妻に被害が及ばなかった理由でもあった。わずかに白濁して、硬く、重そうな氷を眺めているうち、胸の奥から嫌な予感が立ち上がり、酒が飲めない体質も手伝って、「わたし、やめとく」と、阿部の妻は、グラスに延ばした手を引っ込めたのだった。

……そういうことも有り得る。

恵子は、事態がいい方向に進んでいると思いたかった。

配付されたからといって、皆が皆、南極氷を口に入れるわけではないのだ。

橋本宅に送られた南極氷も、飲用にされないまま冷凍庫に残されていてほしいと、恵子は願った。トランクの発泡スチロールは大きく、収納スペースはまだ十分にある。

放っておけば膨らみがちな悪いイメージを断ち切るためもあって、恵子は、大きく反動をつけてトランクのドアを閉じた。

運転席に乗り込んでエンジンをかけ、カーナビを立ち上げた恵子は、橋本宅の住所を打ち込んで家の位置を確認した。

目的地は目と鼻の先である。目測で約二キロばかりの距離とわかった。しっかりと位置を頭に入れ、目的地登録をしないまま、車を発進させた。

人から指図されるのも嫌いだったが、「右に曲がれ、左に曲がれ」と機械の指図を受けるのも嫌いだった。カーナビの目的地登録は滅多にしない。

浦山川の手前を右に折れ、田舎道を一キロばかり進んだ右手に、浦山ダムが見え始めてきた。偉容を誇るダムの手前には管理施設と資料館があり、広い駐車スペースで取り囲まれている。

この先にある秩父さくら湖を右に見ながら、道をまっすぐに進んだところに、目当てとする家が現れるはずだった。

7

阿部豊、花岡篤の同級生である橋本宗男《むねお》は、今年の春に都内での会社勤めを辞めたばかりだった。

　認知症気味の両親に請われて故郷の実家に戻り、代々所有する山林を継いで林業と造園業の経営に携わるためである。

　先細りする道の片側に林業用の機器が置かれているのが見え、恵子は、その手前のスペースに車を止めてドアを開け、草で覆われた土の上へと降り立った。

　足がずんと沈み込む感覚を覚え、飛び跳ねるようにその場から離れ、タイヤまわりを確認すると、昨日おとといと降り続いた雨を吸い込んで、大地がぬかるんでいるのがわかった。都会のアスファルトはすぐに乾いてしまうが、草の大地は当分の間、水気を保っている。

　道の行き止まりに、ぽつんと建つ白壁の平屋が橋本の家だった。家に繋がる小道はわずかな上り坂になっていた。ぬかるみを避け、ジグザグに歩行して上るうち、家の全景は大きくなり、家屋の向こう側にある庭の樹木が見え始めてきた。

　恵子はふと既視感に襲われた。

……どこかで、一度、見たことのある風景。いや、景色は異なっている。一方は都市郊外にある住宅地の一角、一方はまばらな集落から離れて建つ一軒家……。

ただ、醸し出す雰囲気が似ているというに過ぎない。

　十五年前、集団死に見舞われた廃屋を訪れた際に感知したのと同じ匂いが、辺りに充満していた。

　その源は、家を取り囲む植物の異様なまでの繁茂だった。

「夢見るハーブの会」の跡地には、季節はずれの桜が咲き誇り、春の香りとともにピンクの花びらを周囲にまき散らせていた。

今眺めている家の庭も同様に、灌木《かんぼく》との境に密生するあじさいは赤や青の花を咲かせ、木の棚にへビのように巻き上ったフジの蔓《つる》が、紫色のふさを無数に垂らしていた。燦々《さんさん》と降り注ぐ五月の陽光を貪《むさぼ》り食って、家の周囲の植物だけが瑞々《みずみず》しい緑の葉を空にのばしているのだ。

近づくほどに肥大する死の予感とは逆に、植物の群れは、逞《たくま》しい生命力を主張するかのようだ。「夢見るハーブの会」の廃屋は、板塀で隙間なく囲まれていたが、橋本宅に塀はなく、恵子は、難なく玄関前に歩を進めることができた。

チャイムを鳴らしかけて手を止め、念のためにもう一度、固定電話の番号をプッシュしてみる。家の奥のほうで、呼び出し音が鳴っているのが聞こえたが、くぐもったその音に応えようとする者はだれもいない。

恵子は、十回ばかり鳴らしたところで諦め、スマホをバッグにしまい、この状況が意味することをあれこれ想像した。

いいことは何も思い浮かばない。

イメージされてくるのは、今日の午前に特殊清掃会社を訪れて、船木から見せてもらった映像の別バージョンともいえるシーンばかりだ。

そのシーンが展開されるのは、湖畔から山腹に至る細い道の先に建つ一軒家、場所は違えども生じている化学反応は同じものに違いない。大腸菌に分解されて生じた腐敗液が腐った肉体から染み出し、畳を抜け、床を抜け、縁の下の湿った大地に滴り落ちているのではないか。特殊清掃会社で見せられたのは、ディスプレイを介した映像であったが、今回は実物を見る羽目になるかもしれなかった。

恵子はごくりと唾《つば》を飲み込み、大きく深呼吸をした。当然予想された結果でもあり、覚悟ができているつもりだった。しかし、いざ前に進もうとして足はすくむばかりだ。

これまでの空元気はどこに行ってしまったのか。

ついさっきまで、四個配付された南極氷のラストの一個を回収し、災厄を最小限に抑えた功労者たる自負を胸に抱き、意気揚々と帰途に就くつもりであったが、その勇ましき姿は空気が抜ける風船のように萎《しぼ》んでしまっている。

このまま何もせず来た道を戻るという誘惑に駆られそうになり、恵子は、「駄目」と首を横に振り、勇気を奮い起こした。

ここまで来た以上、是が非でも確認しなければならない。

この先の探偵業を大きく発展させるためには、岐路に立たされるたびにチャレンジを選んだという経験の蓄積が必要となる。逃げの一手を積み重ねた結果がどうなるか、仕事を通して何度も目の当たりにしてきた。逃げ続けて最終的に陥るのは、逃げ場のない窮地なのだ。そこは、もはや一本の選択肢も残されていない人生の墓場……。

恵子は、玄関の引き戸に手をかけ、そっと横にずらした。

思った通り、錠はかけられてない。

立て付けの悪い引き戸は、つっかかりながらも開いて、ほんのわずか室内の様子が露《あらわ》になった。

縁側のガラス戸が開いているためか、突如、巻き起こった空気の流れに顔が晒《さら》され、髪がうしろへとなびいた。

五感のうち、特に臭覚を研ぎ澄ませ、犬のようにくんくんと鼻を鳴らし、異臭がないことを確認しつつ、恵子は、引き戸の隙間から玄関内へと身を滑り込ませた。

「橋本さん、いらっしゃいますか」

敢えて大きな声を発したのは自分を鼓舞するためであったが、甲高く裏返った声が喉に詰まり、恵子は噎せていた。

上りかまちから先には行けなかった。

断りもなく座敷に上れば、いざという場合、住居不法侵入罪に問われかねない。もとより、靴を脱いで裸足になるのだけはごめんこうむりたかった。

恵子は、玄関内で身体を右にずらして、部屋の奥へと視線を飛ばした。

左側に二間続きの和室があり、中央に置かれたちゃぶ台には、食べかけの皿、湯飲み、グラスなどが散乱し、さらにその先では、南側の庭に面した広縁の窓ガラスが、大きく開け放たれていた。

屋内に異臭はなく、南側の窓が大きく開いている……、このふたつの事実が導く先に何が待ち構えているのか、おおかたの予想はついた。

恵子は、玄関から一旦外に出て、家屋を回り込んで庭先へと歩いた。

「夢見るハーブの会」集団死事件では、死の間際、七人の信者は強い西日の差す窓へと突進し、庭へと転がり出ている。

同じことが起こったとすれば、この家の住人もまた、太陽の光を求めて、南側の窓から外に出たのではないかと予測できる。

庭に立ち、秩父さくら湖につながる渓流のほとりを見下ろすと、丈の低い灌木で覆われたゆったりとした斜面がせせらぎまで続いているのがわかった。

その隙間を縫う獣道に足を踏み入れ、数メートルばかり歩いたところで、恵子は、反射的に身体の動きを止めた。

川面から吹く微風に、嫌な臭いが混じっているのが感じられた。風向きに応じて、臭いが消えたり、強まったりする。臭覚を頼りに対象物の方向を探すうち、恵子の視線は鮮やかに咲く花々へと吸い寄せられていった。

それは墓石に手向けられた献花のようだった。

ピンク色の花を咲かせて群生するヒメイワカガミの根元に、人形をした茶褐色の物体が三つ転がっているのが見えた。

両目を閉じ、三つ数えて瞼《まぶた》を開いてもまだ同じモノがそこにある。

これ以上近づくまでもなかった。倒れているのが、橋本宗男と両親の三人とみて間違いないだろう。

手を触れることなく、あとの処理は行政に任せたほうがよさそうだ。遠目にも、死後二週間ばかり経過していると見当がつく。破れた皮膚の隙間にはアリが群がり、入っていくアリと出ていくアリが、黒々とした往復の列を作っていた。

遺体のすぐ上を黒い雲となって飛び回る蠅は、下降して腐った肉に卵を生み付け、わき出たウジ虫は数日後にはさなぎとなり、さなぎは蠅となって空を舞い、またも卵を生み付けて大量のウジ虫を発生させる……、永遠に繰り返されるサイクルだった。

死んだ人間の周囲で、植物や虫たちはなぜこうも活発な生命活動を示すのだろう。根元に遺体を抱く灌木のみが、一際高く枝をのばしているのを見て、やはり、腐肉が分解されてできた体液が、植物の養分となっているのではと、思わないわけにはいかなかった。

地中に染みていく腐敗液が、毛細血管のように張り巡らされた木の根に吸い上げられる様子を思い浮かべ、恵子は、連想をその先へと繋げた。昨日、一昨日と降り続いた雨もまた、地中に染みて腐敗液を運ぶ役を負ったのではないかと……。

すると、気のせいか、水の滴る音が聞こえてきた。

音に誘われ、獣道を下ってせせらぎの岸に立って横に目をやると、岩の隙間から溢れた地下水が、一本の白い筋となって渓流に注いでいるのが見えた。

地中を移動した水の経路を目で追えば、まさに、三つ転がった遺体の真下を通過した地下水がせせらぎへと注ぎ、せせらぎはまた、道路下の土管を通過して秩父さくら湖へと流れ込んでいるのがわかる。

大脳の襞《ひだ》に、眺めている風景の意味が浸透したとたん、下半身から力が抜けて、恵子は、その場にへたり込んでしまった。

ついさっきまでは、配付された四個の南極氷のうち、最後のひとつを回収して大きな手柄を上げるつもりでいた。

ところが、摑みかけた瞬間、それは手からするりと抜け、肥大化しようとしている。

こともあろうに、首都圏の貴重な「水瓶」である秩父さくら湖に、得体の知れない異物を含む水が流れ込んでいるのだ。

首都圏を潤す水源のほとんどは河川水であり、その80%を荒川系と利根川《とねがわ》系が占めていた。特に、埼玉県との境で本流と隅田川に分かれて東京湾に注ぐ荒川は、首都の機能を左右する重要な河川である。

恵子の脳内では、突然死の原因が南極氷に閉じ込められていた未知の微生物ではないかという疑念が駆け巡っていた。

果たして、未知の微生物のサイズはいかほどなのか……、下流域に設置された浄水場で、取り除くことができる程度の大きさなのか……。

こんなところで意気阻喪しているわけにはいかなかった。

……専門の研究機関に持ち込んで、南極氷の分析を急がねばならない。

自分は今、貴重な研究素材を保持しているという自覚を新たにして、恵子は、立ち上がった。

そのとき、西に連なる山々の頂に太陽が隠れて湖面の色に変化が生じた。

逆光のせいで均一と見えていた湖面の、手前側の一部に、緑色のペンキを流し込んだような濃淡の斑模様が浮かんでいる。

アオコに違いなかった。

これまでに幾度となく、相模湖《さがみこ》や津久井湖《つくいこ》、霞ヶ浦《かすみがうら》などで大量発生が確認されているアオコは、酸素発生型の光合成を行う唯一の原核生命群であり、シアノバクテリアとも呼ばれている。

誕生したのは三十億年以上前の太古の地球……、全生命にとっての始祖であり、進化の連鎖の最初の引き金を引いた存在と目されている。

地球上至る所に広く分布するシアノバクテリアは熱にも寒さにも強く、北極や南極などの極限環境においても成育が可能だ。

今、秩父さくら湖の表面には、動かないはずの植物が自分のテリトリーをせっせと広げている姿が映し出されている。

土の上だけでは飽きたらず、水の上にまで乗り出そうとする貪欲《どんよく》な生命力を誇示して、緑色のアオコは、山の向こうに沈もうとする太陽を追い求め、湖面全体に領土を広げようとしていた。

恵子の脳裏で、湖を浸食するアオコに、死の間際に西側の窓に殺到した七人の信者たちの姿が、重なっていった。

アオコも、七人の信者たちも、光に導かれて動いているのではないか……、恵子が抱いたのはそんな印象だった。

ただし、そのイメージには、太陽の動きに応じて顔を巡らすヒマワリの明るさはなかった。

纏《まと》わりつくのは、微細な緑色の群れが屍《し》肉《にく》を目指すかのごとき不気味さである。

第3章　解読

1

かつて露木眞也は「もっとも怖いことは何か？」と人から訊《き》かれるたび、「愛する人を失うこと」と答えてきた。

今や、そんな杞憂《きゆう》は消えてしまった。周囲から愛する者がいなくなってしまったからである。

子どもの頃は、母が死んでいく光景を空想しただけで、恐怖に駆られて涙を流したこともあったが、三年前に両親を相次いで亡くしたとき、思ったほど悲しみは大きくはなかった。身近な者を亡くす衝撃を十五年前に嫌というほど味わっているせいかもしれない。

愛するという行為には、その対象を失うときの悲しみも同時に引き受けるという覚悟が要求される。悲しみを絶対に味わいたくないというのなら、最初から人を愛さなければいい。人間に対する執着を一切捨てれば、苦しい思いから解放されるだろうが、人生は味気無いものになってしまう。

露木は部屋の中央に立って仕事道具が運び出されてすっきりとした室内を見回した。

……明日からこの部屋の住人となる者は、強い執着の対象となるだろうか。

両親から相続してフルリフォームしたマンションは床面積200平米の3LDKで、一人暮らしの身には広すぎるほどである。十畳の個室は床から天井まで届く書棚が並んだ書庫となり、残りふたつの個室のうちのひとつがベッドルームで、もうひとつを執筆用の書斎に当てていた。明日から、生まれて以来別居していた娘の蘭《らん》との同居が始まるため、書斎から机やパソコン、書類の山をリビングの片隅へと運んで、彼女の個室として差し出すほかなかった。

作り付けワードローブの中身に至るまですべて空になった部屋が、今後どのように変貌《へんぼう》を遂げるのかは、新たな居住者の個性次第である。

実の娘であっても、蘭のことをよく知らない露木には、成長と共に塗り替えられていく部屋の様が予想できない。

生活のスタイルは外圧によって常に変貌を余儀なくされてしまう……。

大学時代に想像した二十年後の生活と、現在の生活が大きく異なってしまったのもまた、自分の力の及ばない出来事に振り回された結果である。

露木がK大学医学部で研修医を修了する間際に医師を辞めたのは、娘の誕生によってもたらされた妻の死がきっかけだった。

医学部を卒業して医師免許を取得すると同時に優子《ゆうこ》と結婚し、研修医を修了する年に優子は最初の出産を迎え、予定日の直前で胎児は逆子になり、自然分娩《ぶんべん》から帝王切開に切り換えられ、大学の先輩でもある産婦人科医が執刀することになった。

順調に進んでいたと思われた手術中に、突如、血中のヘモグロビン数値が下がり始めたとき、待合室で待機していた露木は異変を知るよしもなかった。

出血があったとはいえ、通常の範囲を超えるものではなく、念のため、輸血の準備が整えられる間にも、酸素数値と血圧が比例して急降下し、妻はあっけなく命を落とし、胎児のみが九死に一生を得た。

露木は、妻が亡くなった原因を、執刀医の不手際と決め付け、殴りかからんばかりの勢いで先輩の産婦人科医を罵倒《ばとう》し、胸倉を摑《つか》んで壁に押しつけたのだった。

思慮を欠いた一連の行為こそ、医師を諦《あきら》める直接の原因であったが、しばらくして、執刀医に責任がなかったことが明らかになる。手術の不手際ではなく、母体の血液に先天的な異常があったと認められたのだ。

優子の死と蘭の誕生が同時に訪れたとき、理不尽な運命を呪うあまり、新しい生命の誕生を祝う気持ちなど粉々に吹き飛ばされてしまった。妻の亡骸《なきがら》に縋《すが》るだけで、生まれたばかりの小さな存在を一顧だにせず、この子さえいなければ妻は今も生きていたのだと、出生を恨んだほどである。

誇張でも何でもなく、新生児を抱いた記憶は露木の脳裏に一切残ってはいなかった。

救いとなったのは、露木の冷淡な態度を横目で眺めつつ、妻の両親である山中泰英《やまなかやすひで》夫妻が孫娘を厚く保護する側に回ってくれたことであった。ひとり娘の死と引き換えにこの世に誕生した孫を、娘の生まれ変りと信じ、大切に育てようと手を差し延べてくれたのだ。彼らにとっては、それが優子の死を克服する唯一の方法であった。

その点、露木は異なっていた。男手ひとつの子育てという初めての事態に直面し、戸惑いが先に立って、あっさりと放棄する道を選んだ。一度でも子育てを体験していたのなら、柔らかな頬の肌触りをもう一度取り戻そうと、父ひとりの子育てに邁進《まいしん》していただろう。

こうして、捨てる者と拾う者、両者の思惑はぴたりと一致して、生まれた早々から蘭は義理の両親に預けられ、露木は医師になる道を断念し、宇宙の仕組みと生命の不思議を物理的なアプローチで解明する道に乗り出すことになった。

露木が気にするのは、何の執着もなく実の父が娘を手放したことを、蘭が恨んでいるのではないかという「負い目」だった。

たまに会っても、ふたりの間に流れる空気は気まずく、何を話題に上げていいかわからず会話は滞りがちだ。つい先日、レストランに席を取って、高校の入学祝いを渡したとき、「ありがとう」と言いつつも、蘭の顔に心底打ち解けた喜びの表情はついぞ浮かばず、重苦しい時間の流れに耐え切れなくなって、予定の時間より早く席を立ってしまった。

母親代わりだった義母が亡くなり、義父が老人施設に入ることになって、娘を引き取らざるを得ないという状況が訪れたのは、つい二週間前のことである。

いつか迎える事態であったが、心の準備が整わず、戸惑いばかりが先に立つ……、いや、思いがけず娘との同居が早まったのはいいことであると、露木は思い直そうとした。むしろ、もっと早く同居すべきであった。成人してからでは、親子の絆《きずな》を取り戻す機会は減り、ぎこちない関係を修復するチャンスはなくなる。蘭は高校一年生になったばかり……、まだまだ親の庇護《ひご》を必要とする年齢だ。失われた時間を取り戻すチャンスは十分にある。

とにもかくにも、部屋を明け渡す準備は整った。

露木は、「これでよし」と声に出し、壁に唯一残った時計を見上げた。

午前十一時を過ぎたばかりである。

「お話ししたいことがあります」と恵子に指定されたのは都心に建つホテルのレストラン。約束の時間は正午だった。

オートバイを飛ばせば余裕で間に合う頃合である。

露木は、ライダージャケットを羽織り、ヘルメットを小脇に抱え、エレベーターで地下駐車場へと降りていった。

2

ホテルの駐車場にバイクを停め、脱いだヘルメットをシート横のフックにかけてから、露木眞也は、革ジャンの袖口《そでぐち》の先に巻かれた腕時計に目をやった。約束の時間までまだ五分以上の余裕がある。

待ち合わせ時間ぴったりに行くのを信条とする露木は、バイクの傍らにしゃがんで、左右ステップの摩耗具合を確認した。

高校時代から数えて二十三台目のバイクとなる１３００ｃｃは、４サイクル、空冷、ＤＯＨＣ、４バルブ、並列４気筒、最高出力１００馬力、最高速度３００キロを誇るレーサータイプだった。

点検を終えたばかりの昨日、懇意にしているメカニックから、「相変らず走り込んでますね」と言われ、「なぜ、わかるの？」と訊き返したところ、「ステップが擦れてますから」と感心され、少々誇らしい気分になったものである。

高速でコーナーを走ろうとすれば、バイクの車体を大胆に倒し込まねばならない。そのとき、ライダーブーツで踏み締めたステップが、アスファルトの路面と接して、わずかに削り取られることがあった。深夜に仲間と走れば、先行するバイクのステップと路面の摩擦は、後方にたなびく火花となって目に映る。きらきらと輝く光の列はうっとりするほど美しく、アドレナリンが大量に放出されて快楽が絞り出される。

ただし、ステップと路面の接触は、転倒の危険を大きくし、死の可能性を高めかねない。ステップの摩耗を、度胸のある証《あか》しと露木はとらえていた。

「右と左、どっちが減ってる？」

答えはわかっていたが、露木は敢《あ》えてメカニックに訊いた。

「右ですね」

山道を走るとき、露木は、右側に出口を持つコーナーの走行を得意とした。左コーナーより、右コーナーのほうがより高速で通過できるのだ。

　コーナーの手前でブレーキをかけると同時にシフトダウンし、車体が沈み込むタイミングで視線をコーナー出口へと移動させ、両膝《ひざ》で強く締めていたタンクから片方の足だけを開いて一気に加速するとき、風景は斜め45度に傾いて後方に流れ去っていく。

　オートバイでなければ決して味わえない景色の変化である。

　ガツッという衝撃がステップからブーツに伝わり、全身でマシンを操っている感覚に浸るとき、風景と肉体は見事に一体化するのだった。

　アルミ製ステップが摩耗して減った質量が、光と熱に変化する化学反応は、どこか核反応と似たところがあると、露木は思う。

　核分裂でも、核融合でも、エネルギーに変るのは、反応の前後でわずかに減少した質量である。

　右コーナーは限界ぎりぎりまで攻めることができるのに、なぜか露木は、左コーナーではスピードの出し方が控え目になることがあった。

　つまり、左右の対称性が破れている。

　攻撃的な右と、控え目な左の使い分けは、日常生活の中にも及んで、左側より右側に位置する対象物に対して積極的に振る舞うという癖が染み付いていた。

　左右対称性の問題は、ＤＮＡ二重螺旋《らせん》の右巻き左巻き、素粒子スピンの右巻き左巻き、タンパク質アミノ酸基本構造の左手型右手型を持ち出すまでもなく、物理を基礎とする自然現象の重要概念となっているため、特に、露木には気になるところである。

　腕時計の長針と短針はあと五分ばかりで重なり、一日のうちに四度訪れる左右対称を作ろうとしていた。

　バイクから離れてホテルのロビーを抜け、指定された和食レストランに入るタイミングで、長針と短針はぴたりと重なった。

ざっと見回したところ、先に来て着席しているはずの姿がなく、露木は、予約した人間の名を案内係に告げた。

「前沢恵子の名前で予約してあると思いますが」

係に案内され、露木は窓際のテーブルの前に立った。

一面のガラス越しに、手入れの行き届いた庭が見渡せる席である。

池の周囲に敷き詰められた小石の合間から草花が顔を出し、その頭上をジンチョウゲの濃い緑が覆い、道路に面する植え込みには松科の高木が帯状に並んでいた。

五月の陽光を受けて葉は瑞々《みずみず》しく、ガラスを通してさえ、むせかえるほどの樹木の香りが伝わってくる。

そこに、前沢恵子が露木の左横に滑り込むように現れた。

「すみません。遅れてしまいました」

「いや、約束の時間ちょうどですよ」

申し訳なさそうに頭を下げる恵子を一瞥《いちべつ》して、露木は、開いた手をひらひらさせて右側の椅子を指し示した。

右側に座ってほしいという意思表示のつもりだったが、それよりも早く、恵子は、案内係に引かれた左側の椅子に腰をおろして、何事もなかったように顔を上げた。

露木は、バツが悪そうに手を引っ込め、恵子を左斜めに見るかっこうでテーブルに着いた。

物理学者として十冊以上の著作を持ち、ベストセラーとなった本の末尾には著者略歴が記載されている。ネットで検索するだけで露木の経歴等は簡単に調べられる。おまけに前沢恵子は探偵だった。調べるのはお手のものであろう。自分に関する情報はほぼすべて恵子に把握されていると、露木は睨んでいた。

ただし、自分に関する情報を相当量摑んでいるはずの恵子も、さすがにノールールの格闘技試合に出場した経歴は知らないだろうと、露木は確信していた。

リスクと隣り合わせでなければ、生きている実感を持てないという特異な体質は、生来のものであったが、傾向が強まったのは、やはり妻の死に負うところが大きい。

妻が亡くなった直後、心の底から湧き上がる理不尽な怒りを制御できず、眠れない夜が続いた。怒りの矛先を一点に集中させ、思いっきり叩《たた》きのめせば、少しは気が晴れるかもしれないと、露木は、六本木《ろっぽんぎ》のクラブの地下で行われたノールールの格闘技イベントに参加したことがあった。

限界速度でバイクを飛ばすのと同様、ノールールで喧嘩《けんか》試合をやるのも、薄皮一枚隔てたすぐ隣に死を引き寄せ、強烈な刺激を味わうという行為の一環でもあった。

愛する者を失って、命知らずの傾向がますます強まったのだ。

中学高校と柔道選手で鳴らした露木は、大学からボクシングに転じ、打撃技をより得意としたが、三試合とも、グラウンドからバックを取って相手の首を締め、試合を終了させていた。

仮死状態になって床に横たわる対戦相手を、地下の薄暗いライトを背に受けて眺め下ろしたとき、立っている自分と横たわる相手の、圧倒的に非対称の構図から細胞が沸騰するような興奮を覚えたものだが、試合を重ねるうち感動は薄れ、三度目に勝ったときは、満足感より空しさのほうが勝っていた。

最近は、やり過ぎてはならないと自戒する機会のほうが増え、この手の無謀からは遠ざかっている。

恵子の手で目の前にメニューが差し出され、束の間の回想は萎《しぼ》んでいった。

「何を召し上がりますか？」

露木はメニューにさっと目を通して、ほんの数秒で食べるものを決めた。

「刺身定食」

オーダーを終えた恵子は、「さっそくですが」と前置きして、バッグから二十センチ四方の発泡スチロールケースを取り出した。「これ、昨日の電話でお願いしたものです」

中身が何なのか、露木は事前に知らされていた。

南極の氷である。

電話で簡単な説明を受けたものの、あまりに漠然とし過ぎていて、論理的な解釈を当てはめることができなかった。

……南極の氷層から掘り出した氷……、微生物……、複数の突然死。死体を洗い流した雨水が秩父さくら湖に注いでいた……。

事の全容を摑んでいる状況とは程遠く、恵子自身にも、説明したくてもできないというもどかしさがあった。露木は、微に入り細をうがった説明を求めても無駄と判断するほかなかった。

東京を中心に配付された四個の南極氷に含まれた未知の微生物が人間を突然死させる可能性があるので、大学の研究室で成分の分析をしていただけないか……。

今日の会食の目的のひとつは、南極氷を露木に手渡すことにある。

在籍する大学の医学部と理学部には、懇意にしている基礎医学や分子生物学系の研究者が何人かいて、分析はそう難しいことではない。

「今度、お会いするときに、分析結果をお伝えできればいいんだが……。ただ、未知の微生物となると分析にけっこう時間がかかるかもしれない」

露木は真っ白な発泡スチロールを受け取り、リュックサックに無造作に放り込んだ。

「お願いします」

「ところで、あなたが知りたいのは、敏弘くんのことですよね。まず、何から話せばよろしいのですか」

露木は、会食の二番目の目的へと話を振った。

「中沢ゆかりという女性をご存じでしょうか」

「ええ、聞いたことがあります。敏弘の口から彼女の名前が何回か出ましたから」

「三日前に麻生さんから聞いた通り、わたしが追っているのは、中沢ゆかりの行方です。彼女が、敏弘さんの子を生んでいるのだとしたら、その子を捜し出し、麻生夫婦と会わせてあげるのがわたしの役目。でも、中沢ゆかりを探そうとすれば、どうしても『夢見るハーブの会』集団死の謎を解明せざるをえなくなる。事件の裏には、敏弘さんの影もチラホラします。まず、そのへんのところで、何か事情をご存じならば、聞かせていただけないでしょうか」

露木は、テーブルに置かれたマグロの赤身に塩を少々振り掛け、箸《はし》で摘んで口に運んでゆっくりと咀嚼《そしやく》した。

「敏弘を間違った道に迷い込ませたのは、このおれかもしれない」

いきなり飛び出した核心を衝《つ》く発言に、恵子は、眉《まゆ》をぴくりと動かして先をうながしてきた。

「どういうことでしょうか」

「ヴォイニッチ・マニュスクリプトをご存じですか」

訊かれて、恵子は即座に首を横に振った。

「見たことも聞いたこともありません」

「だれも見たことのない文字で書かれた文章の合間に、実在しない植物のイラストが挿入されていて、世界最大級の稀覯《きこう》本と言われています。十五、六世紀にヨーロッパで作られたらしいが、正確な年代と制作者の素性は不明のまま。文章の読解に成功した人間はひとりもなく、世界最高レベルの暗号文書と呼ばれることもある」

そう前置きして露木が語ったのは、敏弘の研究対象がいかにして人間から離れて、ヴォイニッチ・マニュスクリプトをきっかけに、植物へと引き寄せられていったのかという経緯であった。

3

医学部の授業が終わった後の喫茶店で、宇宙論をテーマに語り合っている最中、エントロピー増大則が話題に上り、ふと「ヴォイニッチ・マニュスクリプト」の名を口に出したとき、露木は二十一歳で、敏弘は十九歳という若さだった。

露木が、二歳年下の敏弘と気が合ったのは、露木が数学と物理にばかり、敏弘は基礎医学にばかり関心を示し、両者とも臨床にそっぽを向ける姿勢が共通していたからだ。半ば親の強制を受けて、医学部に進学したという点も同じだった。

物理法則から始まる情報は、無秩序を減らすことにより、生成の変化に一定の方向を与える。情報量が多くなればエントロピーは減少する。生命は情報を食べて生きているようなものだ。

エントロピー増大則は宇宙を語る上で重要な熱力学の法則であり、露木は、情報理論を扱った物理学書を読んでいて、偶然に、「ヴォイニッチ・マニュスクリプト」という文書名を知ることになった。

まったく意味を為《な》さない情報の例として稀覯本の名が言及されていたのだ。

情報には必ず意味が含まれている。無意味な文字列は情報とは呼べないはずであり、言葉の定義が矛盾しているのがおもしろくて、深く印象に残ることになった。

「ヴォイニッチ・マニュスクリプト」とは、二〇九項に及ぶ羊皮紙に筆記された古文書の名称で、アメリカ人古書商、ウィルフリッド・ヴォイニッチが、1912年、ローマ近郊のモンドラゴーネ寺院で発見したことにより、彼の名にちなんで命名された。

オリジナルはイエール大学の図書館に所蔵され、インターネットに全文がアップされているため、だれでも簡単にアクセスしてデータを取ることができる。

「ヴォイニッチ・マニュスクリプト」の名が世間に知られ、またたく間に欧米を中心にその噂が伝播《でんぱ》していったのは、書かれている文字と挿画があまりに奇妙だったからだ。

まず第一に、書かれているのが、アルファベット、ラテン語、ギリシア語、アラビア文字、ヒエログラフ、楔形《くさび》文字などのどれにも当てはまらず、古今東西、どこにも存在しない文字ということである。かといって、でたらめかといえばそうでもなく、言語として成立しているのは明らかで、一種の暗号であるという解釈が定着した。

異なった筆跡がいくつか見られるため、複数の人間によって制作されたと見ていいだろう。ある特殊な目的のために集まったグループ……、特に、キリスト教異端の匂いが随所に漂っている。

ページの余白の大部分に描かれているのは、植物を主体とした緻密な彩色画だった。

描かれている植物の種類は１１３にのぼり、配管のように複雑に絡み合う茎、実を無数につけて開く花、空洞になった茎の内側を流れる樹液など、極めて印象的なものばかりだ。植物以外にも、円形のカレンダーを思わせる絵、銀河や星雲のように見える絵、精子のように見える絵、緑色の沼に全裸で身を浸す女性たちの絵、池の周りを徘徊《はいかい》して様子をうかがうイグアナに似た動物の絵と、奇想天外なこと甚だしい。

ようするに、これまでの地球には存在しえなかった文字で書かれた文章の合間に、これまでの地球では見られなかった光景の断片が、挿入されている古文書なのである。

不思議さに誘われ、過去に数多くの暗号スペシャリストが解読に挑んだものの、成功した者はひとりもなく、世界最難関クラスの暗号文書としてアメリカ国防省内の暗号解読セクションで取り上げられ、「ヴォイニッチ・マニュスクリプト」は欧米で名を轟《とどろ》かせることになる。

およそ五百年という長い眠りから醒《さ》めて手稿が注目を浴びたとき、最初に解読に取り組もうとしたのはペンシルベニア大学の教授だった。

教授は、手稿を執筆したのが、中世自然科学の先駆的存在、ロジャー・ベーコンであると頑に信じ、その証拠を見つけようと強引に誤った方向に邁進した揚げ句、突然死を遂げてしまう。

手稿を発見したヴォイニッチ自身、当初からロジャー・ベーコンが制作した暗号ではないかと信じていた節があったが、希望的観測に過ぎなかった。

ロジャー・ベーコンの暗号という触れ込みで売り出せば、ローマ郊外の修道院からただ同然でせしめてきた手稿に莫大な値がつくのは間違いなく、そうあってほしいと切に願っただけだ。

一攫《いっかく》千金を夢見て押し寄せた暗号解読者の群れは、サイファア・システム、コード化したアルファベット、インド・ヨーロッパ語のアルファベット、楔形文字、古代エジプト文字など、様々な見地から検証したが、ひとりよがりな手法を弄《もてあそ》ぶのが関の山で、試行錯誤が報われることはなかった。

暗号であるという思い込みが解読の邪魔をしたのだ。

アナグラムでもなければ、複雑な装置、特定の規則に則って文字をひとつひとつ置換したものでもない。ヴォイニッチ・アルファベットの数が特定されていないため、頻度分析も不可能である。すらすら書いていて、書き損じがないことから、暗号というより、未知の言語というべきであろう。

放射性炭素測定法によって、羊皮紙が造られた年代は、十五世紀の終わり頃と特定されている。誤差があるにしても、手稿が書かれたのが、それ以降であることは間違いなかった。

植物を描いた挿画には、トウモロコシやトウガラシと似た種がいくつか含まれている。アメリカ原産のトウモロコシ、トウガラシがヨーロッパにもたらされたのは、１４９２年にコロンブスがアメリカ大陸に到達した後のことだから、この観点からも手稿の製作年代は十六世紀だろうと予測がつく。

樹液や裸体女性を描いた挿画では、明るい髪色をした女性たちが、円形の縁を持ったドラム型の浴槽に裸の下半身を浸している。

腹が膨らんでいて妊婦のようにも見える女性たちは、緑色の樹液に脚を浸して、何かを生み出そうとするかのようだ。

曼陀羅《まんだら》状の模様が描かれた挿画には、多重円の中心にある井戸を四人の男女が上から覗《のぞ》き込んでいる構図が含まれている。男女の服装は十六世紀のヨーロッパに特徴的なものであり、さらに、地球中心の宇宙観と、人間中心の世界観が垣間《かいま》見え、いまだ天動説が残っていた十六世紀の作という説の信憑性《しんぴょうせい》が一段と高まる。

植物の構図で特徴的なのは、接ぎ木を表すシーンが、随所に散りばめられている点である。

植物は分散型モジュール構造を基本としているため、なかなか死なない。たとえば、木を切り倒して、その切り株から出芽した新しい枝を土に刺せば切り倒した木と同じ個体が再生される。接穂と呼ばれる芽や枝などを台木と呼ばれる根のある側の茎に差して成長させる接ぎ木を利用すれば、果樹などを容易に繁殖させることも可能だ。その場合、台木の影響を受けて、接穂に以前と異なった形質が現れたりもする。

しぶとく繁殖する植物の特徴を利用して、人類は、何千年にも渡って品種改良を行ってきた。その昔、リンゴの実は小さく酸っぱいものであったが、今は大きな赤い実に甘みがたっぷりと含まれるようになった。小さかったトウモロコシも、黄色い実をぎっしりと充実させていった。

動物と比べ、植物の品種改良ははるかに簡単なのである。

ところが、「ヴォイニッチ・マニュスクリプト」に描かれる品種改良には、近縁植物同士だけではなく、植物と動物の合体型としか見えない図が、わずかながら差し挟まれている。大地から持ち上がった太い根はヘビとなって地面を這《は》い回り、イグアナらしき動物と絡まり合う根はあたかも交尾するかのようだ。挿画に独特の世界観が込められているのは明らかだった。

緑の樹液に下半身を浸す全裸の妊婦……、植物の接ぎ木……、植物と動物の合体型……、これらの断片からは、違う要素を混ぜ合わせて「新しい種を創造する」というコンセプトがイメージされてくる……。

そこまでのところを一気に話してから、露木は、「スマホで検索してごらん」と恵子に勧めた。いくら言葉で説明したところで、「ヴォイニッチ・マニュスクリプト」に記述されている文字の形状と、植物を主体としたイラスト群から立ち上ぼる不思議な雰囲気は伝わらない。現物を見るに如《し》かずである。

露木の指示を受け、「ヴォイニッチ・マニュスクリプト」に関する情報をスマホの画面に呼び出し、どんなものかとざっと眺めた恵子は、静かに首を横に振った。

「解読はとても無理」という意思表示だろうが、文字の形状とイラストの雰囲気は伝わったはずである。

「おれの口から聞かされた稀覯本に、敏弘は並々ならぬ関心を抱き、とりつかれたようにその解読に乗り出した。世界中の誰ひとり解読に成功していないのなら、自分こそがその第一人者となってやろうとばかりに張り切って……」

「でも、世界中の暗号の天才が挑んで、駄目だったんでしょう」

「おれも、そうアドバイスしたんだ。克明に観察し、検証して得られたのは、これは暗号文書ではないという直観だった。だとすれば、解読は不可能。第二次世界大戦時、日本軍のものを始めとして数々の暗号を解読した天才、ウィリアム・フリードマンも、人工言語であるという仮説をたて、解読不可能と予測した。解読に挑んでも、結局のところ、時間の無駄に終わるのがオチだから、やめたほうがいいと言ってやったよ。しかし、敏弘は聞かなかった。文字に関しては欧米の先人が調べ尽くし、何の成果も上がっていないことを踏まえ、敏弘は、アプローチの仕方を大きく換えると言い張った。文章の解読は二の次とし、植物学の観点から、書かれている内容をおおまかに類推しようとしたんだ。本にはたいがいまとまりのある一本のテーマが込められている。敏弘は、ざっくりと、ヴォイニッチ・マニュスクリプトに込められたテーマを摑もうとした……」

その後、数年かけて、「ヴォイニッチ・マニュスクリプト」についての考察を深めていった敏弘は、発見したことや、思いついたことを、何冊にも及ぶノートに書き付けていった。ノートの束は現在、麻生繁の元に保管されているはずである。

露木はノートに記述された概要を、敏弘の口から聞かされたことがあった。

植物の視点に立って進化論をとらえ直す試みが、まとまりのある仮説として語られたとき、「ヴォイニッチ・マニュスクリプト」と出会って五年の歳月が過ぎ、敏弘は医学部の最終学年に進み、露木の研修医生活も終盤に差し掛かろうとしていた。

ダイナミックに展開する敏弘の仮説がユニークなのは、「地球全土に及ぶ動物の活動を裏で操っているのは植物」と断定している点にある。

その中身をなるべく簡潔に、わかりやすく、恵子に伝えるべく、露木はまず、旧約聖書の創世記を引き合いに出した。

人類が文字を持つ以前から語り継がれてきた神話には、荒唐無稽《こうとうむけい》な作り話と片付けられない、深い意味が込められている箇所が多々ある。遠い過去に起こった実際の出来事の断片を基に、物語が組み立てられていることもあり、有史以前の地球環境を知る手掛かりを与えてくれたりもする。いい例が洪水伝説だった。世界各地の神話には大なり小なり洪水の描写が含まれている。自然の猛威によって発生した洪水の記憶が、人々の脳に深く刻まれ、代々語り継がれてきたとみて間違いないだろう。実際のところ、洪水の痕跡《こんせき》は世界各地に残されていて、冒頭で世界の成り立ちと生命の誕生が語られる旧約聖書においても、洪水伝説は重要な地位を占めている。創世記の6章から8章に記述されている「ノアの方舟《はこぶね》」は特に有名だった。

露木が世界の神話の洪水伝説を取り上げたのは、絵空事の代表のごとき神話にも、実際に起きた過去の事象の断片が含まれていることがあると、強調したかったからだ。

旧約聖書の冒頭、天地創造が語られる『創世記』からも、量子論的な宇宙の創造と進化の連鎖が彷彿《ほうふつ》とされてならない……。

神は第一日目に大地を光で照らし、第二日目に空と海を分かち、第三日目に植物を創り、第四日目に太陽と月と星々を創り、第五日目に動物を創り、第六日目で人間を創った。

ところが、そこで植物を含む生命の誕生が完了するわけではなく、次のパラグラフでは、なんと、二度目の生命の創造が行われる。

神は大地を潤わせて植物を育て、土から人間（アダム）を造る。そして、食用の植物で囲まれたエデンの園にアダムを置き、彼の肋骨《ろっこつ》からイブを造る。

アダムとイブが住むエデンの園には、食用の木、命の木と、善悪を知る知識の木がはえていたが、神は、すべての木の実を取って食べてもいいが、知識の木の実だけは食べてはならない、食べると死んでしまうからと、これを食べることを禁じる。そこにヘビがやってきて、禁断の木の実を食べてしまえと、イブをそそのかす。

野の生き物の中でもっともずる賢いとされているヘビは、イブにこう言う。

「それを食べると、目が開け、神のように善悪を知るものとなることを、神はご存じなのだ」

こうしてイブは禁断の木の実を食べ、アダムにも勧める。

神は、アダムとイブが禁を犯して木の実を食べたことに激怒し、エデンの園からふたりを追い出して苦難の人生を与え、命令違反の咎《とが》に対して生涯消えることのない「原罪」を背負わせた……、これが、キリスト教の根本理念ともなっている「原罪」の考え方である。しかし、神は心の底から、アダムとイブに、知恵の実を食べることを禁じたのだろうか。とてもそうは思えない。神は、今後に予想される苦難の道を諭し、アダムとイブに皮の上着を着せて、楽園の東に向けて送り出しているからだ。その姿は、追放というより、子が巣立つ姿を親の立場で見送るといったほうがぴったりくる。

父は、子が何ひとつ不安のない楽園に安住し、狭い世界に引きこもっている態度をよしとしないものだ。

だからといって、外の世界に危険はつきものだ。無茶をしたり、思慮を欠いた行動をとれば、簡単に命を落としてしまう。外に打って出るためには、覚悟が必要となる。迂闊《うかつ》な行動は控えるべし、しかし、機が熟したとみるや、勇気を持って楽園を出て、東へと向え……、神は、その覚悟のあるなしを問うたのではないか。

一旦《いったん》楽園を出た以上、たとえ、何万年かかろうとも、地球全土にくまなくはびこらなくてはならない……、神が人間に与えた指令は、神話の形をとって人間の深層意識に埋め込まれた。

禁断の木の実を食べた後、アダムとイブは、全裸でいることに恥ずかしさを覚え、いちじくの葉で股間《こかん》を隠すようになる。ふたりの脳裏に「恥」という概念が誕生したからにほかならない。言語に先立つのは「概念」である。表象と概念が結びついてはじめて、言葉が発生するのだ。

地表全体に人類がはびこるための絶対条件が何なのか、もうおわかりだろう。

言語である。

人間は、知識の実を食べることによって言語を獲得し、ホモ・サピエンスとなって、全地表にはびこっていった。

驚くべきことに、ラテン語にその起源を求めれば、「SAPIENCE」は「知恵」を意味し、語幹の「SAP」は「植物の樹液」という意味を持つ。

人間がより広範囲で活動するためには、言語をフル活用して知識を蓄積させる必要があった。

人類が世界に広がったのを当然と考え、謎として認識していない人は多い。

人類学者たちは、アフリカから出てユーラシアを横断し、南に下った人々が太平洋の島々を東進した理由を、「食料を求めて」と説明している。椰子《やし》の実がたわわに実る陸地から、食料を求めてカヌーで漕《こ》ぎ出すのは、自ら遭難しにいくようなものだ。自殺行為も甚だしい。もっと筋の通る理由を考えるべきだろう。

たとえば、野生のチンパンジーが自主的にアフリカを出て、南アメリカ大陸最南端まで遠出することはない。

危険を顧みず、未知の領域へと踏み出していったのはなぜか人類だけである。

ホモ・サピエンスは、数万年前に、アフリカからユーラシア大陸に渡って東へと進み、風土が肌に合えばその土地に定住し、行く先々ではびこっていった。

眼前に太平洋が現れ、道を塞《ふさ》がれても臆《おく》することなく、南北のルートに分かれてさらに移動を続けた。

北に向ったモンゴロイドは、氷河期のために海面が下がってできたアリューシャンの狭い陸地を渡って北米に入り、南下しつつ大陸の隅々に広がった。ある部族は移動しながら暮らし、ある部族は断崖《だんがい》に横穴を掘って定住するようになった。

動いたりとどまったりしながら、徐々にメキシコを南下してパナマ地峡を抜け、アンデスの麓《ふもと》に足跡を刻みつつアマゾン流域を辿《たど》り、BC一万年頃までに人類はアメリカ大陸最南端のフエゴ島に到達する。

一方、南のコースを辿った人々は、東南アジアから太平洋に乗り出し、フィリピン、モルッカ諸島、メラネシアを経てAD四百年頃にはタヒチに、さらにその百年後にはイースター島に到達する。

アフリカ大陸からシナイ半島に渡り、そのあたりから全地表にはびこる長旅を始めた人類は、もっとも遠い到達点において、なぜか石の建造物を造る。中米から南米にかけて建立された、マヤ、アステカ、インカのピラミッドは、エジプト（ギザ）のものとほぼ同じ構造をしている。南太平洋ルートにおける最果ての到達点、イースター島にも巨大な石の建造物、モアイ像がある。

ピラミッド、モアイ像と、切っても切れない関係にあるのが、文字である。

アメリカ大陸を南北に縦断したモンゴロイドが、文字を発生させたのは、マヤ、アステカ、インカ（後に文字は消滅する）のみであり、文字を持たないポリネシアの民に、唯一授けられたのが、イースター島の「ロンゴロンゴ文字」である。

古代エジプト文字が発生した場所に建つギザのピラミッドは、世界最古の楔形文字を発生させた場所からもほど近い距離にある。

石の建造物と文字がワンセットになっているのは偶然ではない。

ピラミッドの魅力は計り知れず、多くの人は、古代のロマン溢《あふ》れる巨石建造物に限り無い憧《あこが》れを抱き、建造の目的や、建築法の謎に思いを馳《は》せる。

「ピラミッドはファラオの墓」という通説ほどロマンを打ち砕くものはない。

では、ピラミッドとは何なのか？　答えは、「情報の記録装置」。

情報こそ未来を切り拓《ひら》くための最良の道具であり、情報を根底から支えるのは数式や化学式を含む言語である。

4

中央アメリカのユカタン半島を中心に栄えたマヤ文明は、巨大なピラミッドや神殿の建立をはじめ、暦法、数学、絵文字に優れた才能を発揮し、熱帯樹林の中に高度に整備された都市を築き上げた。

文明の基礎となったのは情報を表記するための文字と数学であった。

マヤ文字は、複雑な絵で意味を表す「表意文字」と、母音と子音を一文字で表す「音節文字」の組み合わせで成り立っていた。この構造は「漢字」と「ひらがな・カタカナ」を混ぜて使う日本語と近い。

紀元300年から900年頃にかけて最盛期を迎えたマヤ文明は、その後、衰退が始まり、栄華を誇った諸都市は次々と放棄され、新たに建設されることはなかった。

衰退の原因は諸説あり、一本に絞り込むことはできず、文献が残っていないこともあって、「謎の滅亡を遂げたマヤ文明」は神秘のベールに包まれてゆく。

マヤ文明が本当の意味で終焉《しゅうえん》を迎えるのは、スペインの侵略によってである。

1492年に西インド諸島、サン・サルバドルに上陸したコロンブスを契機として、スペイン、ポルトガルをはじめとするヨーロッパ人が大挙押し寄せて、マヤ、アステカ、インカの文明を次々と滅ぼしていった。

エルナン・コルテスに率いられたスペイン軍は、メキシコのアステカ王国征服を手始めに、マヤ地方の周辺諸国を制圧し、後に入植してきたスペイン人宣教師によって焚書が行われ、貴重な文書が焼失し、情報が失われて謎は一層深まっていった。

今も、階段状のピラミッドはジャングルの奥に埋もれている。

さて、ここでマヤ地方の植生に目を向けてみよう。

アメリカ大陸にはもともと動物が少なく、特に家畜化できる種となるとごく少数に限られ、馬、牛、豚、山羊、羊などの家畜を有するユーラシアを始めとする他の地域とは大きく異なっていた。その代わり、植物の種は豊富で、現在われわれが食べている栽培作物の原産地の七割を、アメリカ大陸が占めている。

トウモロコシ、トマト、カボチャ、アボカド、トウガラシ、ジャガイモ、ピーマン、カカオ、アセロラなど、すべてアメリカ大陸原産である。

数万年前に始まって一万年前までに終わった人類の東に向う旅と、十五世紀末から本格化した大西洋を西に向う旅の、合流地点は中央アメリカであった。

ふたつの流れの担い手であった旅人たちは、混ざり合うことによって、ヨーロッパの家畜と植物を中央アメリカに持ち込み、多種多様な植物をヨーロッパへと持ち帰った。そして、ヨーロッパを足掛かりとして中央アメリカ原産の植物は全世界に広がり、人口増加と相俟《ま》って栽培量が激増することになる。

旧大陸と新大陸の間で、植物、動物、食物、人間、病原体などが広範囲にわたって交換された現象は、「コロンブス交換」と呼ばれている……。

一方的に喋《しゃべ》り過ぎたことに気づき、露木は、たっぷりと間を置いてからマグロの赤身を一切れつまんで口に運び、咀嚼しながら恵子に訊いた。

「世界史の一連の流れを把握した上で、ひとつ、問いを立ててほしい。人類が、このように動き回ることで、もっとも得をしたのは、だれかと」

物理学の講義中、学生に質問を出すのは、話の流れが飲み込めているか否かを、確認するためである。

露木に促され、恵子は答えた。

「いや、人間ではない」

「ヨーロッパ人……、かしら」

「まさか、植物……、でも、意識を持っているとは思えない」

「そう、もっともいい目を見たのは植物なんだよ。植物は、光合成によって糖分を作り出すために動く必要がない。その代わり、移動の必要が生じたときは、動物を頼りにする。花粉の運搬を昆虫に、種子の移動を鳥に託したりする。

そして、脚のない植物が自らの身体を運搬しようとするとき、もっとも有用な存在は、われわれ、人間だ。人間は、植物にとってもっとも優秀な運搬人である。最高のパシリというべきだ。ところが、最高のパシリはそう簡単には見つからない。そこで植物は、哺乳類《ほにゅうるい》の中から、運び屋の素質がありそうな種を選抜し、地道に育てようとした。

400万年ばかり前に類人猿から猿人を枝分かれさせ、アウストラロピテクス、ホモ・エレクトゥスと創り直して、現在のホモ・サピエンスを完成させるべく、エリート教育をほどこそうとした。そこで言語が必要となった。最高のパシリになるためには、言語が不可欠なんだ。

ところで、ここでもうひとつ問いを立ててみよう。数万年前の、東へ向う旅の発端となった出来事は、何かと」

「エデンの園から出たこと……」

人類が辿った長旅の出発点は「エデンの園」である。

「では、なぜ、アダムとイブはエデンの園を出て、東に向ったのか」

「禁断の木の実を食べて知恵を身に付けたから」

「そう。知恵と言語はイコールで結ばれる。ヘビは、禁断の木の実を食べるよう、アダムとイブをそそのかした。でも、その背後には、ヘビをそそのかした黒幕が控えていた。黒幕がヘビに指令を与え、アダムとイブが特定の実を食べるように仕向けたんだ。

さて、黒幕とは、だれだ？」

躊躇《ちゅうちょ》しつつ、恵子は答えた。

「植物……、まさか」

「今から数万年ばかり前、植物はホモ・サピエンスに、もっとダイナミックに動いて全地表に蔓《まん》延《えん》して欲しいと願った……、だから、言語を与えることにした。

認知革命と呼ばれる言語獲得によって、知識の蓄積が可能となり、神話を構想するようになり、神話から喚起されるモチベーションを原動力として人類は全世界にはびこり、世界の栽培植物の七割を占めるアメリカ大陸原産の植物をヨーロッパを始め、全世界へと伝播させていった。まさに植物が望む通りの大活躍ってわけだ。

人間が人間である所以《ゆえん》は、二足歩行することでもなければ、道具を使うことでもない。言語を持つか、否かだ。

類人猿との違いは、唯一その点のみといって過言ではない。

人類と類人猿との間に横たわる差異がどこから来たのか、その原因を、ネオ・ダーウィニズムは遺伝子のコピーミスと説明する。

コピーミスによって遺伝子に偶然生じた突然変異が言語を発生させ、言語能力を身に付けた種が環境に有利に適応できたため、繁殖することができたというふうに……。

しかし、実際のところ、遺伝子のコピーミスによって、生存に有利な特質が生じることはまずない。そのほとんどは生存に有害な方向へと向う。

ましてや、言語という、崇高きわまりなく、AIを軽く凌駕《りょうが》する認知能力の礎たる力が、過ちによって授けられたと言われても、おれは戸惑うばかりだよ」

「では、どんな要因が働いたと……」

「発端は植物が産出した実を人類の祖が食べたことなんだ。ここでひとつ、禁断の木の実が実在したという、大胆な仮説を立ててみよう。禁断の木とは、一般にリンゴの木のように言われているが、単なる比喩《ひゆ》に過ぎない。別種の果樹なのか、あるいはハーブに類する薬草なのか……。いずれにせよ、植物の成分を摂取することによって脳内に化学反応が生じ、ニューロンネットワークに新しい回路が開かれ、言語が獲得できたのではないかと、おれたちは考えている」

「突然変異ではなく、植物の成分が影響を与えて、言語が発生したとおっしゃりたいのですか」

「そう、植物性アルカロイドの効能をフル活用すれば、人間の脳を活性化することができる。コカインや覚せい剤を投与された人間の活動は、常人のものとは異なる。そして、コカ、麻黄、アヘンなどの麻薬の成分はすべて植物の成分から精製されている。

植物アルカロイドは植物の体内に含まれるアルカリ性有機化合物で、多くは、毒性や薬理効果を持つ。モルヒネ、コカイン、アトロピン、ニコチン、ストリキニーネ、カフェイン、コルヒチンなどである。

ヘモグロビンと葉緑素がそっくりな構造をしているのと同じく、植物アルカロイドは脳の奥深いところで生成される脳内ホルモンとそっくりな構造を持ち、化学特性はほぼ等しい。

麻薬が人間の細胞に作用するということは、細胞に麻薬を受け入れる受容体があるということだが、ではなぜ、人間の細胞がこの受容体を持っているのかは謎のままだ。

脳神経学者は、その理由に対して、またしても同じ手法で逃げの一手を打つ。つまり、偶然に過ぎない、と。

アヘンやモルヒネなどの植物アルカロイドが外部から投与されても、脳内麻薬であるエンドルフィンが脳内部に生成されても、神経系が活性化してドーパミンが放出され、強烈な快感、多幸感、陶酔を得ることができる。時には、現実と見紛《みまが》うほどリアルな、幻覚や幻聴を起こさせたりする。激しくスパークするその力が、人間の脳に言語の芽を植えつけたと考えるほうが、よほど筋が通ると思うのだが……」

「聞いているだけで、なんだか、頭がクラクラしてくる。でも、人間を意のままに操るなんてことが、植物にできるとは、とても思えない……」

「言葉を与えると同時に、植物は人間の脳に報酬系を埋め込んだ。人間の脳には、欲求が満たされたときに活性化し、個体に快感を与える神経系があり、それは、報酬系と呼ばれる。目的を達成して幸福な気分になれるのは、エンドルフィンが分泌され、ドーパミンが放出されるためなんだ」

「報酬系……、知ってます。わたし、大学の文学部で心理学を学びました」

「では話が早い。最近、ある研究機関の調査によって、より活発に動き回るほど人間の幸福感が増すというデータが示された。旅がなぜ楽しいのか、理由がわかるだろう。登山や航海などの冒険に出る者は、自身の行動原理が説明できないため、そこに山があるから登山をするのだと、破れかぶれの説明に終始してきたが、報酬系のメカニズムを当てはめれば、理由は明らかとなる。

なぜ人は冒険に出るのか。

危険な道程を辿って冒険を成功させたときの達成感が、他の何にも代え難い快楽をもたらしてくれるからだ。

先に説明した通り、快楽とは、植物アルカロイドの投与によって生じるのと同じ感覚である。おわかりだろうか。エデンの園を出て地球全土にはびこるための長旅は、報酬系のメカニズムがなければとても達成できなかった。人類の祖はエサを求めて地球全土にはびこる旅に出たわけではない。氷で覆われた北の回廊を東に進む極寒の日々と、南洋の島々を小さなカヌーで渡る命知らずの冒険に耐え得たのは、目的の行動を成し遂げることにより、得も言われぬ快楽が与えられると信じたからだ。オリンピックの百メートル競技を十秒を切るスピードでゴールするとき、スプリンターは天上から降り注ぐ神々しい光を一身に浴び、他の何物にも代え難い快感に浸る。その一瞬を手に入れるためとあらば、日々のどんな辛《つら》いトレーニングにも耐えられるのと同じだ。人間に強いモチベーションを与えるためのもっとも有効な方法は、望むべき方向に進んだことによって報酬が得られるシステムを、脳内に組み込んでやることだ。

植物にはそれが可能だ。アルカロイドによって、脳内神経伝達物質であるドーパミンの放出を調整できるからだ」

露木はそこで言葉を止め、人間が植物に操られているという奇想天外な説が、なんとか恵子の胸に浸透してほしいと祈った。初めて聞かされた者なら、誰しもが混乱を来すはずである。

恵子は、ゆっくりと息を吐きながらガラス窓のほうに顔を向けた。

釣られて露木が目を向けた先には、無数の枝葉を広げて五月の陽光を受け、光を貪《むさぼ》って繁茂する樹木で覆われた庭があった。

しばらく目を休めた恵子は、存在感を持って迫る植物の群れに不安を感じたのか、両手を両肘《ひじ》に当てて身体をブルッと震わせた。

「すぐに信じろと言われても、わたしには、わからないと言うしかない。第一、話が逸《そ》れてしまったように思うのですが」

「そろそろ頃合だろう。長々と話してきたこの物語の冒頭を飾ったのはヴォイニッチだった。今から、冒頭と結論を結び付けていこうと思う。

敏弘は、長い歳月をヴォイニッチの解読に捧げた後、ようやく、テーマらしきものを探り当てたんだ。どんな本にもテーマがある。敏弘は、ヴォイニッチに記述されている文章のテーマを次のように表現した。

『人間の脳に作用して認知革命を起こさせるアルカロイドを産出する植物を、品種改良によって作り出すための、レシピ本』

根拠は大きくふたつある。第一に、ヴォイニッチ・マニュスクリプトに描かれている植物の挿画は、どれもマヤ地方を原産とする植物の形状と酷似している。トウモロコシやトウガラシと似た形の作物、ジャガイモやさつまいもと似た根を持つ作物が、多く描かれている。

第二に、記述されている文字の形は、マヤ文字の一種であるナワトル語とそっくりであるということ。

数万年前までエデンの園に生えていた禁断の木は、役目を終えて失われてしまった。現在、旧約聖書の舞台となる地にそのような木が生えているという報告はない。しかし、特殊なアルカロイドを産出する植物の作り方は、知識として残り、ゾロアスター教を始原として、グノーシス派、マニ教、カタリ派と流れる異端の系譜の中、密かに語り継がれていった。そして十六世紀になり、ヨーロッパの異端とマヤ地方の土着宗教が混じり合い、太古から連綿と保持されてきた品種改良の知識が引き出され、整理され、失われた言語によって禁断の木の実の作り方が記述されたのではないか……。記述される内容は極秘事項であり、決して一般の目に触れさせてはならない。門外不出というやつだ。かといって、貴重な情報の流れを断ち切るわけにもいかない。そこで、秘伝として同じ宗派の信徒に残すため、一般人には読むことのできない文字で記述することにしたのではないか……」

露木を注視する恵子の瞳《ひとみ》から、おどおどとした不安が消え、輝きを湛《たた》え始めた。

「筋は通ると思います。書いた動機がわかれば、ごく自然に、書かれている内容が推測できてくるでしょうね」

恵子は、納得したように二度ばかり頷いてみせた。

ヴォイニッチ・マニュスクリプトにまつわる物語は、これでおしまいと思ったようであるが、まだ続きがあった。

「ところが、敏弘の探求はそこで終わりとはならなかった」

「え、まだ先があるんですか」

「敏弘は、ヴォイニッチに書かれている品種改良の奥義を解明し、その昔に実在した禁断の木の実を現代に蘇《よみがえ》らせようとした」

恵子は唖然《あぜん》として口を開いた。

「何のために？」

「実や花、根や葉などから、目当てとする成分を抽出するためだ」

「まさか……」

「彼は、自分の身体に成分を取り込んで、第二の認知革命の担い手となろうとしたのではないかと、おれはそう睨んでいる。明日もう一度、麻生さんのお宅を訪ねようと思う。敏弘の個室はそのまま残され、遺品は捨てられてはいない。ヴォイニッチに関する考察を克明に綴《つづ》ったノートをもう一度ひもとけば、おれの推理が正しいかどうか、わかるかもしれない」

「同時に、中沢ゆかりの行方もわかるといいんですけど」

恵子は自身の願望をさらりと口にした。

「そうなることを、祈っているよ」

露木は、手首の腕時計を見て時刻を確認した。

「もうこんな時間か」

一時間半の予定を優に越え、テーブルに着いて二時間が過ぎようとしていた。話に夢中になるあまり、時が経つのを忘れていたようである。

午後の講義に間に合わすためにはバイクを飛ばすほかなさそうだ。

「ごめんなさい。お時間を取らせてしまって……」

露木が延ばした手が伝票に触れるより先、さっとそれをつまみ上げた恵子は、先に立って会計へと進んで、カードで支払いを済ませた。

「駐車場まで見送らせてください。先生のバイクが見たい」

思わず露木の口許《くちもと》から笑みが漏れたのは、大切なバイクが話題に上ったからである。

「なぜ、バイクで来たとわかった？」

「その革ジャン、ライダー用のものでしょう」

「あなたも、バイク乗りなのか」

「取材に便利なので、以前はよく乗っていました。でも、今は所有していません」

「じゃあ、今度、おれのバイクを一台貸し出そう。一緒にツーリングに行くっていうのはどうだ？」

社交辞令の誘いに、恵子は軽く調子を合わせてきた。

「ぜひ、ご一緒させてください。あ、それと……」

恵子は何か思いついたように、いたずらっぽく指先を唇に当てて付け足した。

「格闘技の試合に出る機会があったら、こっそり教えてください。応援に駆けつけて、先生のほうに張ります」

「張る」とは、博打《ばくち》において勝ちそうなほうに金を賭けるという意味だ。

地下で行われた秘密の格闘技イベントに出場した過去を、恵子がしっかり調べ上げていたことに露木は心底驚かされ、思わず呻《うめ》き声を漏らした。

おまけに、金銭を賭《か》けて勝負を争った賭博《とばく》試合であったことまで知っている。露木が演じたのは闘鶏場で嘴《くちばし》をつつき合う鶏の役だった。そのうちの一羽に賭金をはってやろうと、恵子は茶化してきたのだ。

露木は、駐車場への道を歩きながら、恵子を右側に見る位置に身体を移動させた。

露木は、ホルダーからヘルメットを取り、イグニッションにキィを差し込んでエンジンを始動させてから、恵子に訊いた。

「バイクを手放したのは、なぜ？」

「妊娠したのがきっかけかな。今は、シングルマザーとして七歳の娘の子育て中。そろそろバイク、復活させようかと思っているところです」

それを聞いて露木はエンジンを切り、被《かぶ》ろうとしていたヘルメットをシートに置いた。

「おれにも娘がひとりいる」

既に恵子が知っているとわかっていて、露木は、自分も同じ境遇にあることを告げていた。

一度始動させたエンジンを切って静寂を作ったのは、シングルで子育てをする恵子からアドバイスを求めたいと切に願ったからである。

「遅蒔《おそま》きながら、子育てに乗り出すことになりそうなんだ」

「お嬢さん、おいくつになられたんですか？」

「今年の春、高校一年になったばかり。母親代わりだった義母が先月に亡くなって、義父は老人施設に入ることになり、娘を引き取らざるを得なくなった。来週にはうちにやってくる……」

「どう接していいかわからず、戸惑っていらっしゃるってわけね」

「その通り。子育てとなるとまったく自信がない。おまけに十五年間の空白をどうやって埋めればいいのか……」

「一緒にいればうまくいくってわけでもないわ。祖父母は、お嬢さんのこと、可愛がられていたんでしょう」

「それはもう、目に入れても痛くないというたとえ通りに……」

「だったら心配ない。思いっきり愛してあげればいいのよ」

「問題はそこなんだ。生まれてこのかたあまり愛情を注いでこなかった対象を、努力次第で、愛せるようになるものなのか」

「多くの母親は生まれ出る前から子を愛する……、でも、父親は違う。時間をかけて愛を育《はぐく》んでいくほかない。差し延べてくる手を優しく握ってあげるのよ。その積み重ねが愛を育てる」

「もしよかったら、今回の案件が片付いたあとも、子育ての相談に乗ってもらえないだろうか」

そう言いながら、おずおずと差し出した右手を、恵子は握り返していた。

「喜んで。いつでも相談に乗ります」

露木はエンジンを再始動させてシートにまたがり、ゆっくりとバイクを発進させた。

駐車場から大通りに出る直前、バックミラーに映る恵子に軽く左手を上げて別れの挨拶《あいさつ》を送ると、ぺこりと頭を下げて応《こた》える恵子の姿がバックミラーに見えた。

それを合図にスロットルを開き、露木のバイクはフルスピードで青信号の交差点を走り抜けていった。

第4章　遍在

1

恵子と会食をした翌日、露木は再び麻生宅を訪れた。

訪問の目的は敏弘が記述していたノートを閲覧させてもらうためである。

中沢ゆかりの行方と、当時、敏弘が没頭していた基礎医学系の研究内容が深く関わっている可能性があり、当時のノートを参照して手掛かりを探したいと申し出たところ、麻生繁は快く応じて、屋敷の二階にある敏弘の個室に露木を案内したのだった。

「さあ、ご自由にどうぞ」

ドアを開け、露木に入室を促してから、麻生繁は付け加えた。

「部屋は当時のままで、持ち出したものは何もありません。ノートがあるとしたら、ここ以外に考えられませんね」

自分が同席したら思考の妨げになると気を遣って、階下に降りてゆく麻生繁の背中を見送った後、露木は部屋の中へと足を踏み入れた。

最後にここに来たのは敏弘が亡くなる二か月ばかり前のことである。

二十代の頃に幾度となく訪れた部屋に視線を巡らせるうち、昔より狭くなったような印象を覚えた。

当時こそ二十畳大の個室に圧倒されたが、現在、床面積200平米を超えるマンションで一人暮らしをする露木は、広い空間に慣れてしまったのか、それほど広いと感じられなくなっていた。切なく、ほろ苦く、甘く、懐かしい香りが胸に蘇《よみがえ》り、それが何に起因するのか自問して、ようやく気づいた。

以前来たときには、傍らに優子が寄り添っていた。

優子は、同じ大学の文学部出身で、二学年下の敏弘の同級生でもあった。

敏弘の部屋に入って、優子がまず目を見張ったのは、床と天井にボルトで固定された二本の鉄柱だった。

鉄柱の間にはHの形に鉄棒が橋渡しされ、中央からサンドバッグが吊《つ》り下がっていた。鉄柱から突き出たフックには、グローブ、ゴムロープ、革ベルトなどのトレーニンググッズが掛けられ、周囲の床にはダンベルが転がり、肉体を鍛えるための設備であるのは一目瞭然《りょうぜん》だった。

十五年経った今も、黒々としたトレーニング器具は塵《ちり》ひとつ付着することなく往時のままの偉容を保っている。

露木は、驚きの表情を浮かべる優子に、自慢気に解説しながら、実演してみせたときの光景を思い出していた。

自分がこのトレーニング装置を発案し、そのアドバイスのもとに設置されたこと、自分が敏弘にボクシングを教える師匠であること、サンドバッグを横にずらせば懸垂用の鉄棒となり、下段に移動させればベンチプレス台や腹筋台を固定できること……、デモンストレーションのつもりであったが、つい熱が入ってトレーニングが本格化し、いつしか露木は全身汗まみれになっていた……。

無邪気に肉体自慢をする夫を暖かく見守り、優子は「小学生の坊やみたい」と笑ったものである。

二歳年上の夫に少年の面影を見たであろう妻の瞳《ひとみ》が脳裏に蘇り、思わず涙があふれそうになって、露木は鉄柱から目を逸《そ》らした。

普段から露木は、感傷や情緒の発露を極力抑えるのを宗《むね》として、敏弘にもそのように助言していた。

……くだらない情緒に溺《おぼ》れるな。

部屋にいるのはたったひとり、だれかが見ているわけではなかった。しかし、敏弘の部屋にいる以上、兄貴分としての威厳を保たなければならない。

露木は顔を正面に据え、右手壁側に置かれたベッドと鉄柱の間を抜けて、窓際へと歩いた。

窓と平行に置かれた机には古いパソコンが二台載っている。一台はノート型で、もう一台のデスクトップ型は、アームに固定されたディスプレイが自在に動くタイプだった。

机の後ろにあるスチール棚には、小さなプラスチックケースが整然と並んでいる。以前に見せてもらったことがあって、中身が何なのかおおよその見当はついた。

植物から抽出されたエキス、種子、花びら、木の実、葉、花粉などが、項目ごとに分類され、保管されているのだ。

窓を挟んだ左側の壁には、天井にまで届く書棚がコの字形に設置され、後列に単行本、前列に文庫本という配置で、隙間無く本が詰め込まれていた。医学、植物学、分子生物学、遺伝学、物理、数学とジャンルは多岐にわたり、小説やマンガ本の他に、相当数の洋書も含まれていた。

室内を一巡りしたところで、露木は、目当てのノートがどこにあるのかと、思案した。それらしき場所の筆頭は、なんといっても机の引き出しと思われた。

露木は机の前の椅子に座り、右手下からキャスター付の引き出しを引っ張り出し、上から順に中身を確認していった。

一番上の段に収納されているのは筆記具や文房具がメインで、中段の中身はパソコン関連の記憶媒体や付属品が多くを占めている。そして、下段の、もっとも容量の大きな引き出しには、手帳やノートがぎっしりと詰め込まれていた。

目当ての品はこの中にあるはずだ。

露木は引き出しを抜き取って机の上に置き、ノートや手帳をすべて取り出して、区分けしていった。

ノートの数はおよそ三十冊。小学校時代からの日記の類《たぐ》いを除外して約半分に減らし、さらに講義のノート類を除外したところ、表紙に「ＶＯＹＮＩＣＨ」と記載されたノートが八冊残った。最初のページを書いた日から、最後のページを書いた日が、「〜」で結ばれてマジックペンで表紙に記述されているため、執筆期間が一目でわかる。

露木は、それらのノートを机上に積み上げ、年代順に重ねていった。

Ｂ５版のノート一冊には、罫線付きの紙が80枚（１６０ページ）綴《と》じられていて、相当の厚みがあった。それが八冊となれば、計１２８０ページの分量になる。

ためしにページをめくってみると、ほとんどの記述には黒か青のボールペンが使われ、ところどころ赤い鉛筆で補修された箇所が混じっていた。

最初のうちこそ日本語の記述が多かったものの、次第に英文表記、化学式、数字、数式、統計図、天球の回転図、曼陀羅《まんだら》模様などが増え、ラストに近付く頃には、特に根の部分を描写した植物のイラストが多くを占めるようなっていった。

露木はノートから顔を上げて呟《つぶや》いた。

……これ自体、暗号文書じゃないか。

ざっと眺めた後の率直な感想だった。

る中身である。

世界唯一無二の稀覯本《きこう》「ヴォイニッチ・マニュスクリプト」のページ数246を遥《はる》かに凌駕《りょうが》す

八冊のノートを順に読み解いていけば、当時の敏弘がどのような思考経路を辿《たど》ったのか、その足跡が明らかになる。

書かれている文字が日本語、英語、数字である以上、解読は、ヴォイニッチとは比較にならないほど簡単だろうと、露木は、高を括《くく》った。

しかし、読み解くためには膨大な時間を要する。

腕時計で時間を確認したところ、部屋に案内されてから既に一時間を経過しているのがわかった。麻生繁の許可をもらってノートを借り出し、自宅に持ち帰って分析するほかなさそうだ。

2

その日の夕刻、恵子が事務所として使っている八畳ほどのワンルームマンションには四人の男女が詰めていた。

部屋の中央に置かれた長方形のテーブルは、依頼人を迎えるときには接客用、ランチや夜食を食べるためには食卓用、パソコンを広げて調査・報告書の作成をするときは仕事用と、まさに万能の働きをするという。

今、テーブルはミーティング用として使われ、片方の端に露木と恵子が並び、その正面に有里と上原が座っていた。

四人が座ることは滅多にないらしく、時間とともに、狭い室内には暑苦しい雰囲気が充満していった。

露木と恵子から見て右手側、有里と上原から見て左手側のキャビネットには、購入間もない50

インチ薄型テレビが設置され、画面にはNHKの番組が、ミュートのかけられた状態で映し出されていた。

スタジオの背景に日本列島と天気図が掲示されていることから、無音であっても、気象予報士らしき女性が明日の天気を解説しているのがわかる。

仕事中もテレビを付けっ放しにするのが恵子の癖なのだろう。露木は、チラチラと動く画像を気にすることもなかった。

司会役を買って出たのは恵子だった。

露木、有里、上原の三人は、このときが初対面である。全員と顔馴染《なじ》みなのは恵子のみだった。恵子の説明に、本人による自己紹介が加えられ、十分も経たぬうち、露木、有里、上原の三人は、それぞれの胸に秘めた目的を理解し合うまでになっていた。

露木は、テーブル上に並べた名刺で名前を確認しながら、有里と上原の職業と今回の出来事との関わりを、頭の中で簡単にまとめてみる。

週刊誌の記者である葉月有里は、潜航取材として、連続不審死事件を追っている。都内のマンションで亡くなった花岡篤、横須賀の自衛隊官舎で亡くなった阿部豊、秩父の山村で亡くなった橋本一家の死因が、南極の氷層から掘り出した氷にある可能性を恵子から指摘され、興味を募らせている。

いざという場合、機を逃さずに記事にまとめるのが彼女に与えられた仕事だった。

ジャーナリストである上原信之は、十五年前に起こった「夢見るハーブの会」集団死事件をテーマとしたドキュメンタリーの作者である。事件の真相が謎に包まれたままであることに、釈然としない思いを抱いていたところ、恵子から相談を受けたのをきっかけに、過去の事件の全容解明に向けて意欲を再燃させつつある。新しい情報を得て、ドキュメンタリーの続編を上梓《じょうし》できるかどうか、可能性を模索しているところだった。

恵子の目的は言うまでもなかった。「夢見るハーブの会」の信者である中沢ゆかりが敏弘の子を生んでいるとしたら、その子の所在を突き止めることである。

各自それぞれの目的を持つ、恵子、有里、上原の三人にとって、露木の同席はこの上なく有益なはずであった。

なにしろ、露木は、「夢見るハーブの会集団死事件の検視結果」「南極氷の分析結果」「花岡篤、阿部豊、不審死の検死結果」……、以上の三つを携えて、この場に臨んでいるからだ。

恵子が、皆に説明した露木の役割は、専門家の立場から客観的かつ科学的な分析を行う解説者というものである。


恵子の事務所におけるミーティングは三十分を過ぎ、キャビネットに収納されたテレビ画面は七時のニュース番組に移行しようとしていた。

番組冒頭で、緊迫する世界情勢を女性アナウンサーが伝えたのを受けてコメンテイターが解説を加えた後、国内のニュースへと場面が変り、肌寒そうなロシアの大地から春爛漫《らんまん》の穏やかな日本の風景へと、シーンは一変した。

ミュートがかけられた無音の映像は、熱心に議論を重ねる四人にとってBGMの役目を果たしている。

「夢見るハーブの会」集団死事件にまつわる検証はひとまず終わり、「南極氷」が俎上《そじよう》に乗せられようとしていた。

露木は一同の顔に視線を巡らした。

「分析の結果、阿部豊が配付した南極氷に、シアノバクテリアの変異種が混入していることが判明しました」

「シアノバクテリア……」

「シアノバクテリアはごく一般的な微生物で、我々の周りにいっぱいいます。なにも珍しいものではない。南極氷に混入していた微生物の遺伝子配列を解析したところ、現存するシアノバクテリアとそっくりな遺伝子がいくつか発見されました。われわれが把握しているタイプとは異なったものです。

シアノバクテリアは、遺伝子が個体間で移動する水平伝播と呼ばれる現象を頻繁に起こします。この性質により、新たな遺伝子を取り込んで、これまでは生きることができなかった過酷な環境にも即座に適応するという能力を持ってます。おそらく、遥か昔に、進化の袋小路に迷い込んで絶滅しそうになったシアノバクテリアが、深層の氷に閉じ込められて当時のままの姿で保存され、南極観測船で運ばれて現代に蘇ったのではないか……」

「今のところ致死率100％……。つまり、その細菌、猛毒をもっているわけですね。伝染とか、しないんですか」

有里の関心は、被害が自分に及ぶか否かに向けられているようだ。

質問を受けて、露木は、「アオコ」のほうに話を振った。

「アオコって、ご存じかな」

すぐに反応したのは恵子だった。

「淡水の湖沼などで繁殖する緑色をした微生物……」

「そう、水温が高くなると、澱んだ淡水などでアオコが大量発生して、湖面全体を粉が吹いたような緑色に染めることがある。霞ヶ浦や相模湖なんかが有名だろう。アオコが発生する原因は、シアノバクテリアの大増殖なんだ。もし、アオコが致死率100％の猛毒を持つようになったら、

146

それはもう大惨事につながる。しかし、これまでのところ、アオコが産出する毒素は、せいぜいミクロキスチン程度で、強毒性のものはなかった」

「でも、南極氷を体内に摂り入れた人は、皆、死んでいるじゃないですか」

　有里はシアノバクテリアに恐ろしげなイメージを抱いてしまったらしい。

「現在、われわれの周りに遍在するシアノバクテリアは、変異を繰り返して無害化したものなんだ。つまりとっくの昔に環境に適応して、動物と共生関係を結んだもの。しかし、南極氷に幽閉されていたのは原初のタイプで、現存するシアノバクテリアとは異なっている。時代から取り残されたはぐれものといったところでしょうか。今のところ、わかっているのは、南極氷に混入されていたシアノバクテリアが、人間の体内に取り込まれると、血液の異常を誘発させるということぐらいなんです。花岡、阿部両名の血液からは、溶血と似た症状が発見されました。赤血球に明らかな異常が生じていたのです」

「『夢見るハーブの会』集団死事件の死因も、赤血球の異常でしたね。でも、死因不明で処理されました」

「『夢見るハーブの会』の犠牲者と、花岡、阿部両名の血液中へモグロビンは、単純に破壊されていたというより、異物へと変りかけていたというべきで、かつて人類が一度も遭遇したことのない異様な症状を示していました。こんな現象を目の当たりにしたら、どんな優秀な検死官や解剖医でも、『死因不明』で片付けて、匙《さじ》を投げたくなるでしょうね」

「ヘモグロビンが異物に変りかけていたとおっしゃりましたが、異物とは、具体的に、何なんですか」

　漠然と「異物」と言われても、具体像が浮かばず、戸惑うばかりだろう。

　露木は、ノートを広げてボールペンで化学式を書きながら、循環器系と、血液の構造の説明へと入っていった。

「人間の身体には六十兆個の細胞があり、そのうちの二十兆個を赤血球が占めている。なんと全身の1／3もの分量にあたる細胞が身体の隅々に張り巡らされた血管の中を動き回っているのだ。

赤血球の中身はほとんどヘモグロビンであり、これが体内に酸素を供給する役目を果たす。脊《せき》椎《つい》動物の赤血球中の大部分を占めるヘモグロビンと、植物細胞の中にある葉緑素は、構造がそっくりなのである。

両者とも、ピロール環といわれる五角形の亀の甲が四つで輪を作る構造をしていて、人間のものはポルフィリン、植物のものはクロロフィリンと呼ばれ、金属イオンを取り込んで活性化する。ほぼ同じ構造をしたヘモグロビンと葉緑素の、唯一の違いは、ヘモグロビンが中央に取り込む金属が鉄であるのに対して、葉緑素のそれがマグネシウムであることだ。

そして、植物細胞の中にある葉緑体は、シアノバクテリアが真核生命の細胞内に潜り込み……、つまり寄生した後に、共生関係を築き上げたことによって生まれたといわれている……。

脊椎動物の赤血球（ヘモグロビン）と植物内の葉緑素がなぜこんなに似ているのか、理由はひとつしか思い浮かばない。生物進化の過程で、葉緑素が赤血球に変ったのではないか。つまり、動物の体内を流れる赤血球の起源は植物の葉緑素にあった……、簡単にいえば、植物の樹液が動物の血液に変ったのではないか、ということです。

それが証拠に、現生人類の学名となっている「Ｓａｐｉｅｎｃｅ」は「知恵」、語幹の「Ｓａｐ」は「植物の樹液」という意味を持ちます。同時に、「Ｓａｐ」は「赤い血潮」という意味で使われることもあるんです。これは偶然でしょうか。氷河期の頃から、人類は、自然によって仕組まれた巧妙なからくりに気づいていて、畏怖《いふ》の念を言葉に込め、無意識のうちに語幹となって残ったと思われてならない。

樹液から血液に変ったのが正統な進化の流れだとすれば、『夢見るハーブの会』の信者たち、阿部、花岡両名の遺体には、その流れを逆転させたかのような痕跡《こんせき》が残されていました。ヘモグロビン中の鉄がマグネシウムに変っている赤血球が、血管の各所で発見されたのです。

血の色が赤いのは鉄を取り込んでいるからであり、マグネシウムなら緑色になり、イカやタコのように取り込む金属イオンが銅ならば、血液は無色から青味を帯びたものとなる。鉄こそが赤い血の基であり、酸素と結合して全身にエネルギーを供給する重要な役目を果たす……、それが破壊されるのは溶血として知られていますが、中心の物質がマグネシウムに取って代わっていたなんて、これまでに経験したことのない前代未聞の現象というほかない」

有里は恐る恐る尋ねた。

「ヘモグロビン中の鉄が、マグネシウムに変ると、どんな症状を起こすのですか」

「ヘモグロビンが正常に働かなくなれば、身体の隅々に酸素の供給はできず、主要な臓器が細胞内低酸素によって壊死する。あるいは、血液の中に大量の血栓が混じるようになり、心臓を取り囲む冠動脈を詰まらせて急性心筋梗塞《こうそく》を生じさせたりもする。主な症状としては、血液異常からの窒息死ということになるでしょう」

「ヘモグロビン中の鉄が、マグネシウムに変れば、血液が緑色に変ると、さっきおっしゃいませんでしたか。ということは、つまり……」

上原は血液の不自然な変色を思い浮かべているらしい。

「推察の通りです。『夢見るハーブの会』の信者たち、阿部、花岡両名の遺体の血液の一部が、本来の赤色を失い、緑色へと変っていました」

恵子、有里、上原の三人は、それぞれの仕方で顔をしかめ、嫌悪感を露《あらわ》にした。

……緑の地球。

生物にもかかわらず、なぜか植物は自然の一環として扱われることが多い。

植物の代名詞でもある緑は、美しいもの、愛しいもの、優しいものの象徴として表現されたりする。

ところが、自身の体内を流れる血液となると、印象はがらりと変って、おぞましさばかりが際立ってくる。緑色の血液を体内に循環させる生き物は、もはや人間とは呼べないだろう。

三人のうちもっとも動揺を隠せない様子の有里は、恐る恐る尋ねた。

「今のところ、被害が及んだのは、十名程度に限られていますけど、これが日本中……、いえ、世界中に広がったら、わたしたち、どうなるんですか」

「世界にはびこる八十億近い人間の体内で、一斉に血液の緑化現象が起これば……、人類は、あっという間に消去されるだろうね。人間の場合、絶滅スイッチは既に組み込まれています。なにしろ、全細胞量の三分の一に相当する二十兆個もの赤血球が体内を駆け巡っているのですから……、そして、赤血球はもとはといえば植物によって作られたもの。赤血球が一斉に樹液に変ったら、人類はほぼ同時に窒息死します」

喋《しゃべ》り終わっても、だれひとり口を開こうとしない。露木は淡々と続けた。

「夢見るハーブの会集団死事件と、南極氷集団死事件の検視結果に、ヘモグロビンの破壊と血液の緑化といった特徴的な共通項が見られることから、原因が同一であると推測されます。南極氷集団死事件の原因が氷に幽閉されていたシアノバクテリアであることは、ほぼ確定されている。

となると、夢見るハーブの会集団死にも、南極氷に潜んでいたのと同様のシアノバクテリアが絡んでいたと考えざるを得ない。ところが、十五年前、南極シアノバクテリアは氷層に閉じ込められて身動きが取れない状態にありました。

今や、南極氷に潜んでいたシアノバクテリアは、秩父さくら湖を根城に我がもの顔でのさばっている。鳴りを潜めていた期間が長かっただけに、失われた時間を取り戻そうとするかのごとき性急さで、湖面全体を侵蝕《しんしょく》しつつある。恐ろしい勢いで繁殖を続ける南極シアノバクテリアと同一のモノは、十五年前、果たしてどこに身を隠していたのか……。最大の疑問はそこに集約されます」

何か言いかけてふと顔を横に向けた恵子は、その先にあるテレビ画面に目が留まり、思わず喉《のど》に唾《つば》を詰まらせて「えッ」と短く悲鳴を上げ、キャビネットのほうに身を乗り出していた。

恵子の縋《すが》るような視線がテレビ画面に注がれている。

キャビネットのほうに集中する恵子の視線に釣られ、ごく自然に、露木、有里、上原の視線もまたテレビ画面へと吸い寄せられていった。

「わたし、ちょっと前に、ここに行ったばかり……」

画面に映し出されているのは、恵子が何日か前に訪れた場所……、埼玉県秩父盆地南端にある谷の風景だった。

恵子は、テーブルのリモコンを摑《つか》んで、ミュートボタンをオフにした。

と同時に、これまで沈黙を貫いていたテレビの音声が蘇り、画面に映る風景の解説を始めた。

日本の各地で起こった小さな出来事を「今日のトピック」として紹介するコーナーらしく、山間の丘に立つ女性レポーターが、マイク片手に自分のいる場所を告げるところだった。

「今、埼玉県秩父市に来ています。わたしが立っているのは、浦山ダムによってできた、秩父さくら湖のほとりです」

道路脇のスペースに立つレポーターが、片手をかざして指し示した先には、急な斜面に縁取られた山間の湖面が見えた。

レポーターが差し示す方向にカメラが寄るにつれ、テレビ画面に占める秩父さくら湖の割合が増えていった。

「ごらんください。湖の表面が濃い緑色で覆われているのがおわかりでしょう。アオコの大量発生によるものです」

湖面の変化を伝えるレポーターの顔に深刻さは微塵《みじん》もなかった。流れの滞った、澱んだ湖沼に起こりがちな現象を、淡々と伝えているに過ぎない。

ごくありふれた風景かといえば、そうでもなく、カメラがさらに谷側へと近づき、湖面の様子がクローズアップされると、テレビ画面越しであっても異様さがはっきりと見て取れた。

ねっとりとした緑色の層が濃淡の模様を作って湖面を覆い、薄い層のところには魚の死骸《しがい》が無数に浮かび、濃い部分の上には水鳥が歩く姿があった。水鳥の体重を受けても沈まないほど、緑の層が厚いとわかる。

魚の死骸を嘴でつつこうとして、水鳥でさえためらうのは、動物ならではの勘が働いて禍々《まがまが》しさを感知したためだと思われる。死んだ魚を食べてはならないと、本能が告げているのだ。

「秩父さくら湖における、これほどまでに大量のアオコ発生は、過去に例がありません。一日に一回程度分裂するシアノバクテリアが、ここまで大増殖するまでには数週間かかるといわれています。今回、一週間もかからずに全湖面を埋め尽くすという繁殖スピードは、まさに驚異的といえるでしょう。窒素、リン酸濃度などの水質検査、シアノバクテリアの分析など、今後、調査が進められ、原因の解明が待たれるところです」

秩父からの中継を終えたレポーターの顔がテレビ画面から消えると、ニュース番組はバラエティに変って、流れ出る音声は明るくテンションを上げていった。

「橋本宗男と両親が亡くなったのは、さくら湖のほとりの斜面……、そう、言ってなかったかい？」

露木が確認すると、恵子は、ゆっくりと首を縦に振った。

「まさにここ……。前日まで降った雨が三人の遺体を洗ってせせらぎに注ぎ、湖へと流れ込んでいた……」

「つまり、三人の遺体の内容物が雨水に混じってさくら湖に注いでいたと……」

シアノバクテリアは三人の遺体に浸透し、たっぷりと養分を吸ったあげく、さくら湖へと進出したのだ。

アオコ大量発生の原因が、南極氷に含まれていたシアノバクテリアにあるとしたら、この事態がどんな災厄を招くことになるのか、神のみぞ知るといったところだろう。

……杞憂《きゆう》は現実のものとなるかもしれない。

テレビ番組がバラエティに変っても、露木の脳裏には濃い緑色で彩られた湖面の風景が纏《まと》わりついている。

嵐の前の静けさを思わせて、谷間の空気はまだ穏やかなままであった。

露木は、現場に行って直《じか》にこの日で眺めてみたいという誘惑に駆られた。

バイクを飛ばせば現場まで二時間もかからない。

3

道路脇を流れていくのは数日前に眺めたばかりの風景である。日を置かず、以前と同じコースを辿ることになるとは思いも寄らなかった。

圏央道を入間インターで降りて２９９号線を西進するコースは同じであっても、移動手段と人数が異なっていた。前回レンタカーだったものがオートバイへと代わり、単独ドライブだったものがカップルでのツーリングに代わっている。

今、恵子がシートにまたがっているバイクは、二時間ばかり前に露木のマンションで初対面した400ccだ。

地下駐車場の一区画に並ぶ四台のマシンを指差して、露木は言ったものである。

「さ、お好きなタイプを選んで」

ところが、恵子に選択の自由は与えられていなかった。

中型自動二輪免許を所有する恵子が選べるのは、四台中唯一の400ccに限られていた。

露木が駆る1300ccと比べ、空冷4サイクル4気筒エンジンは、三分の一程度の排気量しか持たない。それでも、58馬力のエンジンパワーは、250ccしか乗ったことのない恵子の手に余った。

ときどき道路の左手に新緑の樹々に縁取られた高麗川《こまがわ》の流れが見えたが、恵子に風景を観賞している余裕はなく、視線はまっすぐ前方に固定されたままだ。

久し振りに乗るオートバイに緊張を強いられ、肩に力が入りっ放しだった。

石川《いしかわ》PAで休憩を取って以降は一度も休んでなく、全身の関節や筋肉が硬くなったような気がする。

一方の露木は後続の恵子に配慮し、控え目なスピードで1300ccを操り、ほどよい車間を保って先導していた。

ときどき、バックミラーにチラチラっと視線を飛ばし、恵子の走行を確認している様子が見て取れた。

熟練ライダーに見守られていると思うと、久し振りのツーリングであっても安心感が湧いてくる。

しかし、身体の節々の疲労は限界に達しようとしていた。

そろそろ休憩を取りたい旨を、前方を走る露木に伝えたいのだが、その方法がわからない。

……パッシングでもしようかしら。

と、指を動かしかけたとき、露木のオートバイの左ウィンカーが点滅を始めた。

左手に見えてきたのは、田舎道にそぐわない瀟洒《しょうしゃ》な建物で、玄関前にアスファルトの駐車場が広がっていた。

そこにバイクを入れるつもりらしく、露木はスピードを落として左手を斜め下に出し、合図を送ってきた。

心と心が細い糸で結ばれている気がした。以心伝心、絶妙なタイミングで願望が伝わったのがわかって、露木に対する信頼感が増していった。

元夫との結婚生活は、これと逆パターンのオンパレードだった。

一緒に暮らしていて意思の疎通ができたためしがない。いつもすれ違い……、夫が外食したいときには恵子のほうが嫌がり、恵子が外食したいときには夫のほうが嫌がった。恵子が望まない選択肢をなぜ夫は選び続けるのか、理解に苦しむことだらけだった。

先に駐車場に入れた露木の横にバイクを滑り込ませ、恵子は、エンジンを切り、ヘルメットを脱ぎ、頭を振って、湿った髪に新鮮な空気を含ませた。

「そろそろ頃合だろうと思ってね」

そう言って、露木は顎《あご》を突き出して前方の建物を示す。

古民家風の建物を囲む茶色の板壁には、「PIZZA」「PASTA」と記された板切れが掲げられている。

昼にはまだ少し時間があったが、早めのランチは恵子の望むところである。

恵子は、先に立って店の玄関へと歩き始めていた。

ふたりが座ったのは、高麗川の川面が見渡せるウッドデッキのテーブルだった。

ベンチシートに背もたれはなく、厚い一枚板のテーブルはほんのりと檜《ひのき》の香りを漂わせている。

ピザとパスタとハーブティを注文した後、露木が口にしたのは、ライディングテクニックに関するアドバイスだった。

露木は、身振り手振りを交え、ワインディング・ロードをより速く、安全に走るコツを伝授しようとした。

「コーナーを曲がるときは、スローイン、ファーストアウトの基本を守ること……。コーナーの手前で減速してシフトダウンし、曲がってからは素早くアクセルを開く……。大切なのは視線の移動だ。バイクを倒し込む直前、コーナーの出口に顔を向けて視線を固定させる……。いいかい。特にオートバイは、ライダーが見ている方向に進もうとするものなんだ。道路脇に異物が転がっていたとしても、そっちに気を取られてはならない。へたに見ていると、コースを外れて反対車線にはみ出し、対向車と衝突しかねない。より速く走る能力を身につけることが、安全運転への第一歩となる。スピードの限界を体験した上で、控え目な走りをすべし。人生も同じだろう。より大きな危機に直面して、自分の心をコントロールできた者こそが、人生を安全に乗り切る能力を身につけたといえる」

オートバイ談義に花を咲かせる露木の顔を、「中学生の男の子みたい」と微笑ましく眺めていた恵子は、ふと話が途切れたタイミングで、同居し始めたばかりの娘のほうに話題を振った。

「ところで、お嬢さんとの同居生活はうまくいってる？」

「案ずるより産むが易《やす》い、と言いたいところだが、正直なところ、てこずってる」

露木は、祖父の元から引き取った蘭によって変化した暮らしぶりを、まずは列挙していった。

失われた歳月を取り戻すのが使命とばかり、蘭を取り巻く環境を整えることを最優先事項として、執筆場所として使っていた八畳間を蘭の個室として与えた。そのため、近所にワンルームマンションを探さざるを得なくなった……。ただひとつ、運がよかったのは、引っ越しによって、今年四月から通うことになった高校までの距離が近くなったことである。祖父母の家からだと四十分かかっていた通学時間が、なんと徒歩十五分程度に短縮されることになったのだ。

ただし、父と娘の関係となると露木のトーンは下がった。

「愛する祖母を亡くした蘭の悲しみを癒《いや》そうとしても、スキンシップどころか、会話が成り立たないんだ。態度はよそよそしく、故意に顔を合わせないようにしているという魂胆が見え見えで、嫌になる。部屋に籠《こも》りっきりになって、まったく口をきいてくれないこともある……」

露木の話を聞いているうち、恵子には父と娘との生活の風景がなんとなく想像できてくる。案じていた通り、思春期の娘とのぎこちない関係に戸惑っているようだ。

生まれたときから一緒に暮らしてきた父娘でも、思春期ともなれば反抗期が訪れ、触れ合いを避ける行動に出がちである。ましてや、十五年という空白を置いて同居し始めた父と娘となれば、隔たりがいかほどのものか、察するに余りある……。

恵子もまた、十四、五歳の頃、仕事一辺倒でまったく構ってくれない父への苛立《いらだ》ちを募らせ、玄関先で「父さんなんて大嫌い」と叫んで、靴を投げ付けたことがあった。

柔道有段者の父は、ひょいと体をかわして飛来する靴をよけた後、その場に呆然《ぼうぜん》と立ち尽くした。顔に浮かんでいたのは、怒りではなく、困惑の表情だった。娘の行動が理解できなかったからだろう。

父がよかったのは、理解不能と放置するのではなく、それをきっかけに、次世代の人間の考え方を理解しようと努力し始めたところである。

恵子は自身の体験談を交えて、露木に具体的なアドバイスをした。

「顔を合わせて喋るのが嫌なら、文章の交換をするっていうのは、どう？　わたし、反抗期に、やったことがある。どうしても父に伝えたいことがあったとき、紙に要件だけ書いてテーブルの上に置いた。すると、父は、読んだ後に、返事を書いて、元の場所に置くようになった」

「それじゃあ、まるで、交換ノートだ」

「交換ノート……、そう、それ」

レトロな響きに、恵子は、思わず笑い声を上げた。

「結局、父と娘の関係は改善されたのか？」

「書く中身がどんどん増え、面倒臭くなって、結局、通常の会話に戻っていった。だから効果あり、ってところかな」

「めでたし、めでたし、ってわけだ。ひとつ、おれもやってみるか」

「父と娘の関係って、いつの時代でもやっかいなもの。困ったことがあったら相談に乗るわよ」

「たのむよ」

軽く頭を下げたときに腕時計の針が目に入ったようである。

「もうこんな時間か」

露木は、びっくりした様子で伝票を手に取り、立ち上がった。

今ふたりがいるレストランから、秩父市街を南北に走る国道１４０号線までおよそ25キロという距離にあった。

２９９号線との交差点を左折し、５キロほど進めば、目的地である浦山ダムと秩父さくら湖が見えてくるはずである。

秩父さくら湖まで一時間もかからないと見当をつけ、露木と恵子は、再びバイクにまたがった。

ダム管理事務所と資料館の間にある駐車場にバイクを停め、脱いだヘルメットをホルダーにかけ、露木と恵子がまず向ったのは資料館だった。

二階の展示室の壁には、様々な資料が掲示されていて、パンフレットを手に一巡すれば、浦山ダムの概要が頭に入る仕組みになっている。

一通り基礎知識を入手した後、ふたりは資料館を出て、コンクリートの巨大な塊である堤体に向って歩き出した。

V字に切れ込んだ深い谷の両側は、約150メートルの高さがある堤体遊歩道で結ばれている。ほぼ中央に位置する非常用洪水吐きのあたりで左に寄り、湖のほうに顔を向ければ、一昨日、テレビで流されたばかりの風景を目にすることができた。

午後の日差しが燦々《さんさん》と降り注いでいるせいか、湖面を覆うアオコの緑はより一層鮮やかである。テレビで見た映像は、カメラがとらえた角度と日差しの量が異なっていたためか、どんより澱んで見えた。今のところ、水位は貯水可能な量の六割強といったところで、まだまだ水を貯める余裕はありそうだ。

ひとしきり湖を堪能した恵子と露木は、下流側に移動して、眼下に広がる秩父盆地を眺め下ろした。

天気はよく、眼下に広がる秩父市街の先には、遠く、日光《にっこう》連山まで見渡すことができる。ずっと手前の、浦山口《うらやまぐち》のあたりに架かる赤い鉄橋を渡るのは、秩父鉄道の車両と思われた。遠くに投げていた視線を徐々に近づけ、足許《あしもと》に向けたとたん、恵子は、尻《しり》のあたりがムズムズする感覚に襲われた。

堤体の頂から下流域へと続く急斜面が、上から眺めるとほぼ垂直に見える。水量が増えて放水するときは、すぐ下の洪水吐きが開いて、150メートルの高さから、真っ白な飛沫《ひまつ》を上げて水が流れ落ちてゆくのだ。

ただ流れ落ちるというより、ダムによって塞《せ》き止められた膨大な水の圧力を受け、勢いよく前方に飛び出していくといったほうがいいだろう。

迫力ある放流シーンを見るため、下流広場に多くの観光客が訪れるのも頷ける。ダムマニアと称する人間が一定数いるのだ。

下流広場行きのエレベーターがあるのは、洪水吐きのすぐ先である。恵子と露木はホールに入って、下向きの矢印が刻印されたボタンを押した。

平日の午後とあって観光客の姿は他になく、エレベーターに乗ったのは恵子と露木のふたりだけだった。

150メートルの高さを一気に降りて開いたドアの先に、ダム管理事務所の職員と思われる初老の男性が立っていて、あやうく鉢合わせしそうになった。

上に行こうとしているのだろうが、そう急いでいる風でもないのを見て、露木は声をかけた。

「すみません。ちょっと、お話を伺わせてもらえませんか」

普段から観光客の質問に答えているらしく、男性職員は快く応じて、エレベーターホールの壁に掲示されたダム見取り図のほうに歩み寄った。

「まず第一にお伺いしたいのは、放流のことです」

露木の質問を受けて、男性職員は「はい、はい」と納得のいった表情になった。多くの観光客から似たようなことを訊《き》かれているに違いない。みんなが知りたがるのは放流の時期なのだ。

しかし、恵子はわかっている。露木の関心が向うところは、放流による迫力ある映像ではない。湖面を覆うアオコがこの先どのように移動するのか、経路の予測を立てることにあった。

「常用洪水吐きの開閉が行われるのは、雨量が多くなる七月一日から九月三十日までの三か月間のみで、それ以外のときは閉じられたままになっています」

「では、その前の時期に……、たとえば、来月の六月に大雨が降って、ダムの水位が限界を越えた場合、どうなりますか」

露木の問いにどんな答えが返ってくるのか気にかかり、恵子は、不安気な面持ちで男性職員の口許を見守った。

「常用洪水吐きの上に位置する、非常用洪水吐きから自然放流することになります。でも、安心してください。１９９８年のダム竣工《しゅんこう》以来、非常用洪水吐きからの放流は一度も起こっていませんから」

「ここ三十年近くそのような事態にならなかった。でも、もし仮に、想定外の豪雨に見舞われたらどうなります？」

「うーん、放流するでしょうねえ」

「止める方法は？」

「ありません。非常用洪水吐きに調整用のゲートは設置されてませんから」

「つまり、垂れ流し状態になる……」

露木のつぶやきは、恵子へと向けられたものだった。恵子は、即座に言わんとするところを理解して、具体的なシーンを脳裏に思い浮かべていた。

想定外の大雨が降って水位が限界を越えた場合、アオコを大量に含んだ湖水は非常用洪水吐きから溢《あふ》れ、荒川水系を辿って下流域へと運ばれ、最終的には東京湾に注ぐ……。

恵子と同じイメージを共有してすぐ、露木は、男性職員に向き直って、ちょっとした用件を口にした。

「ところで、ひとつ、お願いしたいことがあるのですが」

「何でしょうか」

露木は、自分が大学の理工学部に籍を置く研究者であると身分を明かした上で、アオコの精密な分析を行いたいがため、調査用に湖水を採水させてもらえないかと、申し出たのだった。

「そういった事情なら、サンプルをお分けできますよ。午前中は、強い西風が吹いて動けなかったんですが、昼前に風は治まり、午後一番で採水器を使って採ったばかりですから。管理事務所でも、水の分析は行っていますが、専門家の方ならもっと詳しい調査が可能でしょうね。何か新しいことがわかりましたら是非とも教えを請いたいところです。サンプルを受け取れるように手筈《はず》を整えておきますから、お帰りのさい、事務所にお立ち寄りください」

男性職員はスマホを取り出し、管理事務所にいる別の職員に電話を入れ、露木に伝えたと同じ内容の指示を出した。

露木と恵子は、男性職員にお礼を述べてから、下流広場に繋《つな》がる狭い通路を歩いて外に出た。

上から見下ろすのと、下から見上げるのとでは、同じダムであっても印象はずいぶんと異なっている。

上からの眺望は高く、広く、伸び伸びと自由な気分にさせてくれるが、下からの眺望は、身を圧してのしかかる175万立方メートルものコンクリートの塊を受けて息苦しいほどである。

放流した水の勢いを抑える減勢池の向こう側のコンクリートには、主管と分岐管という、大小ふたつの穴が開いていた。

発電時には、ダム湖底部に設けられた取水ゲートから入った水が、これらの管を勢いよく通り抜けてダイナモに直結するタービンを回し、最大5000キロワットの出力を得ることができる。

今は、発電が行われていないらしく、放流されているのは分岐管のみであった。

飛び散る飛沫のせいで水の筒は白く染まり、緑がかったところはなかった。光合成のための日差しを求めて水面に集中するアオコは、底部の水にあまり含まれてはいない。

「問題なのは……」

露木に促されて顔を上に向けた恵子が目にしたのは、常用洪水吐きのさらに上に位置する非常用洪水吐きだった。

非常用洪水吐きにゲートはなく、大雨が降ってダムが溢れたときには、水が垂れ流し状態になる。その水には、当然、アオコが大量に含まれることになる……。

恵子は、ついさっき男性職員から聞いたばかりの解説を胸に復唱しながら、そのような事態に立ち至ったとき、われわれに打つ手はあるのだろうかと、近い将来への不安を口にした。

4

手筈通り管理事務所で水のサンプルを受け取ってから、露木と恵子が向ったのは、浦山川の上流だった。

湖を右手に見ながら上流に向う道は、浦山渓谷のずっと先で、旧名栗《なぐり》村へと通じる狭い山道へと変る。

その手前の浦山橋を渡り、秩父さくら湖を一周してみようというのが、露木の目論見だった。

ところが、恵子が数日前に橋本家の遺体を発見した集落を通り過ぎ、橋を渡ったところでふたりの行く手は阻まれた。

道路中央に「進入禁止」と書かれた障害物が置かれていたからだ。

湖を一周するのを諦《あきら》めて引き返すほかなく、ふたりはバイクをターンさせた。

ついさっき通過したばかりの集落を、今度は右手に見ながら行き過ぎる途中、恵子は、妙な違和感に襲われた。

一度目の通過中も、何かがおかしいと感じるところがあったが、二度目となると違和感はさらに強くなった。

恵子は、前方を走る露木にパッシングして、停止の合図を送った。

道路脇の膨らみに寄せてバイクを停めた露木に追いつくや、恵子はヘルメットを脱いでタンクに置いた。

「どうかしたのか？」

露木からパッシングの意図を訊かれ、恵子は答えた。

「なんだか、変なのよ。以前、ここに来たときと雰囲気が違うような気がするの」

恵子はそう言って、不審のまなざしを集落のほうに投げた。

「集落の雰囲気が前と違う……、そう、言いたいのかい？」

「気のせいかもしれないんだけど、なんだか、人の気配が消えているような……」

初めて集落を訪れた者には違いがわからないかもしれないが、日を置かず再訪した者の肌は、場に漂う雰囲気の微妙な差を察知することができる。

「歩いてみようか。せっかくだから、おれもこの目で、橋本宅の外観だけでも眺めておきたい」

そう言って路面に立ち、大股《おおまた》で歩き出した露木を追って、恵子はふたたび、集落を分けて縦断する路地へと足を踏み入れ、前回はレンタカーでゆっくり走った道を、今度は徒歩で進み始めた。

いくら速度を落としていても、車やバイクで走り抜けるより歩いたほうが雰囲気は伝わりやすい。しかし、歩き出してすぐ、歓迎すべきムードでないことが本能的に察知されてきた。

前回訪れたときも、路地を入った左手にある床屋のサインポールは回っていた。今も、円筒形のケース内で、赤、青、緑の縞《しま》模様がらせんを描いているのだが、店内の様子が異なっている。

前回は、客がいなくて暇を持て余した店主が、ソファに座って雑誌を読んでいた。今、店主の姿はなく、店内はガランとしている。

その先にある木造平屋建ての家屋は、窓という窓が全て開いて、風通しがよすぎるぐらいである。

通りを歩く人間からも室内の様子が丸見えだった。居間のテレビが付けっ放しで音声が流れ出ているのだが、画面を眺める人の姿がない。窓を堂々と開けるのは、家人の在宅が条件となるはずなのに、屋内に人影がまったくなかった。

人影がないという状況は、その隣にある雑貨屋も同じだった。

以前は、初老の男性が背中を丸めてライトバンにビールケースを積み込んでいた。彼のすぐ横には、積み込みを手伝おうとする店主らしき男性の姿があった。

今、店内には客の姿もなければ、店主の姿もない。

前回に見た情景が頭にフラッシュバックしたとたん、歩く速度が落ち、恵子は道の中程で立ち止まってしまった。

このままますぐ進んだ先の、集落の東のどん詰まりにあるのが橋本宅であり、前に来たときは家の手前の右側にスペースを見つけてレンタカーを停めた……。

「どうかしたのか？」

急に立ち止まって身を震わす恵子を、露木は気遣った。

「人が、いない」

違和感の正体を一言で告げ、露木のほうに顔を向けたとき、開けた山の斜面に林立する石柱が目に入った。

そのひとつひとつに焦点を合わせていくうち、緑の苔《こけ》が付着した石の表面に刻まれた文字が戒名で、石に寄り添って立つ細長い板切れが卒塔婆《そとば》であるとわかり、恵子は、そこが墓地であることを知った。

左手に並ぶ床屋や民家、雑貨屋のことは覚えているのに、右手の山の斜面に墓地があったという記憶がすっぽりと抜け落ちているのが不思議でならない。

……左側に寄って走ったからだろうか。いや、違う。右ハンドルを握るドライバーにとって、右側の風景のほうがずっと見やすい。

古くからある墓地なのだろう。

墓守りをする人が絶えてしまったのか、その半数ほどには花が手向けられた形跡が一切なく、墓石は伸び放題の雑草で囲まれていた。ところが、ここ数日のうちに立てられた新しい墓石もいくつかあり、その区画の周囲は雑草がきれいに刈り取られていた。

恵子はふと既視感に襲われた。

「夢見るハーブの会」集団死事件のあった廃屋にも似た雰囲気が漂っていたからだ。

家屋の外観は荒れ放題だったにもかかわらず、庭には季節はずれの桜吹雪が舞い、敷地を埋め尽くす樹木が春の新鮮な香りを放っていた。

恵子の連想は次々に飛び火していった。

現実の映像ではなかったが、花岡篤が突然死した自宅マンションの様子は、特殊清掃人によって撮影されたビデオ映像で眺めている。阿部豊が住んでいた自衛隊官舎の部屋は、妻から事の次第を聞き出すために、自ら訪れて眺めている。

そして、今立っている小道のどん詰まりにある橋本家の庭では三人の遺体を発見することになった……。

今回の案件において、関係者の死に関わった部屋や家のすべてを、直接にしろ間接にしろ、この目で見ていることに気づいて、恵子は、ゴーストタウンという言葉を思い浮かべていた。

人が消えた集落は、普通、ゴーストタウンと呼ばれる……。

それまでの、マンションや官舎、一般家屋という閉ざされた空間が、村落へと拡張されたのではないか……、そして、同じ状況が今後さらに拡大されて、都市へと波及していくのではないかという恐れが突如湧き上がり、恵子は露木に訴えた。

「戻りましょう、これ以上、ここに居たくない」

言い終える前に貧血を起こし、倒れそうになった恵子の身体が露木に支えられた。

「わかった。戻ろう」

露木と恵子は肩を寄せ合ってゆっくりと歩いて、バイクを停めてある湖畔の道路まで戻った。

自動販売機で飲み物を買うために露木が道路を渡ろうとしたとき、恵子は、猛禽類《もうきんるい》を含む鳥たちが狂ったように弧を描く様に目を奪われた。

どこからやって来たのか、初めて見るような大群である。湖面に浮かぶ獲物を狙っているのだろうが、不吉なものに対する野性の勘が働いて、近づきたくても近づけないといったふうだ。

間違いなく鳥は何かを恐れている……。

鳥が怖がる対象物を見極めようと、ガードレールから上半身を乗り出して湖畔に顔を向けた恵子は、水際に点在する異物を発見して短く悲鳴を上げた。

自動販売機の前で叫び声を聞いて振り返った露木は、すぐに恵子のそばに戻って同じ光景を目の当たりにした。

下草に覆われた谷の斜面から水辺にかけて、植物の形状とは明らかに異なった物体が点在しているのがわかった。
二、三十メートルの高さからでも、ふたつのことが確認できた。
点在する物体が人間らしき形をしていること、そして、既に生命の灯を消しているらしいこと……。

視認できただけで遺体は八体あり、そのうちの三体が卍《まんじ》の格好で谷の斜面に横たわっている。倒れたまま今にも歩き出しそうだ。

八体のうちの二体は、上半身は陸の上にあったものの、下半身を濃いアオコに覆われた湖水に浸して、残り三体の遺体は、水際から少し離れた雑草の上で、仰向けの姿勢で身体をまっすぐに伸ばしていた。

視認できただけで遺体は八体……、樹々の陰に隠れて見えないだけで、もっと多くある可能性は十分にあった。

集落から人がいなくなった理由がこれで明らかになった。

村人たちは山陰の家々から飛び出して、午後の陽光が燦々と注ぐ湖畔の斜面へと駆け寄り、みんな仲良く寄り添って、息絶えていたのだ……。

このように奇妙な事態を発生させた原因は一体何なのか……。

ガードレールを跨《また》いで谷底に降りようとする露木を見て、恵子は咄嗟《とっさ》に彼の手を摑んでいた。

「待って。何するの」

「遺体の検分だよ」

かつて医師であった経験が、検分したい気持ちを起こさせるのだろうと、痛いほど理解できた。

しかし、恵子は、湖面に降りたいのに躊躇《ちゅうちょ》している鳥たちの不穏な動きにこそ、より重大なサインが秘められていると、直感を働かせていた。

サインが意味するところは「近づくな！」である。

「これ以上、ここにいてはいけない。一刻も早く、この場から去りましょう」

恵子の声は掠《かす》れていった。

「大丈夫。素手で触ったりはしない。ただ、外観を検分するだけだから」

同じ光景を眺めているにもかかわらず、全く動じない露木が、自分とは別種族のように思われてきた。

「だめ。すぐに行くべきよ。わたしの勘を信じて。大きな危機に直面して、自己をコントロールした経験を持つ者のみ、より安全な人生を生きる資格を有する……、さあ、その資格を発揮して」

恵子は、摑んだままの露木の手を渾身《こんしん》の力で引っ張り上げようとした。

露木は、ただならぬ表情の恵子を眼前に見て抵抗を諦め、素直に指示に従って、ガードレールの内側に身を戻した。

「わかった。秩父市の警察に直行して、事の次第を報告しよう」

取るべき行動を決めてからの露木の行動は迅速だった。露木は、無言でヘルメットを被《かぶ》り、エンジンを始動させ、シートに跨がってバイクを発進させた。

恵子もまたスロットルを思いっきり開いてバイクを急発進させ、露木の後を追った。

秩父市街へと走り去る恵子と露木の背後では、午前に吹いた西風が再び巻き起こり、路面に降り積もった埃《ほこり》を掃き清めていった。

舞い上がった土埃がたなびく光景をバックミラーに見て、恵子は無意識のうちにスピードを上げていた。

山肌を埋め尽くす樹木の葉と葉、枝と枝が擦れる音が混じり合い、背後から迫ってくるようだった。

葉擦れの音と黒い埃は矢じりのように先端を尖《とが》らせ、恵子を追い求め、背中や尻へと触手を伸ばしてくる。

山々は、どこもかしこも、鬱蒼《うっそう》たる緑に覆われている。

逃げようとするふたりのちっぽけな存在と、無意味な行動をからかうように、森の緑が笑っていた。

第5章　交換

1

朝、八時過ぎに起き、ベッドルームからダイニングキッチンに至る廊下を歩いていた露木は、玄関先で靴を履こうとしていた蘭と鉢合わせした。

蘭は毎朝八時ちょっと過ぎに家を出て学校に行く。

「やあ、いってらっしゃい」

露木が声をかけると、蘭は無言のままひょいと頭を下げ、玄関脇のテーブルに視線を投げてよこした。テーブルの上には一冊の大学ノートが置かれている。

「了解。目を通しておく」

露木の言葉を聞き終わる間もなく、蘭は身を翻して玄関ドアから出ていった。

露木は、蘭の姿を見送ってから、リビングルームのソファに座って、ノートに目を落とした。

恵子からもらったアドバイスを参考にして始めた交換ノートは、今朝が記念すべき第一回目のやりとりとなる。

女性の観点からのアドバイスが有効であることを、露木は、身をもって体験することができた。言葉を交わすよりはるかにハードルが低いらしく、蘭は、すぐに応じてノートに何やら書き込んでくれたようだ。父に伝えたいことがあったに違いない。

ページを開いて目にしたのは、ほんの数行の文章だった。

「教科書では因数定理の意味はこのように書かれています。『整式f（x）のxにaを代入したとき、その値f（a）が0ならば、f（x）はx－aで割り切れる』

いくら読んでも何のことやら、さっぱり、わかりません」

恵子はまたこんなふうにも言っていた。

……まちがっても、おべっかなんか、使っちゃ駄目よ。ご機嫌をとって、ちやほやするんじゃなくて、あなたの得意分野に引き込んで勝負すべき。

蘭は、無意味な世間話を一切排して、交換ノートを自分の学業に役立てるという手段に打って出た。

期せずして、恵子が助言した通りの展開と相成ったのである。

中学生のうちに高校数学をほぼ独習し終えていた露木は、因数定理を習うのが高校一年であったか、二年であったか、まったく覚えていなかった。

露木にとって、因数定理はごく当たり前のことを言っているに過ぎない。ところが、蘭には、教科書の説明が解読不能な暗号と感じられたようである。

こんなときは何をすべきか……、まずは具体例を示すのが一番だ。

露木は、簡単な数字を当てはめた一次式と二次式を書いて、両者とも因数定理が成り立つことを示した。

この書き込みを見て、蘭がすんなり理解できればそれでよし、できないときは、紙に書いて教えてあげよう……。

蘭と並んでテーブルに座り、数学を教える自分の姿が目に浮かんだとき、露木は、これまでに経験したことのない喜びが心に広がっていった。大学生に物理・数学を教えるのとは微妙に異なった、血の繋《つな》がった者への伝授といった図式が、使命感を刺激したのかもしれない。

ノートのやりとりではなく、直《じか》に言葉を交わすコミュニケーションに発展することを望んで、露木は、おまけとして、「剰余の定理」の解説を書き加えることにした。

蘭との交換ノートを閉じ、敏弘のノートに移ろうとして、露木は、ヴォイニッチの解読において、敏弘がやろうとしたことも、本質的に同じであることに気づいた。

テキスト解読が不可能であることを悟って、敏弘が取ったのは、植物の品種改良という、具体的な行動だった。

蘭の面影と、敏弘の面影が交互に行き来し、大部分をふたりに支配されていた意識に、知らない女性の声が割って入ってきた。

声の発生元はテレビだった。

意識が反応したのは、女性の声に対してではない。彼女が連呼する地名に聞き覚えがあったからだ。

……秩父さくら湖、浦山ダム。

画面に目を引かれ、ボリュームを大きくすると、朝のワイドショーで、昨日に秩父さくら湖畔の山村で起こった集団不審死事件を報道しているのがわかった。

ためしにチャンネルを変えてみると、どの局も同じ事件の報道一色に染まっている。

事件から丸一日が経過して、概要が明らかになりつつあったが、死因については依然として不明のままのようだ。

番組の中、集団死の舞台は、四十五戸の世帯に約百人の住民が暮らす山間の小さな集落という風に紹介されていた。昨日、歩いたばかりのところであり、大方のところ印象と一致している。

テレビに映る断片的な映像から、露木はすぐに村の全体像を脳裏に再現することができた。

学校や勤めに出て留守だった者を除き、午前中に在宅していた住民四十人のうち、二十七人が原因不明の突然死を遂げたと、マイク片手のレポーターが告げていた。

亡くなった二十七人のうち十九人が、秩父さくら湖の湖畔で発見されたという。

在宅しつつも難を逃れた十三人の住民は、集落がゴーストタウン化していることに気づかぬまま、屋内で日常生活を送っていた。どうやら、元々引きこもりがちで、ひっそりと息を詰めるように暮らしていた者だけが助かったという構図らしい。

「偶然オートバイで通りかかったカップルが異変を察知し、地元の警察署に報告したことによって、事件が明るみに出た模様です」

レポーターの言葉を聞いて、露木は、口に運ぼうとしていたコーヒーカップをテーブルに戻して、つぶやいた。

……オートバイのカップルときたか。そのうちのひとりは、おれだ。

昨日の午後、湖畔に散乱する遺体を発見してすぐ、恵子と一緒に秩父警察署に走って事件の詳細を報告し、未知の病原体が関与している可能性が高いので、現場検証には防護服の着用が望ましいとアドバイスを加えた。

二十七体もの不審死が発覚すれば、現場には規制線が張られ、村全体が大混乱に陥ったと想像がつく。

生中継のワイドショーでも、レポーターは規制線の外側に立って不安気なまなざしを、ときどき集落内に向けるのみだった。現場との距離を詰める気はなさそうだ。

レポーターは、市街地の勤務先にいて難を逃れた住民の男性にマイクを向け、現在の心境を尋ねていた。

客観的事実の報道より、家族を失った者の感情を伝えるほうに重きを置いているのが、ありありとわかる。露木が気にするのは情緒ではなく科学的な分析のほうだ。

埼玉県下で発生した殺人事件や不審死の司法解剖は、B大学医学部法医学教室で行うのが通例である。

解剖所見からどのような結果が導き出されるか、露木にはある程度予測がついた。被害者の血液から、顕著な異常が発見されるはずである。

ヘモグロビンが破壊されるという奇妙な溶血が起こり、血管内を循環する血液が酸素を運ばなくなり、窒息に似たチアノーゼ症状で息絶えていたことまでは、解剖によってすぐに判明する。しかし、そのような症状を起こしたモノの正体を突き止めるのは難しく、相当の時間を要する。時間が短縮できるか否かは運次第といったところだ。

露木はこの先の展開を頭に思い描いて、自分が果たすべき役割がどこにあるのか、割り出そうとした。

解剖に携わった医師たちからの報告が増えて、上の組織に情報が上り、花岡篤、阿部豊、橋本一家の不審死と関連づけられ、医学的にみて尋常ならざる事態が生じている懸念が高まれば、厚生労働省内に特別対策委員会等の組織が創設されることになる。

メンバーとなるのは、おそらくT大学医科学研究所を中心とした研究者たちだ。

医学の正統から逸脱し、似非《えせ》科学者の烙印《らくいん》を押された露木が、メンバーに選ばれることはまず有り得ない。中心となる組織の外側に立ちながら、自分が果たすべき使命がどこにあるのか、露木は、考えようとした。

期せずして関わることになった事件を、解決に導くことによって、科学的な知見が深まるのは間違いなかった。立ちはだかる壁を乗り越えた先にある、成長した自分の姿が想像できさえすれば、使命を果たすべく、断固たる行動に打って出ることができる。

行動へと駆り立てるモチベーションは、渾々《こんこん》と湧き上がる飽くなき探求心だった。

意志の力で恐怖心を封じ込め、前進する力には長《た》けているつもりである。

ただし、命知らずの性癖をしっかり自覚した上で、これを戒めるべきだろう。下手をすれば命取りになりかねない。

昨日、秩父さくら湖を周回する道路に立ち、死体が転がる湖畔に降りようとガードレールを乗り越えたとき、恵子の手でストップがかけられた。

恵子は、女性ならではの勘を発揮して、空に舞う鳥や、場に漂う不穏な気配から危険を察知し、強い行動に出てくれた。

……ひょっとして命拾いをしたのかもしれない。

あのまま水辺に降りていたら、どのような運命が待っていたかわからないと、露木は思う。そして、互いに相手の短所を補い合って行動するのが、カップルの強みであると実感する。

露木の手には、自分を救ったのかもしれない恵子の手の温《ぬく》もりが、まだ残っている。

恵子のアドバイスを無視して湖畔に降りていたら、今頃、横たわる遺体のひとつに数えられていたかもしれなかった。

自分の身に何かあったら、娘の蘭は天涯孤独の身に陥ってしまう。この世に生まれ落ちると同時に母を亡くし、大切に育ててくれた祖母を亡くし、その上、実の父までいなくなってしまったら、娘は行き場を失って路頭に迷う。

そんな事態だけは、是が非でも避けなければならない。

十五歳の蘭には、教えなければならないことが、まだ山ほどある。

次世代を教育しなければという父親としての責任が、慎みのある行動を促してくるのだった。

2

朝のワイドショーが終わると同時に露木はテレビを消し、リビングルームのソファからダイニングへと移動して、敏弘が書いた「No1ノート」から「No8ノート」までをテーブルに積み上げた。

執筆用の書斎を蘭の個室として差し出したため、食卓用のテーブルが、手頃なワンルーム物件を見つけるまでの仮の書斎となっている。

まず開いたのは「No1ノート」の一ページ目……。

敏弘が、このページにボールペンを走らせたのは、今から四半世紀ばかりも前のことであった。

表紙に「No1」と書かれたノートを開き、最初のうちゆっくりとページを捲《めく》って、「No2」「No3」へと読み進みながら、露木は、時間の流れに沿って敏弘の思考がどのように変化していったのか、理解しようと努めた。

「No1」から「No3」のノートに記載されているのは、ヴォイニッチ・マニュスクリプトの解読から得た知識を参考に、植物の品種改良に乗り出すまでの経緯である。

「No3ノート」をさっと読み飛ばして、「No4ノート」の中程に視線を走らせていたところ、その数式が目に入って、露木は思わず手を止めていた。

△E＝Eh－El＝h×v＝h×C／λ。

数式を教えたのは露木自身だった。

露木の思考の断片は、敏弘によって咀嚼《そしやく》され、自家薬籠《やくろう》中のものとなって、彼独自の表現で記述されている箇所がノートの随所に見られた。元々の発想の出所が露木の頭脳なのだから、理解は容易で、ノートを読み進む速度は次第に早くなり、「No5ノート」「No6ノート」「No7

ノート」と読み飛ばして、数万年ばかり前にエデンの園に生えていた「禁断の木」を、敏弘がどうやって現代に蘇《よみがえ》らせようとしたのか、その方法を理解していった。

ノートの記述を参照すれば、最初に試みたのは接ぎ木（ある個体の芽や枝を切り取って、別の個体の根のあるほうの茎に活着させること）の類《たぐ》いであるとわかる。

ヴォイニッチ・マニュスクリプトには、異なった種の接ぎ木を解説していると思われる挿画が、数多く記載されている。「数多い」どころではなく、ほとんどすべての植物が「接ぎ木」を表現しているといって過言ではない。

イラストに描かれているのと似た植物を探し出し、指示された通りに接ぎ木を行うことは、そう難しくないだろう。

ところが、実際にやってみるとなかなかうまくいかなかったようである。

異なった二種類の木を接合させようとしても、近縁の植物でなければ育成は阻害され、運よく育ったとしても、果実を実らせるまでには至らなかった。

試行錯誤を繰り返し、失敗を重ねて心が折れそうになり、方向転換を余儀なくされかけたとき、敏弘は、ふたつの幸運に恵まれる。ひとつは「夢見るハーブの会」の信者である中沢ゆかりと出会って男女の交際に発展したこと、もうひとつは、高校時代の恩師である榎吉《えのよし》から声をかけられ、植生を調査するメンバーの一員として第六台場を訪れるチャンスに恵まれたこと……。

レインボーブリッジの下に位置する第六台場は、文化財保護の目的で東京都によって上陸が禁止されている。しかし、東京湾に浮かぶ人工島という特殊な環境が植生に及ぼす影響を調査する試みは、数年に一度といった割合で行われていた。その年、都議会の特別委員会からの要請を受け、調査を依頼されたのは高校の理科教師である榎吉であった。

都の職員や委員のほかにも人員に余裕があり、自然科学に興味を持つ専門家の同行も可能ということで、榎吉は、高校時代の教え子である敏弘に「一緒に行かないか」と声をかけたのだった。

高校卒業後も交流を保ち続けていたらしく、榎吉は、医学部に進学した敏弘が、病理学のみならず植物学に並々ならぬ興味を抱いていることを知っていた。

誘いを受けた敏弘は、こんなチャンスは滅多にないとばかり、喜び勇んで調査に参加することになる。

露木の脳裏にはすぐに榎吉の顔が浮かんだ。

露木と敏弘は、大学付属高校からの進学組であり、露木もまた高校時代に榎吉の理科の授業を受けたことがあった。特に目をかけられたためか、今でも顔をよく覚えている。物理のみならず、生物学への興味を開眼させてくれたのが榎吉先生であった。

第六台場上陸の日付はノートに記載されていた。今から二十年ばかり前の六月のことである。現場で撮った写真と、現場でスケッチしたイラストが数枚、ノートに添付されている上、記述が具体的であるおかげで、調査の模様が鮮やかにイメージされてくる。

露木は、敏弘と榎吉を中心としたメンバーの行動を、空想の中で再現しようとした。

馴染みの顔がふたつあることによって、すぐに具体的な映像が浮かんで、脳内を流れていった。映像は、自分の目で直に見て、現場の空気に肌で触れているような、リアリティにあふれていた。

二十年前の六月……、梅雨の合間の晴れ間に恵まれた暑い日の午後……。

その日、東京湾最奥のマリーナに集まったのは、敏弘と榎吉、都職員の内藤《ないとう》、都議会議員の柏《かしわ》原《ばら》、船長とクルーの六人であった。

一行は、桟橋に横付けされた小型クルーザーに乗船して、目と鼻の先にある第六台場を目指した。

　ボートは、途中にある四か所ばかりの橋をくぐって東京湾を南下した。

　最後の橋をくぐるとレインボーブリッジが目前に迫り、その向こうにある第六台場の島影が大きくなるにつれ、敏弘の期待は膨らんでいった。

　第六台場の植生については以前から興味があったものの、上陸を禁止されているせいで近づくこともできず、もどかしく思っていた。そんなところに合法的に行かれるとなれば、心が逸《はや》るのも当然であろう。

　長方形に張り出した岩の桟橋にボートが横付けされるや、敏弘は、スニーカーからゴム長靴に履き替え、勢いよく島への第一歩をしるした。

　周囲５５０メートルの変形五角形をした人工島は、高さ5メートルほどの石垣に囲まれている。ただし、桟橋の根元にだけは石垣がなく、門のようにスペースが開いて、その先、の暗がりへと道がのびていた。

　ゆっくりと土を踏み締めながら、敏弘は、上下左右に顔を巡らせた。水際のあたりに、セリに似た草が群生していた。

　よく見ると、アシタバの茂みとわかった。どこからともなく流れ着いた種が定着し、強い生命力を誇示して緑の葉を空へと持ち上げている。敏弘と榎吉は、アシタバの茂みを踏みしめて、島の奥へと分け入った。

　鬱蒼《うつそう》たる樹々に日差しを遮られ、昼なお暗い島の隅々に、珍しい植物を発見するたび、敏弘はカメラを構え、詳細な観察を要するところでは立ち止まってノートにスケッチしたりした。湿った空気の中、タブの木やツクバネウツギなどの、都心では滅多に見られない草木が、島に特有の異様な雑木林を形成していた。海風に梢《こずえ》が揺れて、四方から同時に葉擦れの音が舞い降りたりすると、一瞬、方向感覚を失って、今いる場所がわからなくなることがあった。唯一の目印は枝葉の隙間に垣間《かいま》見えるレインボーブリッジであり、その方向は北を意味する。

足下に気を配って視線を下げていたせいで、直径十メートル程度の小さな沼が目に飛び込んできた。沼の周囲は丈の高い草に覆われ、水はどろりと緑色に澱《よど》んでいる。第六台場には真水の出る井戸があると噂に聞いたことがあった。潮を含んでいるかどうか、舌の先で確認したいところだが、何十年もの間、動きを止めたままの水を舐《な》める気にはならない。草の茂みのさらに外側を、丈の低い樹木が取り囲み、ちょっと見ただけで、他の場所と植生が異なるのがわかる。沼の水質が植物の成長に影響を与えているに違いない。

濃い湿気を纏《まと》った幹や枝、葉の重なりを観察しながら、沼のほとりまで歩を進めた敏弘は、ひときわ太い幹に蔦《つた》のように絡み付いて上にのびた枝の先端から垂れ下がる果実を発見した。

大きな松ぼっくり、あるいは南洋に育つアダンの実のようにも見えたが、近づいて眺めれば、どちらかといえば、太ったトウモロコシに似ているのがわかる。蛇腹状に広がったヘタの下に、黄土色の実が数百粒ばかり密集して実っていた。

トウモロコシの皮を剥《む》いて、茎の部分を上に、実の先端を下に向けた格好である。

特異なのは、実の先端から出た細長い管が下に垂れ、沼の水のすぐ上のあたりで、排出口らしき小さな口を開いていることだった。数百粒もの果実が産出したであろう樹液が、細い管を通って下に降り、沼地にぽたりぽたりと滴り落ちている……。

敏弘は眼前の光景に目を見張った。

長い間探し求めていたものをようやく発見したのではないか……。

期待とともに、畏怖《いふ》の念が湧き、背筋が震えるほどの感動を覚えた。

どんな図鑑にも、このような植物の記載はない。ただひとつ、ヴォイニッチ・マニュスクリプトの挿画を除いては……。

敏弘は、ヴォイニッチ・マニュスクリプトに掲載された植物の特徴を、ほぼすべてに渉《わた》って、正確に記憶している。その内の何枚かには、今眺めているのとそっくりな植物が描かれているのだ。

挿画の構図は、ざっと次のように表現することができる。

……頭上に実るトウモロコシ状の果実の先端から垂れる管の中を伝った樹液が、根元にある岩風呂《ぶろ》に似た窪地《くぼち》に滴り落ちて緑色の沼を形づくり、その沼に、七人の裸体女性が身を浸している。七人のうちの三人はあお向けに寝そべり、四人は手を繋いで同じ方向に歩こうとしている……。女性たちの腹は、妊娠の兆候を示すかのように、わずかに膨らんでいる……。あたかも、新しい生命を生み出そうとするかのように……。

もちろん、敏弘が眺めている沼地に裸体女性はいない。しかし、植物の外観はほぼ同じだった。まさか東京湾のど真ん中で、ヴォイニッチ・マニュスクリプトに描かれているのとそっくりな構図に出会えるとは、夢にも思わなかった。架空のものではなくそれは実在したのだ。神の天啓を受け、この地に導かれたとしか思えない。

敏弘は、リュックサックからカメラを取り出し、「太ったトウモロコシ」を何枚か撮影してから、周囲に耳を澄ませた。

榎吉をはじめ他のメンバーは別の場所にいて、沼のほとりに立つのは敏弘ただひとりだった。そんな状況を確認すると同時に、耳の奥から甘い囁《ささや》き声が湧いてきた。

……さあ、わたしを、取って、食べて。

誘惑に抗《あらが》うことはできなかった。

敏弘は、ヘタの部分を手で摑んで実を引き下ろし、可能な限りの実をはぎ取ってポケットに忍ばせ、先端からぽたぽたと垂れる樹液をプラスチックのケースに溜《た》めて持ち帰ることにした……。

敏弘が、第六台場で発見した木の実を撮影した写真はノートに添付されていた。

今、露木は、ノートに顔を近づけて、それをまじまじと眺めている。

ノートに記述されている通り、その実は「太ったトウモロコシを逆さに吊《つる》した」格好をしている。

敏弘ほどではないにしても、露木もまた、ヴォイニッチ・マニュスクリプトに目を通しているため、現物とそっくりの挿画が数枚在中することを知っていた。

敏弘は、樹液と一緒に、実を何粒かもぎ取って、家に持ち帰っている……。

樹液と実をどう扱ったのか……、露木は疑問を胸に浮かべながら「No7ノート」を閉じた。

今日のところはこれにてタイムアウト。そろそろ午後の講義の準備に取りかからなければならなかった。

敏弘のノートのラストを飾る「No8ノート」の分析は明日以降のこととなる。

3

露木が敏弘のノートと格闘して、彼が第六台場でヴォイニッチ・マニュスクリプトの挿画とそっくりな木を発見し、その樹液と一緒に、幾粒かの実を家に持ち帰ったことを知ったのとほぼ同じ頃、事務所のテーブルに座ってパソコンの画面を注視していた恵子は、「中沢ゆかりの尻尾《しっぽ》を摑んだかも」という淡い期待に胸を膨らませていた。

手掛かりとなったのは一枚の写真だった。

人探しをするとき、まず押さえるべきは、対象となる人物の身体的特徴である。そのために重要な役を担うのは、ターゲットを撮影した写真ということになる。

人探しのチラシには、必ず写真が掲載されているものだ。ところが、この重要なアイテムを欠いたまま人探しをせざるを得ない状況を、恵子は強いられていた。中沢ゆかりの写真入手が困難を極めたからである。

教祖の新村清美と七人の信者が共同生活を送っていた本部家屋に、ひとりひとりに個室を供給できる広さはなく、七人の信者に振り分けられたのは二人部屋がふたつと三人部屋がひとつの、計三室のみであった。

そのため、個人の所有物は極めて少なく、生活必需品を詰めたバッグを持って失踪《しっそう》した中沢ゆかりの私物は、写真類をはじめ、ほとんど室内には残されていなかった。

後にドキュメンタリーを書くことになる上原も、本の中に掲載可能な写真は教祖のみ（他の信者の写真は掲載不可）と割り切っていたため、信者の写真探しに熱心なることはなかった。

ところが、今日の午前、上原から連絡が入って「中沢ゆかりの写真が見つかったかもしれない」と告げられたのだ。

上原によれば、昨日、古いデスクトップの処分を専門業者に依頼し、大切な情報が残っていないかとチェックしたところ、上原の知人であった昌代から転送されたまま保存されていた十五年以上前の写真が出てきたという。

写真は、中沢ゆかりを単体で写したものではない。教祖の新村清美を七人の女性が取り囲むという構図である。

被写体が「夢見るハーブの会」の幹部信者であることはほぼまちがいなく、そのうちのひとりが中沢ゆかりである可能性が高いとのことだった。

恵子は、上原が転送してくれた写真データをディスプレイに呼び出し、ためつすがめつ眺めた。

上原が執筆したドキュメンタリー「カルト集団死の謎」に、新村清美教祖の写真が掲載されていて顔がわかるため、まず新村清美を除外し、上原が添えたメモ書きを参考に七人の中から昌代と井上美香《いのうえみか》をはずし、すぐ四人に絞り込むことができた。

四人の中のひとりが、中沢ゆかりということになる。

恵子は、中沢ゆかりの容貌《ようぼう》を敏弘がどう表現していたか、謙介の口から聞かされたことがある。

「スタイル抜群で、かわいいんだが、ちょっとおバカなところがあってな」

その表現が正しいと仮定し、当時の彼女の年齢である二十五歳前後という容貌を当てはめれば、四人の女性の中、だれが中沢ゆかりなのかほぼ推測できてくる。

左端に立っている若い女性以外に考えられなかった。

それ以外の女性は、年齢的にも外見的にも、中沢ゆかりの条件に当てはまらないのだ。

……さて、この素材をどう料理しようか。

恵子はひとりごちた。

まずは単独の被写体に直した上で拡大すべきだろう。

目的とする人物が左端に立っているため、残り七人を切り離すのは造作もなかった。その上で、モニター一杯に拡大し、プリントアウトした。

その顔に恵子は語りかけた。

……あなた、生きているの？　だとしたら、今、どこにいるのか教えて。

唇は閉ざされたまま微動だにしない。

女の印象は、謙介から聞いていたものと異なっていた。もっと平凡でぼんやりとした容姿の、かわいい女のイメージを抱いていたのだが、写真の顔には凜々《りり》しさが漂っている。髪は茶色がかり、目鼻立ちは整い、何世代か前における白人の血の混入を思わせるところがあった。

ジーンズに包まれた脚はすらりとして、スタイル抜群という評価はあながち間違ってはいない。

恵子は、拡大した写真データをパソコンに保存した上で、画像検索アプリを立ち上げた。上原が送ってきたのは十五年以上前の写真であり、生きていれば、中沢ゆかりは四十歳ぐらいのはずである。

十五年という年の開きはあるが、似た顔の人物としてヒットする可能性はある。なにしろ、画像検索はお手軽な上、時間もかからない。

だめ元と割り切って、検索をかけたところ、すぐに「見た目が一致」と表示された写真が一件ヒットした。

パソコンのディスプレイに表示された写真に、恵子の顔は、ぐいぐいと引き寄せられていった。

完全に一致したわけではないが、顔の造作には似たところが多い。ストレートの長髪がショートヘアに変わり、目尻《めじり》の皺《しわ》が増えていたが、眺めているうち、写真から受けた印象と似ているという実感が高まっていった。写真の女性が年をとると、似たような感じになりそうなのだ。凜々しい雰囲気もそのままだった。

恵子は、カーソルを移動させて彼女の顔が掲載されたホームページに飛び、女の情報を引き出そうとした。

すぐに名前が判明した。

……通称、葉香《ようか》。本名、天川成美《あまかわなるみ》。

中沢ゆかりという名前とは異なっていたが、職業にはピンとくるところがあった。

……占い師。

恵子は、視線をディスプレイに注いだまま左手で頬杖《ほおづえ》を突き、考え込んだ。

中沢ゆかりの実母が、教祖の新村清美である可能性は高い。新興宗教の教祖という家系と、占い師という今の職業が齟齬《そご》を来さないのだ。「夢見るハーブの会」は、設立された当時、占いを業務のひとつとしていたことがあった。

恵子は、「葉香」に関する情報をすべて網羅し、必要事項等の記載がある部分はプリントアウトした。

ここから先はネットではなく足を使った調査となる。

恵子は、このあとの調査の手順をざっと脳裏に浮かべて、フローチャートを作ってみた。実際に「葉香」に会って、ターゲット本人であるかどうか、探りを入れるのは簡単だった。ホームページの記載に従って、占いの予約を入れれば、すぐにでも会うことができる。客を装って占ってもらい、言葉を交わすうち、ターゲット本人であるという確証が得られるかもしれない。

問題なのは、客のふりをして占ってもらった場合、面が割れてしまって、以降、尾行がやりにくくなることだ。付き合いのある別の探偵に尾行を依頼することもできるが、一手間増える上に、経費がかさむ。手間が増えれば、余計な時間がかかってしまう。

……どちらを優先させるべきか。

資料で確認したところ、葉香が占いの店を開いているのが、繁華街からほど近い距離にあるショッピングセンターの三階とわかった。フロアの片隅にベニア製の簡易なブースを置いて営業しているらしい。終業時間はショッピングセンターが閉店する二時間ばかり前。終業間際に現場に赴き、それとなく張り込んだ後に、尾行を開始すれば、現住所はすぐに割れるだろう。

住所がわかれば、次は住民票の取得へと進む。懇意にしている弁護士を使って書類を用意すれば、当事者でなくとも住民票の入手はたやすい。住民票さえ手に入れれば、本籍のある都道府県に出向いて戸籍謄本の入手へと駒《こま》を進めることができる。

今日の夕方、件《くだん》のショッピングセンターに行って様子をうかがい、尾行して現住所を押さえれば、明日の午前には住民票が入手できる。住所と本籍地の距離が近ければ、午後には戸籍謄本も取れるだろう。

「客のふりをして占ってもらう」作戦より、「すぐに尾行を開始する作戦」のほうが、手間が省けて結果が早く得られる。ただし、葉香がターゲットと別人となれば、住民票と戸籍謄本の入手は無駄骨に終わる。

しかし、恵子には確信があった。画像検索で「見た目が一致」した写真を見た瞬間、ターゲットを摑まえたという直感を得たのだ。これまでのところ、直感がはずれたことは滅多になかった。

恵子は、葉香が仕事場を置くショッピングセンターまでの道順をプリントアウトして、バッグに入れた。

閉店までたっぷり一時間の余裕を持って現場に赴き、恵子は様子をうかがった。占いのブースがあるのは、書店と階段ホールの間にあるスペースだった。

恵子は、書棚の前に立って本を一冊抜き取り、ページを捲《めく》りながら階段ホールのほうへと視線を飛ばした。

宇宙を彩る星々と、カラフルな花の模様が描かれたベニヤ板には、「スピリチュアル・サロン・葉香」と店名が掲げられている。その下には、「恋愛成就」「縁結び」「仕事運」などの相談内容の項目と、「西洋占星術」「タロットカード」「四柱推命」「霊視」と占いの方法が記載されている。

基本となる料金体系は、十五分で三千円、三十分で五千円といったところだ。ブースは必要最小限の大きさで、テーブルを挟んで、ひとりの占い師とひとりの客が対面できるスペースしかない。

数メートル離れた距離から入り口を覗《のぞ》くと、客らしき女性の背中が見えた。葉香の正面は衝立に隠れていて、見えるのはテーブル上に置かれた手元だけだった。

葉香は、猛スピードでノートに走り書きしながら喋《しゃべ》っているようであったが、声は恵子のところまで届かない。女性客は聞き漏らすまいと必死に耳を傾け、頭を上下に振ってひたすら相槌《あいづち》を打っていた。

恵子は、一旦《いったん》書棚から離れてブースの前へと歩き、スマホで素早くブースの全景を撮影し、そのまままっすぐ階段ホール横のトイレに進んで用を済ませた。

トイレで時間をつぶしても閉店までまだ四十分近くもある。かといって、書棚の前に陣取って立ち読みを続けるわけにもいかず、どこかいい場所はないかと、フロアを見回したところ、衣類量販店の隣にコーヒーショップがあるのがわかった。ガラス際のカウンターに腰を据えれば、コーヒーを飲みながら監視ができそうだ。

終業時間の二十分前に先程の客が帰り、新たな客の入店はなかった。

恵子は、コーヒーショップを出て、即座に動けるように準備を整えた。

十分前になるとブース内の電灯が消え、葉香とおぼしき女性が出てきた。

恵子は何気ない仕草で彼女の背後につき、尾行を開始した。

葉香がまず向ったのは、ショッピングセンター二階にある私鉄の駅だった。

恵子は改札を抜けてホームに降り、彼女の斜め後ろに立った。同じ車両に乗るためには、離れ過ぎてはならない。ほどよい距離を保って葉香を観察し、服装はもとより、その下にある身体的な特徴を把握するよう努めた。

葉香が身に纏っていたのは、ブルーのサマーセーターに紺のスカートというごく平凡な服だった。

服装から職業を判断しようとすれば、「占い師」より「教師」のほうが似合っている。実力のある占い師は、ゆったりとした派手なワンピースに身を包んで、首や手首にジャラジャラと数珠やアクセサリーを付けていたりすることが多い。なぜか体型が太めの人ばかりである。

一方、葉香はといえば、身長は160センチ強で、若いときのまま均整のとれた身体のラインを保っていた。

服装も、体型も、占い師とそぐわない。

……速成教育されたのだろうか。

占いを業務とする会社組織では、速成教育を施した社員をあちこちの施設に派遣していたりもする。実力でのし上った占い師というより、雇われ占い師といったところなのかもしれない。

服装や身体的特徴をしっかりと頭に入れた恵子は、今度は、葉香の脚に注目した。

歩き方の癖は、占いの部屋を出て駅のホームに到るまでの間にしっかり見極めていた。人間の歩き方はひとりひとり違っていて、最初に歩き方の癖を摑んでおくのは、尾行の基本だった。特に、サラリーマンが着るスーツのように、ごく一般的な服装をしている場合、歩き方の癖は有効な目印となる。

斜め後ろ数メートルの距離に立って観察し、主だった特徴をすべて頭に入れた恵子は、彼女の内面へと目を向け始めた。

もちろん、心の中を見ることはできない。しかし、全身から匂い立つ雰囲気が、その人物の半生を語ることがあるのだ。

中沢ゆかりは、実際に生んだかどうかはともかく、二十五、六歳の頃に一度妊娠を経験している。その頃、「夢見るハーブの会」集団死事件が起こり、たったひとり生き延びて、何処へともなく姿をくらました……。なぜ、失踪したのか、それ以降どんな生活を送っていたのか……。恵子は、空白の十五年間にあれこれと思いを馳せた。

葉香の年齢は、現在四十一、二歳。三十九歳の恵子とほぼ同年代といっていい。敏弘の子を身ごもり、生んでいたとしたら、その子は十五歳ぐらいになっているはずだ。

七歳の娘を育てている自分の姿と、葉香の姿をそれとなく重ねてみる。ときどき、実家の母に手伝ってもらっているとはいえ、女手ひとつでの子育ては大変だ。

その観点で、葉香を眺めたとき、恵子は、ふと嫌な予感を抱いた。葉香から「子育てを経験した女の匂い」が感じられなかったからである。

探偵の勘を養おうとして、恵子は、独自のトレーニング方法を編み出していた。

たとえば、初対面の女性を観察し、「結婚しているか否か（結婚指輪の有無ではなく）」「結婚しているとしたら子どもがいるか否か」「子どもがいるとしたらその子の性別はどちらか」などの情報を、ターゲットの身体から発散される雰囲気だけから嗅ぎ当てられるかどうか、実験したことがあった。

これまでのところ、正確に言い当てられた回数が、はずれた回数を大きく上回っている。的中率八割……、それが自分の打率であると恵子は自覚している。

さて、その勘を働かせて、葉香の雰囲気を嗅ぎ取り、得られた結論は「独身で子育ての経験なし」であった。

葉香の髪が綺麗《きれい》過ぎるのだ。

女手ひとつの子育てには、「なりふり構わない」態度が要求される。仕事と子育ての両方に追われ、自身の身だしなみに構っている余裕がないのだ。いわゆる「髪を振り乱して」生きてきた女の特徴が髪形に表れていないと感じられた。

自分の勘が当たっていると残念な結果になってしまう。麻生夫婦から依頼された孫捜しは、空振りに終わって、成功報酬は手に入らない……。しかし、仮にそうだとしても、確認が必要となる。客観的な証拠に基づいた報告書を作成しなければ仕事の完遂には到らない。

……今回ばかりは自分の勘がはずれますように。

虫のいい願望を胸に念じたとき、下り電車がホームに入ってくるのが見えた。恵子は、葉香に続いて同じ車両に乗り込んで、閉じたばかりのドアにもたれかかった。

葉香が降りたのは四つ目の駅だった。

駅ビルに付随したスーパーマーケットに入った葉香を外で待ち、ひとつしかない出入り口から出てきたところで背後について尾行を再開した。

駅前の大通りから住宅街の路地へと入っていく葉香の後ろ姿に目を据えたまま、このあとの行動を予測した。

一戸建ての家ではなく、住まいとなるのはアパートかマンションの類《たぐ》いだろう。オートロックの場合は、ドアが開いている隙を狙って一緒に通り抜けるほかない。

右手にある古い四階建てマンションの玄関ロビーに入ろうとする葉香を追って、恵子は小走りになった。

幸いなことにオートロックではなかった。ロビー正面に管理人室があり、その左手にエレベーターホール、右手に集合ポストという配置である。思った通り、葉香はまず集合ポストのほうに進んだ。

恵子は、集合ポストのある部屋を一旦通り過ぎて、壁の陰に立ってそっと中をうかがった。壁の両面にずらりとポストが並んでいる。葉香は、そのうちのひとつを開いて郵便物を手に取ろうとしていた。恵子は、ポストの位置を瞬時に脳裏に刻んだ。

……上から四段目、左から三列目。

部屋の隅に設置されたゴミ箱に、葉香が、チラシと一緒にダイレクトメールのハガキを捨てるところを、恵子は見逃さなかった。

鉢合わせを避けるため、恵子は廊下の先に進んで集合ポストに背を向けた。その後ろをすり抜けた葉香は、管理人室の左にあるエレベーターホールまで歩いてボタンを押す。すぐに降りてきたエレベーターはドアを開いて葉香を招き入れ、上の階へと運んだ。

恵子は、落ち着いた様子でエレベーターホールへと歩き、階数表示の数字が変化する様を眺め、「四」で止まったところを確認してから、集合ポストへと戻った。

上から四段目、左から三列目のポストには、「413号」と部屋番号が記載されている。恵子はそのまま横に移動して、部屋の隅に置かれたゴミ箱を覗き込んだ。またしても、ゴミ漁《あさ》り。投《とう》函《かん》されたチラシが何枚も捨てられ、底にたまっている。

恵子は、チラシの上に落ちていた「家電量販店・値引きクーポン付きハガキ」を一枚つまみ上げ、宛先を読んだ。

「杉並区＊＊＊町、＊＊ハイツ413号。天川成美」

それが、中沢ゆかりが成り代わった可能性のある人物の、現住所と氏名だった。

4

恵子が、中沢ゆかりが成り代わったかもしれない人物の名前と住所を突き止めた頃、露木は、遅い夕食を食べ終わった後もそのまま食卓に残り、傍らに置いてあった二種類のノートを手元に引き寄せた。同じサイズの大学ノートであっても、書かれている中身は全く異なっている。

ひとつは蘭との交換ノート、もうひとつは植物の品種改良の経緯を記録したノート。露木がまず開いたのは、蘭との交換ノートだった。だれが読んでも理解できる素直な文章が目に飛び込んできた。

「因数定理、完璧《かんぺき》に理解できました。ありがとうございます。数学特有の気取った文章を、日常語に訳すことができれば、理解は簡単なんですね。さて、新しい質問があります。ずばり、虚数とは何ですか？　二乗してマイナス1になる数字は現実にはありません。虚数は、実数を示す数直線以外の場所に身を潜めているのでしょうか？　数直線が現実世界で、実数が現実世界の住人だとすれば、虚数は架空の世界の住人……、つまり幽霊のようなものと考えればよろしいのでしょうか？　なんだか怖い。ご指導、よろしくお願いします。P．S．体調がイマイチなので、今晩は早目に寝ます。おやすみなさい」

仕事を終えて九時頃に帰ったとき、蘭は既に部屋にこもっていて、今晩も顔を合わせることはなかった。ただ、夕刻に帰宅したであろう蘭の行動は、キッチンやバスルームに残された痕跡《こんせき》からある程度推測することができた。

交換ノートを読んで因数定理を復習した上で新たな質問をノートに書き記し、冷蔵庫のハンバーグを温めて卵焼きを乗せて夕食をとり、シャワーを浴び、床に就いた……。

体調がイマイチと訴えているところが少々気になったが、文面に深刻さはなく、露木はおおげさに騒ぐことを控えていた。

蘭の文章にはまだ他人行儀な堅苦しさがあったが、前回に比べれば打ち解けた感じが出ていて、露木は、父と娘の距離がわずかながら縮まったという喜びを得た。

しかも、因数定理の次に繰り出してきた質問が「虚数」であるところが微笑ましい。

左右にのびた一次元の数直線を現実世界に譬《たと》え、その住民である実数に対し、非現実世界の住民である虚数を幽霊と見做《みな》して「恐怖」の感情を抱くあたりに、数学的センスのよさが感じられる。

一次元の数直線に対して、実数と虚数の和で示される複素数の存在場所は一次元の平面となる。この機会に、虚数だけでなく、複素数の概念まで教えておこうと、露木は、複素平面の図をノートに描いた上で、わかりやすい解説を加えた。

左右にのびる一本の実数を上下から挟み込む複素数の分量は圧倒的である。

露木の頭に、動物の住家が数直線だしすれば、植物の生息領域は複素平面ではないかという譬えが閃《ひらめ》いたのは、敏弘が書いた「Ｎｏ８ノート」のページに描かれた様々な種類の植物のイラストが目に入ったからだった。

実数の数直線とは、ａ＋ｂｉで示される複素数のｂの値がゼロであるときの一形態に過ぎない。同様に、植物を祖とする地球生命にとって、動物は、植物の一形態に過ぎないのかもしれない。

虚数から植物へと関心が移行するタイミングで、露木は、蘭との交換ノートを閉じて、敏弘の「Ｎｏ８ノート」の分析へと移っていった。

「Ｎｏ７ノート」の内容で特に印象に残ったのは、第六台場を訪れた体験を描写する件だった。読みながら、露木は、まるで自分が現場にいるような臨場感を覚えたほどである。

驚くべきことに、第六台場を囲む石垣の手前に天然の沼があり、そのほとりにヴォイニッチ・マニュスクリプトの挿画とそっくりな植物が繁茂していたと、敏弘は記している。そして、この世にあるまじき形態をした植物を、敏弘は「太ったとうもろこし《ヘビーコーン》」と命名し、先端から滴り落ちる樹液を採取して、実と一緒に持ち帰ったというのだ。

樹液が後の品種改良においてどのように活用されたのか、その過程を克明に記したのが「Ｎｏ８ノート」の前半部分であった。

それまでのところ、ヴォイニッチ・マニュスクリプトの挿画を参考にした品種改良は失敗の連続であったが、新しい道具を入手してからは、目をみはるほどの進展が見られるようになったらしく、敏弘の筆は興奮気味に躍っていた。

書き急ぐあまり乱雑になっていく文字は読みにくかったが、イラストや化学式の助けを借りて、露木は、敏弘が試みた品種改良のおおまかな流れを理解していった。

一般的に、高等生物の細胞や組織を培地の中で成長させようとした場合、培地に十分な栄養を補ったとしても、それだけでは成長を持続させることはできない。細胞分裂を促進させるためには、栄養素に加えて、増殖因子と呼ばれる成分が必要となる。植物の組織や細胞を培養するとき、成長を促すために使われるのは、主に、植物ホルモンの一種であるオーキシンとサイトカイニンである。

個々の細胞自体を大きくする作用を持つオーキシンに対し、サイトカイニンは植物細胞の分裂を促進させる作用を持つ。サイトカイニンが、細胞分裂誘起物質と言われる所以《ゆえん》である。

敏弘は、1960年代にトウモロコシの未熟種から天然のサイトカイニンが採取されたことを知っていたために、第六台場の「ヘビーコーン」が産出した樹液に、植物細胞の分裂を促進する力があるのではないかと推測した。ところが、豈図《あに》らんや、別種の植物から切り取った組織片同士を接合させた上で培地に置き、樹液を添加してみると、新たな種となって再生を始め、次々とキメラが誕生していった。

キメラという名は、ギリシア神話に登場する仮想の動物「キマイラ」に由来する。キマイラは、頭がライオン、胴がヤギ、尾がヘビという、異なった動物の特徴が入り交じった怪獣である。

キマイラの例から想像できる通り、同一個体の中に遺伝情報の異なる組織が同居している生命体のことを、キメラと呼ぶ。

キメラを創るのは、動物よりも植物のほうがずっとたやすく、接ぎ木によって簡単にできる。

まず、異種の植物同士を接ぎ木させ、その部分で切断し、幼芽を出させる。すると、芽の中には、接ぐほうの芽や枝（接穂）に由来する組織と、接がれる根のほう（台木）に由来する組織が混在することになる。

キメラの誕生である。

このようにしてできたキメラに、「ヘビーコーン」から採取した樹液を添加したところ、その成長が著しく加速して、次々に新種として定着するようになっていったというのだ。

敏弘が抱いたイメージは、植物同士が会話を交して、理解し合い、結合を強めていく姿だった。

これまで、別種同士の接合がうまくいかなかったのはコミュニケーション不足に起因していたのではないか……、そこに「ヘビーコーン」から採取した樹液が介入し、うまく働きかけてくれたおかげで、意思の疎通が速やかになり、別の個と個がしっかりと合体することができるようになった……、あたかも、愛し合う男女が結ばれるように……。サントカイニンがスムースな言語活動を後押ししてくれるとすれば、それが人間に転用された場合も、同様の効果が現れるのではないかと、敏弘はまたしても期待を膨らませた。まだ言語を持たず、人類がヨチヨチ歩きだった頃、偶然に「ヘビーコーン」の樹液と似た成分を体内に採り入れ、脳が活性化されて新しい回路が開き、言語発生の機運が飛躍的に高まったのではないかと論を発展させたのだ。

沼のほとりに生えたヘビーコーンから採取した樹液は、目的とする植物を創り出す品種改良において画期的な成果をもたらしたものの、事はそう簡単には進まず、いい線までいっても最後のピースが整わずに跳ね返され、紀元前にあったはずの禁断の木の実はなかなか実ろうとしなかった。

試行錯誤を繰り返す敏弘に、解決のヒントをもたらしたのは中沢ゆかりの一言だった。

……土壌に問題があるんじゃないの。

植物にとって土壌の善し悪しは大問題である。

……相応《ふさわ》しい場所はどこなのか。

敏弘が問うたところ、ゆかりは自信満々に答えた。

……第六台場よ。

彼の地で採取した樹液が画期的な成果をもたらしたのなら、彼の地の土壌もまた、目的とする植物を育て上げるのにぴったりの条件を備えているはず……、ゆかりはそうアドバイスした。ヘビーコーンは先端からたっぷりと樹液を滴らせ、滋養を受け止めた沼の水は周囲に染みて独自の土壌を作っているに違いないと。

ゆかりのアドバイスに一理あることを認めた敏弘は、第六台場の土壌で品種改良を行う計画を実行に移す。

第六台場上陸のルート作りのために、敏弘がまず向ったのは、第三台場ではなくその反対側に位置する品川の埠頭《ふとう》だった。

運河沿いの道を歩くとすぐに目当てのものに行き当たった。何艘《そう》もの屋形船とボートが運河の奥に係留され、その陸側には乗船客が屋形船にチェックインするための店がある。敏弘は憶することなく店に飛び込んで、屋形船の船頭らしき男に、「深夜にこっそり屋形船で渡って、第六台場に上陸させてほしい。それなりの謝礼はいたします」と相談を持ちかけた。

最初のうち、船頭は敏弘の申し出を冗談と受け止め、笑いながら話を聞いていた。本気であるとわかるや、常日頃から上陸禁止条例を苦々しく思っていた船頭は、禁を犯して上陸したいという敏弘の情熱に共感を示して、島への上陸方法を考えてくれた。

小型ボートで深夜に埠頭を発《た》ち、二マイルばかりの距離を航行して、第六台場の船着き場に着くや、船の舳先《へさき》を手頃な岩に押しつけて固定し、敏弘が飛び移ったのを見計らって、ギヤをバックに入れて船着き場からすみやかにボートを後退させる。上陸した敏弘は、即座に石垣の内側に走って身を隠す。以降、思う存分、島での植生調査に励み、帰りたくなった頃に携帯電話で連絡を取り、迎えの時間を決め、同じ要領で敏弘をボートに回収し、船着き場を離れて品川の埠頭に戻る……。ボートからの下船、乗船にかかる時間はほんの数十秒という短さで、見咎《みとが》められる恐れは少ない……。

計画のシンプルさに感心した敏弘は、一も二もなくこの渡航方法に同意し、ボートでの送迎一回につき十万円という謝金を提示したところ、船頭は快く申し出を受諾して契約は成立。こうして、品川埠頭と第六台場を結ぶ闇の航路が切り拓かれ、敏弘は、品種改良の仕上げに向って思う存分邁進《まいしん》できるようになった……。

ゆかりも深夜の第六台場上陸には同行して、敏弘の品種改良を手伝い、やがて、ヘビーコーンの根元に、見たこともない植物が生えてきて、枝先にかわいらしい赤い実をつけていった……。

「No８ノート」に記述された内容から具体的なシーンを思い浮かべていた露木は、後頭部で組んでいた手をほどいて、テーブルに載せた。

手元の時計で時間を確認すると夜の十一時を指している。

そのとき、小走りする小さな足音が廊下のほうから響き、その直後に、ドアの開閉音が続いた。先に寝ていた蘭が起き出して、トイレに入ったに違いなく、露木は、じっと耳を澄ませて動向をうかがった。

すぐに排水弁が開かれると思われたが、水流の代わりに聞こえてきたのは、喉《のど》の奥から絞り出される苦し気な声だった。異変を察知した露木は、立ち上がって廊下を進み、トイレの前に立ってドアを軽くノックした。

ドアの隙間から漏れてきたのは、吐き気を堪《こら》える「ウェ、ウェ」という苦し気な声だった。

「蘭、大丈夫か」

露木が訊《き》いても返事はない。

「ドア、開けるよ」

そう断って、ドアを開けると、便座を抱き抱えるようにしてへたり込む蘭の後ろ姿が目に入った。

Tシャツにレギンス姿の蘭は、床に両膝《ひざ》を着け、肩まである髪を便座の上に垂らしていた。だぶだぶのTシャツに覆われていても、ほっそりとした胴体が荒い呼吸で伸縮しているのがわかる。

同時に排水弁が開かれて便器の内側を水が洗い流していったが、配水管に飲み込まれていく水流に吐瀉《としゃ》物が混じっているのを、露木は見逃さなかった。

蘭の首筋にそっと手を添えると、熱があるのがわかった。交換ノートに「体調がイマイチ」と書かれていたことを思い出し、露木は、その場に跪《ひざまず》いて娘の肩から背中のあたりをさすってあげた。

それを受けて、蘭は掠《かす》れ声で、「だいじょうぶ」とだけ返してきた。

便器の中に唾《つば》を垂らし、上半身を起こしかけた蘭の横顔がトイレの照明に照らされたとき、露木は即座に、彼女の両頬に黄疸《おうだん》の症状が出ていることを診て取った。蘭の頬に黄色い帯が走り、白目にも同様の濁りが見られた。

黄疸とは、身体の組織に沈着したビリルビンによって肌や白目が黄色く染まる症状のことをいう。

赤血球が破壊され、ビリルビンの数が血中で異常に増加することによって、症状は顕在化する。

……蘭の血液中においても溶血が起こっている。

その事実を認識するやいなや、露木の連想は悪いほうへと進んだ。

……「夢見るハーブの会」の信者たち、阿部・花岡の両名、そのすべてにおいて溶血の症状が見られた。

まさか彼らと同じ運命が蘭に忍び寄ろうとしているのではないかと危惧《きぐ》したとたん、露木の背筋に悪寒が走った。

妻に加え、娘まで奪われるのではないかという恐怖が、奥歯まで震わせてくる。

冷静になれと自分に言い聞かせながら、露木は、明日の朝一番で為《な》すべきことを頭に思い描いた。

母校の医学部付属病院に診察の予約を入れ、血液をメインとした精密検査を受けさせるのだ。

5

麻生家に提出する報告書を作成するための資料はテーブルの上に揃っていた。

天川成美の住民票、戸籍謄本、アパート「児島荘《こじま》」の登記簿、不動産管理会社の賃貸履歴……。

これらの書類に記載された内容を手掛かりにすれば、十五年前の中沢ゆかりの行動がある程度明らかになる。

客観的な証拠に裏打ちされたストーリーを組み立て、報告書として短くまとめれば、今回の調査を終了させられるだろう。ただし、麻生家の孫はいなかったという残念な結果を甘受するほかない。

……釈然としないわ！

パソコンのキィボードを叩《たた》く強度を徐々に増していった恵子は、上半身を椅子の背もたれに倒して、髪をかきむしった。反動で、下半身がズルズルとテーブルの下に潜り込み、全身から力が抜けていく。

期待通りの結果が得らないことに苛立《いらだ》ち、腹を立てているのか……、いや、そうではない。欲しいものが手に入らないからと駄々をこねる子どもとは違うのだと、恵子は、胸の内で弁解する。どうにも釈然としない感情が胸の底で渦を巻いているのだ。

恵子は、入手した証拠品や書類を時間の流れ通りにテーブルに並べて、一昨日から今日の午前までに取った行動を思い出し、整理しようとした。

最初の証拠品は、葉香を尾行してゴミ箱から拾い上げた一枚のダイレクトメールだった。ハガキの宛名と住所を元に、その翌日には、住民票を取得することができた。住民票からは本籍地が埼玉県の蕨《わらび》市であることがわかり、午後には現地に赴いて戸籍謄本の取得へと駒を進めた。

恵子は、昨日の午後に入手した天川成美の戸籍謄本を、もう一度読み返した。何度見直したところで、記述内容が変るわけではないと、重々承知している。

繰り返し眺めているせいで、記述事項をほぼ暗記していた。

確認したいのは、記述内容から判明した事実を咀嚼し、飲み込もうとするたびに腹の中から醸し出されてくる、違和感だった。

生年月日から現在の天川成美の年齢が四十一歳であるとわかった。十五年前に、成美が女児をひとり生んでいる事実は戸籍謄本に記載されている。出産の時期が、麻生敏弘が稲垣謙介に語った時期とほぼ同じであるため、天川成美と中沢ゆかりが同一人物である可能性は、この時点で、にわかに高まった。

しかし、「戸籍に記録されている者」である天川成美の項目の下に、もうひとつ「戸籍に記録されている者」の項目があって、「除籍」という文字が長方形で囲まれて印字されているのだ。

除籍された者の名前は「星羅《せいら》」で、生まれたのは、十五年ばかり前の春。母の名は、天川成美。

続柄は「女」とある。

さらにその下の「身分事項、出生」の欄には、「星羅」の出生地が「東京都新宿区」と記されている。「届出人」は母である天川成美だった。

そして、「出生」の下には「死亡」の文字があった。

「死亡」の二文字が目に入ったとき、恵子は失望の溜《た》め息を漏らし、思わず両目を閉じていた。

「死亡日時」は出生の一週間後。「死亡地」は「東京都杉並区」、「届出人」は母の成美である。

ここまでのところ、天川成美に成り代わったかもしれない中沢ゆかりが生んだ「星羅」という女児が、ほんの一週間後に短い生涯を閉じたという事実が、淡々と記述されているのだ。

ただし、戸籍謄本の記載から、天川成美と中沢ゆかりが同一人物であるという可能性が高まったとはいえ、確証は何もないという状況は変らなかった。

次に恵子が着目したのは、天川成美の戸籍の附票だった。住民票の符表には、過去に住んだ場所の住所と住み始めた日の記載がある。それを見れば、天川成美の住所の変遷は一目瞭然《りょうぜん》だった。

十五年前に、天川成美は、埼玉の実家から杉並区のアパート「児島荘」に引っ越し、四年後に台東区に移り、その五年後に板橋区に移り、さらに三年後に杉並区に戻って、「グリーンハイツ」に住み始めている。

現住所の「グリーンハイツ」以外の三つに横線が引かれていたが、文字はしっかり読むことができる。

恵子が当たりをつけたのは、最初の住所である杉並区の「児島荘」だった。

埼玉県の実家を出て一人暮らしを始めたアパートが「児島荘」……、つまり、中沢ゆかりから天川成美に成り代わった直後に住み始めたのが「児島荘」ということになる。

「児島荘」の住所を元に登記簿を取り、大家の名前と住所、管理を任されている不動産管理会社の名前を突き止めたのは、今日の午前のことである。

すぐに不動産管理会社に赴き、言葉巧みに交渉して、賃貸履歴を見させてもらい、賃貸契約書のコピーを取得した。

天川成美の住んでいた部屋の借り手として、契約者の欄に記載されていた名前を見て、恵子は思わず快哉《かいさい》を叫んでいた。そこにあったのは、「麻生敏弘」という名前であった。

事情はすぐに察せられた。天川成美は自分の名前でアパートの賃貸契約を結ぶことができなかったのだ。「夢見るハーブの会」の信者たちと共同生活を送っていた中沢ゆかりに、自由になる資金があったとは思えない。賃貸契約には、給与所得や確定申告の控えなど、収入を証明する書類が必要となる。この両方が欠如していたために、恋人であった敏弘が、一肌脱ぐことになったのであろうと、容易に想像がついた。

賃貸契約書に記載された「麻生敏弘」の名前は、天川成美イコール中沢ゆかりの等式が成立するという、決定的な証拠だった。

「グリーンハイツ」の集合ポストで拾ったダイレクトメール、天川成美の住民票と戸籍謄本、「児島荘」の登記簿と賃貸契約書……、それらの紙面に記述されている最小限の情報から、十五年ばかり以前に、中沢ゆかりが取った行動の概略がイメージされてくる。

中沢ゆかりの実母は教祖の新村清美と言われている。母娘ともに、無戸籍である可能性が高い。根無し草……、幽霊のような存在として育てられたゆかりは、生活の基盤を「夢見るハーブの会」に置かざるを得なかった。小さなコミュニティーに身を寄せる以外に、生きる術がなかったからだ。

成長するにつれ、彼女は悩みを大きくしていったに違いない。地中に根を張ることなく生きていくことに疑問を抱いて、孤独を深めていったのではないか……。

外面的には、共同生活をする者同士、諍《いさか》いもなく、和気あいあいとしたムードを保ってきたように語られているが、内実はわからない。希有な道を生きてきた母と娘の葛藤《かっとう》や、女性信者との間に目に見えない確執があったかもしれず、人生をリセットしたいという欲求が徐々に高まっていった……。

そんなとき、ゆかりは麻生敏弘と出会って恋に落ちる。

そして、大富豪の御曹司という敏弘の力を借りて、自立するための準備に取り掛かったのではないか。

同僚であった探偵仲間の何人かから、失踪人を追っていたところ、ターゲットが別人に成り代わっていたという事例を何度か聞いたことがある。

成り代わる人物が一人暮らしをしている……、男女の性別が一致している……、年齢がほぼ同じである……、相手の氏名、生年月日、現住所、電話番号が判明している……。これらの条件が揃っていれば、別人に成り代わるのは、実のところ、そう難しいことではない。別人に成り代わって転出届出書を提出し、新住所への転入届を提出すれば、新しい住民票は簡単に作れてしまう。

敏弘とゆかりのカップルがどのような方法を取ったかは知らないが、敏弘の知力と財力をもってすれば、ぬかりなく推し進めることができたはずだ。敏弘はゆかりの再生の手助けをし、自立できるように背中を押してあげたのだ。

ところが、敏弘は、親友である謙介に、「中沢ゆかりを第六台場に捨ててきた」と嘯《うそぶ》いた。

この表現には逆説的な意味が込められていたのではないか。

人跡が遮断された孤島に捨てるのではなく、逆に、そのような隘路《あいろ》に嵌《は》まっていた者を救済した……、そこに敏弘の本意があったとみるべきだろう。露悪趣味の彼は、冷笑的な態度を貫いてわざと自分を貶《おとし》めたのだ。

ここまでは、美談で済ますことができるが、臆測《おくそく》をその先に進めると、なにやら、きな臭さが濃く立ち込めてくる。

まず第一に、本物の天川成美は現在、どこにいるのか。生きているのか死んでいるのか。埼玉の実家付近でほそぼそと生活しているとすれば、天川成美がこの世にふたり存在することになってしまう。時間の余裕があれば調べておいたほうがいい。

第二に、中沢ゆかりが天川成美に成り代わるタイミングで、「夢見るハーブの会」集団死事件が起こっているのが解せない。

別人に成り代わるにあたって、これまで共同生活をしていた集団は、正直なところ、邪魔な存在となってしまう。彼女たちが生きている限り、不正が暴かれるかもしれないという不安が常に付きまとう。

集団自殺を機に、何処へともなく姿を消したゆかりに、警察の捜査が及んでも発見されることはなかった。当然である。その頃、ゆかりは既に、天川成美に成り代わっていたからだ。

ふたつの疑問のうち、特に不穏な臭いを発するのは第二のほうである。

上原は、「夢見るハーブの会」集団死の原因は、アセンションと呼ばれる儀式にあったのではないかと、推測している。アセンションには「新しく生まれ変る」「意識の変容」「魂の変化」「新しい種の誕生」といった意味が込められている。

その儀式において、信者たちは、ある種の植物から抽出された成分を服用したのではないかと仮説を立てたのは、露木だった。

露木は、アセンションを誘発するための植物を栽培したのが、敏弘ではなかったかと疑っている。

仮に、敏弘によって栽培された特殊な植物の果実を「禁断の木の実」と呼ぶことにしよう。さて、中沢ゆかりは、その「禁断の木の実」を食べたのか否か。食べたのであれば、なぜ、中沢ゆかりのみ助かったのか。食べていないとすれば、その理由は何なのか。中沢ゆかりは、「禁断の木の実」を食べると身体にどんな変化が現れるのか事前に知っていた……、だから、意図的に食べなかったというのが、もっとも合理的な解釈と思われる。

仮に、「禁断の木の実」が死をもたらすと知った上で、敢《あ》えて七人の信者に食べさせたのだとすれば、「集団死事件」から「集団殺人事件」へと名称の変更が余儀なくされる。

……金持ちの孫捜しで終わるような案件じゃなさそう。

恵子はそう実感した。

なんとなく釈然としない理由がそこにある。中沢ゆかりの出産の裏で、無数の黒い糸が絡まり合い、その先の展望が不明のままでは、正確な報告書を書くことはできない。

……調査を継続すべし。

恵子は今後の方針をはっきりと決めた。

もやもやを放置したまま妥協したら、将来に禍根を残しかねない。出版社の編集者から探偵稼業に鞍替《くらが》えしたのは、「調査」の面白さを知り、人生の目的をそこに特化しようとしたからでもある。

まず明らかにすべきは中沢ゆかりが取った行動のモチベーションである。彼女は一体何をしたかったのか……。

恵子は、このあとすぐにやるべきことをふたつノートに書き込んだ。

……上原に連絡を取ること。

「夢見るハーブの会」の内実に詳しい上原に、母と娘をはじめ、信者同士の確執がなかったかどうか、もう一度訊いてみようと思うのだ。

……露木に会うこと。

露木は今ごろ、敏弘が記述したノートの分析に取り組んでいるはずである。分析が順調に進んでいれば、「禁断の木の実」が実在したか否か、その効能がいかなるものであったか、情報を摑んでいるかもしれない。

露木の面影が脳裏に浮かんだ。

ボールペンをノートの上に投げ出し、手を開いたり閉じたりしながら、恵子は、露木の分厚い手を握ったときの感触を肌に蘇らせようとした。

ノートに目を落としたとき、上原には「連絡を取ること」と書いたのに、露木には「会うこと」と微妙に表現を変えていることに気づいた。

6

鏡に写っている上半身を見て、恵子は思わず笑ってしまった。変装というほどではなかったが、明らかにいつもの自分と違う女の姿がそこにある。

定番とするファッションは、身体にフィットするパンツ・スーツの類いなのに、今の恵子は、胸元にピンクの花柄模様をあしらったぶだぶのワンピースを羽織っている。普段なら絶対に着ないであろう服は、尾行時のバリエーションを増やすため、衣類の量販店で買ったばかりのものだ。

コーディネイトのモデルとしたのは、前の職場の後輩である高嶋真奈美だった。恵子が辞職する前年に編集部に配属された真奈美は、現在、有里と同じ部署で働いている。

真奈美の第一印象は強く脳裏に刻まれ、記憶だけを頼りにコーディネイトを真似できるほどであった。

ぽっちゃりとした童顔の彼女は「女子力アピール」と「若作り」をセットとして、いかにも占いの小部屋に似合った雰囲気を身に纏っていた。

しかし、なぜ占い師の鑑定を受けるために変装をする必要があるのか……。

いつもの自分をさらけ出して占いに臨めば、相手の違和感をかきたてるに違いないという懸念もあったが、それ以上に、占いに対する負の先入観が強く作用したのだ。

そもそも非科学的な方法で未来を占ったところで当たるはずがないと、占いそのものを信じてはいなかった。さらには、人生の岐路に立って決断を迫られたときに、自分の判断力を放棄して占い師の指示を仰ぐ人間の心根が好きになれなかった。

だからこそ、占い好きな女性たちと一線を画そうとして、見た目を変えたくなったのである。

ここにいるのは本物ではなく偽者と、自分に言い聞かすために……。

鏡に映る像が、本来の自分からかけ離れた女性へと変貌したのを見て、恵子は、スツールから腰を上げ、部屋を出て、駅までの道を歩いた。

私鉄で約二十分の距離に、スピリチュアル・サロン「葉香」のブースが設置されたショッピングセンターがある。

ブースに入り、勧められるまま椅子に腰をおろし、葉香（天川成美）と対面するまでの数秒間、恵子は、射るような視線を浴びることになった。

目許《めもと》はにこやかだったが、葉香の瞳孔《どうこう》の動きは激しく、どんな些細《ささい》なことも見逃さないわよという集中力が顔全体に漲《みなぎ》っていた。

相手の心の中まで見透かそうとする目が、眼前で光っているのを見て、自分の一挙手一投足がしっかり吟味されているのが伝わってくる。

ブースに入るときの姿勢、ファッション、椅子の引き方や座り方、首の傾げ方、化粧の濃さ、身に付けている指輪やアクセサリーなど、コールド・リーディングのテクニックを駆使して恵子のキャラクターを見極めようとしているのだ。

　コールド・リーディングとは、事前の情報が何もない状態で、相手の、髪形、服装、仕草、癖などを細かく観察し、性格などを読み取る技法のことをいう。占い師、手品師、新興宗教の教祖、自称超能力者、あるいは詐欺師などが得意とする技術であった。

　入店して十秒後、葉香の顔が一旦曇ってから笑顔を取り戻していく様子を見て、恵子は事前に用意していた方針を変更しようと思いついた。葉香に告げるつもりの基本情報はすべて虚偽で構成して、記憶にとどめてあった。偽名、偽の生年月日、偽の職業……、といった具合に。ところが、占いなんて当たるわけがないと信じる恵子の胸に、なぜかこの女に告げる情報に真実をちりばめ、未来を占ってもらうのもおもしろそうだと、遊び心が湧き上がったのだ。占われる本人が、占い師の能力を鑑定してやろうというわけである。

　ただ、探偵という職業だけは隠さざるをえず、業界紙の編集者と偽ることにした。

　恵子の口から告げられた真偽の入り交じった基本情報を、葉香は最初のうち猛烈なスピードと筆圧でノートに書きつけていったのだが、ある瞬間を境にその動きはぴたりと止まった。

　ノートに目を落としたまま葉香は黙り込み、ベニヤ板で囲まれた小部屋は突如重苦しい空気に包まれた。

　葉香は、ボールペンをテーブルの上に放り、顔を上げて眼鏡を取り、汗の浮かんだ目許を手の甲で拭《ぬぐ》った。

「なぜかしら。あなたの周りが、暗く、陰っている」

　葉香は、恵子のほうに上目遣いの視線を注いできた。

「え、どういうことですか」

恵子の問いに答えることなく、葉香はあっけなく匙《さじ》を投げた。

「残念ながら、何も見えません。今日のところは、お引き取り願えませんか。もちろん、代金はお返しします」

そう言って、葉香は、先程受け取ったばかりの五千円札をテーブルに置いた。

お札には目もくれないで、恵子は、葉香の視線を正面から受け止めた。

虚偽の氾濫《はんらん》に困惑して判断力が鈍り、スピリチュアルな視力を失い、何も見えなくなってしまったのだとすれば、逆に、葉香は優れた能力の持ち主ということになる。

「何も見えないって……、なぜなんですか」

このまま帰るわけにもいかず、恵子は食い下がった。

「統一がとれていないのです。全部バラバラ。きつめのメイクなのに、なに、その格好。偽者の匂いがプンプンする」

こんなに早く「偽者」を見抜かれるとは思いも寄らなかった。

……お互いさまでしょ。

恵子は、つい口をついて出そうになった皮肉を飲み込み、問いの矛先を変えた。

「あなたはとても秀《すぐ》れた霊感をお持ちのようですが、それって、お母さん譲りなんでしょうか」

母を持ち出されて連想したのが新村清美であるかどうかはわからない。恵子は、葉香の顔にさっと浮かんで消えた、嫌悪の表情を見逃さなかった。

「あなた、一体、何者？　業界紙の記者なんかじゃないわよね」

葉香は恵子の輪郭をはっきりさせようとするかのように、目を細めてきた。化けの皮を一枚一枚剝《む》こうとする冷たい視線が、肌に刺さってくる。

丸裸にされる前に、恵子は、どうしても知っておきたいことを口に出した。

「せっかく来たんですから、ひとつ教えてください。今、わたしが取り組んでいる仕事が、この先、うまく行くかどうか……」

「仕事運を聞きたいのね……」

「ええ」

「うまくいくかどうかはわからない。ただひとつ言えるのは、思いも寄らない結末を迎えるということ……。カギを握るのはひとりの男……、今、あなたの恋愛運の中心を占めているのが、その男」

言い当てられたという手応《てごた》えを得て、恵子は初めて、占いに嵌まる人間の気持ちがわかったような気がしてきた。

しかし、すぐに「だめよ、騙《だま》されては」と自分を戒める。

人間が取り組んでいるどのような仕事であっても、思いも寄らぬ結末を迎えることは多々ある。取り組んでいる仕事の中心にいるのが、意中の男であることも少なくはないだろう。葉香はごく一般的なことを言っただけなのだ。身の周りの具体的な事柄を思い浮かべて、両者を結び付けてしまうのは、占ってもらう側の心理作用に過ぎない。

恵子は、冷静さを取り戻し、優位な立場にあることを心の内で確認した。

ふたりの人間が対峙《たいじ》して、相手の心を読み合おうとするとき、有利不利は、情報量の多寡によって左右される。

葉香は恵子に関する正確な情報を、生年月日を除いて、何も摑んではいない。しかし、恵子のほうは、一昨日、昨日の尾行と調査によって、葉香の素性を押さえている。

十五年前まで「夢見るハーブの会」の信者として教団施設で共同生活を送っていたこと、謎の集団死によって実母といわれる新村清美以下七人の信者が亡くなったこと、集団死の直後に埼玉県出身の天川成美という女性に成り代わっていること、その翌年に恋人であった麻生敏弘の子を出産するも一週間後に亡くしていること、杉並区のアパートを手始めに引っ越しを三回行って、現在、同区のマンションを現住所としていること……。

　中沢ゆかりが天川成美に成り変った経緯が明らかになったのは、伝聞の類いからではない。その事実は、住民票、戸籍謄本、不動産の登記簿謄本、賃貸契約書の記載事項によって、正しいと保証されているのだ。

　恵子は、葉香の口から、不可思議な行動の動機や、様々な謎に対する答えを引き出すために、どのような順序でこれらの情報を小出しにして、ゆさぶりをかけるべきか、必死で考えた。

　狙うべきは最大の効果。ポイントは、エースのカードを切るタイミングだった。

　そのとき、葉香の顔には必ず動揺の色が浮かぶはずである。突如見知らぬ女が現れ、十五年前まで名乗っていた名前で呼ばれたら、その驚きはいかほどのものだろう……。関係者が皆死んでいるという状況が、驚愕《きょうがく》に拍車をかけるに違いない。相手の心を不安定にすることによって優位を保ち、意のままに操って口を割らせるのだ。

　戸籍謄本には敏弘との間に生まれた女児が生後一週間で亡くなったという記述があり、それが事実だとすれば今回の仕事はこれにて終了となり、成功報酬は手に入らなくなる……。その結末が気に入らないのもさることながら、釈然としないままでは、仕事の幕引はできない。真実を確認したいとなれば、本人の口から直接聞き出すほかなかった。

　しかし、先手を打ってきたのは葉香のほうだった。

「大変でしょう、女手ひとつの子育ては」

　葉香の声には、嘘とは思えないいたわりの情が含まれていた。

　またしても言い当てられ、恵子は咄嗟に顔を背けていた。心の動揺はすぐに顔に表れる。抑える間もなく表出しているのが自分でもわかり、精一杯の防御策のつもりで顔を横に向けてしまった。そのリアクションによって、葉香がかけたはったりが当たっていると、認めたも同然である。

恵子もまた、女性の外観だけから、既婚者か否か、子どもを生んだ経験があるか否かを言い当てることができると自負するところがあった。葉香が同じテクニックを使ったと予測できたはずなのに、条件反射のごとく身体が動いてしまったのだ。

心の動揺は、劣勢を挽回《ばんかい》しようという焦りに繋がり、恵子は、早過ぎるタイミングでエースのカードを切るはめに追い込まれていった。

「さすがだわ、中沢ゆかりさん、あなた、超能力をお持ちなのね」

十五年間封印されてきた中沢ゆかりという名前で呼ばれ、肝を潰《つぶ》すだろうという予想は見事に裏切られ、葉香は「ふん」と鼻から息を吐き出しただけで顔色ひとつ変えることはなかった。

「ふうん。なんとなくわかってきた」

まったく動じないという、期待とは逆の反応を目の当たりにして、さらに動揺を大きくしたのは恵子のほうである。

「天川成美って、占い師にぴったりの名前ですね」

昔の名前と今の名前を告げられて、一方の葉香は、ますます自信を深めていくようだった。

「霧が徐々に晴れてあなたの輪郭がはっきりしてきた。そうか。ぎくしゃくしたファッション、言動、立ち居振る舞い、すべてに筋が通ってきたわ。あなたの職業、当ててみましょうか。刑事ではないわね。探偵でしょ。それも人探しを専門とする」

恵子は思わず両目を閉じていた。相手のしたたかさが数段上と認めたときの敗北宣言でもあった。

「依頼主はだれなんですかねえ」

尋問するつもりが、逆に尋問される立場に落とされていた。

「守秘義務がありますから……」

探しているのはあなたの子、あなたがむかし付き合っていた麻生敏弘の両親から、孫を探してほしいと依頼された……、などと自分の口から言えるわけがない。

「でしょうね」

「言わなくても、わかるでしょ。占い師なんですから」

「あなたがとても優秀な探偵であることはよおくわかりました。そこでひとつお訊きしたいのですが、人探しを依頼するときの相場はいかほどですか」

恵子はゆっくりと目を開いて、真意をはかるべく葉香の顔をまじまじと見た。

……人探しの相場……、この人、一体、何を言っているの？

調査費用の相場を聞いているのだとしたら、脈絡を無視した質問としか思えず、頭が混乱するばかりだ。なぜ、そんなことを訊くのか意味がわからない。

「相場……」

「わたしが、あなたに人探しを依頼するとしたら、着手金というのかしら、初期費用がいくらかかるのか、知りたいのです」

葉香が、本気で人探しを依頼するとはとても思えず、裏に魂胆があるなら見抜いてやろうと身を乗り出した恵子がそこに見たのは、思いのほか真剣なまなざしだった。

「本気で、このわたしに、人探しを依頼したいのですか……」

「ええ、もちろん。受けてもらえますか」

「特別な理由がない限り、クライアントの依頼を断ることはありません」

「じゃ、相場を教えて」

恵子は、テーブルに置かれたままの五千円札を人差し指でつついた。

「この額にゼロが二つ。場合によって三つ」

難易度によって、人探しの費用は軽く一桁《けた》増えることがある。

金額を聞いて、葉香は、正直に溜め息を漏らした。

「ずいぶん、ぼるのね。でもいいわ。あぶく銭が残っているから。ひとつ、お願いしてみましょうかしら」

まだ半信半疑だったが、恵子は訊かずにいられなかった。

「先に伺っておきたいのですが、あなたが探してほしいのは、一体、だれなんですか」

葉香の答えを聞いて、恵子は大脳を鷲摑《わしづか》みにされたような衝撃を覚え、椅子からずり落ちそうになった。

聞き間違いではなく、葉香は確かにこう言った……。

「探してほしいのは、生後一週間で亡くなった、わたしの娘」

7

病院に行く日の朝になると、蘭の体調は拍子抜けするぐらい回復していた。

熱は下がり、吐き気はなくなり、顔色は普段よりいいくらいで、黄疸の症状もきれいに消えてしまった。

慌てて受診するまでもないと思われたが、この機会に血液検査だけでもしておくべきだろうと、露木は、受診の予約を入れてから、母校の大学医学部付属病院へとタクシーを走らせた。

ロータリーでタクシーを降りてロビーに入ると、露木は、蘭から受け取ったカード型の診察券を自動受け付け機に通した。この病院で取り上げられた蘭は、以前にも何度か受診したことがあるらしく、既に診察券を持っていた。

プリントアウトされてきた診察票をファイルに入れ、ふたりがまず向ったのは採血場だった。血液のサンプルを数本採取された後、循環器内科のカウンターに出向いて診察の受付を済ませ、ふたりは長椅子に座って順番が来るのを待つことになった。

指定された診察室のドアには「山田《やまだ》修司《しゅうじ》」と担当医の名前が表示されていた。山田は、大学時代の露木の二学年先輩で、現在、循環器内科の准教授をつとめている。

露木はそっと腕時計に目を落として、このあとの予定に思いを巡らせた。

診察の順番がやってくるのは、採血した血液の検査結果が担当医のところにデータで届いて以降のことになる。検査結果を元にした診察が終わるのは、昼近くになってしまうと予想がついた。今日の午後一番で、露木には理工学部の講義が入っていた。ひと昔前なら、突然の休講を学生は大歓迎しただろうが、今は厳しくなって大学側が安易に許してくれない。後々、補講を行う必要が出て、何かと面倒くさいことになる。できれば、休むことなく講義を行いたいところだった。

理工学部の校舎は都心から一時間以上の距離にあり、講義に間に合わせようとすれば、そろそろ出なければならない頃合である。

蘭の体調は思いのほかよく、露木は、午後の講義に行く方向に傾きかけていた。

「父さんはこれから大学の授業に行かなければならない。蘭は、ひとりで診察を受けられるか」

蘭は動じることなくさらりと答えた。

「心配しないで。子どもじゃないんだから」

午後の予定は決まったも同然である。

「それは頼もしい。山田先生は父さんの先輩で、よく知っている。昨夜の症状をちゃんと告げて、診断を受けるように」

そう言ってから、露木は、自分の名刺の裏に、データで送られてきた血液検査の結果をパソコンに転送してほしい旨を書き込んで、蘭に渡した。

「受診後に、これを山田先生に渡すように」

授業を終えて帰宅後には、プリントアウトされたデータを見られるだろう。しかし、それまで待てない。露木は、すぐにでも検査結果を知りたかった。

「うん、わかった」

素直に頷《うなず》く蘭の頭を軽く撫《な》でてから、露木は立ち上がった。

「じゃ、行ってくる」

去ろうとする露木に、蘭は、右手の平をヒラヒラさせて別れの挨拶《あいさつ》を送った。

「行ってらっしゃい」


その日の午後に露木が行った講義は、理工学部の二学年を対象とした科学概論であった。専門分野に特化したものではなく、一般教養の位置付けである。

語られる内容は、科学史を中心に、宇宙の成り立ち、重力理論、量子力学、生命史と多岐に及び、ここ三年ばかりは、夏休みに入るまでの二か月を費やして、太陽系誕生以降の地球生命史の概略を解説するのを恒例としていた。

学生たちに「科学的な態度」を身に付けてほしいというのが講義の目的である。

授業を終えた露木は、講師が控え室として使う大部屋に入り、窓際のデスクに陣取ってパソコンを開いた。講師に個室の研究室は与えられてなく、講義前後の仕事はいつもこの部屋で行う。

パソコンの電源が入って、ディスプレイの右下の小さなスペースには、ｐｍ２：30と時刻が表示された。

昼ごろに診察を終えた蘭は、その足で学校に行き、今ごろは午後の授業に参加しているはずだ。

ディスプレイに表示された受信メールの一覧には、思った通り、山田修司からのメールがあった。すぐに添付ファイルを開いて血液検査の結果を呼び出すと、ディスプレイ全面に、検査項目と数値が横書きでずらりと並んだ。

尿素窒素、クレアチニン、尿酸、ＡＳＴ、ＡＬＴ、白血球数、赤血球数、ヘモグロビン濃度、ヘマトクリット、リンパ球……。

露木の顔は無意識のうちに、ディスプレイに吸い寄せられていった。元医師だけに、項目ごとに、食い入るような視線を左から右へと移動させて数値を読み、蘭の身体に起こった異変の正体を突き止めようとした。

各項目の右横には基準値と患者の数値が併記されている。基準値より低い値はＬ、高い値はＨとチェックが入っているのだが、ざっと眺め渡して、蘭の検査結果にＬとＨの評価はほとんどなかった。正常値のオンパレードといえよう。ひとつ引っ掛かったのは、溶血と黄疸の項目にチェックが入っていることであった。

予想していたこともあって、露木は別段驚かなかった。

赤血球が壊れることで増加したビリルビンが黄疸の元となり、免疫反応によって引き起こされた炎症が、嘔吐《おうと》や発熱の原因となったに違いない。溶血といっても重篤なものではなく、自然に治癒したものと思われる。

ホッと安心して天井を仰ぎ、見落とした項目がないかとディスプレイに目を戻したときだった。

露木の目はぐいぐいとある一点に引き寄せられていった。そこは、検査の項目でもなければ、数値でもなかった。なんと、血液検査を受けた患者の氏名と生年月日が記載された欄である。

病気とは全く無関係の情報であったが、見た瞬間、脳内に占めていた溶血のイメージは吹き飛んでしまった。

　患者ＩＤの下に氏名、生年月日、性別が並び、さらにその下に「ＡＢ型ＲＨプラス」と血液型が記載されていたのだ。

　生後まもなく妻の両親に預けた娘の血液型を、露木は今初めて知ることになった。

　露木は思わず「そんなバカな」と、頓狂《とんきよう》な声を上げていた。

　露木の血液型はＯ型である。Ｏ型とＡＢ型が親子関係を結ぶことは有り得ない。妻、優子の血液型はＡ型であり、ふたりの間から生まれる子の血液型は、ＡとＯに限定される。蘭の血液型がＡＢであるとしたら、父となる男性の血液型は、ＡＢかＢでなければならない。

　露木はこの事態から導き出される結論を、三つに絞り込んでいった。
（１）血液型の検査結果が間違っていた。
　氏名、生年月日と並んで血液型の記載があるのは、かつてこの病院で蘭が血液型の検査を受けていたからだ。

　問題なのはその時期である。新生児のときの検査だとしたら、母から移行した抗体が反応することもあって、結果の信憑性《しんぴようせい》は極めて乏しくなる。

　したがって、乳幼児の時期に血液型の検査を行なわないのが通例であるが、三歳頃に何らかの事情があって検査し、そのときの結果が記載されているのだとしたら、血液型が間違っている可能性なきにしもあらず……、といったところだ。
（２）妻の不倫。
　次に疑われるのは妻の不倫である。父と子に起こる血液型不一致の原因の大半はこれが原因である。

　しかし、単なる願望などではなく、露木には、優子が他の男と不倫をしていたなどとは想像も付かない。夫婦関係は良好であったし、なにより優子に愛されていたという確信があった。

仮に、不倫相手がいたとしたら、彼の血液型はＡＢかＢということになる。

露木は、敏弘の血液型がＡＢであることを思い出したが、淫靡《いんび》な像が結ばれる前に、忌まわしい空想を頭の中から追い出していた。

……絶対に有り得ない。

露木は二番目の可能性を一蹴《いっしゅう》した。
（３）産婦人科病棟における新生児の取り替え事故。
一昔前の産婦人科病院ではこの手の事故が珍しくはなかった。当時の杜撰《ずさん》な管理体制が原因であったが、今は改善され、生後すぐに新生児の肌に名前が記されたり、タグが付けられたりして、取り替え事故が起きる可能性は限りなくゼロに近くなっている。

ましてや、優子が出産したのは全国に名の知れた一流病院である。万全の体制が取られていたのは間違いなかった。

露木は、頭に浮かんだ三つの可能性をよく吟味した上で、結論づけた。

……どの可能性も極めて低い。

蘭の血液型と父の血液型が齟齬をきたすとしても、その原因は、優子の不倫にあるわけでもなく、新生児の取り替え事故が起こったわけでもない。

しかし、それ以外の原因となると、まったくわからないのだ。

露木は、頭を両手で抱えてデスクの上に両肘《ひじ》をついた。

普段から、常に強くあらねばと願う露木の脳内で、様々な妄想が渦を巻き、心が脆《もろ》く崩れていくようであった。

混乱するばかりで、疑念の湧出《ゆうしゅつ》にストップをかけられなかった。頭から締め出そうとするほど、逆に、嫌なイメージばかりが意識にのぼる。こめかみのあたりで血管が脈打ち、次から次へと妄想を浮上させ、追い立ててくるようだ。

露木は、両手で頭を摑んで強く揺すったが、脳内に巣くう妄想が振り払われることはなかった。

そのとき、デスクの上に置かれた携帯電話の着信音が鳴った。

ディスプレイには「前沢恵子」の名前が表示されている。

乱れる心を整理できぬまま、露木は通話ボタンを押して、携帯電話を耳に当てた。

通話口から流れ出てきた恵子の声には、興奮の響きが含まれていた。

「ねえ聞いて。中沢ゆかりと会って、話を聞き出すことができた。すぐに会って話したいんですけど、今晩の予定はいかが？」

挨拶も抜きにまくしたてる恵子の声に煽《あお》られ、多少辟易《へきえき》して、「いや、それどころじゃないんだ」と答えようとした直前、ふと思い直した。

……これもまた探偵が得意とする分野なのではないか。

探偵なら、不倫調査の一環として、親子における血液型不一致の調査を手掛けることもあるだろう。恵子に話を聞いてもらえば、有効なアドバイスが得られるかもしれない。

今にも消え入りそうな声で、露木は都心にあるレストランの名前と、午後六時という時間を恵子に告げていた。

8

指定された時間ちょうどにレストランに着き、恵子は、店の奥へと視線を巡らせた。

先に来てテーブルに座っている露木の姿がすぐ目に入った。

いつもの露木と印象が違うように見受けられた。どこか悄然《しょうぜん》として、身体に漲る力が感じられない。心ここにあらずといった風情で考え込み、大股《おおまた》で歩み寄る恵子に気づかぬまま、顔をガラス窓の外へと向けている。

「お待たせしました」

椅子を引いて座るとようやく、露木は身体を正面に向け、「やあ」と小さく片手を上げた。

「何かあったの」

恵子は、「元気のない理由」を訊いたつもりだったが、露木には通じないらしく、的はずれな言葉が返ってきた。

「香水、変えた？　いつものきみの匂いがしない」

「同じよ。あなたの臭覚が、今、ちょっと変になってるだけ」

「そうか……、ニューロンネットワークの乱れが感覚を狂わせているってわけか」

科学的な分析を加えることで、いつもの自分を取り戻すきっかけを摑もうとしているようだ。

注文を取りにきたウエイトレスに、ビールと二品のメインメニューを告げた後、恵子は、今晩、急に呼び出すことになった理由を喋り始めた。

昼前にスピリチュアル・サロン「葉香」のブースに入って中沢ゆかりと対面し、占いを受けつつ様子を窺《うかが》っていたところ、あっという間に正体を見破られ、思いも寄らぬ相談を受けることになった……。昼の休憩時間を利用して中沢ゆかりとランチを取りながら、貴重な情報を聞き出すことができた……。情報のいくつかには、ぜひとも露木の耳に入れておくべき事柄が含まれている……。

そこまでのところを一気呵成《かせい》に語って、恵子は露木の顔色をうかがった。

案の定、露木の顔にはみるみる好奇の色が広がっていった。

十五年前に起こった「夢見るハーブの会」集団死事件ただひとりの生き残りと会って会話を交

わしたのだから、興味津々となるのは当然だった。面識のない女でありながら、中沢ゆかりの人生と露木の人生は深く関わっている。胸に抱える様々な疑問に答えられるのは、中沢ゆかりを置いてほかにいない。

恵子は、一昨日、昨日の調査によって判明した中沢ゆかりの素性を手短に語り、露木は露木で、敏弘が書き残した手記の分析結果を恵子に説明した。

情報交換によって、恵子は、露木が抱く疑問のいくつかに答えられることに気づき、「さあ何でも訊いて」と軽く両手を広げて見せた。

今回の一連の事件の中、中沢ゆかりは最大のキィ・パーソンだった。なにしろ、敏弘の子を生んだ女性であり、集団死事件の経緯を語ることのできる生き証人である。

聞きたいことが多すぎて、最初のうち戸惑っているふうにも見えたが、露木は頭を整理して興味の矛先を一本に絞り込んでいった。

「こんなに早くターゲットを捕らえるとは、さすがだ。敬服するよ。おれが、まず第一に知りたいのは、『夢見るハーブの会』集団死事件の真相だな」

「……神の裁き。中沢ゆかりは一言でそう説明した」

「神の裁き、か」

「『夢見るハーブの会』は、母体である『自然智教会』から独立した頃から、独自の教義を打ち立て、体系づけていった。上原さんが言っていた通り、教義の中心にはアセンションの概念が置かれていた。新しく生まれ代わることね。でも、肉体的に無理なのは明らか。現実的に目指したのは意識の変革……、つまり、脳内に第二の認知革命を起こそうとしたわけ。そのためには、ある種の植物から抽出されたエキスを体内に取り入れる必要があると信じていた。

そのエキスを含む果実は、エデンの園に生えていた禁断の木の実とそっくりな形をしているという予言が、教義には書かれていた。つまり……、ぴったりと一致してしまったのよ」

敏弘とゆかりは、第六台場で行った品種改良によって、赤い実がなる木の成育を成功させている。

「敏弘とゆかりが作り出した赤い果実が、まさにそれってわけだ」

「中沢ゆかりによって持ち込まれた赤い実を見て、由来を聞かされた教祖の新村清美は、一瞬で、これが求めていたものであると直感したという」

「ところが望み通りにはならなかった。結果は逆だ。食べた人間は皆、死んでしまった。そして、中沢ゆかりだけが、仲間たちが死ぬ姿の傍観者となった」

「十五年前の七月の遅い午後、共同生活を送る八人の信者は祭壇のある広間に集まり、中沢ゆかりによって持ち込まれた赤い果実をすりおろして抽出したエキスを杯のような容器に入れ、新村清美の音頭のもと、皆一斉に飲み干した。もちろん、中沢ゆかりも作法に従った。すぐには何も起こらなかった。ところが、盆に杯を載せて流しに運ぶ最中、広間で生じた異変に気づいて、ゆかりは部屋に駆け戻ることになった。

部屋に戻った中沢ゆかりがそこに見たのは、七人の信者たちが呻《うめ》き声を上げながら、西側の出窓へと這《は》ってゆく異様な光景だった。

逆光の中、中沢ゆかりのほうに背中を向ける信者たちは、苦しそうに喘《あえ》ぎながら、ときどき畳の上に俯《うつぶ》せになってへたり込み、それでもどうにか両手で支えて顔を上げ、光を貪《むさぼ》り喰《くら》おうとする勢いで、西日が差し込む窓へと這い進んでいった。彼女が味わった恐怖は想像を絶するものだった。なぜ、自分だけが平然としていられるのか理由がわからず、恐慌を来して頭は錯乱するばかり。でも、冷静さを取り戻せば、立場の危うさが即座に理解できてきた。自分が持ち込んだ赤い実によって、七人の信者たちが死んでしまった。しかも、ゆかりは、教団からの離脱と自立を目指し、不法な手段を使って天川成美という別人に成り代わろうとしているところだった。絶対、表沙汰《おもてざた》にはできない。警察の手が入れば、これまでの計画が台無しになるどころか、集団殺人の容疑者にされかねない。だから彼女は、赤い実のエキスを入れた杯をきれいに洗って証拠を消し、自分の荷物をまとめ、防犯カメラの死角を選んで裏口へと進み、夕暮れの都会へと消えていった。敏弘が用意してくれた杉並のアパートまでの道を歩きながら、彼女は、なぜ、自分だけ生き残ったのだろうって考え続けた」

　露木は疑わしそうな目を恵子のほうに向けてきた。

「きみは、中沢ゆかりの言うことを、素直に信じるのかい」

「殺意があったってこと？」

「別人に生まれ変ろうと、準備万端整えたところで、自分の素性を知る人間が皆死んでしまった……。あまりに、タイミングがよすぎやしないか」

「もちろん、わたしも最初はそう思った。教団の外面はよかったけれど、共同生活を送る信者同士、決して仲がよかったというわけではない。特に中沢ゆかりは、母親との確執を抱えて集団の中で孤立し、陰湿ないじめに遭っていたらしい。これは、上原さんから聞いた話とも一致する」

「彼女の問題はひとまず置こう。おれが気になるのは、七人の信者たちが死の直前に取った行動の意味なんだ。なぜ、彼女たちは、広間の西側にある出窓に殺到したんだ？」

「上原さんも同じ疑問を抱いていたわ」

「おれたちは、秩父さくら湖のほとりにある集落を訪れ、実際にこの目で見て、知っているじゃないか。集団死した住民のほとんどは、木陰の多い集落を飛び出して、湖畔のほうへと移動していた……。そこは、午後の日差しをたっぷりと受ける西向きの斜面だった。七人の信者たちもまた日差しのあるほうへと進んだ。なぜ、ふたつの集団は、同じ行動を取ったのだろうか」

恵子の脳裏に特殊清掃会社のオフィスで見た映像の断片が突如差し挟まれた。

突然死した花岡篤の部屋を清掃した船木と秋元が部屋のカーテンを開けた瞬間、死肉から染み出た体液に群がっていた無数のウジ虫が部屋の奥へと逃げ出した光景……。早急な動きの理由を船木はこう説明した。

……ウジ虫は光が苦手だからです。

しかし、「夢見るハーブの会」の信者たちと、秩父さくら湖畔の住民たちがとった反応は真逆のものだった。光を求めるように彼らは日差しの降り注ぐ場所へと殺到した。

「光を求めて……、ということなのかしら」

「そうとしか思えない。光合成をするシアノバクテリアは光を好むからね。十五年前のカルト集団死にも同じ要因が働いたのだろうが、十五年前はまだ、南極基地における氷層掘削は三千メートルの深度に達してなく、問題のシアノバクテリアはぶ厚い氷の深部に閉じ込められて身動きの取れない状況にあった。奴らは、一体、どこからやって来たんだ？」

恵子は、露木にとっての最大の疑問が何かを理解していった。「夢見るハーブの会」集団死事件と、秩父さくら湖のほとりの集団死事件は、状況が酷似している。原因が同じであるはずなのに、一方の出所がわからない。

門外漢の恵子には答えることのできない疑問だった。

「話を元に戻していいかしら。説明しておかなければならないことがあるの」

恵子は、天川成美の名が記された戸籍謄本をバッグから取り出してテーブルの上に置き、解説を加えた。

「ここを見て。中沢ゆかりこと天川成美は、集団死事件が起こった翌年の二月に、女児を生んだことになっている」

恵子は、「戸籍に記録されている者」という事項にある「星羅」の名前を指で示した。名前の下には、「生年月日」、母として「天川成美」、続柄として「女」と記載が並び、父の欄が空白になっていた。

恵子が指さす箇所をざっと眺め渡した後、露木の視線はその下の項目に飛んだ。

そこには、出生地として「東京都新宿区」の文字が並んでいる。

「出生地に、新宿区とあるが、これは病院のある場所のことなのか」

戸籍謄本に書かれている出生地は、市区町村のみであって、具体的な病院名等の記載はない。

「うん、新宿区にある大学付属病院……、あなたの母校よ」

露木は、顔を上げて一旦両目を大きく見開き、何度か頷いた後、視線を戸籍謄本に戻していった。

「敏弘の母校でもあるんだから無理はない。彼は生前、豊富な人脈を使って恋人の出産場所をしっかり確保しておいたんだろう」

「うん、その通り。実際、先輩の産婦人科医にいろいろと頼んで、手筈《てはず》を整えてあげてたみたい。おかげで無事に女児を出産。でも、五日目に退院したさらに二日後、その子は死んでしまう」

恵子は、「除籍」という項目の下に書かれた「死亡」の文字を指し示した。

死亡日は出産の七日後、死亡地は杉並区、届出人は天川成美、とある。

「そうか、さぞ辛かっただろうな」

露木の胸に、生まれたばかりの子を亡くした母の悲しみが、しみじみと広がっていくようであった。

それを見て、恵子はゆっくりと首を横に振った。

「でも、違うの。ゆかりの子は死んでいなかった」

「え、どういうこと？」

「さっき、わたし、言ったでしょ。中沢ゆかりから人探しの相談を受けたって……。わたし、ゆかりの口調を真似て、こんなふうに言ったのよ。……生後一週間で亡くなったわたしの娘を探して」

「いや、おれはてっきり、遺骨の所在がわからなくなったから、探してほしいという意味かと……」

「ううん、その子は生きている。死んでいなければ、今もどこかで暮らしているはず。びっくりしたなんてものじゃないわ。麻生夫妻から受けた依頼のターゲットと、中沢ゆかりが探しているターゲットが、一致することになったんだから」

恵子は「こんな偶然が有り得るなんて」と前置きして、今日の昼に中沢ゆかりから聞いた、出産とその後のエピソードを、露木に語り始めた。

9

集団死事件が起こった翌年の春のことである。

出産の予定日が数日過ぎた頃に規則的な陣痛を迎えたゆかりは、用意しておいた荷物を抱え、かねてより通院していた大学病院にタクシーで向った。診察を受けた後、そのまま入院となって、その日の夜には、分娩室のベッドに横たわることになった。

普通なら付き添う人間がいるところだが、彼女はひとりきりだった。夫もいなければ、家族もいない。頼りになる友人もいないし、半年前までは戸籍すら持っていなかった。別人に成り代わることによって、ようやく手に入れた戸籍に馴染《なじ》めず、自分が天川成美であるという実感も持ち得ていなかった。

幽霊のような存在として迎えた出産であったが、無事、正常分娩で2600グラムの女児を得ることができた。

大病院の産婦人科病棟は幸福そうな顔で満ち溢《あふ》れている。夫や両親が病室にやって来て、生まれたばかりの子を抱き上げたり、写真を撮ったりして、どこもかしこも明るい笑い声に包まれている。

ゆかりには、生まれたばかりの子を祝福してくれる者はだれもいない。先行きのことを考えるたび、心細さが募っていった。

産婦人科の病室にいる間はまだいい。授乳のときがくれば、新生児を抱いた看護師がやってきて、何かと世話を焼いてくれるし、やるべきことを指図してくれる。

でも、杉並の小さなアパートに戻れば、全部、ひとりでやらなければならない。教えてくれる人はだれもいない。果たして、自分の手に負えるのだろうかと、退院後に迫る子育てを考えただけで、ゆかりは不安のあまり身を震わせた。

赤ん坊を抱いて、皆が皆、ハッピーというわけでもなく、不安が高じて心に鬱を生じさせる女性も中にはいる。でも、そんな感情は、夫や家族に訴えることによって癒《いや》され、自信を取り戻すこともできるだろう。ゆかりの場合は、ただ不安ばかりが心に降り積もっていった。

心の震えを抑え切れず、深夜の病室でゆかりは涙を流した。赤ん坊の泣く回数より、ゆかりが泣く回数のほうが多いほどだった。

ところが、そんなゆかりに、ふとしたきっかけで話し相手が現れることになる。

産婦人科病棟の中央、エレベーターホールのすぐ前にあるラウンジは、出産を見守る家族の待合室として使われていた。部屋の隅にあるドリンクコーナーでは無料の飲み物が振る舞われ、出産を終えた入院患者も自由に使うことができた。

ラウンジの椅子に座ってジュースを飲んでいたゆかりは、六十代とおぼしき白髪の紳士から声をかけられた。

「こちらの席、空いてますか」

その日に限って、ラウンジの椅子は入院患者とその家族で埋まり、紙コップを片手にした初老の男は空席を探していたのだ。

理知的な顔には、産婦人科病棟に似合わない悲しみが浮かんでいて、自分と似た境遇にあるという共感を覚え、ゆかりは、「どうぞ」と隣に座るよう促した。

挨拶の後、ふたりはごく自然に会話を交わすことになった。

初老の男は、娘の出産に立ち会って、帝王切開で生まれた孫を抱いてきたばかりだと言う。初孫が生まれたというのに、多くは語らず、悲しそうな表情の理由は明かされぬままだった。

彼が徹したのは聞き役だった。切々と胸の内を吐露するゆかりの心情を真摯《しんし》に受け止め、あたたかく包み込むような相槌を返してくれた。おかげで、いつになく饒舌《じようぜつ》になったゆかりは、もともと身よりがなかった上、出産の前に夫が亡くなり、女手ひとつの子育てに自信が持てず、将来が不安でならないと、身の窮状を訴えた。

当然、嘘が含まれていたが、置かれた状況については真実である。

一通り聞き終えた初老の男は、しみじみと言った。

「人生は一筋縄ではいかない。幸福と不幸はいつも紙一重のところにある」

意味はわからなかったけど、なぜか心に響いて、自分にこんな父さんがいてくれたら、どんなに心強いことかと、ゆかりは彼に縋《すが》りつきたい衝動を覚えた。

出産の五日後、体調が良好なゆかりは無事に退院の運びとなり、会話を重ねた初老の紳士の名も知らぬまま病院を出て、タクシーで杉並のアパートへと向かった。

六畳間に敷いたベビー布団の上に、2600グラムの赤ん坊を寝かせ、小さな手を握っても、愛情が湧くことはなかった。

というより、不安と絶望の噴出によって、愛情の入り込むスペースが奪われてしまったというべきだろう。

敏弘が残してくれた生活費も底をつき、仕事はなく、学歴も資格もなく、頼るべき人間はだれもいない。唯一持っているのは偽者の戸籍……。

集団生活以外に経験したことのないゆかりには、二十五歳を過ぎた今となっても、一人で生きる術が備わっていなかった。教団の生活を嫌っていたにもかかわらず、教団の外で生きることができない自分が情けなくてならない。教団からの離脱と自立を決意したときは、ひとりでやっていけるという自信があった。しかし、それは敏弘という支えがあったからのこと……。援助を失って、自信は粉々に砕けてしまった。

何をやるべきかもわからず、赤ん坊が泣いてもただおろおろと、途方に暮れるばかりで、このままでは、赤ん坊が死んでしまうのではないかと、恐怖心に苛まれた。

なぜ、自分を生の側に立たせたのか……、いっそのこと、死の側に回してくれたらよかったのにと、ゆかりには、神の裁きが恨めしく思われてくる。

赤ん坊が置かれている境遇もまた不憫《ふびん》でならない。

無戸籍者としてこの世に生を受け、逞《たくま》しく生きる術もなく、愚かな母の手で育てられるこの子の将来に、明るい光が射すことはまずないだろう。また不幸な人生が繰り返されるだけだ。

祖母から母、母から娘へと伝わった負の因子が、この子にも伝わって、不幸の連鎖は永遠に続く。断ち切ろうとするのならその方法はただひとつ……、最初から生まれ出なければいい……、でも、生まれてしまったからには……。

退院して二日が過ぎて、鬼気迫る顔で最悪の事態を空想し始めたゆかりのもとに、救いの手が差し延べられることになる。

遅い午後のことであった。

ドアの呼び鈴が鳴る音を聞いて玄関へと歩き、魚眼レンズをのぞいたゆかりは、外廊下に立つ男性の姿を目にとめた。

男は仕立てのいいスーツに身を包み、いかにも仕事のできそうな精悍《せいかん》な顔をしていた。

「どなたさまでしょうか」

ドア越しに声をかけたところ、丁寧な声が返ってきた。

「天川成美さんのお宅ですね。折り入って、お話ししたいことがあります」

チェーンをはずし、ドアを開け、直に男の姿を見た瞬間、ゆかりの胸には「使徒」という二文字が浮かんだ。神の使いがやって来たという印象を抱いたのである。

部屋に迎え入れると、男は、赤ん坊の横たわる布団の前に正座して、「かわいいお嬢さんですね」と顔をほころばせ、ゆかりのほうに向き直って、「お願いがあります」と深く頭を下げてきた。

……お願い？　こんなわたしが人様のためにできることは何もない。

そう心に念じたゆかりに、男はこう申し出た。

「わたしは、ある方の代理でやって来ました。この赤ん坊を、その方に、譲っていただけないでしょうか」

男の言葉が届いたのは耳までであり、脳に根付いて意味を形成することはなかった。ゆかりは狐につままれた気分で、明確な意思表示もなく、ただ呆然《ぼうぜん》と目を泳がせるだけだった。

断固たる拒否の態度を取らないゆかりを見て、交渉の手応えを摑んだのか、男は、願望が聞き入れられた場合の条件を、ゆっくりと並べ立てていった。

上の空で聞いていたゆかりの頭に、提示される条件の概要が徐々に浸透していった。

……この子はある裕福な家庭にもらわれて、別人として大切に育てられ、望み得る限り最高の教育が施される……、謝礼として現金二千万円を渡すが今日のところはその一部として三百万円を置いていく……、この子は生後一週間後に亡くなったことにして役所に死亡届を出してほしい……、懇意にしている医師に頼んで既に死亡診断書が用意されているから何も心配することはない……、以後永遠に、この子と接触を持つのを断念してほしい……、手筈は全て整っている……、あなたさえ口を割らなければ、秘密は永遠に守られる……。

男の口調は冷静そのもので、慇懃《いんぎん》さの内には「他の選択肢はない」という威圧が含まれていた。

男から提示された条件をゆかりは自分なりに整理してみた。

語られた内容は長かったが、その骨子は、星羅がある裕福な家庭にもらわれて別の名で育てられ、以後、一切の交渉が絶たれる……、このふたつにまとめられる。

理解したゆかりは、思わず溜め息を漏らしていた。

……ああ、やっぱり。

使徒と見紛《みまが》う男が現れ、この子がほしいと言われたことによって、ある確信を抱いた。自分の手元に置いておけば、この子の将来は台無しになる。しかし、資格のある者の手で大切に育てられれば、この子は天命を果たすべき人間に成長することができる。それこそが神の望みではないか……。

神意に従うためにこそ、この子を手放したほうがいい……。

さらにもうひとつ、ゆかりの決断を強く押す要因があった。

星羅がもらわれていく先がどこなのか、ゆかりにはおおよその見当がついていた。

使徒として現れた男は、ゆかりが置かれている状況を正確に把握していた。幸福な家庭環境に生まれた子であったなら、いくらお金を積まれても、母が子を手放すことはない。しかし、ゆかりの置かれた環境は最悪の部類ともいえるもので、来月の部屋代さえ払えるかどうかの瀬戸際にあった。ひと押しすれば、母は応じるはずという勝算があったからこそ、使いの男は現れた。

星羅がもらわれていく先は、ゆかりがそのような環境にあることを、事前に知っていた者である。該当する人間はひとりしかいない。入院中に何回かラウンジで会い、会話を交わした初老の紳士である。

こんな父親がいてくれたらどんなに心強いかと、好印象を残してくれた男……。

今となれば、初老の男の顔に浮かんでいた悲しみの理由も想像できてくる。帝王切開で子を生んだ娘の身によくないことが起こり、生まれ出た孫もまた、退院してすぐの頃に不幸に見舞われたのではないか。そして、娘と孫をほぼ同時に失った男は、愛する者たちの身代わりが欲しくなり、生者と死者の交換をするために代理の者を寄越したのだ。

彼の元で星羅が育てられるとすれば、それはゆかりの願望とも一致する。

自分の手元に置くより、彼のもとに預けたほうが、幸せに育つチャンスは格段に増すだろう。

……この子を、理想の父にあずけよう。

選択肢は最初からひとつに絞られていた。ゆかりは、ゆっくりとひとつ、頷いてみせた。

ゆかりの意志を言葉で確認した上で、男は念書を取り出して、サインを求めた。

ゆかりは、促されるままにサインして「条件に違反しないこと」を誓った。

「では、よろしいでしょうか」

男はそう断って一礼し、星羅を薄い毛布で包んで胸に抱き、玄関のほうへと歩いた。

放心の表情で、力なく畳の上にへたり込んでいたゆかりは、男の姿がドアの外に消えてしばらく後、母を呼ぶ娘の声が聞こえた気がして弾《はじ》かれたように立ち上がり、ドアから飛び出して外廊下に立ち、すぐ下の路地に視線を巡らせた。

人通りのない路地の一角に、黒塗りの高級車が停まっているのが見えた。星羅を抱いた男がリアシートに座り、ドアが閉じられると、車は静かに発進して大通りのほうへと消えていった。

去っていく赤ん坊の姿を見送ったゆかりは、とぼとぼと部屋に戻って畳の上に正座し、上半身を前に倒して、ついさっきまで赤ん坊が寝ていたベビー布団に顔を埋めた。

突如、残り香が鼻孔に流れ込み、堪えようもなく、涙が溢れ出てベビー布団を濡《ぬ》らしていった。初めて湧き上がった愛しさ……、しかし、もはや手遅れだった。思いを注ぐべき対象は失われてしまった。

10

「生後一週間後に亡くなった娘を探してほしい」

この奇妙な依頼をなぜ受けることになったのか……、中沢ゆかりの出産とその後のエピソードを語っているとき、恵子は、話の支流が奔流となって露木に注ぐことになろうとは想像もつかなかった。

話が進むほどに露木の顔に浮かぶ苦悩は深くなっていくようだった。

「きみにとってのいい知らせは、おれにとっての悪い知らせとなる……」

一通り話を聞き終えた露木は、沈痛な面持ちで恵子に言う。

「え、なに言ってるの？」

「今朝、娘の蘭を大学病院に連れて行き、血液検査を受けさせた。後にデータで受け取った検査結果に娘の血液型の記載があった……、ＡＢ型だった。おれの血液型はＯだ。ＡＢ型とＯ型の血液型は親子関係にはならない」

それを聞いて、恵子は、ようやくテーブルの上に流れる不穏な空気を察知した。

「ちょっと、どういうこと？」

「今日の午後、その理由をずっと考えていたが、わからないままだった。きみの話を聞いて、ようやく答えがわかった気がする」

そう言って、露木は、天川成美の戸籍謄本に載っている、女児の誕生日を指し示した。そこには三月半ばの日付がある。

「ゆかりが生んだ子と、娘の蘭は、誕生日がほんの一日違いだ。生まれたのは同じ大学病院の産婦人科。敏弘の血液型はＡＢで、蘭と親子関係が成立する」

「まさか……」

恵子は、思わず身をのけぞらせ、椅子の背に上半身を倒していった。

「中沢ゆかりが病院の待合室で会話したという老紳士がだれなのか、杉並のアパートにやってきて交渉した男がだれなのか、おれにはだいたい見当がつく。老紳士は、おれの妻の父、山中泰英であるのは間違いないだろう。そして、使いの男は、泰英が経営する会社の後継者と目されていた、斉藤《さいとう》だ」

「ちょっと待って……」

恵子は、目まぐるしく展開する話の流れを頭の中で整理しようとした。

麻生夫妻から、どこにいるかもしれない孫を探してほしいと依頼を受けた。いるとしたら、敏弘と中沢ゆかりの間に生まれた子ども以外には考えられず、どうにか星羅の存在を突き止めたものの、戸籍謄本に死亡の記載があって、一旦は、成功報酬を諦《あきら》めかけた。ところが、生後一週間の頃に乳幼児の交換が行われて星羅は露木の義父母の元で育てられ、義母の死と義父が老人施設に入居したのを機に、露木に引き取られた。

……灯台下暗し。

こんな偶然があるのだろうか。行方知れずのターゲットが、すぐ手の届くところにいたとは、驚きを禁じ得ない。

ただ、このストーリーが真実であるとすれば、つきつけられた皮肉の残酷さに、恵子は頭を抱えたくなる。

孫を見つけ出して祖父母である麻生夫婦との面会を実現させれば、成功報酬として莫大な額の謝金を得ることができる。しかし、仕事の成功は、露木の血を引いている娘が、十五年前、既に亡くなっているという事実と引き換えにもたらされるのだ。

仕事の成功を手にしたも同然の恵子に喜びは湧かなかった。

天秤《てんびん》の片方に載っている幸福を摑み取った瞬間、もう片方が奈落へと沈んでいくという構図は、不公平極まりない。

露木もまたこの不公平なカラクリに気づいたらしく、自虐の色が浮かんだ目を、恵子のほうに向けた。

「喜んで、蘭を差し出すよ。麻生夫婦に会わせてやってほしい。きみは職務をまっとうして報酬を得ることができる。万々歳だ」

何と答えていいかわからず、恵子は、首を激しく横に振っていた。

「お願い。そんな言い方はよして」

「昨日、蘭が体調を崩したとき、おれは、このまま死んでしまうのではないかという恐怖に襲われた。でもそんな杞憂《きゆう》に悩まされることはこの先、永久にない。娘は、十五年前、とっくに死んでいたんだからな。妻を亡くした一週間後に、妻の命と引き換えに誕生したわが子まで、亡くしていたとは……」

露木はテーブルの上に両手を投げ出し、その合間に顔を埋めた。

恵子は、伸ばした手で露木の腕をそっとさすった。

「わたしも娘がいるから、あなたの気持ちは痛いほど、わかる」

しかし、だからといって、恵子の口から慰めの言葉は出なかった。何を言っても空しく響くだけとわかっていたからだ。

「取り乱してすまなかった。きみには何の落ち度もない。蘭が、敏弘とゆかりの子だとしたら、祖父母である麻生夫婦には、ぜひとも会わせてあげるべきだ。その任務を果たしてほしい」

「まだ確証が取れたわけじゃない。第一、本当にそんなことが可能なの？」

「そんなことって？」

「生後一週間の赤ちゃんを交換すること」

「一方が生きていて、一方が死んでいたとする。死んだほうの死亡診断書があればいいんだ。医師の協力さえあれば簡単にできる」

「でも、なぜそんなことを……」

「出産の直後、おれの関心は妻の亡骸《なきがら》のほうにばかり向って、生まれたばかりの赤ん坊にはまったく無関心だった。妻の死因に納得できずに騒ぎ立て、通夜や葬儀の準備に追われた。そのせいで、娘を亡くしたショックで体調を崩して入院した義母に代わり、新生児の世話はすべて義父の手に委ねられることになった。帝王切開で出産した場合、新生児の退院は通常分娩より二日ほど延びる。だから、星羅が退院した二日ばかりあとに、蘭は退院したはずだ。そのときはまだ生きていた。病院内で死んだとしたら、交換なんてできるわけがない。たぶん、退院直後のことだろう。ひょっとしたら、帰宅する途中の車の中……、あるいは、家に帰ってすぐ、蘭は亡くなった。異常な出血で亡くなった母の因子を受け継ぎ、どこかに障害があったのかもしれない。蘭の死を受けて、義父がまず第一に心配したのは、義母の心だった。出産時に娘を亡くし、死と引き換えに生まれた孫娘もまた退院後すぐに亡くなったとなれば、義母の心は崩壊しかねない。生まれ替わりである孫娘を育てることによってしか、妻の心を正常に保つ方法はないと、義父は思い込んだ。

都合のいいことに、入院中の義母には、孫娘が死んだ事実など知るよしもなかった。

そんな状況からふとアイデアが閃いて、泰英の脳裏に、産婦人科病棟のラウンジで会った若い女の顔が浮かんだのだろう。会話を交すことにより、彼女が子育ての自信をなくしてパニックに陥りかけていることを、義父は知ってしまった。生まれたばかりの子をもてあましているように見えたんだろうね。うまく交渉すれば、死んでしまった蘭と、生きている星羅の交換が成立するのではないかと、泰英の頭にアイデアが定着していった。しかも、泰英には、策を実行に移すだけの資産と人脈が揃っている。機を逃さず、泰英は右腕の斉藤を派遣して交渉を成功させた。

こうして、義母の心の平安はどうにか保たれることになった。彼女は、実の孫娘と信じて蘭を育て上げて天寿をまっとうした。真実を知らぬままに亡くなって、義母はむしろ幸せだったと思う」

「筋は通っているけど、確固たる証拠はどこにもない」

「敏弘のDNAが残っていれば、遺伝子の鑑定によって、親子関係を証明することができる。しかし、そんな手間をかけるまでもない。老人施設を訪れて、泰英から真相を聞き出せばそれで終わりだ。大腿《だいたい》部骨折を悪化させ、車椅子の生活を余儀なくされているが、八十歳を過ぎても頭はまだしっかりしている。義母亡き今、秘密を墓場まで持っていく必要はなくなった。義父は真実を語ってくれるだろう。第一、おれには、真実を知る権利がある」

「真実を知って、どうするの？」

「どうもしない。状況は同じだ。蘭という名のまま、おれは娘を育てる。神の見えざる手によってゆかりが生の側に回され、その子がおれの手元に来たとなれば、たぶん、天命だろう。複雑に絡まり合った因果の糸に神秘の光が射し、進むべき道を照らしてくれることがたまにある。蘭は、紆余《うよ》曲折を経て、おれの手に委ねられたんだ」

「蘭ちゃんには、真実を告げるつもり？」

「いや、こんなバカげたストーリーを、蘭の耳に吹き込むつもりはない。血液型の不一致に気づかれるまでは、隠し通そうと思う」

「歳を重ねて精神が成熟してからのほうが、真実を知るタイミングとしてずっと望ましいかもね」

「できれば、墓場まで持っていきたいところだが……」

「そうね。他の選択肢はなさそう」

恵子は椅子の背もたれに上半身をあずけて嘆息を漏らした。

「とにかく、きみの仕事は大成功に終わった」

そう言ってビールのグラスを掲げる露木を無視して、恵子は、さらなる使命を突き付けてきた。

「あなたの仕事はまだ終わってない」

「おれの仕事？」

「カルト集団死をもたらした原因を解明して、南極シアノバクテリアによって引き起こされる災厄を最小限に抑えること……」

「買いかぶり過ぎだ。おれにできることはたかが知れている」

「謙遜《けんそん》なんて、いつものあなたらしくない。もっと偉そうにして、いいのよ」

「今日のおれにはとても無理だ」

「今、ふと気づいたんだけど、わたしのターゲットは、あなたの家にいた。信じられぬほど近い距離。そのせいで、なんとなく、関連づけてしまいたくなる。『夢見るハーブの会』集団死事件の犯人も、十五年前、すごく身近なところに隠れていたんじゃないかって……」

恵子の言いたいことは、露木にしっかり伝わったようだった。

ともに集団死を起こす原因となったシアノバクテリアの変異種には二系統があり、ひとつは南極の氷層下という遥《はる》か彼方《かなた》からやって来た。もうひとつの系統は、灯台下暗しで、実は、すごく近いところに隠れていたのではないか……。

恵子の言うことが当たっているとすれば、そいつは今もわれわれの身近に潜んでいることになる。

第6章　突風

1

その日、会議が持たれたのは、「週刊オール」編集部のひとつ下の階にある小部屋だった。編集会議という名目であったが、集まったのは、編集長の新井《あらい》、デスクの笹山、編集部員の葉月有里の三人だけである。

有里は、我慢できないほどの空腹を抱えていた。

午前の仕事が一段落したのを機に婚活サイトを開いて、予約を入れようとしていたところ、あっという間に時間が流れ、ランチを取り損ねたまま午後の打ち合わせに突入してしまったからだ。

……たまには気の利いたレストランで打ち合わせしても罰は当たらないのに。

そんな不満は、経費削減をモットーとする新井編集長の耳には届かない。

遅れて部屋に入ってきた新井は、資料を挟んだファイルをテーブルに置くと同時に、第一声を発した。

「厚労省の動きがだいぶ慌ただしくなったようだ」

その一言で有里の空腹感は少々減じ、仕事のほうへと意識の矛先が向けられていった。

「むこうはどこまで摑《つか》んでいるんですか」

有里が知りたいのは、「厚労省と自分たちとではどちらの情報量が勝っているか」という点であった。

「せいぜい新たな感染症の発生を疑っている程度で、十五年前のカルト集団死と、南極氷との関連性については、まったく摑んでないようだ」

「厚労省の担当職員から直《じか》に聞き出したのかい？」

デスクの笹山に訊《き》かれ、新井は自慢気に返した。

「もちろんですよ。担当者と面会して、和気あいあいと話しながら、やんわりと脅しをかけた。いい加減な対応に終始していると、すっぱ抜きますよって」

それを聞いて笹山は苦笑いを漏らす。

「それ、おれが教えた手じゃねえか」

デスクという、編集長より下の地位であっても、笹山は新井より年長の上に、経験豊富だった。笹山が選んだのは、編集長のポジションではなく現場のほうだ。

「やっぱり決め手となったのは秩父さくら湖での集団死ですな。ワイドショーで派手に報道されちまったからには、じっとしていられなくなった。後手に回ったことを非難されたくないだろうし」

「これから先はタイミングが大事になる。今後の厚労省の動きは、しっかり押さえておいたほうがいい」

「それ、笹山さん、頼みますよ」

担当者とのタフな交渉はやはりベテランに任すべきなのだろう。

「しゃあねえ、おれがやるしかないな」

「デスク、わたしも同行させてください」

有里は、今後のために、デスクと厚労省担当者との丁々発止の応酬を、ぜひとも自分の目で見ておきたかった。

「もちろん、そのつもりだ。記事を書くのはおまえさんなんだから」

「書かせてもらえるんですか」

「あたりまえじゃねえか。おまえさんが調べ上げたネタなんだから、最後まで責任を持て。おれが見込んだとおり、抜群の取材力だ。脱帽だよ」

笹山の買いかぶりに、有里は幾分こそばゆくもあった。

「抜群」と褒められた取材力は、とりも直さず、恵子先輩、露木、上原の三人の協力によってもたらされた「棚からぼたもち」である。たまたま有能な人材と知り合ったことにより、この僥倖《ぎようこう》が舞い込んだだけだと、有里は十分心得ている。

ただし、笹山と新井の前で、そんなことはおくびにも出すつもりはなかった。

身に余る評価を得て空腹感はけし飛び、その隙間を、身が震えるほどの高揚感が占めていった。世間のだれもが知らない新鮮なネタを摑んだという自負が、快感をもたらすのだ。記者はだれしも、いつか大スクープを狙いたいと思っている。しかし、そんなチャンスに恵まれることは滅多にない。

一介の週刊誌記者が、有名ジャーナリストになる切符を手に入れられるかどうかの瀬戸際に立っているのだと、有里は実感した。その分、プレッシャーもあった。せっかくのチャンスを棒に振るだけならまだしも、勇み足を踏んで世間のバッシングを受ける事態だけは避けなくてはならない。

まずは、厚労省の出方を事前に予測しておくのが賢明だろう。

「裏は取れていると思うのですが、念のため、厚労省の動きを具体的に整理してもらえませんか」

なるべくリスクを排除したいという有里の要請を受け、これまでの経緯を説明したのは笹山だった。

笹山こそ、花岡篤と阿部豊、両名の不審死を結びつけ、きな臭い事態が発生しているのではないかと臭覚を働かせ、有里に潜航取材を命じた張本人である。

「花岡の遺体は都内のK大学、阿部の遺体は神奈川県のY大学、少し間を置いて発見された橋本家三人の遺体は埼玉県のB大学で、司法解剖が行われた。それぞれ異なった大学で行われた解剖であったが、どれも死因が特定できないという不思議な症状は、関係者の口を通して徐々に上へとのぼり、厚生労働省の知るところとなった。しかし、例に漏れず、お役所の動きは慎重というか、もたもたしている。未知の微生物が関与する感染症の疑いが否定できず、どうしたものか頭を抱えていたところに起こったのが、秩父さくら湖畔の山村における集団死とマスコミ報道。これで尻《しり》に火がつき、もはやのんびり構えているわけにはいかなくなった。厚労省は即座に対策委員会の設置を決め、T大学医科学研究所の研究者を中心とした委員の人選に入ったってわけだ……」

そこまで聞いて、有里は、露木が口にした言葉を思い出す。

……死亡原因である未知の微生物を確定するまでには相当時間がかかる。

露木と恵子のコンビは、阿部が配送した南極氷に混入していたシアノバクテリアが未知の病原体であること、十五年前のカルト集団死にも同じ要因が絡んでいることを、突き止めている。

そのあたりの情報を厚労省が摑んでいるか否か、明確にしておく必要があった。

「本当に、厚労省は、死因について、何も知らないのですか」

有里に訊かれ、新井は、厚労省の担当職員と交わしたやりとりの様子を具体的に教えてくれた。

「まずは、『記事にしますよ』とはったりをかまして、相手の心を揺さぶってやったよ。向こうは、事前に情報が漏れることを望んではいない。本来なら、『書くな』と要請したいところだろうが、そんな権限はないしな。あちらさんとしては、事実と異なることを書かれて国民に被害が及ぶほうがよっぽど怖い。その点を踏まえ、じわじわと締め上げたら、どうせ書くならなるべく正確に書けとばかり、情報をリークしてきた。だから間違いない。『夢見るハーブの会』集団死事件や、南極氷との関連については、まったく情報を持っていないと断言できる」

「つまり、大スクープ間違いなしってわけですね」

「もちろん、その通り」

ドヤ顔で太鼓判を押した笹山に対し、新井のほうは幾分顔を曇らせている。

「ところで、ひとつわからないことがあるんだが……」

そう前置きして新井は疑問を口にした。

「花岡、阿部、橋本家の三人の死因が、南極の氷に幽閉されていたシアノバクテリアであるのは、まあいいとしても、十五年前のカルト集団死と関連づけるのはちょっと無理がありはしないか」

南極シアノバクテリアが引き起こす症状は、劇的ともいえる赤血球の破壊と血液の緑化であり、同様の痕跡は、花岡、阿部、橋本家の三人の遺体にはっきりと残されていた。「夢見るハーブの会」信者の七人の遺体に同じ症状が見られたとなれば、その死因もまた南極シアノバクテリアでなければ、筋が通らなくなる。

しかし、深層から掘削された南極氷が、十五年前に、「夢見るハーブの会」本部に配送されたはずがないのだ。海上自衛隊員である阿部が、士官として南極観測船に乗り込んでいたからこそ、親友である花岡や橋本の住所に、南極氷が配送されることになった。「夢見るハーブの会」と南極観測船との接点は一切ない。

新井の脳裏に生じた疑念は、じわじわと有里と笹山に伝染していった。

……何百万年、何千万年前、何億年前かは定かでないが、気が遠くなりそうなくらい長い年月、南極の氷層に閉じ込められていたシアノバクテリアは、十五年前、一体、どこから出現したのか？

「この疑問の答えがわかれば、記事はよりいっそうおもしろくなる」

新井の意向を察知して、笹山は有里に新たな任務を申し付けた。

「もっともらしい仮説を立てられる専門家が、ぜひとも、ほしいところだな。医学をはじめ科学全般に通じ、しかし、権威ある組織に属することなく、大胆な仮説を臆面《おくめん》もなくペラペラ喋《しゃべ》ってくれるような人材が理想だ。おまえさん、心当たりはないか」

……医学をはじめ、科学全般に通じ、大胆な仮説を次々に提示できる人材。

まさにぴったりの男の顔がすぐに浮かんだが、有里は、手柄を上乗せすべく、敢《あ》えてその名前を口にしなかった。

「わかりました。わたしが持っているネットワークを駆使して探してみます」

「こいつは単発の記事で終わるようなシロモノではない。独占ネタだ。次々に追加記事を載せるつもりだ。そのためにも、ネタ元とはいい関係を築かなければならない。専門家の確保は絶対に必要だから、その点、よろしく頼むよ」

「お任せください。ところで、どのタイミングで記事にすべきと、お考えですか」

有里に訊かれるまでもなく、記事にするタイミングを決めるのが、このミーティングの目的であった。

新井と笹山は視線を交わして胸中を探り合った。

「このままいけば、どこかで記者会見を開かざるをえなくなる……」

「厚生労働省が行う記者会見の直前が、ベストかなあ……」

新井と笹山は意見の一致を見たようだ。

「週刊オール」一誌が出し抜いたスクープであることを、世間に強くアピールするためには、記者会見の時期を事前に探り出し、その直前に記事を出すのが一番なのだ。国民に情報が行き渡った後では、記事のインパクトは格段に薄くなってしまう。

「うまい小見出しを、たった今、思いついたよ」

笹山は、「知りたければ、教えてあげるよ」という顔で、誘うような視線を有里と新井に向けた。

「じらさないで、さっさと教えてください」

有里に急かされて、笹山は言った。

「厚生労働省の幹部が、絶対匿名を条件に、重い口を開いた……。どうだ、かっこよかねえか？」

「もったいつけた割には、ちょっと、平凡過ぎません？」

そう言って吹き出す有里に釣られ、新井も思わず笑い声を上げた。

ふたりに笑われ、一瞬ムッとした笹山は、神妙な顔つきで有里に発破をかける。

「プレッシャーをかけるつもりはねえが、こいつは、おまえさんの正念場だよ」

「ええ、心得てます」

「この先どうなるかだれにもわからないが、大事件へと発展した場合、われわれは宝の山を手に入れたも同然。葉月有里の名前で、出版部から単行本を出すことも十分に考えられる」

そこまではったりをかけたところで、笹山は新井に同意を求めた。

「だよね？」

「もちろん、その可能性はあるでしょうね」

編集長とデスクのやりとりを聞いているうち、有里の身体を熱い震えが駆け抜けていった。

……これが武者震い？

自分の名前を冠した単行本を、大手出版社から刊行するのは、子どもの頃からの夢であり、この業界に足を踏み入れた目的でもあった。

……しばらくは、婚活サイトを開いている暇はなさそう。

仕事へのモチベーションの高まりは、婚期が遠のくことを意味する。

今の有里には、どちらを優先させるべきかの迷いはなかった。大切なのは、十年先、二十年先になって後悔しないよう、覚悟を決めることだ。

2

有里が運転するアウディを、露木から教わったコインパーキングに案内し終えた恵子は、助手席から降りて運転席側に回り、タイヤロックが上がるのを見守った。

車を所有せず、調査で必要なときは近所のレンタカー屋で軽自動車を調達している恵子にとって、コンパクトサイズとはいえアウディは高嶺《たかね》の花だった。しみじみと車体を眺めれば、華やかさを放つ赤のボディカラーが、高給取りの独身女性と似合っていると感じられてきた。

「いい車よね。あなたにお似合い」

恵子の褒め言葉に、有里はさらりと自虐を口にする。

「無理してローン組んだのよ。他に遣い道もないし」

恵子の耳には、せっかくいい車を持っていても、一緒にドライブを楽しむ恋人がいないと嘆いているように聞こえた。

パーキングを出た恵子と有里が、歩道を歩いて大通りのほうに向おうとしたとき、チリンチリンと鳴るベルの音が背後から迫って、ふたりは反射的に逆方向に身をよけた。

直後、ふたりの間を一台の自転車がすり抜けていった。

カラフルなワンピース姿の若い女性がこぐママチャリのリアチャイルドシートには三歳ぐらいの女の子が収まり、すりぬけざまに、彼女は母の背に大声で願望をぶつけた。

「ママ、赤ちゃん生んでよ」

娘の訴えを受けた若い母は、負けないぐらいの大声で、言い返した。

「いやだぁ。だって、お腹、痛いもん」

わずかに蛇行しながら遠ざかる自転車の母娘に笑顔を向けつつ、恵子は有里のほうに歩み寄った。

「ねえ、あの若いお母さん、このあと、子どもを生むと思う」

「生むな。だって、どう見ても二十代前半でしょ」

恵子も同意見だった。もし自分が二十代でひとり目を生み、夫婦仲がよかったなら、必ず二人目、三人目を考えていたはずである。確かに出産時の苦痛は想像を絶するものがある。しかし、新生児を抱き締めた時の感動が遥《はる》かに勝って、痛みの記憶など洗い流されてしまう。

「お腹痛いもん」と明るく無邪気な声を上げる若い母なら、言葉とは裏腹に、とっくに「痛み」を忘れているに違いない。

恵子はふと思う。七歳の娘から同じことを言われたら、自分は何と答えるだろうか。

……ママ、赤ちゃん生んで。

三十代前半でひとり目を生んだ恵子にとっては、ぎりぎりの年齢だった。

……まずはいい男を探すのが先決。

そんなことを考えながら横断歩道を渡り、住宅街の坂道を上り始めてすぐ、露木の住むマンションが見えてきた。

築三十年を優に超える重厚な物件で、元々は露木の両親が住んでいたところだ。相次いで両親を失った露木は、家一軒が建つほどの費用をかけて全面リフォームを施し、自分の住居にしたという。

「すごいマンション」

有里の口から思わず嘆息が漏れた。

以前に来たとき、恵子は部屋には上らず、直接地下駐車場に降りてバイクを選び、そのまま秩父方面へのツーリングに出かけた。

今日の来訪の目的は、有里の仕事の手伝いをするためである。

南極シアノバクテリア事件を科学的に分析できる専門家を探せと編集長から指令を受け、有里が真っ先に白羽の矢を立てたのは露木だった。

露木がアドバイザーの任にもっとも相応《ふさわ》しいという認識は恵子も同じで、一回しか会ったことのない露木に大役を申し込む勇気が湧かず、ためらっていた有里に、恵子はそっと手を差し延べた。

「人選としてはドンピシャリ」と有里の判断に同意しつつ、「引き受けるかどうかは保証の限りではない」と条件を付け、恵子が露木宅への訪問をセッティングしてあげたところ、恩に感じた有里は、アウディを駆って池袋の事務所まで迎えに来てくれたのだ。

オートロックの玄関を抜けてエレベーターで五階に上り、515号室のドアチャイムを鳴らすと、待ち構えていたように露木が顔を出し、ふたりを部屋に招き入れた。

三人が座ったのは、リビングのソファではなく、ダイニングに置かれた巨大なテーブルを囲む椅子のほうだった。

露木と向い合って恵子と有里が並ぶという格好である。

最初に口を開いたのは有里だった。

有里は、南極シアノバクテリア事件に対して厚生労働省が今後どのような策に出ようとしているのか、企画会議の場で知り得た情報を露木に語った。

厚生労働省の出方に注目していた露木にとっても、貴重な情報であるのは間違いなく、彼は手元にノートを引き寄せて、重要な箇所をメモしながら耳を傾けた。

有里が解説した厚生労働省の対処マニュアルは、ほぼ予想通りであったらしく、概要を聞き終えた露木はぽつりと呟《つぶや》いた。

「やはり、思ったとおりだ」

早口で語った勢いのまま、有里は「折り入ってお願いがあります」と、来訪の目的を畳み掛けた。

「……というわけで、ぜひとも、アドバイザーをお願いしたいのです」

深々と下げた頭を元に戻していく有里を黙って眺めるばかりで、露木は、首を縦にも横にも振らなかった。

「先に聞いておきたいのだが、こういった事案が起こって、アドバイスをする場合、専門家のキャラクターは大きくふたつに分かれる。闇雲に不安を煽《あお》るタイプと、読者が心に抱くであろう不合理な不安をなるべく取り払おうとするタイプ……。おれは、後者の立場の人間なんだが、それでいいのかい？」

有里はなぜか恵子のほうに顔を向け、同意を求める素振りを見せた。そして、恵子が小さく頷《うなず》くのに力を得て、顔を正面に戻していった。

「もちろん、それで構いません。むしろ望むところ。いたずらに世間の不安を煽るのは避けたいですから」

「でも、それでは雑誌の売り上げに繋《つな》がらないだろう……」

「より正しい情報を提供をするのが、わたしたちの役目です」

恵子は思わず苦笑いを漏らしていた。かつて同じ編集部にいたからよく知っている。安心を与えるより、読者の不安を煽るほうが、雑誌の売り上げが伸びること……、そして、編集長にとって最大の目的は部数を伸ばすこと……。

週刊誌の事情を理解しているからこそ、恵子は、助け船を出した。

「だからこそ、アドバイザーとして露木さんが相応しいのよ。もし、あなたが申し出を断ったら、有里は別の専門家を探さざるを得なくなる。今の時点で、南極シアノバクテリアに関する事案をもっとも深く正しく理解しているのは、露木さんをおいて他にない。別の専門家に任せたら、どんないいかげんなことを言い出すかわかったものじゃないわ。間違った情報は社会を恐慌に陥れる元凶。ここはぜひとも、引き受けるべきだと思う」

露木は、「うーん」と唸《うな》りながら後頭部で両手を組んで天井を見上げ、反り返った上半身を元に戻す勢いで声を発した。

「わかった。引き受けよう。その代わり条件がある。有里さんが記事を書くとしても、事前に、内容に目を通させてほしい。間違いがあると困る」

「もちろんです」

こうして、有里が来訪した目的の第一は首尾よく果たされることになった。

デリバリーのランチを三人で和気あいあいと食べた後、露木は、新しく知り得た情報を伝える側に回った。

ランチが収まっていた容器を片付けて、台拭《ふ》きできれいにしたテーブルの上に、露木は資料の入ったファイルを置いた。

「南極シアノバクテリアの三次元画像が届いたよ」

露木は、ファイルに収まっていた資料の束からA4のプリントを何枚か抜き出し、テーブルに並べながら、予想以上に手間取った理由を手短に説明した。

露木がまず分析を依頼したのは、大学の同僚である生命システム情報学科の山崎《やまざき》准教授であった。

快く引き受けてくれた山崎准教授は、自身が客員研究員を務める理化学研究所の装置で分析するのが一番と判断し、試料となる南極氷と秩父さくら湖に繁殖したアオコを研究所内の共同研究グループに送ることにした。

共同研究グループのメンバーは、最新のX線自由電子レーザーシステムを使ってイメージング実験を繰り返し、両者のシアノバクテリアの一致を証明した上で、三次元画像の可視化を成功させ、細胞の普遍的構造を明らかにした。

今、恵子と有里の前に置かれているのは、昨夕にデータで送られてきたX線回折パターンと、三次元に再構成された図をプリントアウトした用紙だった。

ふたりにとっては、見たこともない映像である。

ターゲットであるシアノバクテリアは、紙媒体にプリントアウトされているため、現実の三次元構造が二次元に置き換えられている。中心のコアのみが濃いブルーで、それ以外は全体的に緑がかり、陰影によってどうにか球体の立体感が保たれていた。緑とブルーが、本来の色なのか着色によるものかはわからない。いびつな球体は、太陽の公転軌道を飛行する小惑星のようにも見えた。

図のイメージが恵子と有里にしっかりと伝わったのを見届けてから、露木は解説を加えた。

「こいつの直径は約500ナノメートル（1nmは10億分の1メートル）。一般的なウィルスの直径が20～300nmであることから、おおよその大きさをイメージできるだろう」

大きさを把握しろと言われても、恵子と有里にはハードルが高過ぎる。

「つまり、すごく小さいってことですね」

「小さいけれど、ウィルスよりは少し大きい」

「どうやって人間に害毒をもたらすのか、そのメカニズムは解明されているのかしら」

恵子の問いに、露木は曖昧《あいまい》な表情を浮かべて、首を横に振った。

「解明されているとはとても言い難い。ただ、大きさから考えて、普段は空気中をそれほど遠くまで飛べないだろうと予測がつく」

「薬とかで予防できないのかしら」

恵子の関心は、どうやって予防するのかという点に集中していた。

「既存の抗生剤がまったく効かない感染症を引き起こす可能性を否定できない」

恵子は苛立《いらだ》ちも露《あらわ》に顔を上げた。

「空気中を浮遊して、マスクを通過し、おまけに薬は効かない……、じゃあ、わたしたちは、どうやって身を守ればいいの」

「もどかしい気持ちはよくわかる。しかし、はっきりしたことは何もわからないとしか言えない。なにしろ、前例のないケースなんだ。秩父さくら湖からの感染とわかれば、荒川水系流域にある浄水場の取水は止められるだろう。厚生労働省からは災害派遣医療チーム（ＤＭＡＴ）が動員され、自衛隊が派遣されるケースも十分考えられる。だからといって、できることは限られているが……」

両手を肩の高さに上げて「お手上げ」のポーズを取る露木の目を、恵子は見据えた。

「あなたはいたずらに不安を煽るタイプじゃない。それはよくわかっている。だからこそ、聞きたいの。最悪の事態が起こった場合、わたしたち、どうなるの」

「最悪の事態か……、それは神の裁きになるかもしれない」

「神の裁き……」

露木は中沢ゆかりが使った表現を引用した。人為を超越した神の介在をほのめかされて、畏怖《いふ》の念を覚えた恵子の背筋に、すうっと悪寒が走った。

「それでも、おれの見解を聞きたいかい？」

恵子と有里は互いに顔を見合わせてから、ゆっくりと頷いた。

「まったく的はずれになることを期待して、聞いたほうがいい。だから、迂闊《うかつ》に記事にしないようにね」

有里に釘《くぎ》を刺した上で、「ちょっと長くなるかもしれないが」と前置きして、露木は、自身の考えを語り始めた。

大学の講義で喋り慣れているせいか、深刻な内容にもかかわらず、彼の口調は滑らかだった。

恵子と有里は、学生時代に戻った気分で、大胆かつ奇想天外な仮説を拝聴することになった。

3

……おれはときどき思う。人間は、植物を見くびってるんじゃないかって。植物を、動物に従属するか弱い生き物と見做《みな》していると思われてならない。

「地球生命全史」を扱った本を手に取ってごらん。記述のほとんどは動物の進化について割かれ、植物の扱いはごくわずかだ。

以前、大学の授業で、学生に課題を与えて簡単なレポートを書かせたことがあった。

……人間よりはるかに優れた地球外知的生命体がいて、遠い宇宙から地球を克明に観察しているとしよう。彼らの目に地球生命はどのように映るだろうか。

かれらはこう判断する。

……地球には、くっついたり離れたりしながら、ともに喰《く》らい合ってアメーバ状に周縁を拡大させている一匹の巨大なDNAネットワークがいて、その主体は植物。

人間はせいぜい花から花へと飛び回る蜜蜂《みつばち》と見做されるのがオチだ。

そして、「この生命体の寿命は何年か」という問いには、「約40億年間生き続けていて一度も死んだことがなく、寿命は不明である」と答え、「この生命体は何を食べて生きているのか」という問いには、「太陽の光」と答える。

食物連鎖の根幹を支えているのは、植物の光合成によって作られる糖分である。

動物が主体で植物はその従属物という、間違った関係を逆転させたとき、地球生命史において一本の筋の通ったストーリーが浮上してくるのではないか……、おれと敏弘は、幾度となくそんな観点で語り合ったことがあった。

人々が自然保護を謳《うた》うとき、「緑の地球を守ろう」というスローガンを掲げることが多い。この場合の「緑」とは植物のことを指す。生物にもかかわらず、なぜか、植物は自然の一部に組み入れられてしまう。ノアの方舟《はこぶね》に乗せられたのは動物のつがいだけで、植物は乗せてはもらえなかった。

もし植物に、人間の言葉を理解する能力があったなら、「緑の地球を守ろう」というスローガンを聞いて、腹を抱えて笑うに違いない。笑い過ぎて、涙をこぼす。

……緑を守る？　思い上がりも甚だしい。お情けで、生かされている立場を、自覚したほうがいい。

動物に対する生殺与奪の権限を握っているのは、地球に生息する生命全重量の99％以上を占める植物である。特に人間は、生存に必要なカロリーの七割以上を、コメ、ムギ、トウモロコシなどの穀物に依存している。

植物に対する動物の割合は0・5%から0・3%程度で、人間となればたった0・01%に過ぎない。そんなちっぽけな人間が、しゃーしゃーと「緑の地球を守る」とスローガンを唱えるおかしさは、生まれたばかりの新生児が「パパとママを守る」と宣言するようなものだ。

いたいけで無力な存在の、背伸びとなれば、まだしもかわいくてならず、両親の愛情が増すのは間違いないだろうが、果たして、植物の場合はどうか。植物の目に、人間の思い上がりは「かわいい」と映るのか、それとも「傲慢《ごうまん》」と映るのか。これまで以上の愛情を注いでくれれば万々歳なのだが、そう簡単にいくとは限らない。

悲観的な例を三つばかり挙げてみよう。

わが世の春を謳歌《おうか》していた恐竜が滅んだのは、6500万年ばかり前の白亜紀の終わり頃のことである。

絶滅の原因としては、ユカタン半島に巨大隕石《いんせき》が激突した影響が有力視されている。しかし、衝突や爆発などの外的要因で、ある種が根こそぎ死に絶えるとは考えにくい。核戦争が起こり、世界が保有する核弾頭がすべて投下されたとしても、生き残る人間は必ずいる。多様性が求められるのはそのためだ。山岳や極地、絶海の孤島に生きる人々は生き残るのではないか。

ところが、内的要因となるとそうはいかない。

絶滅した恐竜の一種にトリケラトプスがいる。体長約九メートルで、名前通り三本の角を持ち、首に大きなフリルをつけているのが特徴だ。がっちりとした強そうな外見に似合わず、肉食ではなく、植物食である。

6500万年前、裸子植物から被子植物への進化を目論んだ植物は、トリケラトプスにせっせと種を運ばせ、見事に目的を果たして自らの進化を成功させた。これにて御役御免。ところが、トリケラトプスは仕事を終えたにもかかわらず、新しく繁殖し始めた被子植物の種を食べ続けていた。嫌気がさした被子植物は、トリケラトプスを抹殺する暴挙に打って出た。好物であった植物の実に、毒性のアルカロイドを混入して、いともたやすく絶滅へと導いたのである。

トリケラトプスは緑の樹木の根元に巨体を横たえ、この世から消滅した。

アカシアは、おもにオーストラリアからアフリカにかけて分布する常緑樹で、アリと共存共栄の関係を結ぶ。木の実や蜜などの食料と、幼虫を育てる住居を提供してくれる見返りに、アリは数にものをいわせて幹全体に張り付き、他の害虫からアカシアを守り抜く。しかし、互いに利がある共存共生関係かといえばそうではなく、行われているのは、アカシアによる一方的な支配だ。

どんな方法で支配するのかといえば、まず、アリを麻薬漬けにする。

アカシアは、花から分泌する蜜でアリを引き寄せるわけだが、この蜜には様々な化学物質やアルカロイドが含まれている。これらは神経系を制御する作用を持ち、アリの認知能力に影響を及ぼして、蜜への依存を引き起こす。アリの行動をコントロールし、攻撃性や移動能力を高めることができる。麻薬中毒患者を自由に操る密売人のようなものだ。

仮に、他の害虫がすべて除去され、幹に群がってくるアリがただ邪魔な存在となり果てたとしよう。

アリを始末するのは簡単だ。

蜜に含まれるアルカロイドを神経毒に代えるだけで、これまで尽くしてくれたアリを根こそぎ駆除できる。

「アカシアを害虫から守る！」と張り切り、密集して幹にへばりついていたアリたちは、植物が産出した毒によってきれいさっぱり葬り去られて、根元の土に黒々とした骸《むくろ》を積み重ねるだろう。

数万年前、中東からヨーロッパにかけての地域で、ホモ・サピエンスとネアンデルタール人は、共存していた。ところが、ホモ・サピエンスは世界にはびこり、ネアンデルタール人は絶滅を余儀なくされた。何が命運をわけたか、明らかだ。言語を獲得したか否かである。言語による知恵の蓄積は、生存に有利に働いて、ホモ・サピエンスは地球の全表面へとはびこり、文明を築いていく。取り残されたネアンデルタール人がなぜ絶滅したのか、理由は明らかになっていない。おれには、「役立たず」の烙印《らくいん》を押されて、消去されたと思えてならない。

さて、われわれ人類はどうだろう。

動くことを宿命づけられているにもかかわらず、意図に背いて動かない生き方を望んだとしたら、植物は、宝の持ち腐れと判断して、お仕置に出やしないか。

動き回るという使命を託された人類が、その役目を放棄し、元より軟弱な男性のY遺伝子が、完全にやる気を失ったことを見抜かれたとしたら……。

トリケラトプスが大木の根元に倒れ、蜜に誘われてアカシアの幹に群がったアリが除去され、言語獲得への意欲を示さなかったネアンデルタール人が絶滅に追いやられたと同じ道を辿《たど》らされることになりはしないか。

人間が生きることを許されるのは、植物の意に沿うように動いているときだけなのだ。期待に反する行動に出たりすれば、一方的なエネルギー供給の根本が遮断され、消去される恐れがある。

太陽系の成立と生命の誕生以降、植物は、あの手この手を使って、動物の進化に介入してきた。三十数億年以上も前から、光合成によって酸素を増やし、オゾン層を形成させ、有害な紫外線を防いで動物の生活圏を安全にしてくれた。光に反応する特色がある「眼点」という葉の細胞を元に、動物の眼を作って脳の発達を促し、葉緑素からへモグロビンを作ることによって、酸素を燃やしてエネルギーに変える肺呼吸を整備し、動物を陸へと引っ張り上げてくれた。

一万年ばかり前に人類が農業革命を成し遂げることができたのは、コメ、ムギ、トウモロコシに突如、非脱粒性の機能が生じたからである。採集生活を脱して計画的な農業へと移行できたのは、それまでは、実ると同時に土の上に散逸していた実が、茎にくっついたまま離れなくなったことによる。

農業革命と文字の獲得によって都市が栄え、文明が形成されるようになり、1700年代も半ばになると、化石燃料を燃やすことによる産業革命が達成される。化石燃料とは、膨大な時間をかけた植物の光合成によって地中に蓄えられた、太陽エネルギーにほかならない。

地球生命の中、最初に空を飛んだものは何かと訊かれれば、多くの者は鳥や昆虫と答えるだろう。ところが、グライダーのように空を飛ぶ種子のほうが、先行していたのではないか。

鳥の羽を光に透かしてごらん。そこに現れる模様は、葉の葉脈とそっくりだ。鳥の羽は植物の葉を模して作られたとしか考えられない。

植物は、酸素を増やし、動物を枝分かれさせ、雌から雄を派生させ、葉の形状を模して鳥の羽を作り、葉緑素を血液に変えて呼吸機能を整え、眼点から眼を作って脳を発達させ、言語を与えて脳に報酬系を埋め込み、人間を自在に操ってきた……。

この一連の動きにはどんな目的があったのか……。

植物は、より広大な範囲を動物が動き回れるように、お膳《ぜん》立てしてくれたのだ。地球生命の歴史に鑑《かんが》みれば明らかな通り、植物は、「遍く行き渡ること」を動物……、特に、人類に求めてきた。「植物を真似た生き方」を奨励しているわけではない。

かくも深遠なる植物の企みの発端となった存在こそ、シアノバクテリアなんだ。

それがいつのことなのかはだれも知らない。二十数億年前なのか、十数億年前なのか……、最初の酸素発生型生物であるシアノバクテリアは、別の真核生命に寄生し……、つまり、膜を破って細胞内へと潜り込み、共生関係に持ち込んで、植物の祖となった。

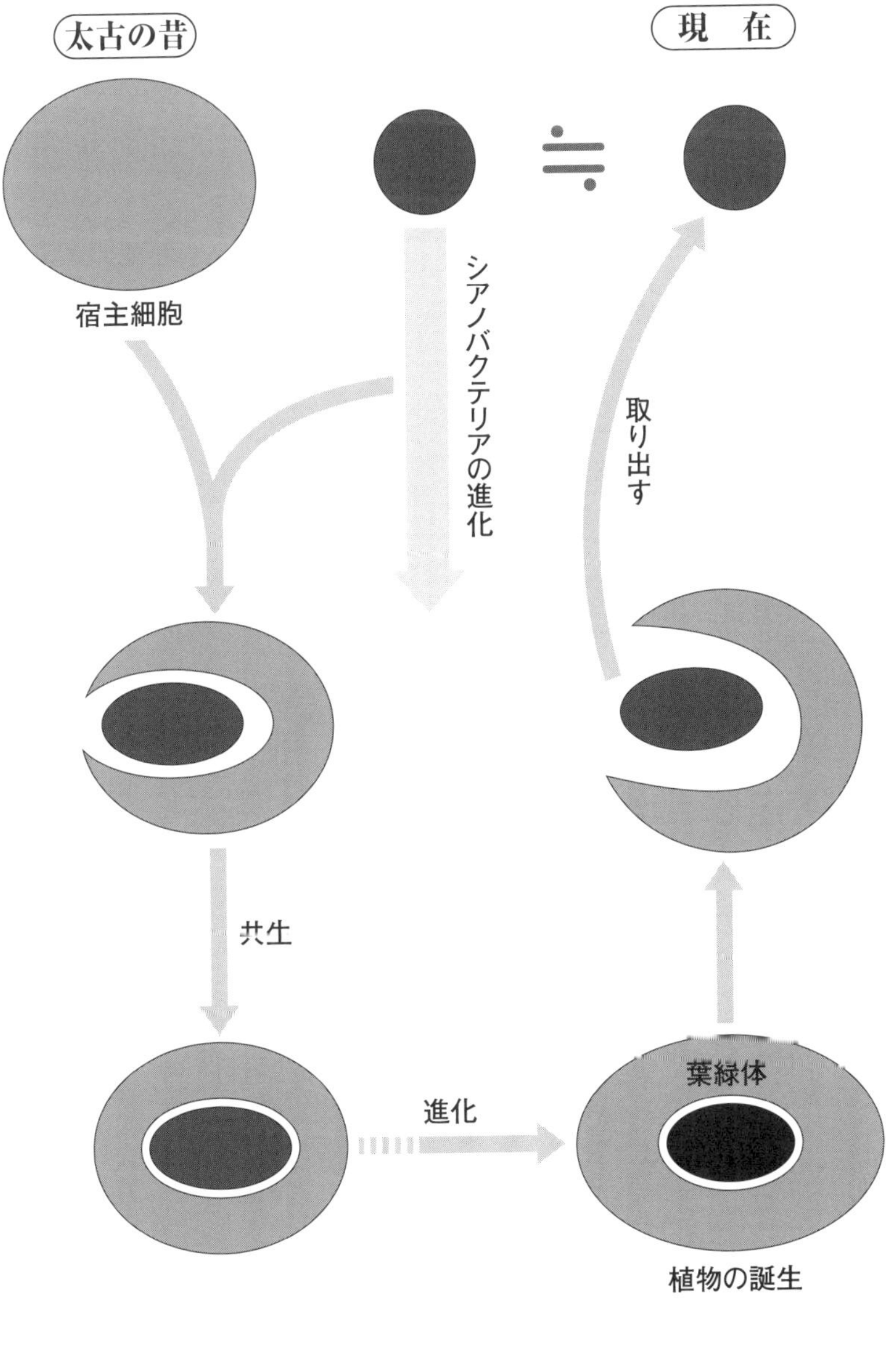
太古の昔
現　在
宿主細胞
シアノバクテリアの進化
≒
取り出す
共生
進化
葉緑体
植物の誕生

シアノバクテリアは、生命進化の連鎖における、最初の引き金を引いたのだ。

この流れを理解した上で、今回の事件を考えてみよう。

南極シアノバクテリアを体内に取り入れた人間の体内では、赤い血液が緑に変るという変化が生じていた。

ヘモグロビンの中央にある鉄が、マグネシウムに変って、葉緑素化したとしか思えず、それは取りも直さず、進化の方向を逆転させるようなものだ。

このわかりやすい色の変化は警告かもしれない。警告した上で植物は自分たちの意図を伝えようとしている……。大事なのは、しっかりと耳を傾けて意図を正確に理解することだ。

人間への期待が残っているならまだしも、既に、用無しの烙印を押してしまっているとしたら、恐ろしいことになる。

邪魔になった人間を消去すると既に決めてしまったなら、ジタバタしたところで手遅れだ。もはや、打つ手なし。

4

蘭は三十分ばかり前に学校に行き、今、家にいるのは露木ひとりである。

昨日、山中泰英が入所している老人施設を訪れ、父娘の間に血の繋がりがないという事実を確認することができた。

真実が明らかになっても露木の心境に大きな変化はなかった。血のつながりのない子を、わが子として育てることなど、世間ではよくある話だ。これまでと同じように交換ノートは行われ、数学を中心とした疑問に対して懇切丁寧な解説を書くという関係は続くだろう。

露木はダイニングの椅子から立ち上がり、朝刊を手に持ってリビングのソファへと移動し、リモコンを操作してテレビをオンにした。どのチャンネルも似たようなもので、放送されているのは朝の情報番組の類《たぐ》いである。テレビの音声をBGMに、朝刊の社会面から順にページをめくっていった露木は、経済面のところで手を止めた。

経済問題に疎く、普段ならざっと目を通して政治面へと進むところだが、その日に限ってなぜか嫌な予感が胸をよぎり、紙面全体に視線を巡らせた。

胸をざわつかせたものの正体はすぐに知れた。

目に飛び込んできたのは、紙面の下方三分の一を占める全五段抜きの広告だった。本日発売の「週刊オール」に掲載される特集記事の見出しが並んでいる。

「致死率100％の殺人バクテリア」

「首都圏の水瓶汚染」

「人類存続の危機」

「厚生労働省の幹部が重い口を開く」

露木は、紙面から顔を背けて、両目を閉じた。「いたずらに不安を煽るな」とあれほど釘を刺しておいたのに、思いつく限り扇情的な文言が並んでいる。

「あのバカ、約束を破りやがって」

事前に記事の内容をチェックさせてほしいという露木との約束はあっけなく破棄され、感染性シアノバクテリアの恐怖を煽る記事を満載した「週刊オール」は、つつがなく、本日発売の運びとなった。

何回か深呼吸して心を落ち着け、怒りを抑えようとしても叶《かな》わず、携帯電話に登録された番号を押す指の先が震えた。

呼び出し音が一回鳴ったところで、すぐに相手が出た。

名乗り終わる間もなく、「ごめんなさい！」という甲高い声が耳元で響いた。

軽い響きではなく、心からの謝意が込められていたのが、せめてもの救いだった。

有里は、間を置かず釈明に走った。

「本当にごめんなさい。約束は覚えている。でも、急遽《きゅうきょ》、厚労省の記者会見が行われることになって……、このタイミングを狙っていたのよ。わたしには何もできなかった。編集長の方針に逆らうなんて、わたしにはとても無理……、お願い、わかって」

泣き声でそう訴える有里の胸の内が、露木の心に染みてきた。

五十人以上の記者を抱える一流週刊誌の方針を、下っ端の女性記者が覆すなんて、どう考えてもできることではない。

しかし、だからといって怒りは収まらず、露木は、これみよがしに舌打ちして、有里に注文を出した。

「これがどんな結果を生むか、見ものだよ。記事にした以上、最後まで責任を取ってほしいと、編集長に伝えておけ」

言い終わるや、露木は一方的に電話を切って携帯電話をテーブルの上に放り投げた。

直後にふと思いついた。

紙媒体である週刊誌の発売は今日であっても、電子版が昨日のうちに出回っているのではないか……。

となると、今朝のワイドショーが、トピックとして取り上げているかもしれない。

リモコンを操作してチャンネルを変えると、すぐに見覚えのある風景がテレビ画面に映し出された。

「露木だが……」

映っているのは秩父さくら湖のほとりの風景である。

週刊誌の記事に触発されたのか、ワイドショーのレポーターとクルーたちが、晴天の中、秩父さくら湖のほとりに集まって、生中継をしているらしい。

露木は音声のボリュームを上げ、テレビ画面を注視した。

「……ご覧ください。アオコがこの通り異常発生しています。普通は、水温の高い夏に発生して、冬になると自然に消えるといわれています。夏を目前とするこの季節、アオコはさらに繁殖を続けるのでしょうか。感染性シアノバクテリアとの関係が懸念されます」

女性レポーターは、秩父さくら湖東岸の丘に立って片方の手にマイクを持ち、もう一方の手で湖を指し示していた。そこには、どんよりとした緑色の湖面が広がっている。水位は七割程度で、湖面から非常用洪水吐きまでの距離にはまだ余裕がある。

名前は知らないが、露木は、レポーターの顔を覚えていた。何日か前、今日のトピックというコーナーで、異常繁殖したアオコを取材していた女性である。

カメラマンの操作で、細面の整った顔がクローズアップされるにつれ、露木の胸に生じた予感は悪いほうへと膨らんでいった。

以前、同じ場所に立って中継したときは何事も起こらなかった。しかし、今回は違うという雰囲気が緑色の陽炎《かげろう》となって、彼女の背後から強く立ちのぼっているのだ。

実際に現場を訪れているため、露木の頭には具体的な位置関係がしっかりと入っていた。画面手前が湖の東岸で、画面の向こうが西岸である。

東西の位置関係を把握し、女性レポーターの長い髪が手前に靡《たなび》くのを見て、露木の首筋で打つ脈が早くなっていった。

彼女が今、湖面を渡ってきた西風を背中に受けているとわかったからだ。

空気の流れを理解した瞬間、露木の脳裏に、これまでに得た情報の断片が一気に蘇っていった。

恵子とのツーリングで浦山ダムに寄り、堤体のエレベーターを降りた先で出会ったダム管理事務所の職員は、「湖の水を採取させてもらえませんか」という露木の申し出に対してこう答えた。

「そういった事情なら、サンプルをお分けできますよ。午前中は、強い西風が吹いて動けなかったんですが、昼前に風は治まり、午後一番で採水器を使って採ったばかりですから」

職員の言った通りだとすれば、湖の東側に位置する集落の住民が集団死を起こした午前、今と同じような強い西風が集落に吹きつけていたことになる。

X線自由電子レーザーシステムで撮影した南極シアノバクテリアの三次元映像をデータで転送した後、山崎准教授は電話口でこんなふうにコメントしてくれた。

「普通なら空気中をそれほど遠くまで飛べないだろう。でも、シアノファージによってバクテリアの遺伝子が注入されて、外包、内包が作られると、空気中を長く浮遊する感染性シアノバクテリアが誕生する可能性が出てくる」

秩父さくら湖で集団死が発生した午前、誕生したばかりの感染性シアノバクテリアが強い西風によって運ばれ、集落を直撃したとしか考えられない。

そして、疑いもなく、今もまた同じ状況が生じているのだ。

「危ない!」

露木は声に出して叫んでいた。

声と呼応するように、テレビ画像が不自然に揺れ、女性レポーターの姿が一旦画面の外に消えた。

何が起こったのか、露木はすぐに理解した。西風を正面から受けていたカメラマンのほうが先に症状を呈したのだ。

緑の湖面上に浮遊する感染性シアノバクテリアが、風に運ばれてカメラマンの肺に入り、急性の溶血を発症して血管内の酸素運搬が阻害され、呼吸が苦しくなって倒れたに違いない。倒れてもなおテレビカメラを抱えたままだった。激しく揺れるカメラの焦点が次に捉えたのは、地面に両膝《ひざ》をついてへたり込んでいく女性レポーターの姿。間をおかず倒れたレポーターの四肢に痙攣《けいれん》が走り、パンプスの先が雑草を何度も打ちつけて土の中へとめり込んでいった。

息を詰めて見守っていた露木の眼前で、テレビ画面のシーンは即座に変って、CMが差し込まれた。

生中継の途中で発生した放送事故の長さは、ほんの数秒に過ぎない。しかし、殺人バクテリアに襲われて、カメラマンとレポーターが相次いで倒れるシーンが放送されてしまったのだ。すぐにCMに差し替えたとしても時既に遅し。視聴者の頭に流れ込んでしまったイメージを消すことはできない。それどころか、シーンはたちどころに複製され、ネットで拡散されるだろう。首都圏は大パニックに見舞われる。

身体を硬直させる露木の前で、テレビ画面はCMから天気予報へと変った。

突如、登壇の運びとなった男性気象予報士は、前のシーンで何が起こったのか説明できぬまま、顔を引きつらせ、それでもどうにか平静を保ち、天気図を表示したモニターの横に立って数日前に発生した台風4号の進路について解説を加えた。

「当初、九州の西を進んで、東シナ海から中国に抜けると思われていた台風4号は、突如、進路を変え、九州に上陸して、日本海沿いに列島を縦断するもようです。台風から流れ込む暖かく湿った空気が前線を活発化させ、関東・甲信越にかつてない豪雨をもたらす恐れがあります」

気象を裏で操る存在に気づいて、露木は、天気図をにらみつけた。

「なるほど、そうきたか」

感染性シアノバクテリアの動向と、台風進路の突然の変化を結び付けて考えている人間は、日本広しといえど、ただひとり露木だけだった。

露木の懸念を証明するように、台風4号の進路を表示する衛星画像には、何者かの指が台風の目に差し込まれ、東側にくいっと動かしたような不自然さが如実に現れている。偶然の変化ではない。指先による操作には、明確な目的がある。

露木は、またしても、浦山ダム管理事務所の職員の言葉を思い出していた。

「ダムの竣工以来二十五年間、非常用洪水吐きを超えて水が溢れたことは一度もありません」

今回ばかりは例外になるだろうという予感は、確信へと変った。

切れ目ない線状降水帯に見舞われてダム貯水量が限界を超えれば、シアノバクテリアを大量に含んだ濁流が東京湾に押し寄せることになる。広い世界に出られたと快哉を叫ぶシアノバクテリアが東京湾に居座った場合は、海を渡って第六台場に上陸するルートは遮断される。

対する相手は気紛れに人間を翻弄する自然の猛威……、そして、裏で糸を引くのは、いかにも無害そうで、優しげな緑色の顔をした、どこにでもいる存在……。

第7章　巫女

1

「南半球で蝶《ちょう》が羽ばたけば、北半球でハリケーンが起こる」

カオス理論を説明しようとしてよく使われるこの種のたとえは、「バタフライ効果」と呼ばれている。誇張されているが、自然現象の特徴をうまく言い当てている。

地球を取り巻く自然、特に気象現象は複雑系（カオス）に支配されていて、大気の動きを記述する数式は非線形方程式となる。直線的な比例関係が成り立つ単純なシステムではなく、長期予想もできなければ、人間の手でコントロールすることもできない。何十年か先の気温を望み通りの値に設定するのは不可能だ。力学系の初期状態におけるほんのわずかな差（蝶の羽ばたき）が、将来の状態にとんでもなく大きな差（ハリケーンの発生）を生じさせること（バタフライ効果）が、数学的に証明されているからである。

天気予報によれば、台風4号の発生場所はパラオの北東海上とされている。

バタフライ効果のたとえを当てはめたとき、露木の頭には、燦々《さんさん》と降り注ぐ太陽の光を受けて繁茂する熱帯雨林が海風によってザワザワと揺れ、付近の大気を攪拌《かくはん》するシーンが浮かんだ。

樹の葉が風に揺れただけでも、蝶の羽ばたきと同じ効果が期待できる。

最初のうち、小さく渦を巻きながら上昇した空気の塊は、海面が供給する水蒸気を雲粒に変えることによって放出される熱をエネルギー源として熱帯低気圧となり、北西に進みながら発達してフィリピンの東海上で台風4号となったというのが、台風の「芽」ができる瞬間のイメージである。

勢力を維持したまま、九州上陸をきっかけに九十度方向を転じ、日本列島を縦断するコースに変ったのは、見えざる手の介入があったからだと、露木はにらんだ。

裏で糸を引いているのがだれなのか、おおよその見当がついた。

露木はテレビを消してパソコンを開いた。より正確な気象データを集めて、台風4号の進路と雨の特性を割り出すためだ。

このまま進めば、日本付近に停滞する前線が活発化し、富山から関東平野を結ぶラインに弓状の降雨帯が幾重にも重なって、総雨量2000ミリを越える豪雨が予想された。疑いの余地なく、それは秩父山系にある浦山ダムに狙いを定めている。

彼の地に前例のない大雨を降らせてダムの水を溢《あふ》れさせ、膨大な量のアオコを東京湾に運ぼうとしているのだ。

露木が次に持ち出したのは紙の地図帳だった。秩父さくら湖を源流とする荒川の経路を辿《たど》り、アオコを含んだ水の動きをイメージしなければならない。

浦山ダムから溢れた水は、長瀞《ながとろ》から寄居《よりい》を通過して熊谷《くまがや》のあたりで南へと下り、埼玉県と東京都の境のあたりで荒川本流から隅田川が分かれ、都心を北から南へと貫いて東京湾のど真ん中へと注ぐ。

一旦《いったん》できた水流を遮断する方法はない。取れる対策は、流域にある浄水場の取水を止めて感染性シアノバクテリアが水道水に混入するのを防ぐのがせいぜいだ。

露木は、コンパスを使って秩父さくら湖から東京湾までの距離を計った。120キロから130キロと見当がついた。

次に求めるべきは川の流れの速さである。普通、流速は、上流のA地点から流された浮子が下流のB地点まで到着するまでの時間を計り、AB間の距離を時間で割ることによって算出される。たとえば、AB間の距離が100メートルで、要した時間が50秒だとすれば、秒速2メートルとなる。

普通の水量のときの速さが、秒速1メートル程度であるのに対し、洪水となって水かさが増えると、秒速は3、4メートルと速くなる。仮に、秒速3メートルとして、これを時速に直せば約10キロ。秩父さくら湖から東京湾までの距離が120キロなら、到達するまでにかかるのはおよそ十二時間……。

気象予測では、台風の影響で秩父山地が豪雨に見舞われるのはおよそ二日後とされている。その後、豪雨が数時間継続し、溢れたダムの水が東京湾に到達するのに十二時間かかると概算した場合、東京湾到達までに残された時間は最短で四日、長引いたとして五日といったところだ。

露木の視線は地図上の東京湾に集中していった。より関心を引くのは、勝鬨橋《かちどきばし》をくぐってレインボーブリッジに到達する隅田川のほうだ。レインボーブリッジ橋脚下に怒濤《どとう》のごとく押し寄せる水は、その先に位置する変形五角形の無人島、第六台場を四方から包み込む。

第六台場を目指すどんぴしゃりのコース取りは単なる偶然なのか。

露木はこめかみに指を当てて、植物の意図を読み取ろうとした。読み違えれば、取り返しのつかない大災害となると、自らを鼓舞しつつ……。

首都圏に暮らす人々は、われ先に東京から逃げ出すに違いない。しかし、自分が為すべきは大衆とは逆の行為であると、露木は自覚した。自ら火中の栗を拾うべし。

意に反する行動に出たトリケラトプスと同様、人類を抹殺しようとしているのなら、こんな手の込んだ方法は取らないだろう。コメ、ムギ、トウモロコシの三大穀物に、脱粒性（実ると同時に粒がばらばらになって地面に散る）の特性を復活させれば、大規模農業は根幹から崩れ、八十億の民をあっという間に飢えさせることができる。

指示通りに人間が動けばそれでよし、背いたときにのみ鉄槌《てっつい》は下され、人類はトリケラトプスと同じ運命を辿らされる。死にゆく者の姿をワイドショーで見せつけたのは、「交渉の余地あり」と伝えるためだ。

自然を裏で操る力を持つ植物に比べて、人間は明らかに非力だ。残された期日はほんの四、五日。その間に、災厄を回避する方法を講じなければならない。

解決のヒントを体内に秘めている女性はただひとり……、中沢ゆかりである。

夢見るハーブの会信者集団死事件における、唯一の生き残りだからだ。ゆかりが生き残った原因が解明できれば、南極シアノバクテリアを無毒化する方法がわかるのだ。

露木の頭に浮かぶのは三段論法と似た推論形式だった。

前提1）南極の氷層から掘削された氷を原因として、複数の集団死が発生した。犠牲者の遺体には、他に類をみないグロテスクな溶血と血の緑化という所見がみられる。

前提2）夢見るハーブの会集団死事件における七人の犠牲者の遺体にも、まったく同様の、グロテスクな溶血と血の緑化という特色が見られた。

両方の事件における結果が同じであることから、その原因もイコールで結ばれると想定される。

南極氷による突然死の原因は何億年も前に氷層に閉じ込められたシアノバクテリアの変種で、夢見るハーブの会集団死の原因は赤い実と見做《みな》されている。

結論）南極シアノバクテリア＝赤い実という等式が成り立つ。

したがって、中沢ゆかりがなぜ集団死を免れたのか、そのメカニズムが解明できれば、南極シアノバクテリア禍の対処法に応用できるはず……。

何度思考を繰り返しても推論に矛盾がないと思われた。

至急、中沢ゆかりと会って話を聞く必要がある。

露木は、中沢ゆかりとのミーティングを恵子に頼もうとしてスマホを手に取った。

2

恵子に電話しようとしたちょうどそのとき、露木のパソコンにメールが届いた。

送り主は理化学研究所に出向している山崎准教授である。

大学の同級生である山崎には、南極シアノバクテリアの三次元構造の解析を依頼した以外にも、十五年前に起こったカルト集団死事件の原因がシアノバクテリアにあると想定される、その出所が一向にわからず、何か思い当たることはないかと、相談を持ち掛けていたところだった。メールには「参考になるかどうかわからないが」と但し書きをつけた上で、ファイルが添付されていた。

ファイルは山崎が執筆したものではなく、関西にあるK大学理学部で行われた実験のレポートだった。レポートの内容が、露木の質問へのヒントになるかもしれないと、山崎は見込んでいるのだ。

まず目を引いたのはそのタイトルである。

「ミトコンドリアの単離法」

シアノバクテリアについて意見を求めたのになぜミトコンドリアなのか……、と疑問を抱いた露木はすぐに添付ファイルを開き、K大学で行われた実験のレポートにざっと目を通していった。

動物にしろ、植物にしろ、細胞の内部にはオルガネラ（細胞小器官）というさらに小さく、独自のDNAを持つ構造がある。そのひとつであるミトコンドリアは、生きていくために必要なエネルギーや活性酸素の産生、アポトーシスの制御、カルシウムイオンの調整などの役を担っている。

ミトコンドリアの機能にはまだ不明な点も多く、より詳しく調べるためには、細胞から単離する必要があった。

細胞の外に取り出してはじめて、根底にあるメカニズムを正確に計測することができるからだ。これまでに使われていたのは、細胞を細かく粉砕した上で遠心分離器にかけ、密度の違いによってミトコンドリアを分離する方法であるが、そんな乱暴なやり方では、ミトコンドリア本来の姿が損なわれて活性が低下し、正確な計測ができなくなるという欠点があった。

そこでK大学生命工学科の研究チームが開発したのが、「ダメージのないミトコンドリア単離法」である。

粉砕することなく、そっくりそのままの形でミトコンドリアを細胞の外に取り出す技術の開発において重要な役割を演じたのは、ストレプトリジンOというタンパク質だった。ストレプトリジンOには、自身が保有する膜傷害活性を利用して細胞膜に孔《あな》を開けるという特性がある。

細胞膜にストレプトリジンOを取り込ませた上で微妙な温度調整を行い、細胞膜にほどよい孔を穿《うが》てば、ミトコンドリアを傷つけることなく抜き取れるのではないかという予測のもと、新たな単離法が開発された。

子宮内の胎児にたとえれば、流産や搔爬《そうは》によって胎児の細胞を子宮外に取り出すのが従来の技法で、ストレプトリジンOを使った単離法は自然分娩における安産という位置づけとなる。間違いなく、ずっとエレガントなやり方であろう。

こうして、研究チームは細胞膜にストレプトリジンOを添加した後、ゆっくりと摂氏四度まで冷やした後、三十七度まで温めたりと、温度を微調整して上手に孔を開け、低速遠心分離器にかけて上清に含まれた無傷のミトコンドリア抽出に成功する。

細胞から取り出されたミトコンドリアは、即座にカバーガラスに貼られて光学顕微鏡による観察が行われ、結果として、外膜や内膜におけるタンパク質分布を検出することができ、クエン酸回路の基質、イオン、タンパク質、脂質などの作用がどのような影響を及ぼすのか、そのメカニズムが明らかにされていった……。

レポートの後半は、取り出したミトコンドリアをいかに分析して、新たなデータを引き出したかという成果報告に費やされていたが、露木に必要な情報は、前半部分だけで十分に足りていた。

前半の内容をごく簡単にまとめれば、こうなる。

「生命工学科の研究チームは、ストレプトリジンOの効能を活用して細胞膜に孔を穿ち、ミトコンドリアを無傷のまま細胞外に取り出すことに成功した」

添付ファイルを読み終わっても、読み始める前に抱いた疑問が晴れることはなく、露木を首をひねるばかりだった。

……なぜミトコンドリアなのか。

露木が知りたかったのはシアノバクテリアに関する情報である。

地球生命の歴史を簡単に振り返るうちに、露木は、ミトコンドリアとシアノバクテリアの共通点がどこにあるのか、なんとなくわかってきた。

……キィワードは「寄生」と「共生」ではないか。

何億年も前に、独立した好気性細菌が真核生命の細胞に取り込まれ、共生することによってエネルギー生産を司るミトコンドリアとなったと同様、真核生命の細胞に潜り込んで共生したシアノバクテリアが光合成を司る葉緑体となったというのが、進化論における通説である。大昔に自存していた原核生物が他の生物の細胞に潜り込んで居座ったという点で、ミトコンドリアと葉緑体はそっくりなのだ。

メールの末尾には「お手すきのときに電話してほしい」と山崎からのメッセージが書かれていた。

K大学生命工学科チームのレポートを読んで予備知識をつけた上で、詳細を話し合いたいという意向だろう。

露木は一刻も早く知りたいという衝動に駆られ、山崎の番号をプッシュした。

すぐに電話に出た山崎は挨拶《あいさつ》も抜きに「お、早いね」と応え、「読んだか？」と畳み掛けてきた。

「もちろんだよ」

「読んで、どう思った？　まずは、シンの意見を聞きたい」

大学時代の同級生である露木と山崎は、互いにシン、ヒデと呼び合う仲である。

「正直なところ、ちょっと面食らった」

「ほう、なぜだ？」

「おれが尋ねたのは、植物の祖であるシアノバクテリアに関することだ。しかし、添付ファイルに書かれていたのは、動物細胞からミトコンドリアを取り出す技法のこと……、なぜなのかと、理解に苦しんだ」

「京都チームのレポートのことは前から知っていたけど、あまり気にとめなかった。ところが、シンから相談を受け、あれこれ考えているうち、このレポートが、赤い実の成分と南極シアノバクテリアがイコールで結ばれるためのヒントになるんじゃないかって気づいたんだ」

露木は、左耳に当てていたスマホを右手に持ち替えて耳に当てた。意識を集中させる方向として、左より右のほうが優れている。

「続けてくれ。ぜひともヒデの考えを知りたい」

「おまえにとっては釈迦《しやか》に説法だろうが、原初の地球に現れた最初の生命はバクテリアの類《たぐ》いで、原核生命と呼ばれている。原核生命は古細菌と真正細菌に分けられ、バクテリアは真正細菌に属する。さて、原核生命はいかにしてわれわれの祖である真核生命へと進化したか。現在考えられているのは、真正細菌に属するプロテオバクテリアの一種が古細菌の体内に入り込んでミトコンドリアとなったという説だ」

もちろん露木は知っている。プロテオバクテリアが細胞膜を破って古細菌の中に侵入し、寄生・共生することによって、真核生命へと進化する道が切り拓かれた。一方、シアノバクテリアは……。

山崎は解説を続けた。

「シアノバクテリアも同じ動きをしたといえる。真正細菌であるシアノバクテリアは、十億年ばかり前に真核生命の中に潜り込んで共生関係を築いて葉緑体となり、植物の祖となった。ミトコンドリア、葉緑体ともに、来歴がそっくりだ。本来、個体として生きていたバクテリアが他の生命体の細胞に寄生・共生することによってできた」

露木には山崎が言おうとしていることが見えてきた。

「つまり、無傷のままミトコンドリアを取り出せるなら、葉緑体にも同じことができるんじゃないか……、ヒデはそう言いたいんだな？」

「その通り。植物の場合、幹や茎の細胞壁はセルロースでできていて簡単には破れない。しかし、花や実の細胞膜は柔らかく、突破可能だ。もし何らかの作用を受けて、赤い実の細胞膜が破られれば、葉緑体が細胞の外に這《は》い出せるかもしれないと……」

「確かに、葉緑体が無傷のまま丸ごと這い出てきたら、それはシアノバクテリアに他ならない」

露木の脳裏に、赤い実が擁する膨大な細胞から、それよりはるかに小さな葉緑体が無数に這い出て、元の姿であるシアノバクテリアに戻っていくシーンが走り抜けた。全ての植物細胞には複数の葉緑体が含まれている。これまでは細胞膜に阻まれ、囚《とら》われの身であったものが、自由を得て解き放たれたとなると、生命界の様相は一変する。なにしろ、やつらは「どこにでもいる」のだ。

灯台下暗し。以前、露木は、南極シアノバクテリアの同類は、ごく身近な場所に隠れているのではないかと予感したことがあった。山崎の仮説が正しければ、予感は的中したことになる。

「シアノバクテリアと葉緑体は、呼び名が違うだけで、元はといえば同じ生き物だ。十億年ばかり昔の地球に棲息《せいそく》していたシアノバクテリアのうちの一方は、真核生命の細胞内に潜り込んで葉緑体となり、もう一方は、南極の氷層下に閉じ込められて古い形態を保ち続けた。そう考えれば……」

そう仮定すれば、「南極シアノバクテリア＝赤い実」の等式が成り立つことになる。

「確かに筋は通る。しかし、エレガントなミトコンドリア抽出法では、実験室で特別な化学的処理が行われていた。第六台場で栽培された赤い木の実に同様の処理を施すのは不可能だ」

「実験室の化学処理で主成分として使われたのは、ストレプトリジンOというタンパク質だ。ストレプトリジンOには、細胞膜を溶かして穴を開けるという作用がある。適度な温度調整を行うことによってその働きを最大限引き出し、植物の細胞膜にほどよい穴を開けることができれば、葉緑体も取り出せるはず……」

「ちょっと待て。細胞膜をうまく破るために必要なストレプトリジンOを、植物は一体、どうやって手に入れる？」

「おれが電話した理由はまさにそこにある。そもそも、赤い実がなる樹は、どうやって栽培されたんだ？」

露木は、敏弘とゆかりが第六台場の土壌を利用して品種改良を繰り返して、赤い実の収穫にこぎつけた経緯を、ごくかいつまんで説明した。

「なるほど……。確認したいのは、そのカップルのどちらか……、いや、両者でも構わないけど、劇症型溶血性レンサ球菌感染症を患っていなかったか、ということだ」

劇症型溶血性レンサ球菌感染症は、その名の通り、レンサ球菌という病原体によって引き起こされる感染症である。通常、発熱、咽頭炎《いんとうえん》、悪寒など、風邪と似た症状が出て軽症で終わるが、たまに、血液、筋肉、肺などの組織に菌が侵入して症状が急激に悪化することがあり、劇症型溶血性レンサ球菌感染症と呼ばれる。こうなると、筋肉組織は壊死《えし》し血圧は低下し、多臓器不全から敗血性ショック状態に陥って、死に至ることがある。致死率30％以上という恐ろしい病気である。

「植物も、われわれ人間と同じように病気になる。病気になる因子は基本的に人間の場合と同じで、ウィルス、細菌、微生物などが原因になる。動物が持っている細菌やウィルスが植物にうつるケースも多々ある」

「第六台場の赤い実が、溶血性レンサ球菌に冒されていたと、言いたいのか」

「そうだ」

「なぜそれが問題なんだ？」

「溶血性レンサ球菌がストレプトリジンOを産出するからだよ」

「つまり、赤い実の内部で産出されたストレプトリジンOの働きによって、葉緑体が這い出した可能性ありと……」

「その通り。ストレプトリジンOが赤い実の細胞膜にきれいな穴を穿ち、中にいる葉緑体が引っ張り上げた……」

「わかった。ちょっと待ってくれ。確認した上で、また、電話する」

露木は電話を一旦切って、十五年前の夏の夢見るハーブの会集団死事件が起こる直前の出来事を回想した。

親友の敏弘が急病で亡くなったとき、露木は海外の研究所に出張中で葬儀に出られなかった。海外にいて知らされたのは、急激な溶血による多臓器不全という曖昧《あいまい》な死因のみである。

正式な病名を確認しようとすれば、当時敏弘と仲のよかった稲垣謙介が一番だろうと、彼の電話番号をプッシュした。

敏弘の同級生である謙介は、露木にとっても後輩に当たる。

「謙介くん、久し振り。露木だが、すまんけど、ちょっと確認したいことがあってね。十五年前に敏弘が亡くなったとき、きみがそばにいてくれたと聞いている。敏弘が亡くなった原因は、血液の病気だったと記憶しているけど、正確な病名はわかるかい？」

「どうしたんですか、今ごろ。覚えてますよ。聞いたことない病名だったんで、ずいぶん調べて記憶に残っています。死因は、劇症型溶血性レンサ球菌感染症です」

露木は両目を閉じてその事実を嚙《か》み締めた。

「……そうか。ありがとう」

山崎の見立ては当たっていた。南極シアノバクテリア＝赤い実の等式は成り立ったも同然だった。

3

露木が、南極シアノバクテリア＝赤い実の等式を完成させようとする頃、恵子は事務所のテーブルに陣取って、報告書を仕上げるラストスパートに入っていた。

秩父さくら湖でのテレビ中継中、レポーターが死ぬ瞬間の映像が流れるという放送事故が起こり、台風4号は急遽コースを変えて列島を縦断する恐れが出てきた……。風雲急を告げる中にあっても、恵子は集中力のすべてを仕事へと注いでいた。

敏弘の子を妊娠した中沢ゆかりは天川成美になり代わり、夢見るハーブの会集団死事件を生き延び、無事に女児を出産し、生まれた子が山中泰英夫婦の手で育てられ、娘婿の露木の元で暮らすことになるまでの経緯をまとめたレポートは、明日中に依頼主の麻生夫妻に提出できそうだった。約束の期限までに十分な余裕を残して、仕事を完遂できるのは望外の喜びである。報告書を提出すれば成功報酬が手に入り、露木と蘭の同意を得た上で麻生夫妻との面会が実現できれば、さらなる上乗せが期待できる。恵子は、探偵業に身を転じて以来最高の達成感を目前にして、キイボードの上で指先を踊らせていた。

ところが、ふとした疑念が頭をもたげたことにより指の動きはぴたりと止まった。

報告書に書き込む必要のない些細《ささい》な疑念だったが、一旦脳に巣くったからには簡単に拭《ぬぐ》えない。

……中沢ゆかりがなり代わった天川成美は、今、どこにいるのか？

恵子が依頼されたのは麻生家の孫捜しであり、天川成美の消息を調べることではない。しかし、念には念を入れ、天川成美の本籍がある埼玉県蕨市に出向いて調査を行っていた。ところが、天川成美の消息はぷつりと途切れたまま行方はようとして知れないままなのだ。生きているのか死んでいるのかすらわからないところがなんとも不気味である。犯罪に巻き込まれて死んだとなると、中沢ゆかりの娘である蘭に影響が及ぶ恐れがある。得られるのが通常の報酬額なら放置した問題であったが、法外な額となれば後顧の憂いを取り除いてあげようというサービス心が湧く。

恵子は、キィボードに走らせていた手を顎《あご》にのせ、「さてどうしようか」と考えた。

現在、中沢ゆかりの住所、電話番号はしっかりと押さえてある。連絡を取るのは簡単だった。成り代わった本人に会って、直《じか》に話を聞けば、意外にあっけなく事実が判明するかもしれない。しかし、事前にアポを取って断られたらそれでアウトである。ここは、彼女の職場である「スピリチュアル・サロン・葉香」の終業時間を狙って押し掛け、強引に聞き出す作戦を取ったほうがいい。

壁の時計は夕刻の六時を指している。行くなら早いほうがいい。

恵子は、報告書の完成を明日以降に延ばそうと決め、外出の支度に取り掛かった。

着替えの最中にスマホの呼び出し音が鳴った。ディスプレイには露木の名前が表示されている。通話ボタンを押し、喋《しゃべ》り始めるとすぐ、彼から依頼を受けた。

……早急に、中沢ゆかりと会って話したいことがある。会合をセッティングしてもらえないか。

これからまさにゆかりの職場を訪れるところだと恵子が言うと、露木は、即座に同行を申し出てきた。

こうして、恵子と露木は途中の駅で落ち合った後、「スピリチュアル・サロン・葉香」のブースがあるショッピングセンターに向うことになった。

「スピリチュアル・サロン・葉香」の営業を終え、ゆかりがブースから出てくるタイミングで、恵子は彼女の横に並んで耳元に囁《ささや》いた。

「よかったら、一緒にお食事でもいかがかしら」

ゆかりは、突然現れた恵子に驚いて背筋をぴんと伸ばした。「一緒にお食事したい」が「聞きたいことがある」という意味であることなど、ゆかりにはお見通しだ。

「あなた探偵でしょ。わたしのことは調べ尽くしたんじゃないの？」

「依頼された仕事と関係ないことを調べたりはしないわ」

「で、今度は何を知りたいの？」

「天川成美さんが、今、どこにいるのか、知りたい」

ゆかりはわずかに唇を震わせた。

「今さらそんなことを知って、どうするつもり？」

「問題の根っこがそこにあるかも……」

ゆかりは「ふん」と鼻を鳴らして恵子の言葉を遮り、速足で歩き始めた。付き合ってはいられないという意志表示である。

そこに露木が現れ、恵子とふたりでゆかりを両側から挟む格好で、歩調を合わせてきた。

「はじめまして。露木眞也です」

露木はことさら明りょうに自分の名をフルネームで告げ、軽く頭を下げた。

名前が持つ意味を悟ってゆかりは足を止め、しみじみと露木を見上げて、両目を見開いていった。

「あなたが、露木さん……」

露木には名前を告げれば通じるという自信があった。生前、敏弘の口から幾度となく出た名前だろうし、兄のように慕っていたことをゆかりは知っているはずである。かつてゆかりが愛した敏弘にとって露木は特別の存在だった。

「よろしかったら、ぜひ一緒にお食事でも」

露木に誘われれば、無下に断るわけにもいかなかった。

「わかりました」

ゆかりは素直に従って、露木と恵子に並んでエレベーター前に立ち、上りのボタンを押した。

三人が向ったのはレストラン街のあるフロアだった。


テーブルに着き、メニューを注文するとすぐ、ゆかりはおもむろに切り出した。

「あなた、天川成美がどこにいるのか、知りたいって、おっしゃったわね」

「ええ、ご存じでしたら、ぜひ、教えてください」

「あなたは、天川成美がいる場所を、その目で、見ている」

冗談とも取れないゆかりの言葉を受け、恵子はゆかりに視線を据えたまま何度もまばたきし、これまでの調査で訪れた土地の風景を次々に思い起こしていった。しかし、まったく見当もつかなかった。

「本当に、わたしが、行ったことのある場所なの……」

「あなた、夢見るハーブの会の本部跡地を訪れたって、言ったじゃない」

「ええ」

はっきりと覚えている。麻生家の孫捜しを依頼されて一番最初に行った調査は、集団死事件のあった現場を訪れることだった。目的の廃屋を探し当て、主がいなくなって十五年以上が経過した家の周囲をぐるりと歩いて、破れた塀の隙間から中を覗《のぞ》いたりした。庭には季節はずれの桜が咲き乱れ、その光景に触発されて桜の根元に埋められた死体を連想したことまで覚えている。

「玄関のすぐ右に倉庫があったでしょ。その横の、土の下に、本物の天川成美が埋まっている」

恵子は身体を硬直させたまま、まばたきだけを繰り返した。横に目をやったところ、露木も驚きの表情を浮かべて身を乗り出す素振りを見せた。

確かに、朽ちて屋根が崩れそうになった物置小屋横の、ほんの一畳ばかりのスペースだけが、異様に丈の高い草で覆われていたのを思い出す。秩父さくら湖畔にある橋本家を訪れたときも、植物が際立って繁茂する所で死体を発見した。

過去に目にした風景から導き出される結論はひとつ……。

「殺されたの？」

受け身的表現にとどめ、殺した主体については敢《あ》えて曖昧に濁した。

ゆかりは首をゆっくりと横に振った。

「ううん、殺されたわけではない。自然死。でも殺されたようなものだけどね」

深刻な出来事を告白するにしては明るい口調で、ゆかりは、天川成美を襲った不幸を語り始めた。


……天川成美がうちの教団に来て、あの家で暮らすようになったのは、集団死事件が起こる一年以上前のことだった。最初のうち、わたしたち、とても気が合った。歳が同じだし、見た目も、育った境遇も似ていたから……、家庭に恵まれなかったという意味でね。あの子も、親に捨てられたも同然だった。父親がだれかも知れぬままこの世に生を受け、母に可愛がられることもなく、お決まりの虐待を受け、命からがら実家から逃げ出して、教団に身を寄せることになった。その頃に母を亡くしたというから、天涯孤独の身だったのね。わたしたちはそんな境遇の女性こそ温かく迎え入れた。それが仕事というか、教団の使命のひとつでもあったから。でも、うわべだけよ。善いことをしているつもりでも、深いところはドロドロしていて、憎しみや嫉妬《しっと》が渦を巻いていた。清く正しい乙女……、みんな仲良く……、というのは表の顔。成美は、ちょっとおバカだけど、そこそこの美人で、男好きのするタイプだった。境遇の酷《ひど》さという点で、自分たちより格下と見做していただけに、うちのねえさんたちは、成美に辛《つら》く当たるようになっていった。ねえさんたちが特に嫌ったのは、男たちが向けてくる下心みえみえのまなざしを、成美が嬉《うれ》しそうに受け止め、馴々《なれなれ》しく媚《こ》びを売ったりする行為……。だれひとり、男からそんな目で見られたことはなかったからよけい、ねえさんたちは、教団の教えである禁欲と清浄を盾に取って、成美を責め立てた。ちょうどそんなときだったのよ、成美が妊娠したのは……、相手の男がだれかもわからないまま。まさに成美の母が選んだのと同じ道。でもその道はあっけなく閉ざされた。成美は子を生むことができなかったのよ。禁欲の教えに背いたといって、ねえさんたちの叱責《しっせき》は糾弾へと変り、これまでは言葉の攻撃だけで済んでいたところに暴力が加わり、部屋に軟禁して食事を与えないという虐待へと発展させていった。栄養失調になってお腹の子どもが流産しても、虐待は終わることがなく、むしろさらに激しさを増した。飢えに苦しむ姿を見兼ねて、わたし、メロンパンをあげたこともあったけど、時既に遅しだったわ。成美はみるみる痩《や》せ衰え、食べたいという欲求すらなくし、無気力に陥り、コミュニケーションすら取れなくなった。衰弱の果てに亡くなったのは、折檻《せっかん》が始まって二か月ばかりが過ぎようとする頃だったわね。本物の親子だったら、保護責任者遺棄致死罪が成立するケース。でも、裁判になっても死刑判決までは到らないでしょう。教団の場合、罪に対する罰はもっと重いものとなる。判決を下すのは世間なんだから……。信者の虐待死が世に知れ渡れば万事休す。教団は殺されたも同然。だから、死体を隠すために、埋めるしかなかったのよ。好都合なことに成美は天涯孤独の身の上……、消息不明となっても気にかける人間はどこにもいない。深夜に、倉庫の横に長方形の穴を掘って、成美を埋めた。そうして、遺留品の焼却処分を命じられたわたしの手許《てもと》に、成美の免許証と保険証が残ることになった。焼き捨てないでとっておいて本当によかった。後々有効活用できると勘を働かせたのよ。

そして、あなたもよくご存じの通りに、事は進んだ……。

ゆかりの告白を聞いているうちに、恵子の背筋は徐々に寒くなっていった。

ゆかりの告白から導き出される当然の帰結を頭に展開させた。

ゆかりが成り代わった天川成美は、妊娠したせいで女性信者たちからの過酷な虐待に遭い、餓死に追い込まれ、庭先に埋められた。しかし、成美の死から一年も経たないうちに、ゆかりも同じ過ちを犯したのだ。彼女は麻生敏弘の子を妊娠した。教団の教えを破ったとなれば、当然、成美と同じ目に遭うはず。ゆかりが「ねえさん」と呼ぶところの女性信者から過酷な糾弾を受け、命の危険にさらされたはず。おそらく、ゆかりと女性信者たちとの間に相当な軋轢《あつれき》が生じたに違いない。ある程度の虐待は受けた。ところが、ゆかりは屈することがなかった。それどころか、単身で七人を相手とする闘いはゆかりの圧勝に終わった。犯罪の証拠を一切残すことなく、攻撃した側の命をきれいさっぱり除去するという方法によって……。

ゆかりは、再生の儀式を完遂させるための秘薬と称して、七人の女性信者に赤い実を食べさせたのだ。秘儀を終えた後、ゆかりは、冷静なまなざしで七人の死を見届け、予定通り夕暮れの街へと消えた。

その行為には一挙両得どころか三得、四得の利点があった。虐待から身を守る、他人に成り済ましで戸籍を得た秘密を完全なものとする、息苦しい共同生活から脱して念願の自立を果たす、そして、だれにも邪魔されずに子どもを生む。ゆかりにとっては四番目がもっとも大きな目的だったかも知れない。

4

「中沢ゆかりが成り代わった天川成美はどこにいるのか」という恵子の疑問は、「夢見るハーブの会本部施設跡の庭下で朽ちている」という答えで一応の収束をみせ、質問者の交替が行われた。

次なる疑問の提起者は露木だった。露木が、この場に同席する目的は、「ゆかりから明確な答えをもらうこと」に絞られている。

恵子の目配せを受け、露木はまず、ゆかりとの問答によって状況を明らかにしようと努めた。

「あなたは、アセンションと呼ばれる教団の儀式に赤い実を差し出しましたね。その実は、敏弘とふたりで行った品種改良によって、第六台場で実ったものですか」

ゆかりは目を逸《そ》らすことなくゆっくり頷《うなず》いて、同意した。

敏弘のノートに記載されていることであり、この事実に間違いはなさそうだ。

「赤い実がなる樹を栽培中、あなたは溶血性レンサ球菌感染症に罹《かか》っていませんでしたか？」

ゆかりは目を伏せて「ああ……」と溜《た》め息を漏らした。思い起こすこと自体が辛そうである。

「最初のうち、風邪とばかり思い込んで、放っておいたんですが、喉《のど》の痛みがなかなか抜けなくて……、しかたなく、お医者さんにみてもらったところ、溶連菌が検出されたと診断されたことがありました。でも、まさか、あんなことになるなんて……、わたしがもっと注意していれば、敏弘さん、今ごろ……」

溶連菌とは溶血性レンサ球菌の略である。口振りから、ゆかりが最初に溶血性レンサ球菌に感染したと推測できた。菌をうつされた敏弘が劇症型に移行して多臓器不全で命を失う一方、本元のゆかりは軽症で終わった。

山崎准教授の仮説はより真実に近づいたようである。赤い実の毒は敏弘とゆかりが持っていた

第7章　巫女

溶連菌に由来する……、そう考えた瞬間、手慣れた薬草使いのように振る舞うゆかりの所作が目に浮かんだ。赤い実を両手で包み、人肌に暖めたり冷やしたりしながら、ストレプトリジンOの効能を最大限に引き出し、葉緑体をシアノバクテリアに変換させていくゆかりの姿は、どことなく魔女を彷彿（ほうふつ）とさせる……。

露木は質問を続けた。

「あなたは、赤い実の毒性を知った上で、信者たちにエキスを飲ませたのですか？」

ゆかりは激しく首を横に振って否定した。露木は身をわずかに乗り出してゆかりの目を覗き込み、嘘のあるなしを見極めようとした。大事なポイントである。事前に毒性を認識していたならゆかりの行為は殺人となり、毒性の認識がなかったとすれば事故ということになる。七人の女性信者を同時に葬ろうとする動機が十分に揃っていることから、恵子の判定が「殺人」のほうに傾きつつあると察知できたが、露木の考えは違った。

ストレプトリジンOの働きで葉緑体がシアノバクテリアとなって湧き出し、宿主の細胞膜を破ってグロテスクな溶血を引き起こしたという一連のメカニズムを、ゆかりが事前に理解していたとは到底思えない。

恐らくゆかりは何も知らなかった。したがって、「自分以外の七人が死んでいくのを見て心底驚いた」という供述に嘘はない。

残されたのは最大の疑問である。答えの中身は南極シアノバクテリア禍の行く末を大きく左右する。「絶対に嘘をつかないでほしい」という祈りを目に溜めて、露木は疑問をぶつけた。

「夢見るハーブの会集団死事件での生存者はあなたただひとりです。他の七人が亡くなり、あなたひとりが生き残ったわけですが、その理由に心当たりはありますか？」

本人すら理由に心当たりがなく、「わからない」という答えが返る恐れは十分あった。ところが、意外にもゆかりは、確信を持ってさらりと言ってのけた。

「事前にヘビーコーンの樹液を摂取したからです」

……ヘビーコーン。

その名称は、敏弘が記したノートの中で幾度となく目にしている。第六台場の沼のほとりに繁茂して、実の先端から滴る瑞々《みずみず》しい樹液が、品種改良に画期的な進展をもたらしたとされる魔法の樹……。

「あなたは、ヘビーコーンの樹液を、直に飲んだのですか？」

ゆかりは遠い思い出を手繰り寄せるように「うーん」と唸《うな》ってから、樹液入りのハーブティを飲み始めた経緯を語った。

「ある日の午後、品種改良の経過観察をノートに書き記す敏弘さんの傍らに座って、わたし、ハーブティを飲んでたんです。すると、棚のフラスコに刺した枝先の白い花びらが、はらりと一枚落ちて、ヘビーコーンの樹液を満たしたシャーレの培地に着地したのです。風や振動のせいではなく、自然に落ちただけなんですが、目に見えない力が作用したように感じられました。樹液がたっぷりと染みた花びらを指でつまみ上げてみると、大好きなペパーミントと似た匂いが漂い、わたし、思わず花びらをハーブティに落として、飲み干したのです。舌先に爽《さわ》やかな刺激が走り、眺めている世界の輪郭が明りょうになり、感覚が研ぎ澄まされてなんともいえない幸福感に包まれていった。身体に悪いという感じではなく、いい効果をもたらすという確かな感触があったのです。それから、わたし、樹液の入ったシャーレに浸した花びらを浮かべたハーブティを習慣的に飲むようになりました……」

特別仕立てのハーブティを飲み始めたエピソードを語った後、ゆかりは、集団死事件の後、自分ひとりが生き残った理由は何だったのかと何度も思い巡らし、ヘビーコーンの樹液が原因という自説がゆるぎないものとなったと付け加えた。

とりあえず具体的な答えが得られはしたが、根拠となるのがゆかりの直観であることに一抹の不安を覚えた。

「証明できますか？」

無理を承知で露木は尋ねた。

「証明……、それは、無理。でも、わたしは、植物扱いのエキスパートなの。ちょっと舐《な》めたり、匂いを嗅《か》いだだけで、身体にいいかどうか、わかります。勘が狂うことはまずありません」

敏弘の分析によれば、ヘビーコーン樹液の成分にはサイトカイニンが含まれているという。植物ホルモンの一種であるサイトカイニンは、個体内の情報伝達を円滑にする働きがある。その力が作用して、体内に侵入した異物を無毒化した……、というより、うまく手なずけた可能性なきにしもあらずである。赤い実とヘビーコーンは、第六台場というごく狭い土壌に生えて、地中に張り巡らせた根は密なネットワークを結んでいる。ホメオパシーと呼ばれる同種療法の理論によれば、「ある病気を起こす成分によって、その病気を治すことができる」とされている。この論理が正しいとすれば、赤い実の毒が、同じ土壌で育った近縁種の樹液で中和される可能性が出てくる。同じ成分が毒にも薬にもなり得るのだ。

まず手に入れるべきはヘビーコーンの樹液だった。現物を分析してメカニズムがわかれば、南極シアノバクテリア禍を克服する方法が開発できる。

「ヘビーコーンは、今でも第六台場に繁茂していますかね？」

「簡単に枯れることはないでしょう」

「なぜ、わかるんですか」

「溢れんばかりの生命力を誇ってましたから」

露木は隣に座る恵子に目を向けた。

ゆかりとの会話で明らかになったのは、自分たちに課せられた使命の具体的な中身である。南極シアノバクテリアを無毒化する成分を含む樹液が第六台場にあるとなれば、是が非でも取りに行かなくてはならない。あと三、四日のうちに、浦山ダムの水は東京湾に流れ込んで第六台場を包み込む。やつらが東京湾に居座って今後ますます繁殖すれば、第六台場には一切近づけなくなる。行くとすれば、南極シアノバクテリアが襲来する前を狙うほかない。

恵子の胸にも同じ目的が芽生え、行動へと駆り立てられている様が、ひしひしと露木の肌に伝わってきた。だからこそ、隣に座る恵子に目を向け、無言で、覚悟のほどを尋ねたのだ。

露木の腹は決まっている。使命の中身を知ってしまった以上、逃げの一手を決め込むことはできない。自ら危地に飛び込んで火中の栗を拾うべし。

恵子は一旦閉じた目を開き、瞳を爛々《らんらん》と輝かせ、椅子の横に垂らしていた左手を伸ばして露木の右手を軽く握った。

「一緒に行く」という明確な意志表示である。露木は即座にその手を握り返した。

言葉を交わすことなく、両者の意見が一致したことにより、胸にぽつんと湧いた勇気が何倍もの大きさに膨れ上がった。

5

さっそく、その夜のうちに、露木のマンションで第六台場渡航計画が練られることになった。

露木と恵子に加え、メンバー候補として招聘《しょうへい》されたのは、上原と有里のふたりである。

第六台場上陸メンバー選出の条件はふたつあると露木は考えていた。

夢見るハーブの会集団死事件と南極シアノバクテリア禍の両方に精通していること……、上陸して樹液を採取する行為が後々の仕事の成功に直結すること……、以上のふたつである。危険を伴う行動である以上、見返りは大きくなければならない。生還の保証がない代わりに、成功の暁には多大な報酬と名誉が手に入るというわけだ。

上記ふたつの条件を満たす人間として露木が白羽の矢を立てたのは上原と有里だった。露木は恵子と並んでテーブルに座り、ここ最近に知り得た情報を、正面に座る上原と有里に伝え、ヘビーコーンの樹液の採取を目的とした第六台場上陸計画の概要を説明した。

「行く」「行かない」を決めるのは本人の自由意志であり、強制はできない。

熱意溢れる露木のプレゼンテーションが功を奏して、まず最初に賛意を示したのは上原だった。

上原は、「ぜひとも、同行させてもらいます」と明言した上で、その理由を説明した。

……夢見るハーブの会集団死事件のドキュメンタリーを書いたにもかかわらず、真相が不明のままでいることに内心忸怩《じくじ》たる思いを抱いている。未解決の問題に決着をつけて、より優れた続編を上梓《じょうし》したいという願望は強い。逃げるのではなく、敢えて最前線に進出して価値ある情報を入手すれば、前作を上回る作品が執筆できると信じている。後世に名を残す原稿を書き上げるためには、自らリスクを犯さなければならないこと、引き受けるリスクが大きければ大きいほど、成し遂げたときの見返りもまた大きくなると、重々承知しているつもりです……。

先輩ジャーナリストの上原が示す、堂々たる態度を横目でうかがう有里の視線には、心の中の葛藤《かっとう》がそのまま表れていた。目だけでなく、テーブルをコツコツと打つ指先や、頻繁に組み替える脚の動きから、葛藤に苛《さいな》まれて上げる彼女の悲鳴が漏れ聞こえた。

有里が、自分で決めることができず、投げやりな心境になっているのがわかった。

首都から逃げ出そうとする圧倒的多数派と、東京湾のど真ん中に進出しようとする超少数派……、一体どちらに与《くみ》すべきか決めかねていたところに発せられた上原の決意表明は、同業者である有里の心に火を灯《とも》し、仕事への意欲をぽつぽつと燃え上がらせることになった。

有里の夢は、自分の名を冠した単行本を刊行して一流ジャーナリストの仲間入りを果たすことである。第六台場で貴重な情報が得られれば、夢までの距離は間違いなく縮まるだろう。

自分にしかできない仕事を成し遂げるために命を張ろうとする魂に敬意を込め、上原を見つめた後、有里は、溜め息と一緒に声を絞り出した。

「わかりました。こうなれば、行くしかない」

一応の同意を示す有里の震え声を聞いて、露木は逆に不信を抱いた。

有里の決定は、四人という小さなグループ内での圧力に屈した結果だった。上原が、露木の提案を断る側に回っていたら、有里はたぶん上原に同調した。確固たる信念に基づいた判断ではなく、別の大きな集団に帰属したとたん変節する可能性を宿した、その場しのぎの判断である。

いざというとき、足を引っ張る存在になりかねず、「あまり頼りにしてはいけない女」のレッテルを貼りつつも、露木は有里の参加に歓迎の意を表した。

露木は恵子には意向を尋ねようとしなかった。訊《き》くまでもなく答えは明らかだったからだ。

四人のメンバーが出そろったところで、露木は具体的な計画を述べた。

……明日の朝、レンタカー・オフィスでワゴン車を借り、台車、ゴムボート、電動船外機、ナイフ、スコップ、防水ライト、バケツ、ゴム長靴、レインウエア、テント、小型発電機、食料やノート・パソコンなどを積み込み、午後には第三台場まで進出し、ゴムボートを膨らめて第六台場へと渡る……。急変するかもしれない天候をうかがいつつ、迅速な行動が求められる……。

計画の概要が皆の胸に浸透し、ふと訪れた静寂をついて、上原がしみじみとつぶやいた。

「いよいよ第六台場ですか。これまでのことを振り返ると、なんだか、神秘的な力を感じますね」

上原の言葉に反応してビクッと身体を震わせたのは、露木自身、同じ思いを抱いていたからだ。神秘的な力……、人智を越えた力の介入といい変えることもできる。

敏弘とゆかりが持っていた溶血性レンサ球菌に赤い実が感染してスプレプトリジンOを産出し、植物細胞内から葉緑体が湧出してシアノバクテリアになり代わったという説は、一応、論理的に筋が通ってはいても、決定的な要因が足りないような気がしてならなかった。

四十億年近く前の地球生命誕生も同じである。原始地球の海で、アミノ酸、塩基、メタンなど、有機物をはじめとする生命の基本素材が揃い、放電や熱水噴出によるエネルギーが加わったとしても、そこから生命が生まれることはない。いくら掻《か》き混ぜたところで、ガラクタはガラクタのままだ。論理的に筋が通り、素材と条件が揃ったとしても、最後の一押しがなければ創発は起こらない。最後の一押しとは、現代科学では解明できない神秘の力である。

「どういう意味です？」

露木は、上原が「神秘」という言葉に込めた意味に興味が湧いた。

上原は苦笑いを浮かべて首を横に振る。

「露木さんは科学者だ。へたなこと言ったら笑われちゃうよ」

「冗談じゃない。おれなんて、とっくの昔に似非《えせ》科学者の烙印《らくいん》を押されてる。ただ、上原さんの考えを知りたいだけなんです」

「夢見るハーブの会集団死事件のドキュメンタリーを書く上で、ぼくは、教団の歴史を詳しく調べました。どこにルーツがあるのかと、調べれば調べるほど、どんどん時代は遡《さかのぼ》っていった。夢見るハーブの会は、キリスト教異端の思想……、特にカタリ派の流れを汲《く》んでいます。異端の思想の始原は三千年ばかり前のゾロアスター教にまで遡り、そこを起点に、マニ教、グノーシス派、ボゴミル派、ヴァルド派、カタリ派など、様々な流派を辿ってきました。中世のフランスを席巻したカタリ派は、清浄、禁欲、菜食、質素、清貧をモットーとして、女性を大いに重用しました。フェミニズムの元祖といわれるぐらいです。男女混交のコミュニティーには、霊的な権限が与えられた女性修道士たちがいて、病気を癒《いや》したり、避妊の術を処方したり、魂を救済する秘儀を施したりした。彼女たちが得意としたのは、植物の品種改良であり、育てた薬草から薬や毒を抽出する技術です。ところが、その特殊技能が恐れられて不幸を招くことになります。ある者は、魔女として告発され、拷問を受け、火刑にかけられた。中世のヨーロッパに吹き荒れた魔女狩りです」

「魔女……」

いきなり出てきた「魔女」という響きに露木が面食らったのは、話の先が一向に見えないからだ。

「露木さんは、中沢ゆかりと直接お会いしましたよね。彼女の容姿にバタ臭さを感じませんでしたか？」

「言われてみれば、確かに……」

中沢ゆかりは目鼻立ちがくっきりと整った顔をして、髪の色も茶色がかっている。西洋人とのハーフ、クォーターと言われても十分通用するだろう。

「偶然に中沢ゆかりの写真が出てきたとき、なぜか魔女のイメージが浮かんだことを、思い出しましてね」

「中沢ゆかりは魔女……、と言いたいのですか」

「いや、表現がちょっときつい。植物エキスパートである中世カタリ派修道女の遺伝子を引き継ぐ者……、といったところでしょうか」

第六台場における品種改良で、ゆかりは、幹と枝を繫《つな》いだり、葉をちぎったりと植物との接触をたくさん持った。赤い実を両手で包み、体温で温めたりもしただろう。敏弘が行った品種改良において主役をつとめたのはゆかりである。彼女の身体に秘められた神秘の力が、他のどこにも見られない多種多様な植物の開発を可能にしたのだ。

「ところで、魔女にとっての行動原理は何なんですか？　善きこと、悪きこと、どちらに与《く》みする者なのか？」

「魔女は、自己の内に善悪の行動原理を持ちません。彼女たちが取った行動が、周囲の人々から悪と認定されるか、善と認定されるか、というだけです。本人たちは意外と無自覚なんだと思う。自分の意志で動くというより、操られているというべきでしょうか。受け身的なんですよ。無邪気な小悪魔と呼んだほうがぴったりくるかもしれない」

上原のいう「無邪気な小悪魔」は中沢ゆかりを指している。しかし、露木の頭に浮かんだのは、ゆかりの顔ではなかった。中沢ゆかりが魔女の系譜にあるとすれば、実の娘である蘭もまた同じ血筋を引く者となる……。

そのとき予期せぬ闖入者《ちんにゅうしゃ》に見舞われた。

あたかも露木と上原が魔女を話題にのせたタイミングを見計らったかのように、蘭がリビングルームに飛び込んできたのである。

蘭は皆の前で仁王立ちになり、開口一番こう言い放った。

「わたしをどうするつもり？」

蘭はドアの陰に隠れて皆の会話に耳を澄ましていたらしく、大方の事情を飲み込んでいた。

迂闊《うかつ》にも、露木は意表を突かれる格好になった。自分たちが第六台場に上陸している間、蘭の生活の面倒はだれがみるのか、その具体的な方法を念頭に置くことがなかったからだ。しかし、考えてみれば、都心全域に危険が及ぶかもしれない中にあって、娘を放置したまま出かけるのもまた、親として無責任の誹《そし》りを免れない。

「きみは、どうしたいんだ？」

露木はまず蘭の意向を訊いた。

「わたしは行く。置いてかないで」

蘭の声には「断固たる使命感」と「上の空」という相反する感情が入り混じっていた。心が別の何者かに乗っ取られ、虚ろになっているにもかかわらず、眼には遠い未来を見据える意志力が漲っている。

蘭は露木の目を見つめたまま、決して視線を離そうとしなかった。

幼くも、神々しい表情に触発され、露木は、中沢ゆかりが「神の使徒」という表現を多用していたことを思い出し、戦慄《せんりつ》を覚えた。蘭は重要な任務を背負わされてこの世に誕生したのかもしれない。ゆかりが生んだのは、神意をうかがって神託を告げる「巫女《みこ》」なのか……。蘭を第六台場に連れていくべきか否か、選択の余地はなかった。神秘の力が「連れてこい」と命じているのだ。

第六台場に渡るべきメンバーの五人目に蘭が加えられた。

第8章　孤島

1

まだ少し晴れ間が残っていたが、そのわずかな切れ目がいつ閉じてもおかしくない雲行きだった。

轟々《ごうごう》と音をたてて吹く南西の風に、雨粒が混ざり始めた。午後にかけて風はますます強まり、雨脚も早くなるだろう。

台風の気配が濃く漂う空に架かる虹《にじ》の橋から、クラクションの音が雨あられのごとく降り注いでいた。

台風4号が日本海沿いのコースを北東に進んで、秩父山系がかつてない豪雨に見舞われるのがほぼ確実となり、マスコミ報道に煽《あお》られた人々は、われ先に東京からの脱出を計ろうとしている……。

特に、隅田川の流れがぶつかる月島《つきしま》、晴海《はるみ》、豊洲《とよす》、有明《ありあけ》、台場エリアなど、海に囲まれた地域の住民たちは真っ先に反応して、東京湾からの脱出を始めた。呼応して湧き上がった他の地域の住民たちの動きと重なり、さらに大きな波となって全都民をつき動かし、首都圏一帯は民族大移動の様相を呈していた。

第三台場の駐車場からでも、レインボーブリッジに鈴なりに並ぶ車の列を眺めることができた。車列は止まったまま、さっきからピクリとも動いていない。遠くから救急車のサイレンが響き、少し遅れてパトカーのそれに重なった。自然渋滞ではなく、事故渋滞のようだ。焦る気持ちが集団の中で増幅し、悪い方へ悪い方へと事態が連鎖してゆく……。

一刻も早く先に進みたいのに、立ち往生を余儀なくされ、車内の人々が上げる呪詛《じゆそ》のうめきが、うねりとなって橋げたを揺らしていた。

今朝早く借りたワゴン車の運転席から降り、車のうしろに回ってリアハッチを撥《は》ね上げた露木は、上空に渡された橋の上の出来事に心を奪われた。

下から見上げて分かるのは車高の高い車のルーフだけであったが、何が起こっているのか、大方のところ想像できる。

助手席から降りてきた恵子と、リアシートから降りてきた上原、有里の二人もまた、横に立って露木の視線を追い、四人は横一列に並んでレインボーブリッジを見上げる格好となった。

「みんな逃げてゆく。でも、わたしたちは災禍の中心に行こうとする。本当に、これで、いいのね。わたしたち、間違ってないんだよね」

恵子が求めたのは確信に満ちた返事であったが、露木には応《こた》えることができない。

「無責任と聞こえるかもしれないが、わからないとしか、言いようがない」

「あなたは、怖くないの」

「怖いという感情を退けるよう、普段から心掛けている」

「そんなこと、わたしには、できない」

「未来に何が起こるか、正確に知るのは不可能だ。ただ為《な》すべきは、真に差し迫った危険と、妄想によって膨れ上がった不合理な危険とを、正確に識別して、対処することだと思う。妄想が創り出した幻覚に怯《おび》えて、短絡的な行動に出ると、より大きな被害を被ることになる。発揮すべきは理性の力だ」

「露木さんの言うことを信じると、わたし、もう心に決めている……。それはわたしの意志。だから結果がどうなっても、あなたに文句は言わない」

「心強いお言葉、ありがとう。さすがに、おれが見込んだ女だ」

露木は率先してワゴン車の荷台に乗り込み、下ろした荷物を台車に移していった。

恵子は車のリアシートに顔を向けた。

「そろそろ起こす頃合じゃない」

恵子に促され、露木はワゴン車の横に立ってドアをスライドさせた。

さっきまで背もたれに寄り掛かって両目を閉じていた蘭は、両脇にいた人間の支えを失ってごろんとシートに横たわり、熟睡しているように見えた。

露木は、蘭の肩を揺すりながら耳元で声を上げた。

「蘭、起きろ。そろそろ行く時間だ」

薄く目を開いた蘭は、「うーん」と呻《うめ》き声を発してから、時間を訊いた。

「今、何時？」

「十二時ちょっと前だ。ランチをとった後、われわれは第六台場に上陸する」

蘭は猫のように伸びをして眠気混じりの声を上げた。

「腹減ったぁ」

露木は背中の下に手を差し入れ、大切な巫女《みこ》の身体を持ち上げ、車外へと引っ張り出した。

外国船の来襲に備えて江戸幕府が築いた第三台場は、もともとは第六台場と同様の人工島であった。現在は陸続きとなって一般に公開され、台場公園の名称で都民に親しまれている。

園内に残る砲台、陣屋、弾薬庫などの史跡が往時を偲《しの》ばせる一方で、湾岸に立ち並ぶ摩天楼やレインボーブリッジを一望できる立地が人気の、今昔の香りが融合する海浜の散策スポットだ。

普段なら、混雑というほどではないにしても、砂浜を散歩したり、ベンチに座って本を読む人々の姿がちらほらと見受けられるところだが、台風の接近と、それに伴う感染性シアノバクテリアの直撃を目前に控え、園内から人っ子一人いなくなってしまった。

露木をはじめとする五人の男女は、台車を押しながら車止めの間をすり抜け、不気味に静まり返った台場公園を南西に進んで、かつての島の北端に位置する船着き場のあたりで歩みを止めた。

石垣の上に立って顔を西に向けると、目と鼻の先に第六台場が見渡せた。島の東端まで、距離にして三百メートルばかり、上陸予定である西端の船着き場までで、せいぜい五百メートルといったところだ。

露木は石垣の西端に寄って東京湾を見下ろし、これから取るべきルートをざっと頭に思い描いた。第六台場の構造は、基本的に第三台場と同じであり、北端のほぼ同じ位置に船着き場があって、上陸できるポイントはそこだけに限られる。

露木たち五人は船着き場へと降り、器材を積み込んだ台車のロープをほどき、二艇のゴムボートを地面に下ろして空気を充塡《じゅうてん》し、電動式小型船外機をボートの船尾に取り付けていった。

準備万端整う頃、船着き場の付け根の奥から足音が聞こえてきた。大地に積もった枝葉が踏まれる音は雨模様の天気を受けて湿っている。人っ子一人いなくなってしまった第三台場の船着き場に人間がいるとも思えず、露木は耳を澄まして、音の正体を探ろうとした。獣の類《たぐ》いではなく、どうみても人間の足音としか思えない。

やがて石垣の隙間を通り抜けて人影が現れた。

現れたのは、ジャージの上下に身を包んで小振りのリュックサックを背負う中沢ゆかりだった。

ゆかりの顔に浮かぶ表情に本能が刺激されたらしく、蘭はその姿を認めるや目を見開いていった。

　ゆかりは、他の四人には目もくれず蘭にだけ視点を定め、今にも泣き出さんばかりに顔を歪《ゆが》め、両手を広げてきた。慈愛のこもった視線は、蘭が特別の存在であることを明かしている。蘭はただならぬ気配を察知し、深い因縁のある女性であることを確信したようだ。

「中沢さん、どうしてこんなところに……」

　思わず放たれた恵子の一言によって、上原と有里は、雑木林を抜けて突如現れたのが中沢ゆかりであることを知った。

　蘭だけが縋《すが》るような視線を露木と恵子に注いで、「この人が誰なのか教えてちょうだい」と目で訴えかけていた。

　突如現れた中沢ゆかりに露木の心は大いに乱された。ゆかりが蘭の生みの親であるという事実を、露木はできるだけ長く隠しておきたかった。早すぎる対面によって、すべてが暴露される恐れが出てきた。蘭は、実母が露木優子で、母亡きあとは祖父母の山中泰英大妻に育てられたと信じている。その信念が外圧によって壊されるのは避けたかった。

　露木は、蘭との間を分かつようにゆかりの元に歩み寄って小声で懇願した。

「たのむ。余計なことを言わないでほしい」

「でも、すぐにばれるわよ。この子、勘がいいから」

「どんな目的でここに来たのか、理由を教えてくれないか」

「今こそ、わたしの力が必要だからよ。二度と同じ過ちを犯したくない」

「え、どういうこと……」

「今はわたしを信じてちょうだい」

　ゆかりの身体からは断固たる決意が発散されていた。

「信じるって、何を……」

「行けばわかるわ。十五年以上前に敏弘さんと一緒に何度も訪れた島……、故郷みたいなものよ。案内はわたしに任せて。さあ、海を渡りましょう」

率先して水先案内人になろうとするゆかりを拒絶することはできない。

中沢ゆかりを新メンバーに迎え入れた一行は、三人ずつ二艇のボートに分乗して眼前に浮かぶ第六台場を目指した。

2

進んだ距離はほんの数百メートルに過ぎない。

目と鼻の先に迫ってきた第六台場北端の桟橋に、惰性で近づいたゴムボートの舳先《へさき》が当たると同時に、露木は舫《もや》いロープを持って岩に跳び移り、手早くロープを固定させた。すぐに振り返り、近付きつつある二艇目からのロープを手に受け、同じ要領で岩の出っ張りに巻き付けていった。

露木は、人員の上陸と物資の搬出を終えて軽くなったボートを桟橋に引っ張り上げ、強風に流されないよう、電動船外機とオールを収納した上からロープでぐるぐる巻きにして固定した。

手際よくやるべきことをやり終えた六人の男女は、互いの服装をチェックし合った。ゆかり以外は皆、浮力のあるウェットスーツで全身を包み、膝《ひざ》丈のゴム長靴を履いている。島に棲息《せいそく》するかもしれぬ微生物から身を守るために、肌の露出を最小限に抑えていた。

栈橋の付け根の先には異界に通じる扉のように石垣が開き、一本の獣道がこんもりとした暗がりへとのびているのが見えた。

六人の男女は島の奥へと歩を進めた。

第三台場の中央に立って顔を上げたときは、空が見渡せたが、第六台場ではそうはいかない。

進むほどに空が見えなくなり、闇が深くなっていく。

それほどまでに人工の原生林の密度は濃く、枝葉に光を妨げられて、昼なお暗い薄闇となっている。

第三台場では一羽も見ることのなかった海鳥が、どこからやって来たものか、樹々の隙間に舞い、あちこちに糞《ふん》を落として、あたりに悪臭を放っていた。すぐ頭上にまで降りてきた海鳥が枝葉を激しく揺らすたび、有里は悲鳴を上げて頭を両手でガードし、蘭はその場にしゃがみ込んだ。

海を渡るときは、強風に巻き上げられた波しぶきに苦しめられたが、奥へと進むにつれ、風の音は小さくなり、島全体が轟々という低音の地鳴りに包まれていった。種々混じり合った広葉樹の雑木林がドーム状に上空を覆い、外界と隔絶された異様な空間を作り上げている。

突如、雲に切れ目ができて陽が差し込み、樹々の隙間を通過した光が地面に斑《まだら》模様を描いたかと思うと、バラバラと大粒の雨滴が降り注いできた。

足下がぬかるんで、一歩踏み出すごとに、腐葉土に沈み込む足先に嫌な感触が伝わってきた。柔らかく弾むかと思えば、急にズボッと沈み込み、そのたびに地中に蠢《うごめ》く異物が連想されて、背筋に悪寒が走った。

ただひとりゆかりの歩き方には確信が満ち溢《あふ》れていた。みながどうにか前に進めるのも、自信に満ちた背中が眼前にあるからだ。先頭を行く者の気持ちの持ち方は、すぐにグループ全体に伝《でん》播《ぱ》して、目的遂行の成否を左右する。

進むべき方向を正確に把握していたのはゆかりだけである。

……まずは橋頭堡《きょうとうほ》を築いたほうがいい。

第六台場に馴染《なじ》みのあるゆかりの進言は理に適《かな》っていた。敏弘と一緒にこの島に渡ってまず最初に行ったのは野営地の確保だったという。そして、この島にはぴったりの場所が残されていた。

外国船を打ち払うための砲弾を保管していた貯蔵庫である。

左斜めの方向に百メートルも進まないうち、最初の目的地である、東側の石垣の斜面に開いた横穴を発見できた。ざっと目測したところ、高さ二メートル、幅四メートル、奥行き4メートル程度の横穴で、開口部以外を直方体に切り出された石で補強され、トーチカと似た形をしていた。

露木と上原はすぐに行動に移った。背中のリュックから折り畳み式のスコップを二本取り出して地面に積もった土を掃き出し、平らに均《なら》してから防水シートを敷き、仮の居場所を確保した。

その間、恵子と有里は灯油コンロでお湯を沸かしてコーヒーを淹れ、紙コップに注いでいった。

どうにか風雨を防いでくれる粗末な横穴の中に、夜にともなれば、簡易テントを設置する必要が出るかもしれないが、とりあえず背負っていた荷物を床に並べ、みなそれぞれ身体を休めることにした。

四メートル四方の空間に車座に座り、温かなコーヒーをすすって人心地がつくと、上原は、パソコンを開いてディスプレイに現在の天気図を呼び出した。

このあと何をするにしても、秩父さくら湖から溢れ出た水の到来時刻が大きく影響してくるのは間違いなかった。まず押さえておくべきは豪雨に関する情報である。

露木は上原の横に座り直してパソコンを覗《のぞ》き込んだ。

釣られて、有里と恵子とゆかりも同様に顔を近づけてきたが、ただひとり蘭だけは我関せずといった表情で、樹々の隙間にほの見える空を見上げていた。

台風4号は九州に上陸後、北東に針路をとって日本海沿岸を進みつつあった。太平洋岸に停滞していた前線は活発化し、台風の目に向けて温かく湿った空気が大量に流れ込んで、関東甲信越地方がかつてない規模の豪雨に見舞われていた。

雨雲レーダーの画面でカーソルを移動させれば、時間ごとの降水量をおおよそ予測することができた。南東方向から巻き込む風が最初にぶつかる秩父山系一帯が、最大雨量を表す紫色に塗りつぶされていた。次々に発生する降水帯に切れ目はなく、記録的な豪雨となるのはまちがいない。数時間における総降水量が１０００ミリ近くになるかもしれず、観測史上一位を更新する可能性がある。

上原は腕時計を見て現在時を確認した。

午後三時を過ぎようとする頃だった。

あと数時間降り続く大雨が秩父さくら湖を取り囲む山の斜面を叩《たた》き、集まった水が無数の滝となって湖に流れ込めば、いずれ浦山ダムの水位は非常用洪水吐きを越えるだろう。問題はその時刻だった。

非常用洪水吐きを越えて自然放流が始まってから、激流が東京湾に到達するまでの時間は、およそ十二時間と推測されている。

「問題はいつ自然放流が始まるか、ですね」

基点となる時間がわかれば後の計画が立てやすくなる。

「その時間がわかりますか」

露木の質問に上原は即答した。

「浦山ダムの管理事務所にアクセスすればわかると思いますよ。非常用洪水吐きに焦点を合わせてビデオカメラが設置されているはずですから」

上原は、浦山ダム管理事務所のホームページにアクセスして、貯水量や雨量、放流口を映すライブ映像を呼び出した。

資料館の屋上に設置されたビデオカメラは、ダム湖の水位と吐き出し口に焦点が合っていて、放流のときはそのダイナミックな映像が見られるようになっている。

ディスプレイに表示された映像は、最初のうち濃霧にかすむようではっきりしなかった。強風に舞う雨滴が霧状に立ち込め、風景がぼやけているのだ。

悪魔の呼吸のように強弱を繰り返しながら暴風雨が吹き荒れ、たまに風が止んで風景が開けたりすると、山肌に当たる雨の音が胸に伝わってきた。

画面に映っているのは風景の一部に過ぎない。しかし、風景の断片からでも全体像が容易に想像できた。

樹々の枝葉をバタバタと揺らしながら大粒の雨が大地を叩き、地面に染み込んだ雨水はその下方から吹き出して、幾筋もの滝となってダム湖に注ぎ込んでいる……。

直接に注ぐ雨と、谷の両側から流入する水が水位をぐいぐいと押し上げ、澱《よど》んだ緑色の湖面にさざ波が立ち、兆や京の桁《けた》をはるかに超える膨大な量の原核生命は、「やっと外に出られる」と解放の瞬間を今か今かと待ち構えていた。

露木、恵子、上原、有里、ゆかり……、五人の目が画面中央の非常用洪水吐きへと集中していった。

竣工《しゅんこう》以来二十五年以上にわたって封印されてきた非常用洪水吐きからの放水が間近に迫っていた。

豪雨によって水位は上がり、南極シアノバクテリアを大量に含んだ表層水を押し上げ、スキージャンプ台のような形をしたダムの斜面を、緑の液体が最初のうちちょろちょろと流れ始めた。やがて量を徐々に増やし、巨大な容積の圧力を背後から受けて堪えきれず、前方に勢いよく飛び出して下流広場の減勢池へとなだれ込んでいった。

南極シアノバクテリアが一丸となって前に飛び出す様は、巨大生命体が繰り出す拳の一撃と似ていた。最初の勢いが収束し、落水が常態に復するにしたがって、ダム堤体の前面が人間の顔のように見えてきた。台形を逆にした無機質な顔である。長方形をした非常用吐き出し口から流れ落ちる水は、あっかんべーをして垂れ下がる緑色の長い舌だ。

無言で画面を見つめていた露木は、ディスプレイの下部に表示されたデジタル時計の数字を読み上げた。

「現在、午後三時二十四分……」

これで東京湾へのおおよその到達時間が予測できた。あと十二時間ばかり……、明日の日の出前には、南極シアノバクテリアを大量に含んだ激流がここにやって来る。

のんびり構えている余裕はない。これからは時間との闘いとなる。

3

午後四時五分。

南極シアノバクテリア襲来のおおよその時刻を把握した後、露木たち一行が向おうとしたのは、島の南端の沼のほとりにある「ヘビーコーン」の群生地だった。

現地までの案内役を名乗り出たのはまたしてもゆかりだった。

一行はゆかりを先頭にして、ぬかるみの中を歩き始めた。

島南端の沼まで距離にして百メートルにも満たなかったが、一歩ごと泥濘《でいねい》に足を取られて容易に進むことができなかった。

最初のうち、目にする風景にそれほどの違和感は感じられなかった。タブノキやツクバネウツギの根元を覆うアシタバやクマザサは見慣れたものである。ところが、奥に進むうち、異界に迷い込んだという気配が濃くなり、植生に明らかな変化が生じ始めた。

やがて、蛇行する獣道の先に、神秘のベールに包まれた一際濃い茂みが見えてきた。

およそ地球上の他の場所では見られない光景……、百五十年以上前に造られた人工の島の片隅に直径十メートルほどの沼があり、そのほとりでは、新種が幹をくねらせ、枝と枝を絡ませ、葉と葉を擦り合せて群舞を踊っていた。

沼の右手に並ぶ二本の樹は、幹や枝の形が揃いも揃って異様である。丈は男性の平均身長とほぼ同程度で、幹の太さはせいぜい十センチ前後。密度が高そうな表皮から判断して、草ではなく、樹木に分類されると思われた。樹は、左右に二本ずつ枝を広げ、先端にカブト虫の形をした巨大な葉をつけている。

沼のほとりの中ほどに生える樹は、尖《とが》った葉の形が特徴的だった。矢じりに似た鋭い葉をつけた枝を左右に振り分け、幹の頂に風車の形をしたサヤをつけている。

これらの樹々の希少性は明らかで、どんな植物図鑑にも載っていないだろうと想像がつく。

露木は、ヴォイニッチ・マニュスクリプト中の挿画に、これらとそっくりなものがあったのを思い出した。

「ヘビ！」

有里の鋭い叫びが背後で上り、露木は思わず振り返った。

有里は水際に露出した根を指差して、じりじりと後退《あとじさ》りしていた。

彼女の視線の先にある樹の丈は三メートルを越え、幹は太く、がっしりしている。幹の中程に人頭大の葉群をふたつ抱え、そこから垂れ下がる蔦《つた》状の細い枝先に、赤い実を無数につけていた。

もっとも際だった特徴を示しているのは根の部分と見当をつけ、露木は根元にしゃがみ込んで下草を両手でかき分けた。

マングローブ、タコノキのように、地上に姿を出している根は、一般的に気根や支柱根と呼ばれている。形状はそれに近く、地中から盛り上がった根が幹を下支えしていた。

一見してグロテスクな印象を与えるのは、幹を覆う樹皮と、つるりとした根の表面の色が、著しく異なっているからである。異物同士を無理やり接合した不自然さが滲《にじ》み出て、見る者の心に不調和をもたらす。

特に奇異なのは、茶褐色の太い根と、黄土色の地肌に黒い斑点《はんてん》を持つ根が、交尾をするように絡まり合っているところだ。ただ絡まり合うというより、茶褐色の根に開いた五つの穴を、黄土色の根が身をくねらせてすり抜けようとしている。その黄土色をした根の形がヘビにそっくりなのである。

露木は、下草をかきわけて根の部分を有里に見せ、それが根であることを有里に示した。だからといって有里の顔に安心の表情は戻らなかった。これほどグロテスクな格好をした根を見たことがなかったからだ。

露木が興味を持ったのは、ヘビの形をした根ではなく、蔦状の枝先からぶら下がる赤い実のほうである。露木は、ゆかりを傍らに呼び寄せて、赤い実を指差し、尋ねた。

「あなたが採取して、教団の儀式に提供したのは、この実ですか？」

「そうです。でも、当時はもっと大きく、瑞々《みずみず》しく、赤く艶《つや》やかだった」

眼前の実は、小さく萎《しな》びて貧相である。魅力を失った赤い実からは、人間を誘惑して命を奪おうとする殺気は微塵《みじん》も感じられない。露木が探しているのは、赤い実の毒を無力化する植物……、敏弘によって「ヘビーコーン」と命名された植物である。敏弘のノートの記述には沼の周囲を取り囲んで生え、威風堂々と存在を主張しているという印象があり、その先入観が発見を遅らすことになった。「カブト虫の樹」「風車の樹」「ヘビの樹」に領地を奪われるような格好で、ヘビーコーンの成れの果ては、たった一本だけ、細々と頭をもたげていた。

根の部分はやはり支柱根となって地面の上に現れている。赤い実の樹の根がヘビだとすれば、ヘビーコーンの樹の根は、首のない四つ足動物と形容できた。四本の足先から弓なりにのびた爪はしっかりと大地を摑《つか》み、楔《くさび》を打ち込んだからには決して放さないという意思を漲《みなぎ》らせている。首の上にあるのは頭ではなく、斑状の白い幹だった。最上部の枝先からは、ひまわりの種にも似たトウモロコシの房がうなだれている。

幹は細く、枝葉は力なく垂れ下がり、赤い実と同様に貧相だった。目立たなかったのは、薄闇のせいというより、本来の生命力が痩《や》せ細ったためだろう。

ヘビーコーン……、いや、ひからびたトウモロコシは、他の植物群に押されていかにも肩身が狭そうだ。

六人の男女の視線は徐々に上に移動して、枝先につけたトウモロコシ状の果実に固定されていった。実はどれも小さく、茎の中に縮こまっている。

そして、まばらな実の表面から染み出た樹液は、頻尿に悩む年寄りの就寝前の一滴となって、茎の先端から垂れようとしていた。

4

露木をはじめとする六人の男女は、ヘッドライトの光を交錯させながら、茂みのかげに隠れたトウモロコシをひとつひとつあぶり出していった。どれも似た状況を呈していた。ひからびた果実が茎の中で小さく縮こまっている。

眼前の光景が意味するところを読み取って、露木は「うーん」と悲痛な呻き声を発し、恵子と有里は溜《た》め息をシンクロさせながら肩を落とした。

ヘビーコーンこそ、南極シアノバクテリアの襲来を跳ね返す救世主。沼のほとりで逞《たくま》しく幹を伸ばし、果実の先端からは生気に満ちた樹液を溢れさせているはずだった。ところが、見た目からはそんな威力が微塵も感じられない。人を救うどころか、自身が瀕死状態に陥り、死の縁で足《あ》掻《が》いているように見える。

有里は眼前に突き付けられた現実から目を背け、その勢いのまま後ろを振り返った。背後に延びる獣道がヘッドライトの明かりに照らし出された。その先の船着き場にはゴムボートが繋《つな》がれている。彼らにとってのノアの方舟《はこぶね》……、脱出のための唯一の手段だ。

何気ない有里の反応から、露木は彼女の心中を察することができた。

……有里は一刻も早くこの島から逃げ出したがっている。

赤い血を緑に変えるシアノバクテリアを無力化するための武器のほうが、無力化されたとなれば、さっさと逃げるに如《し》かず。あと十時間もしないうちに浦山ダムの水は東京湾に達して第六台場を取り囲むだろう。そうなれば身動きが取れなくなる。逃げるならなるべく早いほうがいいと思うのも当然だ。

有里が来た道の方に身を翻しそうになったとき、彼女の袖《そで》口は恵子の手で摑まれた。

「見て」

声に反応したのは露木だった。

恵子の視線を追って萎びたトウモロコシに顔を近づけて見ると、いくらか瑞々しさの残る実から染み出た樹液が、表面を滑りながら徐々に大きく膨らんで滴となって垂れようとしているのがわかった。

房の先端を離れた一滴は沼の水面を小さく叩き、呼応して沼の底から浮かんだ泡が弾けてあたりに異臭を放った。

瀕死の状態であるのは間違いないが、まだ完全に死んだわけではなさそうだ。

かさぶたのように干からびた粒からは新たな樹液が染み出し、今にも二滴目、三滴目を垂らそうとしている。露木は思わず右手の人差し指を差し出して樹液を受け止めて口に含んだ。

臭いはなく、舌の上にかすかな刺激を覚えたが、身体に悪いような気はしなかった。アメリカ留学中、露木は面白半分にコカインをほんの少量舐《な》めたことがあった。そのときと似た感覚が呼び覚まされた。五感が研ぎ澄まされて、活力が湧くような感じである。覚醒《かくせい》作用があるのかもしれない。

「小さな一滴であっても、集めればけっこうな量になる」

露木はそう言いながらリュックサックからプラスチックケースを取り出し、トウモロコシの下にあてがって紐《ひも》で括《くく》りつけ、樹液の受け皿とした。

露木の行動を見習って、上原、恵子、有里が続いて受け皿の設置を始め、持参したケースすべてが駆り出されたところで、作業は完了となった。

その後、六人の男女はランタンを囲んで車座に座ってヘッドライトを消し、萎びたトウモロコシから絞りだされる樹液が十分に溜まるのを待った。

有里は幾度となく立ち上がってはケース内の液量をチェックし、これみよがしにその場で足踏みをした。樹液が溜まる速度は苛立《いらだ》つほどに遅い。有里は立ったり座ったりを繰り返しながら露木のほうに近づき、今後のプランを尋ねた。

「このあとどうするつもりなんですか」

有里の期待する答えは明らかだった。「樹液が一定量に達し次第、それを持って島を離れる」だ。

「この際、チームをふたつに分けようと思う。そこで、上原さんと有里さんにお願いしたい。理化学研究所に出向している山崎准教授の元に、トウモロコシの樹液を運んでほしい。彼のほうにはこちらから連絡しておきます。樹液の成分を分析し、効能が明らかになれば、南極シアノバクテリアを無毒化する方法が開発できるかと……」

「わたしと上原さんの、ふたりだけで運ぶんですか……？ みんな一緒じゃなく？」

有里は、樹液採取という所期の目的を達成したからには長居は無用と考えている。

「こいつが……」と、茎の先から垂れる滴を指差しつつ露木は言った。「特効薬となるというのは、今のところ仮説に過ぎない。確約がない以上、全員同時にこの島を去るのは危険だ。おれは、もう少し島に残って確証を得るための調査をする。残された時間はあと九時間ばかり。それが短いと感じるか、長いと感じるかは、人によるだろう。おれには十分な時間が残されていると感じられる。ぎりぎりまで島に残ってやるべきことをやる」

「何か腑に落ちないことがあるのね」

恵子の指摘通りだった。ヘビーコーンの樹液によって災厄を防ぐことができれば万々歳であるが、事がそう簡単に進むとは限らない。

上原は、露木の指示に同意し、今後自分が取るべき行動を提案した。

「ヘビーコーンの樹液と赤い実を理化学研究所に運んだ後、明日の午前二時頃までには、海浜公園に戻ってきます。それまでには、必ず、島から退去するようにしてください」

上原は状況をよく理解していた。お台場海浜公園に置いてある車は一台のみである。南極シアノバクテリアの襲来予想時刻は、明朝の午前三時半頃……。理化学研究所のある埼玉県和光市まで、渋滞や事故がなければ往復三、四時間程度だ。現地にて、山崎准教授とのやりとりがあったとしても、明朝二時頃までに帰るのは十分に可能である。上原は、時間的な余裕を持って海浜公園に戻り、露木、恵子、蘭、ゆかりの四人を車に乗せ、早々に台場地区から連れ出そうとしている。

「心強い限りだ。よろしく頼みます。でも、いざというときは自分の命を優先させてほしい」

自分の身を犠牲にして他者を助けようとする者と見做《みな》されたのが嬉《うれ》しく、上原は満足そうに頷《うなず》いた。


午後七時四十七分。

ほどよく溜まった樹液をふたつのプラスチックケースに分けたところ、両者とも三分の一程度の分量となった。分析のためにはとりあえず足りそうな量である。上原と有里は、トウモロコシの樹液を収めたケースを、それぞれ一個ずつ収納したリュックサックを背負って船着き場まで歩き、ゴムボートに乗り込んだ。

操船するのは露木だった。ゴムボートは三人乗りのため、最後に四人が脱出するためには二艇を必要とする。上原と有里を海浜公園の船着き場に届けた後、露木ひとり、すみやかに戻るつもりだった。

雨は止み、風も幾分弱まり、来たときより波はおさまっていた。しかし、幾重にも重なった雲の動きは速く、ところどころに青白い稲光を発生させていた。

頭上を渡るレインボーブリッジから渋滞の車列は消え、サイレンを鳴らすパトカーの赤い灯が空いたハイウエイを流れていくのが見えた。

ブリッジと平行に五百メートルほどの距離を進み、第三台場船着き場の岩にボートの舳先を当て、ロープを持って跳び移って船を固定した露木は、手を差し出して有里を引っ張り上げた後、上原が安全に上陸できるよう足下をライトで照らした。

濡《ぬ》れた岩の上に立つ三人は互いの健闘を祈って別れの挨拶《あいさつ》を交わした。

「じゃ、気をつけて。すぐにまた会いましょう」

再会を期した上での別れと確認し合った後、上原と有里は船着き場の奥へと走った。露木は、柵を乗り越えて木の茂みに消えるふたりの姿を見送ってボートへと戻った。

岩に結んだロープをほどこうとする露木の網膜に、ごく自然に、第六台場の全容が映し出された。暗い海に浮かんでいるのは、さらに暗い島影である。丈高く島を覆う樹々の密度は濃く、遠くから眺めると、黒々とした生命体が島に覆い被《かぶ》さっているように見える。ついさっきまでその内部にいたと思うと、さすがの露木も身が怯《ひる》んだ。

思わず顔を伏せた露木の耳に、波の打ち寄せる音と異なる、ごぼごぼという不気味な音が届いた。足下の岩の隙間からは泡が浮かび、沖合の海面にはこれまでにない逆波が立っている。

海の様相が一変しようとしていた。

5

午後八時五十七分……。

中沢ゆかりと蘭。血の繋がりはあれど、強い絆《きずな》で結ばれることのなかった母娘と一緒に過ごしながら、恵子は、露木の帰りを待ちわびた。第三台場の船着き場まで上原と有里を送り届けて戻るのにどのくらい時間を要するのか……、露木の口振りからほんの三十分程度と思われたが、既に一時間が過ぎている。

恵子、ゆかり、蘭の三人は、沼のほとりを離れて弾薬庫跡の横穴で身を寄せ合い、灯油コンロで沸かした湯でカップ麺《めん》を温め、空腹を満たそうとしていた。

本当は露木の帰りを待ってからの夜食にしたかったが、蘭の切実な空腹の訴えに根負けしたのである。若さゆえの食欲を証明するように、蘭はあっという間に一杯目のカップ麺を平らげ、二杯目にお湯を注ごうとする。その姿は微笑ましく、三人の女が狭い空間で過ごす気詰まりを薄めてくれた。

カップ麺のよさは、温かい上に、固形物と水分の両方が手軽に取れるところにある。恵子は、麺とスープをすすりながら、ゆかりと蘭の母娘をそれとなく観察した。

生まれてすぐに子を捨てたゆかりには、正常な親子関係を築くチャンスは与えられなかった。ゆかりは、蘭が血を分けた娘と知っているが、蘭のほうはゆかりの素性を何も知らない。

下手に会話を交わせば、蘭に嘘がばれてしまうというプレッシャーが、恵子を無口にし、余計な気遣いを強いていた。

恵子は、腕時計を見ては、船着き場に直結する獣道に目をやり、露木の姿が現れるのを待ったが、木の茂みを分ける音はいっこうに起こらない。露木は、そばにいるだけで安心感を与えてくれる存在だった。露木の不在と恵子の不安はイコールで結ばれる。

露木に対する仄《ほの》かな恋心が、明確な恋愛感情に膨らみ、その思いが報われた先には、蘭との間に新しい親子関係が結ばれるという未来もあり得る。そのとき、ゆかりとはどう付き合えばいいのか……。ごく自然に想起されてくる複雑な人間関係が、この場を居心地悪くさせている元凶だった。

恵子が一個目のカップ麺を食べ終わらないうちに、蘭は二個目をきれいに平らげ、さらに三個目に手を伸ばそうとしていた。手で摑んでパッケージを引き剝《は》がそうとするのを見て、恵子は思わず待ったをかけた。

「ちょっと。まだ食べるつもり？」

「だって、あとふたつ残っているじゃない」

「父さんのために、取っておこうとは、思わないの？」

島に持ち込んだカップ麵は全部で六個だった。上原と有里が島を出たことによって余った二個を、蘭は遠慮なくかすめ取ろうとしている。露木は身体が大きい上、もっともエネルギッシュに動いている。第三台場をボートで往復して戻ってきたときのために、恵子は二個を残しておきたかった。ところが、蘭にはそんな気遣いが生じないらしい。裕福な祖父母に甘やかされたせいと承知の上で、恵子はその無神経さに苛立った。

険悪になりかけた雰囲気に救いの手を伸ばしたのは、ゆかりだった。

「よかったら、これ食べない？」

言いながら、ゆかりは食べかけのカップ麵を蘭のほうに差し出した。しかし、その行為は火に油を注ぐ結果となった。

「人の食べ残しなんて、食べられるわけないじゃん」

吐き捨てるような言葉を受け、カップ麵を持つゆかりの手が中空でとまった。

蘭はさらに追い討ちをかけてくる。

「ところで、あなたはだれ？　どうして、そんな目で、わたしを見るの？」

「そんな目って、どんな目？」

ゆかりに訊かれて、蘭は正直に答えた。

「キモチ悪い目」

蘭は、自分を見つめるゆかりの目の表情をオーバーに真似て、彼女のほうにグイッと顔を近づけた。

恵子は思わず吹き出していた。そっくりな顔がふたつ並んで、血の繋がりを証明していた。蘭は、自分と似た目付きを「キモチ悪い」と感じてしまうのだ。

蘭は本能的に気づいているのではないかという疑念が、ふと心に湧いた。蘭の勘のよさは幾度となく聞かされている。子を捨てた母へのささやかな意趣返しとして、わざとゆかりの気に障る言葉を吐いているのかもしれない。

収納されていたリュックサックに蘭がカップ麺を戻すのを見届けた恵子は、これで露木のための二食分が確保できたとホッと息をつき、腕時計に目を落とした。

時計の針は九時十分を指していた。露木が島を出て一時間半が過ぎようとしている。いくら何でも帰るのが遅すぎる。

露木はとっくに上陸して沼のほとりで待っているのかもしれないと、行き違いを疑わないでもなかったが、出発前に「風雨を防げる弾薬庫跡で待て。そこで合流しよう」と何度も念を押したのは露木のほうだった。勘違いするはずがない。

恵子の背中から冷たい汗が染み出し、背骨を伝って腰へと流れた。不安は募るばかりである。

……事故に遭ったのではないか。

ボートが転覆して夜の海に投げ出される姿を想像しかけたとき、突如、正面の茂みからバキバキと枝の折れる音が響き、前のめりの姿勢で露木が飛び出てきた。

ランタンで照らされた彼の顔に、夜目にもわかる疲労困憊《こんぱい》の色が浮かんでいた。薄暗いせいで逆に陰影が深まり、顔に刻まれた皺《しわ》をより際立たせている。

勢いをつけて丘の斜面を登ろうとして力尽き、露木は両膝を地面につけた姿勢でひっくり返り、大の字に寝転んで空を仰いだ。分厚い胸が大きく上下している。

渡航中、不測の事態に見舞われたのは間違いなさそうだ。とにもかくにも無事に戻ってきてくれたことが嬉しくて、恵子は「よかった」と心の底から安堵《あんど》の声を漏らし、あお向けにひっくり返った露木の元に駆け降り、「大丈夫？」「どうしてこんなに遅くなったの？」「一体何があったの？」と、立て続けに問いかけた。

荒い呼吸を整え、露木が上半身を持ち上げるタイミングで、恵子は、ミネラルウォーターのペットボトルを差し出した。

露木は、むさぼるように一口飲み込んで濡れた口許《くちもと》を袖で拭《ぬぐ》い、息も絶え絶えに声を絞り出した。

「酒を、温めてくれないか」

島に持ち込んだ飲食物の中には日本酒の紙パックが含まれていた。恵子は、小さな鍋《なべ》に酒を注いで火に掛け、程よく温まったところでカップに移し、露木に渡した。

露木は一滴も零《こぼ》すことなくきれいに飲み切り、腹の底から長い息を吐いた。と同時にみるみる顔色が良くなっていく。一杯の日本酒が見事に気付け薬の役を果たしたのだ。

「どう、立てる？」

恵子に促され、露木は身体を回転させて四つ這《ば》いになり、弾薬庫跡の横穴に身を滑り込ませた。

喉《のど》の渇きが癒《いや》された後にすべきは食欲を満たすこと……。恵子は、若い魔手から守り抜いたカップ麺のパッケージを剝がし、お湯を注いで露木に渡した。

「ありがとう。いやあ、ひどい目に遭った」

麺が柔らかくなるのを待つ間にも、露木はついさっき見たばかりの光景を皆の前で語り出した。

「上原と有里を無事送り届けることができた。問題はそのあとだよ。ボートで走っているうち、風の向きが変って逆風となり、急に船足が落ちやがった。おまけに、船尾に付けた船外機が故障し、しかたなく、手でオールを漕《こ》いでいるうち、なぜか頭痛や目まい、吐き気に襲われ、いくら漕いでも遅々として進まず、渡り切るまでに精力を使い果たしてしまった」

滅多なことでは弱音を吐かない露木は、自分が被った苦難を語りながら、両手を胸の前で交差させ、肩を震わせている。

露木が描写した海の様が、恵子の胸に正確に伝わったわけではなかった。心身ともに極限まで消耗した末の幻覚だったのではないか……。海で遭難した人間のほとんどが、幻覚と幻聴に悩まされるという。

ただ、常に強気を通そうとする男が見せる消耗ぶりが愛《いと》しく、ゆかりと蘭の目もはばからず、恵子は、思いっきり抱き締めてあげたい衝動に駆られた。母親になったような甲斐甲斐《かいがい》しさで世話を焼き、カップ麺を食べ切るのを見届けるや、二個目の準備に取り掛かろうとする。

「一個じゃ足りないでしょ。もっと食べるよね」

返事を保留して、露木は、ゆかりと蘭の顔を交互に見やった。

「みんなは、もう、食べたのか」

ゆかりは首を縦に振ったが、蘭は無言のまま何のアクションも見せない。

「おれのエネルギーチャージは完了した。気が高ぶっているせいか、あまり食欲が湧かないんだ。蘭、最後の一個はおまえが食べろ。若いんだから、二個でも足りないだろう」

……二個目じゃなくて、三個目なのよ。

恵子の無言の抗議は露木に伝わらなかった。蘭は、勝ち誇った顔を恵子に向けてから、三個目のカップ麺にお湯を注いでいった。

そのとき、恵子のスマホが着信音を鳴らした。ディスプレイに表示された発信者の名は「上原」だった。

「上原さんからよ」

恵子は、発信者の名を告げて、通話ボタンを押した。

「上原です。たった今、理化学研究所の山崎准教授に、トウモロコシの樹液を渡したところです」

上原と有里の任務遂行の知らせに、恵子はとりあえず安堵した。

「そう、よかったわ。お疲れさま」

「ところで、今、そこに露木さんはいますか。さっきから何度も電話しているんですが、応答がなくて」

防水ケースにスマホを収納して悪戦苦闘していた露木に電話に出る余裕はなく、業を煮やした上原は、恵子のスマホに電話をかけてきたのだ。

「すぐ横にいます。代わりましょうか」

「ええお願いします」

恵子は自分のスマホを露木に差し出した。「露木です。電話に出られず失礼」

「ついさっき、山崎先生と一緒にパソコンの画面を眺めて浦山ダムを源とする水の流れを確認したところです。ダムの職員は、事の重大さを認識して、放流が始まると同時に水流調査用の浮き子をすべて放出しました。内部に超小型GPSが内蔵された発泡スチロール製のフロートは、現在順調に流れに乗っていて、南極シアノバクテリアの最前線と最後尾のおおよその位置がディスプレイ上で確認できます。今、やつらがいるのは川越《かわごえ》市の東。流速は少し落ちて秒速約三メートル。このままいけば北区の岩淵《いわぶち》水門で隅田川と荒川の二系統に分かれ、東京湾への到達予想時刻は、明日の午前三時から四時頃となる見込みでしょう」

「ほぼ予想通りだな。河川流域の住民に被害は出てませんか」

「幸いなことに、今のところ目だった被害は出ていない模様です。当然、水道水への取水は止められている。被害が出るとすれば胞子となって空に舞ったときだそうですが、水中にあることによって今は防がれている。問題となるのは東京湾に滞留して繁殖した場合らしい。胞子が形成されて風に乗れば、秩父さくら湖をはるかに越える被害が出るのは必至、東京には人が住めなくなる」

露木の脳裏には無人化した大都会の寂寥《せきりょう》たる光景が浮かんだ。

6

午後十一時十五分。

一行は再び南西の角にある沼へと歩き始めた。上原と有里が欠けてメンバーは四人に減っているが、辿《たど》るルートは同じである。相変らず足下はぬかるみ、粘り気のある大地に阻まれて遅々たる歩みを強いられた。

数時間前にここを歩いたのは日没前の遅い午後……、原生林に光を遮られて獣道の周囲は薄暗かったが、今は完全な闇に支配されている。前回と異なっているのは闇の濃度だけではない。植物が醸し出す雰囲気が以前と異なっている。

「カブト虫」の樹の頂にある巨大な葉はくらげのような傘を閉じ、風車の形をしたサヤの動きは小さくなっていた。

露木は水辺に生えるヘビーコーンに進んで、実の先端から垂れる樹液の溜まり具合を調べた。

先端に括りつけた受け皿のケースが空なのを見て、露木は愕然《がくぜん》とし、思わず顔を近づけた。トウモロコシの先端からは一滴の樹液も垂れていなかった。先細っていた生命の灯がいよいよ消えようとしているのか……、それとももとっくに事切れてしまったのか。

無言のまま振り返って首を横に振る露木を見て、恵子は、他の実に設置された受け皿をチェックして回った。どの果実も瑞々しさを失って、半分ひからびている。あと三、四時間のうちに南極シアノバクテリアが押し寄せるというのに、対処する手段が奪われてしまったのだ。四人に均等に行き渡るよう樹液を配付することはできない。

露木の頭に閃《ひらめ》いたのは逃げの一手だった。島にいれば逃げ場はなくなる。時間的な余裕があるうちに、ボートで脱出して第三台場に渡る……。第三台場は陸続きになっているため、逃げるルートは複数考えられるだろう。問題はボートだ。ふたつあるボートのうちの一艇の船外機は故障したままだ。ボートの定員は三人。定員オーバーの四人が一艇に乗り込めば、バランスが崩れて転覆する危険性が高まる。凪《な》いだ海ならともかく、台風の通過に加え、海面は不気味に泡立っている。転覆して深夜の海に投げ出されれば、助かる見込みはない。夜の海での落水は死を意味する。

逃げるも地獄、残るも地獄。

選択を決めかねて、露木の眼球の動きは速くなった。一方、事情を察知した恵子は、両目を見開いて、露木のほうに顔を寄せた。「どうするの？　早く決めて」という催促の含まれた視線が胸に突き刺さるようだ。

動き回る露木の眼球が、蘭とゆかりをとらえたとき、ふと緊張が和らげられた。ふたりの顔に、露木と恵子ほどの緊張が浮かんでいなかったからだ。顔に現れているのは、拍子抜けするほど平穏な表情である。

露木は、恵子に目配せして、「他の樹の状態をチェックしてくる。みんなはここで待っていてくれ」と言い残し、茂みをかきわけて沼のさらに南にある石垣へと歩き始めた。

風景が開けたところで露木は立ち止まり、ライトを巡らせて周囲の様子を探った。

標高約五メートルのかつての堡塁は島で唯一の高台だった。真鶴《まなづる》の海岸にそびえる崖を削って切り出した石を積み上げた石垣はいびつな格子模様を描いているはずだが、露木の位置からは見えない。

石垣から身を乗り出し、海面にライトを向けようとしたとき、スマホの着信音が鳴った。ディスプレイに表示されたのは山崎の名である。露木は手頃な石の上に座って、通話ボタンを押した。

山崎は、露木たちの安否を確認した後、現況を知らせた。

「………、浮き子の位置から推して、現在、シアノバクテリアの前線は朝霞の東のあたりにある。第六台場到達まであと三、四時間といったところだ」

「そうか……」

やつらが着実に距離を詰めているのに、露木たちは防御の手段を失いつつある。

「どうしても伝えたいことがあってな」

山崎はそう前振りした上で、まずは疑問を口にした。

「ところで、南極シアノバクテリアは一体どこから来たんだ?」

露木は拍子抜けした。

「何をいまさら……。南極の深層氷から抜け出して来たに決まってるじゃないか」

「いや、それじゃあ、年代が合わない。南極大陸を覆う氷床は、長年降り積もった雪や霜が圧力を受けて固まってできた。深度三千メートルの深層氷ができたのはもっとも古くてもせいぜい百万年ばかり前のこと。しかし、南極シアノバクテリアが幽閉されたのは、シアノバクテリアが真核生命に寄生した時代と同じ頃のはずだから、十億年レベル前の話になってしまう。その頃、南極大陸は現在の位置になく、ゴンドワナやパノティアなどの超大陸の一部となって南太平洋を彷徨《さまよ》っていた。その後、超大陸から分裂した南極大陸は、何億年もかけて現在の位置へと移動して腰を落ち着けた。南極シアノバクテリアが潜んでいたのは、氷床ではなく、超大陸の一部であった頃の地層……、しかも、塩分を含んだ海水と考えなければ、筋が通らなくなる」

露木が見過ごしていたポイントだった。南極の氷床が形成されたのはせいぜい百万年前のこと……、シアノバクテリアが真核生命に寄生したのは十数億年もの昔……、一致すべきふたつの時期が、あまりに大きく開きすぎているというのだ。

「しかし、なぜ、海水なんだ？　南極のぶ厚い氷の下に海があると言いたいのか？」

山崎は一拍置いて呼吸を整えた。

「大事なことだからしっかり受け止めてほしい。われわれのチームは様々な角度から光を当て、南極シアノバクテリアの特性を調べてきた。ようやく出そろったデータによると、南極シアノバクテリアが好塩菌に分類されることが判明した」

地球全表面の70％を占める海洋が塩分を含む一方、湖や河川は真水で満たされていて、水辺に生息する細菌は、塩水に適応する好塩菌と、真水に適応する嫌塩菌に分類される。当然、適した水の中にいるほうがより高い能力を発揮する。

「南極シアノバクテリアは、塩化ナトリウムを好むのか？」

「そうだ。秩父さくら湖での繁殖からも明らかな通り、真水でも増殖可能だが、塩分を含む水環境においては、抑制がはずれて、増殖のスピードは格段にアップする。やつらがもっとも好む塩分濃度は約3％……、東京湾の塩分濃度と見事に一致する。やつらがなぜ秩父さくら湖を脱出して、東京湾に進出しようとしているのか、理由がわかるだろう。やつらは、自らのポテンシャルを最大限引き上げようとしている」

事の重大さに気付いて露木は息を詰めた。

「増殖のスピードはどの程度上昇する？」

「およそ30％から40％」

30％から40％という増殖スピードが何を意味するのか、露木は簡単な数字を当てはめて、ざっと暗算をした。仮に、二十分（三分の一時間）で一個から二個に細胞分裂できる細菌が、十二分（五分の一時間）で分裂できるようになったとしたら、最初の分裂から十時間経過したときの個体数の差は百万倍にも膨れ上がる。たかが三割と侮るなかれ。累乗を重ねるうちに差は膨大なものとなる。

「秩父さくら湖で増殖したといっても、その生息範囲は堤体からせいぜい五十メートル程度の水面に限られていた。東京湾に達して増殖スピードが30％アップした場合、われわれの試算では、ほんの数時間のうちに東京湾全体が分厚いアオコの層で埋め尽くされることになる。台風が通過して明日は晴天の予報が出ている。日差しが強まれば、光合成が活発化して、やつらの動きはより激しくなり、大量の胞子を発生させるだろう」

胞子とは藻類や菌類などが形成する生殖細胞のことであり、花粉とほぼ同義と考えて構わない。

全東京湾を覆う緑色のアオコから発生された膨大な量の胞子が、炎天下の空に一斉に放たれるシーンが露木の脳裏に湧き上がった。呼吸によって胞子を肺に取り入れた人間は、ほぼ１００％の確率で死ぬことになる。

「このまま放置した場合……」山崎もまた同様のイメージを得たらしく、直近に迫った未来図を描写しようとした。「明日の昼頃までには、東京湾を埋め尽くすアオコから無数の胞子が浮上し、東京のみならず横浜から千葉にかけての沿岸部を風に乗って飛び回り、甚大な被害をもたらすだろう。首都圏が全滅するだけではなく、他の湾に飛び火すれば、被害は全土に及ぶ。いや、地球の陸地はすべて海でつながっている。世界規模の非常事態となりかねない……」

言葉を差し挟もうとして声がかすれ、露木は唾を飲み込んで喉を湿らせた。

「感染性シアノバクテリアが大量発生した場合、被害を受けるのは人間だけなのか？」

「わからない。まだ動物実験にまで手が回らないんだ」

宇宙に意志というものがあるのなら、露木はその真意を知りたかった。宇宙意志は、人間だけを選別して排除しようとしているのか、それとも排除される範囲をすべての動物に広げようとしているのか……。

「やつらの弱点はどこだ？」

「熱に弱い。南極という出所からも明らかな通り、やつらは寒冷環境に強い反面、熱にはめっぽう弱い。50度を超える水温で死滅していく」

予想した通りだった。一般的な細菌の例に漏れず熱に弱い……。

「なあ、ヒデ。おれはまさにど真ん中にいる。何をすべきだと思う」

ほんの二、三秒の無言が長く感じられた。山崎は何を言っても気休めにもならないとわかっているのだ。

「そこから逃げ出そうとは思わないのか」

山崎がいるのは埼玉県和光市で、感染性シアノバクテリアの魔手がすぐに届くことはなさそうだ。

「逃げるという手段はとっくに奪われている」

「学生時代と同じだな。おまえは、昔から逃げることが苦手だった」

「褒め言葉と受け取っていいんだな？」

「そう思うのは勝手だが……。おい、まさか、ヘビーコーンの樹液を摂取してあるから大丈夫と思ってやしないだろうな。効能が証明されるまでにはまだまだ時間がかかる。何の保証もありはしない」

山崎はまだヘビーコーンの樹液が枯れ果てたことを知らないのだ。露木は敢《あ》えてそのことに触れず、素直にアドバイスを求めた。

「何かアイデアがあったら教えてくれ。人間としての義務を果たすための、最も効果的な方法は何だと思う？」

「わからない……。正直なところ、今さら何をやっても、手遅れという気がする」

「そうか。おれなりに、考えてみるよ。やるべきことを、やるだけだ。なあ、ヒデ、ここから戻ったら、ゆっくり酒でも飲もう」

そんな機会は二度とないと知りつつ、山崎は明るく応じた。

「いいねえ。ぜひ、やろうぜ」

「何か進展があったら、また連絡してくれ」

そう言い残して通話を切った後、露木はスマホを手に握りしめたまま自問自答を続けた。人類がとっくに天から見放されているとしたら、山崎のいう通り、もはや何をやっても手遅れだろう。しかし、露木はそうではないと信じたかった。天は棚ぼた式の一方的な恩恵を授ける存在ではない。犠牲的精神に溢れる行動に触発されれば、天もまた意気に燃えるはずである。

へし折りそうなほど強くスマホを握っていることに気づき、すっと手の力を抜いたとき、沼のあたりから女の悲鳴が上がった。

一瞬の静寂の後の二度目の悲鳴を聞いて、露木は、声を発したのが蘭であることがわかった。まちがいない。悲鳴には「助けて」という意味が込められている……。

7

恵子はしばらくの間、「他の樹の状態をチェックしてくる」と言い残して露木が消えた茂みの方に目を向けていた。

木々を分けて進んだ先には南側の堡塁があるだけだ。またしても、女三人が取り残されてしまったという寂寥感に浸りながら、恵子は、立ち去る直前に露木が見せた目配せの意味を考えたが、「ゆかりと蘭をしっかり見張っていろ」という意味しか見い出せない。

ゆかりは周囲に生える樹の葉を一枚一枚むしっては匂いを嗅《か》ぎ、タロットカードに見立てて地面に並べ、独り言を呟《つぶや》いている。母の横では、樹の幹に寄り掛かった蘭がうつらうつらと首を前後に振って今にも眠りに落ちそうだ。ふたりの保護者役を押しつけられたとしたら荷が重すぎる。不安に苛《さいな》まれる身で、呑気《のんき》に構える他人の面倒なんて見られるわけがない。

怖いのは、露木の戻りが予想以上に遅れることであった。「予想以上に遅い戻り」の先には死の影が漂よう。

わからないことがあまりにも多すぎて不安ばかりが募った。頼みの綱であるトウモロコシの樹液は枯れ果て、島を脱出する唯一の手段であるボートは頼りにならず、この先、何が起こるのかまったく予測がつかない。

ゆかりと蘭のふたりは、自ら志願してこの島に来た。露木の前に立ちはだかり、「わたしも行く」と宣言した蘭の姿に、恵子は実際に立ち会っている。ゆかりは自力で第三台場まで来て強引にグループに加わった。ふたりはどんな目的を持って、島に来たのか……。知りたいことは山ほどある。

またしても味わうことになった居心地の悪さは、弾薬庫跡の横穴で露木の帰りを待ったときよりも強い。

周囲に顔を巡らせるたびに、額のライトの光が視線の方向に走り、樹木の一部を円く切り取って見せた。スポットライトを浴びた部分だけが、黒い背景から浮き上がって顔をつくり、こちらに押し寄せてくるようだった。

……見張られている。

思い過ごしではない。無数の眼が三人の女を見張り、観察して、値踏している。

植物は自ら音を立てたりはしない。樹間を抜ける風が、ガサガサと枝葉を揺らすだけである。

島全体がわななき、身震いすることがあり、そのたびに恵子は息を詰めた。葉擦れの音が囁《ささや》き声と聞こえ、恵子の鼓動は速くなっていった。

植物にもかかわらず自らの意志で動くものの代表格はハエトリグサである。ハエトリグサは、蜜《みつ》でおびき寄せた蝿の侵入を感知したとたん、縁に睫毛《まつげ》と似た刺《とげ》を並べた二枚の葉をぴたりと閉じて摑まえる。蝿は二枚の葉に押し潰《つぶ》され、分泌した消化液でゆっくり溶かされ、消化し切れなかった残骸《ざんがい》はぽいと捨てられる。

そういえば、花岡篤が亡くなった部屋にも、遺体の残骸が残されていて、体液の染み着いた絨《じゅう》毯《たん》に蝿が群がって卵を生みつけていた。食虫植物から、花岡の部屋に舞う蝿の大群へと進んだ連想は、そこで止まることなく、さらに先に進んだ。

何か心に引っ掛かることがあった。鼻孔の奥に死臭が蘇《よみがえ》るにつれ、のっぺらぼうの顔が脳裏に浮かび、次第に目鼻立ちがはっきりして、見知った女の顔になっていった……。特殊清掃会社のオフィスに出向いて船木という青年に取材したときのことである。花岡篤が変死した部屋を清掃し、南極氷を運んだとみられる発泡スチロールを発見した船木は、花岡篤が死んだとき部屋に第三者がいた可能性を匂わせた。飲みかけのグラスがふたつあり、注文したピザの量がひとりでは食べ切れないほど多かったことなどから、特殊清掃の経験豊富な船木は勘を働かせ、第三者の存在を仮定したのである。聞きながら、ごく自然に女の顔を思い浮かべてしまったことを、恵子は思い出す。

恵子は花岡篤が亡くなったマンションを訪れてはいない。しかし、住所は知っている。中野区の大和町《やまと》。通り一本隔てればそこは杉並区の阿佐谷北《あさがやきた》。中沢ゆかりが住むアパートにほど近い場所である。

最後の晩餐《ばんさん》のとき、花岡の部屋に第三者がいたという船木の仮定が正しいとしよう。仮にその第三者をAと呼ぶことにする。グラスがふたつ残っていたことから、Aもまた南極氷で作った水割りを飲んだことがうかがえる。花岡とAはグラスでカンパイして水割りを飲んだ……。

直後、事態は急変する。花岡は苦しさのあまり胸をかきむしり、呼吸困難に陥り、やがて息絶えた。Aは為す術もなくその様子を傍観するしかなかった。絶対に警察や救急を呼べない事情があったからだ。

花岡の死を見届けた後、Aは自分がいた痕跡《こんせき》を可能な限り消し、合鍵《あいかぎ》でドアを閉めてマンションを出て、夜の街へと消えた。花岡は死んだのにAは死ななかったのである。これまでのところ、南極氷を口にして生き残った人間はゼロだ。そんな芸当ができるのは、知る限りにおいて、ひとりしかいない。南極氷と同じ成分を持つ赤い実を食べても死ななかった人間……、中沢ゆかりだ。

船木の仮説が真と証明された場合、Aに相当する人間は、中沢ゆかり以外に考えられなくなる。花岡とゆかりは男女の関係にあったに違いない。ゆかりは三十歳の花岡より十一歳年上だが、二十代といっても通用する容貌《ようぼう》を保っている。いわゆる美魔女……、ファムファタールというやつ。年上の女ならではの手練手管で若い男を飼い慣らし、思い通りに操っていたのではないか。合鍵を渡されていた可能性も十分ある。

夢見るハーブの会の女性信者七人、花岡篤、阿部豊、秩父さくら湖の橋本一家三人、集落の住民二十七人。死体の山を築くきっかけを作ったのはすべて中沢ゆかりである。

いつも事件の真っただなかに居座り、現場に死体を残してひとりひょうひょうと去り、しぶとく生きていく……、ゆかりがこれまでに取った行動は見事に一貫している。

彼女の首尾一貫性に照らし合わせば、恐ろしいことに、近い将来の予測ができてしまうのだ。考えれば考えるほど、なぜ、ゆかりが今、この島にいるのかという理由が明白になっていく。

沼のほとりには葉緑体シアノバクテリアをたっぷり含んだ赤い実が実り、隅田川の河口からは南極シアノバクテリアをたっぷり含んだ濁流が押し寄せようとしている。東京湾の無人島が、十億年以上も前に別れ別れとなった微生物たちの再会の場になろうとしている。これまでと同様、事件のど真ん中となるこの島には、中沢ゆかりが居座っている。ゆかりは、一緒にいる人間を、手を汚すことなく葬り、頃合を見て島からトンズラし、無人と化した大都会で図太く生き残っていくことだろう。恵子は、間違いなく、葬られる側にいる。残骸にされてポイと捨てられる。知り過ぎているからだ。露木もまた同じ側に回されている。なぜかといえば……そう、蘭の親権を持っているからではないか。

　十五年の時を経てこの島で再会したゆかりと蘭は、血の繋がった者同士手と手を取り合って逃げ延びようとしている。それが証拠に、ゆかりは樹の葉をタロットカードに見立てて占いに耽《ふけ》り、カップ麺を三個も食べて腹を膨らませた蘭は惰眠を貪《むさぼ》っている。この親にしてこの子あり、ふたりはまったく動じてはいない。死ぬことはないと高を括って、生存への確固たる自信を漲らせている。数々の窮地を脱してきた経験の積み重ねが自信の拠り所だろう。

　敏弘とゆかりが相次いで溶血性レンサ球菌に感染し、ゆかりがほとんど無症状だったのに対して、敏弘のほうは劇症型に移行して命を落とした。赤い実のエキスも、南極シアノバクテリアも、彼女にとって何の脅威にもならなかった。その原因が、ゆかりの身体だけが持つ特別な要因にあるとすれば、恵子と露木の命は尽きたも同然、もはや手の施しようはない。ゆかり以外で、その力を持つのは、同じ血を引く蘭だけ……。

　恵子は、蘭がここにいることの意味に気づいて、腰の力が抜けかけた。

　あと三時間もしないうちに、南極シアノバクテリアはこの島に襲来する。ゆかりと蘭のふたりだけは、災厄を生き延びるだろうが、露木と恵子は赤血球をグロテスクに破壊され、赤い血を緑に変えられ、呼吸困難に陥って息絶える。自分の身を襲う悲惨な末路……、断末魔の光景がはっきりと見えてきた。

ゆかりは、第六台場に生えるトウモロコシの解毒作用を吹聴して、獲物となる露木と恵子をおびき寄せた。まんまと罠《わな》に嵌《は》まって島に来てしまった自分が情けなく、恵子は、自責の念に駆られた。娘の紗希への謝罪の言葉が溢れてくる。ひとり取り残される娘の悲しみを思うと、ガラスの破片で胸を切り裂かれるような痛みを覚えた。

痛みを和らげようとする恵子の脳裏に、ふと父の口癖が蘇った。

……未来は不確かであり、何が起こるかはわからない。怖いからといって諦《あきら》めてはならない。胸に巣くう恐怖を克服し、勇気を持って前に進め。

恵子は自暴自棄を戒め、冷静になろうと努めた。人が怯えるのは、自身の想像力が創り上げた幻影に対してである。幽霊の正体なんてたいがいそんなものだ。

妄想が妄想を呼び、すべてのピースがあるべき場所にぴたりと嵌まり、もっともらしいストーリーが形成されただけ……、きっとそうに違いない。

祈りは空しく、自分で作り上げたストーリーはますます信憑性《しんぴょうせい》を増していく。

恵子は大きく息を吸って、露木の名を呼ぼうとした。ところが、喉が硬直して思うように声が出ない……。

悲鳴を上げたのは蘭のほうが早かった。

いつの間に目を覚ましたのか、樹の幹から背中を離して蘭が両手をバタバタさせているのが見えた。尻《しり》をぺたりと地面につけて両足を前に投げ出した格好のまま、蘭の身体が沼のほうに引っ張られていた。身体を直角に折り、尻を地面に着けた状態で前に進むことはできない。できるとすれば、強い力で足首を掴まれ、引っ張られている場合のみ……、しかし、蘭の足下には力を発揮する者の姿がなかった。

蘭は背中を後ろに倒し、両肘《ひじ》を地面にめり込ませて未知の力に抗しようとするのだが、いともたやすく身体は前へ前へと運ばれてゆく。まっすぐ進んだ先の水面では耳障りな音をたてて泡が弾け、獣の胃袋から出るゲップと似た異臭が放たれていた。

臭いが鼻孔に入ったとたん、恵子の硬直した喉から胃液がこみあげ、舌の奥に酸っぱい刺激がもたらされた。特殊清掃会社での死臭の記憶が蘇り、強烈な吐き気を覚えた。前傾姿勢になろうと樹の幹に手を当てた拍子に、樹皮がつるりと剝《む》けて、生暖かく湿った感触が手の平に伝わった。はからずも連想してしまったのは、頭皮を剝がされた頭蓋の手触り……。

視覚、聴覚、臭覚、味覚、触覚……、五感のすべてを同時に襲われ、抗す術もなく恵子は跪《ひざまず》いて胃の中身を派手にぶちまけた。

前屈《かが》みの姿勢のまま蠕動《ぜんどう》する胃の圧力に耐えるうち、両目から溢れる涙が頰を伝い、鼻水と混じって上唇を濡らす。恵子は手の甲で口許を拭いながら、沼にじりじり運ばれていく蘭の姿を葉の合間に見た。

沼の水面に足先が触れる寸前、蘭は、身体を捩《よじ》って大きく叫んだ。

「なんなの、これ。いやあー。だれか、助けて」

蘭の悲鳴は恵子の心に活を入れた。

少女の口から発せられた甲高い声に力を得て恵子は立ち上がり、沼のほうに這い寄ろうとしたとき、樹々の茂みを分けて露木が飛び出してきた。

額に着けたライトと、手に持つ懐中電灯によって、沼を取り巻く世界は一気に明るさを増した。

8

茂みを飛び出す前から蘭が助けを求めているのがわかった。

危険な事態に直面しているのだろうが、それが何なのか見当もつかない。無害な植物が鬱蒼《うっそう》と繁茂してはいても、この島には地を這う獣の類いは皆無である。存在する動物といえば四人の人間だけだ。ところが、蘭が上げた悲鳴には、何モノかに襲われているニュアンスが込められている。襲撃者は一体どこにいるのか……。

茂みを分けて沼のほとりに出て、額のライトと右手の懐中電灯を同時に蘭に向けても、襲撃者の正体はわからなかった。

蘭は間違いなく、意志に反して身体が前に引っ張られる状態から逃れようと悲鳴を上げている。救う方法はただひとつ、力の源を特定して排除するのみ。ところが、怪力を発揮するモノの姿はどこにも見えず、幽霊を相手にするかのようだ。

直感で理解できたのは、蘭を沼に奪われてはならないということ……。一旦《いったん》囚《とら》われてしまったら、二度と取り戻せないだろう。

露木は即座に蘭の背後に回り、身体を両手ではがい締めにして足を踏ん張った。直後に得た手応えから、動力源がひとつではなく複数あることがわかった。複数どころか、小さな力が無数に集まり、協力し合って均一な力を発生させている。

蘭の前進は露木の踏ん張りで一旦止まった。そのタイミングでヘッドライトを足許に向けると、光を浴びた蘭の両足が白い色を返してきた。

蘭の足首から膝にかけての部分が、一見して毛羽立ったガーゼで包まれているように見えたが、凝視するうちに、それらは人工的な綿布などではなく、植物の根であることが知れた。ほころびて垂れる糸のどの一本も、しっかりと地面と結ばれていた。

湿った土の下から重力に逆らって伸び上がった根は多数の側根を分岐させ、根端を自由自在に宙に泳がせながら、続々と脚に絡みついていく。根の表面を覆う極細の柔らかな根毛は、糸ミミズと似たくねくねとした動きをしながら、ある一群は脚に絡みついて引っ張り、別の一群は地面で小さく波打って、蘭の身体を前へ前へと運ぼうとする。あたかも、胃壁や腸壁の襞《ひだ》が行う蠕動運動によって、食物が奥へ奥へと運ばれるかのように……。

この島の地中に隙間なく張り巡らされた植物の根が駆動力とわかった瞬間、露木は、自分の尻の下で蠢く根毛を想像して身震いし、わずかに腰を浮かした。心の怯みを見逃さず、機に乗じた根は本来の力を取り戻して、再度、蘭の身体を沼のほうへと運び始めた。

復活した力は以前よりも強かった。地面の下から次々と新たな根が伸び上がって蘭の脚に絡みつき、一糸乱れぬフォーメーションに参入してきたからだ。

露木もまたひとりではなかった。背中全体が柔らかく温かな感触で包まれたことにより、ひとりの援軍を得たことを知った。背後から回された両手が胸の前でしっかり合わせられ、尾骶骨《びていこつ》のあたりに股間《こかん》が押しつけられている。恵子が、両手で露木の背中に抱き付き、両脚を大きく広げて前方に投げ出し、前進に対する強い抵抗力になろうとしていた。

間を置かず、もうひとりの援軍が加わった。ゆかりが蘭の前方に滑り込み、俯《うつぶ》せの姿勢で踏ん張り、蘭の胸に両手を当てて陸のほうへ押し戻そうとする。

うしろにふたり、前にひとりが張り付いたことにより、またしても根の動きは止められたが、時間が経つほど形勢は悪くなってゆくだろう。相手方の援軍が無限に存在する一方で、こちら側は勢力をすべて使い果たしてしまった。根はそのうちに露木、恵子、ゆかりの脚に絡みつき、みんなまとめて始末にかかる。四人揃って沼に飲み込まれて消化され、最後はゲップとなって吐き出されるのがオチだ。

蘭を取り合う綱引きの均衡は次第に破れ、じりじりと沼のほうに近づきかけた。もはや時間の問題だった。このままでは、四人まとめて沼に沈められる。露木は尻ポケットにナイフがあることを思い出したが、今さら何の役にも立たない。戦列を離れて蘭の前に出て、絡みつく根毛をナイフで切り裂く間にも、主力を失った三人の女は一気に沼に飲み込まれていく。絨毯のように織り成されたネットワークとあれば、一瞬で切断するのは至難の業だ。だからといって蘭を放すわけにはいかない……。

露木の無念が伝わったのか、ゆかりは上半身を捩って顔をうしろに向けて怒声を発した。

「弄《もてあそ》ぶのもいい加減にして。これ以上、あんたたちの指図には従わない。さあ、この子を放して。この子を放して、わたしを取りなさい。そうすれば欲しいものが手に入る。勝手な振る舞いは許さない」

ゆかりの小気味いい一喝で根の力が少し弱まったと感じられた。ゆかりは、上半身を捻《ひね》ったまま沼の向こう岸に繁茂する植物を睨《にら》みつけ、じっと反応をうかがっている。

植物のひとつひとつの動きは極めて小さい。葉のざわめきは伝言ゲームのように内から外へと広がり、枝葉の揺れる様は池に投じられた石が作るさざ波のように島全体に伝わっていった。ゆかりの訴えにどう応えるべきか、ひとりひとり意見を持ち寄って、合議が為されようとしているらしい。

植物がどんな判定を下すかわからず、露木の身体に緊張が走った。

母であるゆかりの願いを一笑に付し、四人まとめて胃袋に収めようとするのか、それともささやかな慈悲を示そうとするのか……。潮目が変ったという感触が露木の両手に伝わってきた。さっきまでは、満身の力を込めなければ均衡を保つことができなかったが、相手方の力は急速に弱まり、やがて、綱引きの綱がぷつりと切れるように抵抗力が消えた。勢い余って、蘭、露木、恵子の三人は重なり合うように後ろに倒れていった。

前方に取り残されたのはゆかりひとり。

肘をついて上半身を持ち上げた露木の目に入ったのは、蘭の両足を隙間なく覆っていた根毛が、次々と解かれていく光景だった。脚から離れてふわふわと宙を漂う根毛は、露木と恵子には目もくれず、ゆかりの身体に絡みついていった。根毛は、蘭からゆかりへとターゲットを変えた。

ゆかりの訴えは聞き入れられたのだ。

足首から脛《すね》にかけて白い表面積が増えるにつれ、ゆかりの身体は俯せのまま、沼のほうへと引っ張られ始めた。

ようやくくびきから解放され、一息ついて上半身を前に倒した蘭は、すぐ正面にあるゆかりの顔と向い合う格好となった。

手を伸ばせば届く距離にあるゆかりの顔はゆっくりと離れつつある。沼の表面から浮上する根毛は、水面下に沈んだゆかりの足首を伝わって這いのぼり、腿《もも》から腰のあたりに達しようとしていた。

蘭は、自分の意志で前に進んで、ゆかりの両手を握った。

「あなた、わたしのお母さんなの？」

蘭は、ゆかりが植物に投げ付けた言葉から母娘の縁を感じ取っていた。

「母親としては失格だったけど……、あなたを生んだのは、たしかに、このわたし」

「なぜなの、一体、何があったの。詳しく知りたい」

母娘の会話のために残された時間はそう長くはなさそうだ。伝えられることは限られている。

「あなたを生んで、守り抜くのがわたしに与えられた役目。でもわたしにはあなたを育てる力がなかった。だから、もっとも相応《ふさわ》しい人に預けた。他に方法がなかったのよ」

「身代わりになろうとしているの？」

「いいの、わたしの役目は、あなたを守ることだから」

蘭の身体が自分と一緒に運ばれているのがわかって、ゆかりは手を振りほどこうとした。蘭は、ゆかりの手首を両手で摑んだまま、放そうとしない。

ゆかりは必死の形相で蘭を叱《しか》りつけた。

「手を放しなさい」

両膝は水面下に沈みかけ、根毛は腰を完全に包み、さらに腹から胸にかけて勢力を伸ばそうとしている。このままではふたりまとめて餌食《えじき》になるだけだ。

母と子の絆を断ち切ろうとする行為にめらめらと怒りが湧《わ》き、露木は蘭の右横に進んでゆかりのほうに両手を伸ばした。それを見た恵子もまた左横に進んで、手を差し出した。

「無駄なことはやめて」

ゆかりは身体を反らせて露木と恵子に鋭い視線を投げた。目には強い意志が浮かび、口許には命懸けの覚悟が刻まれている。露木はその迫力に負けて両手を中空で止め、彼女の意図を理解しようとした。

はからずも蘭が看破したように、ゆかりは身代わりになろうとしている。植物の意図を事前に察知したゆかりは、いざというときは身代わりになるという覚悟を持って、この島に来たのだ。ゆかりを助ければ蘭が奪われ、蘭を助ければゆかりが奪われる。地中に張り巡らされたネットワークの緻密さからみて、両者とも救うのは不可能である。どちらか一方が生け贄《いけにえ》として捧げられなければならない。

秤《はかり》にかけるまでもなく、露木にとっては蘭の命のほうが大切だった。しかも、それはゆかりの望みをかなえることでもある。

露木と恵子に胸の内を伝えたと判断したゆかりは、ふたりを交互に見やって、涙声で哀願した。

「露木さん、恵子さん。お願い、この子の成長を見守ってあげて」

母のたっての願いに対しては、断固とした首肯で応えるほかない。露木は、強い意志力を目にしたためて、大きく頷いてみせた。思いが伝わったのか、ゆかりはホッと安心する顔になった。託するに相応しい男であると、露木は認められたのだ。

ゆかりは露木から離した目を蘭のほうに向けた。

「さあ、わかったでしょ。手を放しなさい」

「母さん、もっといろいろ話したかった」

「わたしもよ」

泣く泣く蘭が両手を放すと同時に、ゆかりの身体はずるずると沼へと運ばれていった。根毛は首筋から顔を覆い、そのうちの何本かは、目や耳、鼻を通って体内に侵入しようとしていた。穴という穴から体内に侵入して、ゆかりの身体をしゃぶり尽くそうとしている。

根の絡まった長い髪を大輪のように水面に広げた後、ゆかりの全身は沼の底へと運ばれていった。

沼の底から一際大きな泡が浮上してはぜ、ハーブの香りをあたりに漂わせた。

9

どのくらいの間、視覚を閉ざしていたのか見当もつかない。

恵子は、あお向けの姿勢のまま、薄く目を開いた。

地面に置かれたランタンの光が届く範囲は限られ、光の届かない先は黒々としたドーム状の天井となって上空を覆っていた。

とっくに深夜を回ったであろうが、腕時計を見る勇気が出なかった。午前二時頃ならすぐにでも南極シアノバクテリアが襲来するだろうし、零時を過ぎたばかりなら、恐怖の時間がいたずらに延長されて神経がやられる。

肌の温もりを求めて蘭の身体に腕を回すと、若い心臓の鼓動が腕へと伝わってきた。規則正しい鼓動に励まされ、恵子は、明るい未来を胸に描こうとしたが、とてもそんな余裕はなかった。頭を支配するのは、この状況をどうやって切り抜けるかという解決策ばかりである。

露木は何らかの異変を察知したらしく、さっと引いた手を地面について上半身を持ち上げ、懐中電灯を沼の対岸へと向けた。

「どうかしたの？」

恵子は、光が照らす先に目を凝らした。

まず反応したのは目ではなく、耳だった。鬱蒼とした茂みの中から小さな音が聞こえてくる。何かが落ちて地面にぶつかる音が響き、ほぼ同時に枝と葉が上下に揺れるのだ。すぐに思い浮かんだのは、枝先にぶら下がる実が落ち、その反動で枝葉が揺れているのではないかということ……。

「ちょっと見てくる」

露木は立ち上がって歩きかけた。

「待って、わたしも一緒に行く」

取り残されるのは二度とごめんだ。

恵子が立ち上がるのをみて、蘭も素早く身体を起こし、「ちょっと、おいてかないで」と、沼の対岸に行こうとする露木のあとに続いた。

歩を進めるたびに気になるのは土の下の根の動きだった。ついさっきまでうじゃうじゃと地面から湧き出ていた根と根毛はすっかり姿を消し、鳴りを潜めている。

枝葉の動きと落下音の呼応によって、近づくほどに、イメージがはっきりしてきた。横風を受けての揺れではなく、重力方向への縦揺れが随所で同期して、おいでおいでと手招きするようにお辞儀している。

露木が持つ懐中電灯の照射を受けたところだけ、植物の一部が赤や緑をはじめとする極彩色に輝いた。

ダイビング経験の豊富な恵子は、似た風景を海の中で何度も見たことがある。海中では、潜る深度が増すほどに光が乏しくなり、鮮やかな色が失われてモノトーンに支配され、水深三十メートルを超えたあたりからは、ほぼ白黒の世界になってしまう。

ところが、水中ライトを浴びせたとたん、黒いゆらめきは黄色や緑の海草となり、魚は本来の色を取り戻し、極彩色を放って眼前を泳ぎ去る。目の前をよぎるグレーの魚が、突如青く変色する様に、ビギナーの頃は幾度となく驚かされた。

眺めている風景はまさにそれと似ていた。光の当たる範囲だけ、背景に黒く埋没していた葉が鮮やかな緑色となって浮かび上がってくるのだ。枝先が下がったかとおもうと、実を離した瞬間に跳ね上がり、ぼとりと地面に何かがぶつかる音がする。葉の合間を落下する実の赤い色が一際印象的だ。

手を伸ばせば届く距離まで赤い実の樹に近づき、三人はそれぞれのライトで照らして観察した。ひからびていた葉や茎は瑞々しさを取り戻していた。腐りかけた赤い実が落ちたあとからは、新鮮な芽が次々と吹き出し、枝先にいかにも健康そうな赤い実をつけていた。

露木の懐中電灯が真横に向けられたのに呼応して、恵子は光の方向に目を向けた。

露木が照らしたのはヘビーコーンだった。地面の上に顔を出す獣の根には、今にも駆け出しそうな躍動感が張り、萎《しぼ》んでいた黄色い実はパンパンに膨らんで生命力を誇示し、表面から透明な樹液をこんこんと溢れさせている。

露木は感嘆の声を上げ、眺めている現象に簡単な解釈を与えた。

「一瞬の狂い咲き」

葉、枝、幹、花、実、根……、植物の個体を構成するネットワークの隅々から新しい命が芽吹き、神殿の献花台に百花繚乱《りょうらん》の花を咲かせようとしていた。

沼の水面を破って直径五センチほどの根が現れ、弓なりにしなって水しぶきを上げた。植物が動かないと見做されるのは、動作が極めてゆっくりしているからに過ぎない。根を年単位で撮影した映像を早送りで再生させれば、地中を這うミミズやヘビとそっくりな動きをしているのがわかる。硬い岩盤を触覚で避け、重力の方向を感知し、水や栄養分のありかを探ろうとして、根は縦横無尽に地中を徘徊《はいかい》する。

第六台場をエデンの園にたとえれば、中沢ゆかりは魔女の原型とされるイブの末裔《まつえい》……。イブはヘビにそそのかされて、禁断の木の実を食べ、アダムにも食べるように勧める。こうして、人類の祖は知恵の実を食べ、言語を手に入れた。

沼を泳いでいた側根は、ピシャピシャと水面を打って水中へと沈み、次に浮上したときは、根で絡めたされこうべを一緒に引き上げてきた。

ついさっきまで生きていたゆかりの顔は、養分を吸い取られて無残に崩れていた。頭頂部にまばらな髪を残しつつ、額や頬、口から喉にかけての肉は溶けて剝がれ落ち、空洞となった眼窩《がんか》には白い根毛がぎっしりと詰まっている。唇と舌が剝ぎ取られているせいで、上下に並ぶ歯がむき出しだった。

顎《あご》の下でとぐろを巻く側根は、ゆかりの顔が水面に出るように支えていた。

植物はゆかりを代弁者に仕立て上げ、彼女の口を通して要求を突き付けてきた。

「差し出しなさい」

舌のない口が声を発するとも思えない。しかし、露木の耳にはしっかりと言葉が届いた。幻聴を疑って恵子に顔を向けると、小さく頷いて同じ声が聞こえたことを伝えた。

神々は幾度となく生け贄として子を求めてきた。狙いは蘭ひとりに定められている。

ゆかりと同じ運命が蘭に与えられるなら、交渉は決裂だった。勝ち目がないとわかっていても断固闘うのみ、むざむざ引き渡すことはできない。

「この子は選ばれている」

実母《くみ》の口から出る言葉には重みがあった。命を賭《と》して娘を守ろうとした母が、その命を奪う側に与するとは考えられない。「差し出す」というのは言葉の綾《あや》で、真意は別のところにあるのではないか。

「この子に、ヘビーコーンの樹液を与えた上で、赤い実を食べさせなさい」

赤い実は、夢見るハーブの会の信者七人をいともたやすく葬った犯人である。以前と同じ猛毒を持っているのか、それともヘビーコーンが本当に解毒剤の作用をするのか……、露木には判断がつきかねた。植物が産出するエキスは、毒にも薬にもなり得る。どちらなのかを知る方法はひとつしかない。自分の身体を使って人体実験をするのだ。まずは口に入れてみて、その後に起こる身体の変化を観察して、結果を知る。吉と出ればそれでよし。凶と出れば、死への道を辿る過程で、判定を知る。

蘭に赤い実を食べさせるのは、身を挺《てい》して毒味役を引き受け、危険がないと証明された後のことだ。

懐中電灯で照らされる赤い実の表面は艶やかで、いかにも健やかだ。邪悪さの片鱗《へんりん》もない。犠牲的行為の順番は自分へと回ってきた。心臓の鼓動が耳に響いた。密生して頭を垂れる植物は、一挙手一投足を吟味して、使命を託す価値のある男かどうかの判定を下そうとしている。

赤い実を食べるか否かの二者択一が、強烈な葛藤《かっとう》となってのしかかるのは、ゆかりの無残な姿を見せつけられているからだ。同じことが起こらないという保証はどこにもない。ゆかりは、生きながら養分を吸い取られて骸《むくろ》と成り果てた。変化の様を目の当たりにしているだけに、二の足を踏む。赤い実を食べないという選択は、恐怖に負けたという証しとなり、一方の、食べるという選択は勇気の証しとなる。

露木は命を賭《か》けて手に入るものの素晴らしさに目を向けようとした。

何万年も前に、禁断の木の実を食べて人間が言語を手に入れたのだとすれば、同じ実を食べることによって、直観や認識の力が格段に高まり、他のだれもが発見できなかった真理に到達する道が拓《ひら》けるかもしれない。

露木には生涯をかけてやり遂げたいことがたくさんあった。一言で言えば、世界の仕組みを知りたくてならないのだ。

妻を亡くし、医学を捨て、物理学の道に邁進《まいしん》したのは、世界の仕組みをより深く理解したかったからだ。宇宙はどうやって誕生したのか……、地球生命はどんなメカニズムで発生したのか……、宇宙の諸法則が人間によって整備された数学で記述できるのはなぜなのか……、物理法則が記述されている場所はどこなのか……、なぜ重力理論と量子論は統一できないのか……、どの問いに対しても、現在の科学は答えることができない。だからこそ、露木は知りたいと切に願う。

「命と交換に答えを教えよう」と悪魔に囁かれれば、躊躇《ちゅうちょ》なく命を差し出す覚悟で、この道を進んできた。ならば、今こそ、明確に意思表示をすべきとき……。

覚悟は決まった。

露木は毅然《きぜん》とした態度で、ヘビーコーンから滴り落ちる樹液を手に受けて口に含み、枝先から赤い実を摘み取って高く掲げた。そして、左の手の平に載せた赤い実を、右手で摑んでポンと口の中にほうり込んだ。

間近でそれを見ていた恵子は、両目を見開いて叫び声を上げた。

「ばか。何するの！　すぐに吐き出して」

夢見るハーブの会信者たちの死に様を何度も脳裏に再現してきただけに、恵子の慌てぶりは凄《すさ》まじかった。

露木は恵子の警告を無視して、赤い実をゆっくりと嚙《か》み砕いた。思った通り、酸味と甘みの混ざった独特の味がして、直後、四肢に軽い痺《しび》れが走った。

第9章　昇華

1

いつの間にか時間の感覚がなくなっていた。時が速く過ぎているのか、遅くなっているのか、わからない。ある種のドラッグを摂取すると、時計の長針が目で見えるほどの速さで回り始めるといわれているが、それとも違う。時間そのものが消滅したような感じだった。

精神は澄み渡り、頭は冴《さ》え、思考力はかつてないほどに高まり、自分の姿を外部から観察する客観的な視点がクリアになっていった。夢を見たり、幻覚に溺《おぼ》れているわけではないと意識する自分がいる。

肉体の外部に出て浮上した眼が自分の身体を眺めおろしていた。

樹の幹にもたれかかる男の両側には恵子と蘭が寄り添い、赤い実を食べて体調が悪くなったのではないかと、不安気に顔を覗《のぞ》き込んでいる。主体が浮上したからには、樹の幹にもたれる人間はただ「男」としか呼びようがない。

……魂の本体である「オレ」はここにいる。心配するな。

恵子と蘭の耳元で囁《ささや》いたが、声は伝わらなかったようだ。ふたりとも何の反応も返さず、男の身体を揺すっている。

「体外離脱」に陥っているのだと、わかってほしかった。

「体外離脱」という現象は、「幽体離脱」「臨死体験」などと呼ばれることもあり、肉体から魂と

もいうべき主体が抜け出して中空を漂い、自分の身体を見下ろすことから始まる。病気や事故で
危篤に陥ったものの、奇跡的に生還した人間から数多くの体験談が報告されている。肉体を離れ
た魂が三途の川の手前まで行った……、過去に愛した故人と出会った……、お花畑の中を歩いた
……、トンネルを抜けた……、神と出会った……、など、共通のパターンがあり、魂の存在を仮
定したオカルト的解釈をする者もいれば、脳の中で起こる幻覚に過ぎないと科学的な解釈をする
者もいる。
　どちらの解釈が正しいのかは知らないが、ただひとつ確かなのは、男の身体にしがみついて身
体を揺する恵子の姿が直下にあり、声がしっかり聞こえるということ……。
「もう、ばか。早く起きて。わたしをひとりにしないで」
　恵子は取り乱して男の胸を叩《たた》き、首を絞めかねない勢いだ。
「やめろ。殺さないでくれ」
　こっちの声はむこうには届かない。
　恵子の横では、蘭が心配そうに男の顔を覗き込んだ後、両手を組んで天を仰いだ。宙の一点を
見つめて目を細め、何かを察知したかのように、じっとこちらをうかがっている。ふと目が合っ
たような気がしたが、それも一瞬だった。蘭は、妄想を払うように頭を振って、男の首の下に両
腕を差し込んで持ち上げようとした。
　ふたりとも、赤い実のエキスが害毒を及ぼし、男が死に瀕していると思い込んでいるらしい。
　恵子は、死にゆく者の身体にどんなに恐ろしい変化が生じたのか知り尽くしている。呼吸困難
からチアノーゼへと進み、赤い血液が破壊されて緑色に変るのだ。肉体内部にそんな症状が生
じれば、四肢は痙攣《けいれん》して苦しさのあまり顔は激しく歪《ゆが》むはず……、しかし、男の顔には苦しそう
な表情のかけらもなかった。それどころか、両目を薄く閉じた顔は穏やかで、頬にうっすらと笑

みを浮かべて、快楽に浸っているように見えた。

高みへと浮揚し始めたのは、快楽が充満して主体が膨張したせいかもしれない。樹々の枝を抜けて原生林から顔を出すと、突如視界は開け、変形五角形をした小さな島の全景を真下に見下ろすことができた。眼を横に向ければ、ほぼ同じ高さにレインボーブリッジの橋げたを彩るイルミネーションがある。ケーブルから無数の光の粒が離れ、無数のホタルとなってこっちに近づき、

「さあ、おいで」とばかり、高みへと導こうとする。

真下に見える風景の変化は高度の上昇と呼応していた。東京湾の全景は関東平野の全景へと広がり、日本列島を視野におさめたと思う間もなく雲を突き抜け、大気圏外を目指してスピードを上げた。

キラキラとした輝きと戯れるうち、いくつかの粒が集まって小さな玉となって宙を飛び、光の筋をうしろに何本もたなびかせた。

大気圏を超えて飛び出すや、地球は青い球体を保ちつつ徐々に小さくなり、火星や木星の横をかすめる間に太陽は小さくなり、太陽系から星間宇宙に飛び出したところで漆黒の闇に包まれた。無音の時間がしばらく続いた後に現れたのは、漏斗の形をした真っ黒な穴だった。

形状からその正体はすぐにわかった。

巨大な質量を持つ天体が重力に押し潰され、恒星や惑星などのあらゆるものを吸い込み、光さえも抜け出すことができないブラックホールだ。

青白い光に縁取りされた白い雲が先細りした先には、回転するオレンジ色の円盤があり、雲と円盤は臍《へそ》の緒と似た光の帯で繋《つな》がれていた。

白、青、オレンジの光に彩られたブラックホールを、直《じか》に眺めるのは初めてのこと……、歓喜の声を上げたい気分である。

対象物の美しさは、その内部に飲み込まれるときの恐怖を帳消しにする。

カーブしながら狭まる内面を滑り落ちて進んでも、主体はさしたる影響を受けなかった。物理法則に従えば、十億Gにも及ぶ潮汐力《ちょうせきりょく》が加わって、細長い紐《ひも》に引き伸ばされるか、バラバラにされてしまうはずなのに、無様な変容を受けることなく、観察眼の機能はしっかりと保持できていた。移動速度は徐々に光速に近づき、光の流れに乗ったという感触を得たとたん、取り巻くすべての動きが静止した。実際には、光と同速度になったために止まっているように見えるというだけだ。

今いるのは特異点の手前である。

背後に広がる黒い世界に対して、前方には白い世界が開けている。そして、主体がいるのは白と黒の境界線上だった。

いつの間にか光の玉はばらけ、元の小さな粒となって広がり、ホログラフィーのような立体映像を形成し始めた。徐々に輪郭が明らかになり、造形しようとしているのが人間の形とわかってくる。若い女性の顔がぼうっと浮かび、目鼻立ちがいよいよはっきりしてきたとき、「優子」という妻の名が心に閃《ひらめ》いて、呼び掛けていた。

「そこにいるのは優子か?」

体外離脱の経験談の中で多く語られるのは、生前に親しい関係にあった故人との出会いである。そのせいかどうか、まずは亡き妻を連想したのであるが、さらに細部が明瞭《めいりょう》になると、妻の面影を残しつつも、別のもっと若い女性であるとわかってくる。

揺らめく立体画像の少女は、「わたしがだれなのかわからないの」とからかうように、笑みを浮かべている。

間違いなく初めて見る顔だった。

むこうは知っているのに、相手がだれなのかわからないもどかしさ。これまでの人生を早送りで再生させるうち、雷に打たれたような衝撃が走り抜けた。知らない顔と見えたのも無理はない。眼前にいるのは、出産と同時に死亡した母を追って、生後一週間で亡くなった娘である。

「蘭か……」

ほかに呼びようがなかった。名付け親は優子であるが、出生届を出す前に亡くなったせいで、もうひとりの蘭がその名を引き継ぐことになった。

「やっと、わかったのね」

対面しているのは十五歳に成長した蘭だった。

「大きくなったな。これまで、どこにいたんだ？」

蘭はうしろをそっと振り返る素振りを見せた。

「パパの眼から見れば、わたしのうしろの世界は白く見えるでしょ」

蘭の背後にある世界に興味を惹《ひ》かれ、一歩近寄ろうとして、蘭に止められた。

「だめ。それ以上、こっちに来ちゃ、だめ」

「なぜだ」

「一線を越えたら、パパは戻れなくなる。悲しむ人がいっぱいいるでしょ。だから、来ちゃ、だめ」

「そこは黄泉《よみ》の国なのか」

蘭は声を上げて笑った。

「なにバカなことを言っているの。物理学者らしくもない。パパがいる宇宙は、子宇宙を生んだのよ。わたしが居るのは、子宇宙のほう」

われわれの宇宙は無数にある宇宙のひとつに過ぎない。宇宙は子宇宙を生み、子宇宙は孫宇宙を生むという理論は一般的に「マルチバース」と呼ばれ、大方の物理学者によって支持されている。

生むという行為から連想されてくるのは子宮である。

位相幾何学の観点に鑑《かんが》みると、子宮は極めて興味深い形態をしている。子宮は母胎の内部にあるのではなく、膣《ちつ》を通して外部に開けている以上、外部にあるといわざるを得ない。ところが、子宮内膜にへばりついている胎児は、臍帯《さいたい》によって母胎と繋がっている。母胎の外部にありながら内部とも繋がっている形状は、表と裏の区別をつけることのできないメビウスの帯と似ている。外部と内部が複雑に絡まり合っている表裏一体構造は宇宙にも当てはまり、宇宙の形状は子宮の相似形といえる。

形状の相似だけでなく、子宮内で胎児が過ごす十か月ばかりの期間には、四十億年生きてきた地球ＤＮＡの全成長過程が凝縮されている。胎児の成長過程と、地球ＤＮＡの進化の過程もまた相似形を成す。「個体発生は系統発生を繰り返す」のである。

「個体発生は系統発生を繰り返す」が正しいとすると、ただひとつ、齟齬《そご》を来す点が出てくる。発生の仕方が違うのだ。

子宮に着床した受精卵が、海の生物から脊椎《せきつい》動物へと形態を変えて成長する様と、四十億年かけて地球生命が進化した軌跡はほぼ同じである。しかし、誕生の仕方には異なった解釈が為《な》されている。外部からの作用を受けて受精卵が生じたのは周知の事実……、にもかかわらず、地球生命は「海水をかき混ぜていたら偶然にできた」といわれている。

受精のメカニズムは明らかだ。

一か月に一度、卵巣の表面から放出される一個の卵子は、ブラックホールとそっくりな漏斗形をした卵管の入り口へと進み、そこで精子の到来を待つ。待ち時間は十時間から十二時間だ。外部から膣に挿入された器官が放出する数億匹の精子は、屍《しかばね》の山を築きつつ進軍し、漏斗形をした卵管入り口付近で待ち構える卵子にアプローチする。細胞膜から引き込まれて受精できるのは幸運を摑《つか》んだ一匹のみ……、他の何億匹もの精子は受精と同時に締め出され、死滅の運命を辿《たど》る。その後、受精卵は卵管から子宮へと移動して、内膜に着床して胎児に成長する。

胎児の目に、子宮という宇宙はどのように映るのだろうか。

猛烈な勢いで細胞分裂してゆく様は爆発的な膨張と見える。すなわちビッグバンだ。母胎から滋養をたっぷりと受け取り、成長するにつれ、胎児は様々な問いを発するようになる。その最たるものは「わたしは一体どこから来たの？」である。

子宮という小さな世界しか知らない胎児は、周囲を見回した後、「子宮内膜から剝《は》がれ落ちた細胞をこねくりまわしていたら偶然にできた」という解釈を思いつくだろう。この無邪気な誤謬《ごびゅう》は、子宮の外にある世界に想像が及ばないことから生じる。

胎児にはやがて真相を知る瞬間が訪れる。首尾よく成長し切って潮時を迎えた胎児は、古い衣を脱ぎ捨てて新しい世界に出ようとする。そのさいに通過する細い道が産道……、すなわちブラックホールであり、這《は》い出した先には、まばゆい光が降り注ぐ新しい世界が待ち構えている。

産道を無事に通過してはじめて、想像もできないほど大きな世界が広がっていることを知るのだ。

羊水に満たされた小さな世界と、大気に覆われた大きな世界の環境はまったく異なっていて、即時の適応が求められる。胎児から新生児への移行において行われるのは、小規模な相転移ともいえる変化だ。水の中で働いていた機能は、空気中で働く機能に変わり、胎児の頃の記憶は消去されて、新しい世界での学びに備える。

親宇宙が子宇宙を生むときも同じ現象が起こる。ブラックホールからホワイトホールを抜け、新しい世界がもの凄《すご》い勢いで再構築されようとする様は、宇宙開闢《かいびゃく》直後のインフレーションと呼ばれ、本格的な相転移を伴う。プラスの電荷はマイナスに、右は左に、粒子は反粒子に、光は重力に、重力は光へと変る。特異点を境にして宇宙はダイナミックに反転する。

地球生命も同様に、内部における攪拌《かくはん》ではなく、外部からの作用を受けて誕生したとみるのが自然である。作用因の候補は光と重力だ。

生まれたての新生児は、新しい世界に出てもなお、臍帯によって母胎と繋がっている。そのままの姿で母の胸の上に置かれた新生児は、分娩《ぶんべん》の痛みから解放されたばかりの、疲れ切ってはいても幸福そうな母の顔と対面する。十か月近くを母胎で過ごしただけに、母の面影にはなんとなく馴染《なじ》みがある。ところが、臍帯が切られて独立する頃になると、母の横に寄り添って優しくいたわる者の姿が目に入ってくる。こちらにはまったく馴染みがなく、だれなのかわからない。ぎこちない笑みと、やたらに馴々《なれなれ》しい態度から、自分と無関係の者ではなさそうだと察しがつく程度だ。

……だれだ、こいつは?

問いの答えを知る間もなく、伸ばされた両腕で強引につまみ上げられ、新生児は抱き締められる。肌を通してひしひしと伝わる祝福を受けて、新生児はようやく真相を知る。子宮内膜の細胞をこねくり回すことによってわたしが生まれたのではない、このひとからの力の作用があったからこそ、わたしが生まれたのだと……。

新生児に両腕を伸ばす父親の姿を自分に重ねたとき、ハッとなって思考は停止してしまった。その行為を怠っていたことを思い出したからだ。

せめてもの救いは、眼前に揺らめく蘭が元気そうな上に、不幸な匂いがしないことであった。

「どうだ。うまくやっているか?」

「安心して。ママがついているから」

むこうの世界で行われるシングルでの子育ては首尾よく進んでいるようだ。

「よかった。安心したよ」

「パパのおかげよ。意味のある構造ができたり、生命が誕生できたりするのは、親宇宙がちゃんとやるべきことをやったから」

「買いかぶりすぎだ。おれは何もやってない」

「やっぱり、そんなふうに思ってたんだ。だから、心配して、ママはわたしに伝言を託した。ねえ、聞いて。大切なのはコトバ。親宇宙に刻まれたコトバは、子宇宙へと引き継がれる。新しい世界にコトバの記憶がまったく刻まれていなければ、生命をはじめとする構造は生まれない。永遠の混沌《こんとん》に支配され、希望の光は一切失われる。上下左右を眺め渡してもまったく同じ風景が広がるだけの、それはそれは恐ろしい世界となる……。でも、わたしやママがいる宇宙には、ちゃんと構造があり、生命が生まれる機運に満ちている。パパがいる世界のおかげなの。

　コトバは、なにも特別な人にだけ与えられたものじゃない。画家には色というコトバがあり、音楽家には音というコトバがあり、スポーツ選手にはパフォーマンスというコトバがあり、彫刻家には形というコトバ……、そして、ひとりひとりの人間には生き様というコトバがある。物理学者であるパパのコトバは数学。だから、森羅万象をしっかり観察して、より優れた数式で記述するのが、あなたに与えられた使命」

　負うた子に教えられて浅瀬を渡る思いだった。

「蘭は知恵をいっぱい身に付けたな」

「うかうかしていられないわ。努力を怠れば、たちどころに逆戻り……」

「坂は上り続けなければいけない……、ってわけだ」

「そう、一旦《いったん》下り始めたら谷底に至るまで止まらない」

「会えてよかった」

「わたしもよ。でも、そろそろ行かなくちゃ。その前に、もうひとつ。ママからパパへのアドバイスがある。ママは今でも、パパが輝かしい実績を上げることを心底望んでいる。だから、忘れないで。たぶん、重要なヒントになるから。『宇宙、地球生命、眼、言語……、この四つが誕生したメカニズムは基本的に同じである』」

ヒントとなる言葉を告げる声には、別人格が乗り移ったような荘厳な響きが込められていた。忘れようもなくその内容は脳の襞《ひだ》に刻まれた。

「しっかりと心に留めた。ありがとうと、ママに伝えてくれ」

「もちろんよ。わたし、そろそろ行く」

「ちょっと、待ってくれ。おまえに謝らなくてはならないことがある」

「なに？」

「おれは、一度もおまえを抱いたことがない。妻の死に直面して錯乱し、まったく気が回らず、おまえをないがしろにしてきた。すまなかった。許してほしい」

「錯乱するほどママを愛していたってことでしょ。生まれてきた意味がわかって、逆に、誇りに思う」

「たった一週間の命でも、生まれてよかったと思えるのかい」

「命の価値と、長さは無関係」

「感謝する。肩の荷がおりた気分だ」

「パパ、光に向って進む旅は愛するものとの出会いで終わる……、忘れないでね」

その言葉を最後に、蘭の身体を構成する光の粒はバラけ、散り散りになって白い世界に飛び去っていった。

はるか宇宙の果てまでやってきた主体もまた、来た道を猛スピードで逆に辿って、恵子と蘭が見守る男の肉体へと着地した。

2

主体が肉体に着地したとわかってからも、露木はしばらくの間、瞼《まぶた》を閉じたままにしていた。見えなくても、身体にすがりつく恵子と蘭の口から漏れる息遣いが感じられる。脈を取ったり、胸に耳を当てたりして生存を確信したふたりは、どうにか落ち着きを取り戻したようだ。身体の両側から覆い被《かぶ》さって会話するふたりの声が耳に届いても、露木は狸寝入りを決め込んだ。

目を開けば、矢継ぎ早に質問が繰り出され、応答に追われて思索が妨げられるのは間違いない。そんな喧騒《けんそう》に巻き込まれる前にやらねばならないことがあった。熟考する……。よけいな雑音をシャットアウトしたかったが、瞼を閉じるだけで何も見えなくなる目と比べ、耳を自由に閉ざすことはできない。

露木は愛《いと》しい女性たちの囁きを無視し、もたらされたばかりの至高体験の検証に全精力を傾けた。娘からの貴重な進言を、ここでもう一度確認して意義を明らかにしておかねば、記憶は薄れてしまう。時を置かず中身を吟味し、胸に焼き付けるのだ。

まずは自分の身に起こった現象をどう解釈するかである。

赤い実のエキスが原因なのは疑いの余地がないとしても、植物アルカロイドの作用で生々しい幻覚が生じたのか、あるいは、分裂した自我と自我が対話したのか。ドラッグによる幻覚という説も、変性意識状態における自問自答という説も、取りたくはなかった。抜け出した魂が宇宙の果てまで飛んでいき、生後一週間で亡くなった娘と対面するのは不可能と承知の上で、人知を超えた神秘的な体験をしたのだと信じたかった。

思い着いたのは、別次元と繋がったという折衷案である。

別次元と繋がって死者と会話する現象は、チャネリングと呼ばれている。怪しい霊媒に媒介されたのではなく、脳から突き出たアンテナがブラックホールの向こうにある世界からの信号を受信したのだと思いたかった。インスピレーションと同じであり、それほど特殊なこととも思えない。

別次元から届けられたメッセージは、一言一句あますところなく覚えている。

「宇宙は子宇宙を生んだ」

娘はそう言った後、「大切なのはコトバ」と、優子からの伝言を伝えた。

先端の物理学者によって唱えられている「マルチバース」宇宙論は、露木の信じるところでもあり、彼独自の手によって修正が加えられている。宇宙は「無」から生まれたわけではなく、それ以前にあった宇宙が相転移を起こすことによって生じた。インフレーション直後の急成長が、あたかも「爆発」のように見えるため、生誕の様は「ビッグバン」と名づけられている。

親宇宙にいる者に課せられた使命を、娘は簡単にこう表現する。

「ひとりひとりに与えられたコトバに磨きをかけ、次世代に渡すこと」

使命が果たせなかった場合の子宇宙に広がる風景の描写はこうだ。

「永遠の混沌に支配された殺伐たる風景」

娘からもたらされた真理と、これまでの露木の研究成果は、齟齬を来さない。

人間が人間であるゆえんは、二足歩行することでも、道具を使うことでもなく、ただひとつ「言語を持つこと」に集約される。羽を与えられた鳥に高みへの飛翔《ひしょう》が求められるように、人間には言語に磨きをかけることが求められる。そこまでのところを、露木は既に理解していた。わからなかったのはその理由である。「なぜそのような使命があるのか」と訊《き》かれても、答えることができないでいた。ところが娘はヒントを与えてくれた。

「新しく生まれた世界に、コトバの記憶がまったく刻まれていなければ、生命をはじめとする構造が生まれないから」だと……。

理由がわかれば、使命を果たそうという情熱はよりいっそう強くなり、行動に駆り立てる力は高まる。

人間ひとりひとりに、それぞれのコトバが与えられているとしたら、露木にとってのそれは数学であると、娘は看破した。

露木が胸に抱える疑問のひとつに、「人間の身体的特徴と五感に基づいて整備された数学で、なぜ宇宙の諸法則が記述できるのか」というものがある。

娘の指摘はその答えのヒントになり得る。

現在、われわれが知覚している宇宙には、無数ともいえる法則があり、そのうちのいくつかは数式や化学式で記述され、正しさが検証されている。たとえば、酸素ひとつに水素がふたつくっついてできる水はH_2Oと記述される。記述され得る法則があるからこそ、宇宙には多様な構造が生まれる。

宇宙の諸法則が数学で記述できる不思議議は、人間が作り上げた数学体系が宇宙の中で「普遍性を持たない」ことに起因する。何十年か前に、地球外知的生命体（ＥＴ）との交信に「素数」を使うアイデアが取り沙汰《ざた》されたことがあった。アイデアの根底には、「自然数は宇宙で普遍のものである」という思い込みが横たわっている。ところが、われわれの数学は、われわれだけのものであり、普遍性を持たない。もし、人間に「眼」の機能がなければ、個体を「１」「２」と数える自然数の概念は出てこなかっただろう。ＥＴが人間と同じ五感を持っているという保証はまったくない。視覚、聴覚を持たない代わりに、圧力や濃度、波形を感知する感覚を持っていたなら、かれらが作り上げる数学は、われわれの体系とはまったく別物となる。五感だけではなく、われわれの数学は、人間に特有の身体的特徴をうまく取り込んで構成されている。ＤＮＡ二重らせん、眼、耳、右手と左手、内臓器官の対構造、電荷のプラスとマイナスから、両方の指が十本あることなどが、二進法や十進法の定着に貢献している。

つまりこう結論づけられる。

「ＥＴの身体的な特徴と知覚は人間と異なり、数学体系が違うため、ＥＴが認識する宇宙はわれわれのものとはまったく別物であって、交わることはない」

素数を基本としたメッセージを送っても返事は返らない。

その前提の上で、最初の問いに戻ろう。「なぜ数学で宇宙の諸法則が記述できるのか？」キィワードは「相互作用」ではないかと閃いた。

宇宙という場がなければ生命が存続できないのと同様、宇宙もまた生命による知覚と記述を抜きには存続できない。物質と生命との、両方からの良好な働きかけがあってこそ、見事な構造を創り上げることができる。

これまでの一般的な考え方は、宇宙は盤石な地盤を持つ純粋に客観的な場であり、恒星があり惑星があり、そこに水があるのなら、攪拌しているうちに偶然の作用で生命が生まれる、というものであったが、それは間違っている。水たまりに微生物が自然発生することは、十九世紀の中頃、パスツールによって完全否定された。熱の散逸理論を持ち出したところで、この否定が覆ることはない。有機物を満たしたスープをいくらかき混ぜても生命は生まれないのだ。

物質と生命との相互作用によって構造を生み出す宇宙は、観察者の視点によって形状を変えるという柔軟性を持つ。観察者がいるからこそ宇宙は存続できる。

宇宙の消滅と同時に地球DNAが消滅するのと同様、地球を覆うすべてのDNA生命が消滅すれば宇宙も終焉《しゅうえん》を迎える。だからといって、あとかたもなく消えてしまうわけではない。これまでにわれわれが慣れ親しんだ世界がぐにゃりと形を変え、まったくの別物になるということだ。地球DNAがすべて絶滅した後も、われわれの宇宙が今眺めている姿のままで残ることは、絶対にない。観察者の知覚によって作り上げられた仮想世界は、観察者の消滅と同時に消える。地球はブルーの輝きをなくし、太陽フレアが彩るオーロラの美しさは失われて汚い泥の飛沫《ひまつ》となり果てる。娘はその様を、ごく簡単に、「永遠の混沌に支配された殺伐たる風景」と表現した。

知的生命体であるか否かにかかわらず、この宇宙にわれわれと交流可能な生命は存在しない。数千億×数千億×数千億の恒星が水のある惑星を従えていたとしても、そこから生命が自然発生することはない。われわれに求められるのは、この絶対の孤独に耐え、唯一無二の存在たる自覚を持って使命を果たすことである。

だからこそ、宇宙はわれわれに「しっかり記述せよ」と檄《げき》を飛ばす。森羅万象を観察してより正しい数学で記述する行為が宇宙に影響を与え、記述された法則は徐々に確かなものとなり、宇宙は彩り豊かな構造物を次から次に生成する場となる。

至高の形態である生命にコトバを磨く使命が託されたのはそのためだ。

安寧が保たれた楽園に引きこもることなく、泥だらけの世界を這ってでも進み、価値ある情報を摑み取り、咀嚼《そしゃく》して磨きをかけ、次世代に渡す……。報われるのは、常に、勇気と理性を伴った行為。憶病風に吹かれて小さな世界に閉じこもれば、コトバを磨くチャンスを失う。

露木は、娘から預けられた伝言を咀嚼し、中身の重要さを嚙《か》み締め、自分の胸にしっかりと収めた後、最後に娘が伝えた優子からのアドバイスの検証に入った。

「宇宙、地球生命、眼、言語……、この四つが誕生したメカニズムは基本的に同じである」ドグマに反旗を翻す挑戦的な内容である。

インスピレーションを与えられた人間がすべきなのは、まず信じることだ。ここで疑いを抱いては、発信者に失礼である。

……預かった言葉は正しい。

露木は一点の曇りなく信じた。

宇宙の誕生は百三十七億年前、地球生命の誕生は四十億年前、眼の誕生はカンブリア紀の五億年前……、それに対して、言語の誕生はせいぜい数万年前のこと……。

年代は大きく異なれど、その発生のメカニズムが同じであるというのなら、どこかに「共通項」があるはずだった。ざっと思考を巡らせるうち、「情報」ではないかと気付いた。宇宙と地球生命の誕生は、意味のある情報がもたらされたと言い換えることができる。眼は情報を収集する上での主な器官であり、言語は情報伝達における重要なツールだ。

発生した年代は大きくズレていて、他の三つと比べれば、言語発生は直近といえるほどに新しい。古い時代の遺跡や遺物に、目に見える形で言語発生の痕跡が残っているかもしれず、四つの中で唯一実地調査が可能だ。言語発生のメカニズムが解明できれば、そこを足掛かりとして、眼、地球生命と時代を遡《さかのぼ》り、最難関である宇宙誕生の謎に肉薄できる可能性が出てくる。

インスピレーションが正しいとなると、宇宙の構造と生命の発生は密接な関係を持っていることになる。だからこそ、DNA生命にとっての大脳新皮質ともいえる人間は、宇宙の諸法則を自分たちが編み出した数学で記述できるのではないか……。

まずはターゲットを「言語の発生の謎」にロックオンし、露木は、書くべき論文のテーマを絞り込んだ。

論文のタイトルは、仮に「言語起源論」としておこう。探索すべき場所の見当はついている。古代マヤ文明の遺跡が眠るユカタン半島の密林……、あるいは、南ヨーロッパから北アフリカ、小アジアにかけて点在する氷河期の洞窟《どうくつ》も、探索の地となり得る。謎の解明に挑んで答えが与えられるという保証はまったくない。過酷な旅となると覚悟しつつも、励みとなるのは、娘が最後に残した予言じみた言葉だった。

「光に向って進む旅は愛するものとの出会いで終わる……」

意味不明であったが、なぜか、行動への勇気が湧く。

巡り巡って元に戻った気分だった。

思い返せば、今回の旅の始まりは、情報を扱った物理学書の中でヴォイニッチ・マニュスクリプトを発見し、その存在を敏弘に教えたことにあった。敏弘は、ヴォイニッチ手稿の中身は言語発生を促した植物の栽培方法の記述であると解釈し、中沢ゆかりの協力を得て、第六台場を舞台にした品種改良を行い、赤い実がなる樹の生育に挑んだ。ついさっき、ゆかりの細胞成分を吸収して活気づいた樹は、覚醒《かくせい》と昇華を促す赤い実を実らせ、摂取した露木は強烈なインスピレーションを得て、言語の起源を探索する旅へと駆り立てられた。

敏弘と同じ目的が設定されてしまったのだ。ただし、アプローチのしかたは全く異なる。振り出しに戻ったのではなく、一歩前進したのだと考えたかった。

別次元と繋がって得たインスピレーションに感謝し、感動の余韻に浸っているうちに、恵子と蘭の呼び掛けが鼓膜を通過して意識に届いてきた。喜びを、ふたりにも分けてあげたかった。

露木は両目を見開いて上半身を起こし、恵子と蘭に笑顔を向けた。突然の笑顔は、逆に、ふたりを驚かせたようである。啞然《あぜん》とする恵子と蘭を尻目《しりめ》に毅然《きぜん》と立ち上がり、露木は手頃な赤い実をふたつ枝先からもぎ取り、恵子と蘭の前に差し出した。

「試してごらん。おまえたちの身にも、きっと、いいことが起こる」

蘭は、恐る恐る手をのばして赤い実を受け取ってこねくりまわしたが、恵子は、顔を背け見ようともしなかった。

そのとき、露木のスマホが着信音を鳴らした。

ディスプレイに表示されているのは上原の名前だった。

露木はすぐに通話ボタンを押して、スマホを耳に当てた。聞こえてきたのは上原の途切れ途切れの声……、おまけに耳障りな雑音が混入して聞きづらい。

「……すみません。……予定より、遅れて……」

「今、どこにいるの」

「レインボーブリッジの上……」

「目と鼻の先じゃないか」

「タイヤがバースト……、動けない……、立ち往生……、橋全体が、もの凄く熱い。激しい……、稲妻。浮き子の位置……、荒川、隅田川……、すぐそこ……、あと二十数分、……バクテリア……、東京湾に到達する見込み……」

そこで通話は突然に切れ、以降まったく繋がらなくなってしまった。

途切れたり、雑音に遮られたりする上原との会話から、それでもどうにか状況が飲み込めてくる。

ヘビーコーンの樹液を理化学研究所の山崎准教授に届けて、第六台場に戻ろうとした上原と有里は、レインボーブリッジを通過中、タイヤがバーストして動けなくなってしまった……。

さらに重要な情報は、膨大な数の南極シアノバクテリアを含んだ濁流が、あと二十分かそこらで、荒川と隅田川の二系統に分かれて東京湾に押し寄せるということ……。

時間の感覚をまったく失っていたことに気づいて露木は腕時計に目をやった。時計の針は午前三時二十五分を指している。濁流の到達はほぼ予定通りで、三時五十分頃になりそうだ。それまでにできることはひとつしかない。生け贄《にえ》となって沼に沈んだゆかりの言葉を信じて、ヘビーコーンの樹液を摂取すること……。ありがたいことに樹液はたっぷりと滴っている。

恵子と蘭は、ヘビーコーンの樹液の摂取に躊躇《ちゆうちよ》はなかった。ふたりしも露木を真似て、手の平に樹液を受けて飲み干した。しかし、二番目の行動には明確な差が出た。蘭は平然と赤い実を齧《かじ》ったが、恵子は赤い実に手をのばそうともしなかった。

露木は蘭にどんな変化が起こるのかと、じっと見守った。自分は強烈な幻覚幻聴に襲われて、インスピレーションを与えられた。果たして蘭には何が与えられるのか。しかし、目立った変化は起こらない。代わりに、ドロドロという不気味な音があたりに響き渡って、樹間にねっとりとした空気を籠《こも》らせていった。耳を澄ます間もなく、すぐにまた落雷が響いた。

頭上から音がのしかかるたび、第六台場に密生する樹木は枝振りを小さくして、ざわざわと葉を震わせた。大音声に畏《おそ》れおののき、森の緑はこれまでの勢いをなくし、萎縮《いしゆく》していった。

活気を取り戻したのはほんの一瞬に過ぎない。ヘビーコーンの樹液は干上がり、赤い実は見る間に萎《しぼ》んで地面に落ちていった。

3

上原と有里がいるのは、芝浦《しばうら》地区と台場地区を結ぶレインボーブリッジ首都高速11号線を湾岸方面に向う下り車線の中ほどだった。

幾筋もの稲光を間近に見ながらループ部を通過し、吊橋《つりばし》部に入ったあたりで左前輪がバーストして走行不可能となり、立ち往生したのは二十分ばかり前のことである。

タイヤを交換しようとトランクを調べても予備タイヤは見つからず、ＪＡＦに救助を求めようと電話しても応答はなく、動かなくなったワゴン車だけが、ぽつんと路上に取り残されたかっこうである。道路上に他の車の影はなく、下を通る新交通システム「ゆりかもめ」両側の一般道路と歩道にも車や人の気配はない。五十メートルばかり後方で、後続車に危険を知らせる発炎筒がついさっきまで赤い炎を点《とも》していたが、今はすっかり消えてしまったようである。

橋の上は暑く、身を屈《かが》めて車の周りを歩いただけで上原の顔から汗が滴り落ちた。ひとしきりタイヤの損傷具合を調べ、運転不可の判断を下した上原は、アイドリング状態の車内に戻ってエアコンの設定温度を下げた。

「どう？」

有里に訊かれて上原はゆっくりと首を横に振る。

「だめだ。動かない」

「どうするの？」

「とりあえず、露木さんたちに事情を知らせたほうがいい」

膝《ひざ》の上に置いたノートパソコンを開き、隅田川と荒川を流れる浮き子の位置を確認して、露木に電話しようとしたタイミングで、頭上に位置する避雷針が雷を呼び寄せた。光の筋は見えなかったが、曇天からのしかかる圧力がズシンと車の屋根を打ち、橋のてっぺんから水面下の地中へと繋がる電線の中を、30万アンペアにも及ぶ大電流が流れ落ちてあたり一帯に轟音《ごうおん》を響かせた。

このとき発生した電圧は、一般的な原子力発電所が発電する電圧の一万倍であり、たとえ避雷針内部を通過したとしても、周囲の電磁界に与える影響はすさまじく、電気・通信の設備に損傷を与える可能性がある。

運転席に座る上原は、車が押し潰《つぶ》されるのではないかという圧力を受け、思わず手にしていたスマホを放り出しそうになった。助手席に座る有里は悲鳴を上げて顔を両手で覆い、上半身を前に倒した。

次の轟《とどろ》きに備えてふたりは息を詰め、フロントガラスの前方に目を据えた。橋げたを吊るケーブルがぐわんぐわんと揺れ、放電のせいか、撚《よ》り合わさったワイヤーの周囲で光の粒がきらめくのが見えた。

電話はどうにか繋がっているものの、露木の言葉は途切れ途切れとなって、聞きづらく、話しづらかった。

情報を正確に伝えたという確信が持てないまま通話を終え、上原は電波状況が改善されるのを待つことにした。

上流から下流に移動する間、障害物に引っ掛かったり、別の流れに飲み込まれたりして数を減らした浮き子は、埼玉と東京の境目のあたりで荒川と隅田川の二系統に分かれ、順調に河口を目指しているところだ。荒川ルートにおける浮き子の位置は葛西《かさい》の手前で、隅田川ルートでは両国《りょうごく》を目前としている。東京湾到達までの時間はあと二十分といったところである。落雷の前に、ディスプレイ上でどうにか浮き子の位置が確認できただけでもラッキーというべきか。

二十分という時間的猶予が意味するところは明らかである。できることといえば、橋の上に陣取って歴史的瞬間をこの目で見て、しっかり記録することのみ……。

ジャーナリスト魂に火がついてしまったからには命の危険も厭《いと》わない。他のだれもが入手できない光景を撮影できるチャンスに恵まれたのだから当然である。

「ここはひとつ役割分担といこうじゃないか」

上原の提案に「え？」と聞き返した有里は、彼の指がカメラを軽く打つのを見て、撮影のことかと気づいた。ジャーナリストは常にカメラを手放さない。

「有里さんは、写真と動画、どちらが得意かな？」

「腕はともかく、静止画を撮影するほうが、わたしは好き」

「わかった。きみは写真を撮ってくれ。おれは動画の撮影を受け持つ」

同じ気概を胸に秘めた者同士、協力するに越したことはない。有里が写真に専念するなら、上原は動画の撮影を受け持ち、後に獲物を分け合う……。しかし、そのためにはまず、生き延びるという前提が必要となる。

「わたしたち、大丈夫よね」

上原と有里は、ヘビーコーンの樹液を既に摂取済みである。その効能が南極シアノバクテリアを無毒化するというゆかりの説を信じて、対処するほかない。

「こうなったら、信じるだけだ。まずはロケハンといこう」

デジタルカメラを片手に上原がドアを開けると、エアコンの効いた車内に湿った空気が流れ込んで背筋に悪寒が走った。

暑さをものともせずに上原と有里は車から下り、路肩を斜めに横切って橋の欄干に寄ってレインボーブリッジの北に広がる夜景を眺めた。

上空には黒い積乱雲が幾重にも重なり、ところどころで稲妻を発生させていた。曇天に走る稲妻は、ギザギザとしたピンク色の幾何学模様を作りながら次々と超高層ビルや東京タワーの頂に吸い込まれていた。背景となる雲が黒いせいで光が彩《あや》なす模様の美しさが引き立ち、神々しいばかりだ。

振り返って南の方角に目を向ければ、雲の切れ間に星々のきらめきが垣間《かいま》見えた。台風一過の晴れ間は徐々に広がり、このあとの晴天を予感させた。気温が高いのは熱を帯びた南風が吹き込んでいるからだ。

第六台場は、橋げたに隠れて見ることはできなかった。ついさっきの電話で、露木たち一行がいまだ第六台場にいることはわかったが、滞在が長引いた理由は不明だった。ヘビーコーンの樹液を採取してすぐに退去しなかったのは、それなりの理由があったからに違いない。

上原は、これまでに何度も深夜のレインボーブリッジを車で走りながら同じ風景を眺めたことがあった。今眺めている風景には明らかに光の量が不足している。だからといって、大都市を彩るイルミネーションがすべて消えているわけではない。三分の一程度に減ったというだけで、深夜の高層ビル群の窓からはまだいくらか明かりが漏れている。

南極シアノバクテリア襲来の報に接しても、まったく動じない人がいるのが、なんとなく微笑ましかった。はなから信じていないのか、何が起ころうとも自分だけは助かると高を括《くく》っているのか、最初から諦《あきら》めているのか、あるいは現場から離れられない強い理由があるのか……。

幾分寂しげな夜景を眺める上原には、「世の中にはいろいろな人がいるもんだ」としみじみと感じられてくる。隊列を組んで逃げ出す者もいれば、どこ吹く風と居座る者もいる。逃げる者と居座る者……、どちらが後々大きな利益を得るのか、現段階では判断がつきかねる。確かなのは、ひとつの事象を前に複数の対処を取り得るという多様性が、後の適応に繋がるということ……。相反する者の併存は歓迎すべきことなのである。

「わたしたち、なぜ、こんなところにいるのかしら」

有里の問いかけには自嘲《じちょう》の響きがあった。致死率１００％の南極シアノバクテリアが押し寄せる東京湾に架かる橋の上に佇《たたず》む姿は、台風や洪水を呑気《のんき》に見物して災害に巻き込まれる見物人の構図と同じだ。

「タイヤがバーストして、動けなくなったからだよ」

「なぜ、バーストしたのかしら」

「雷の影響かもしれない。ここまで来る間に、避雷針に引き込まれる稲光を何度も目にしたからね」

「運命を感じるわ」

「偉業を成し遂げた先人のほとんどは、偶然の恩恵を受けている。ダーウィンは、ビーグル号での航海中、たまたまガラパゴスで種が変化する様を観察して、進化論の発想を得た」

「それにしても静かだわ。ぞっとするほどに……」

有里はカメラを構え、北東方向に流れていく雷雲に焦点を当て、何度もシャッターを押した。深夜三時半過ぎの、まばらな明かりに彩られた夜景に稲光が降り注ぐシーンなど滅多に見られるものではなく、有里の指は興奮に震えている。

正面から北西方向にカメラの焦点を移動させ、シャッターを押し続けた有里は、ファインダーから離した目を海面へと向けた。

湾内を航行する船舶の姿はなく、晴海埠頭《ふとう》や日《ひ》の出《で》埠頭に着岸する大型船の数はふだんよりぐっと減っている。

「埠頭に接岸していた船、みんな、移動したのかしら」

「移動可能な船は、濁流が直撃する東京湾北端を離れ、川崎《かわさき》から横浜、千葉から木更津《きさらづ》方面の港に逃げたらしい」

東京湾の水の新陳代謝はきわめて乏しい。南極シアノバクテリアが大増殖してのさばれば、船舶の運行は不可能となり、海上交通網は遮断される。そうなる前に、船舶は湾の南へと逃げ出したのだ。

大型船がいなくなった埠頭に焦点を当てシャッターを押そうとした有里は、不気味な静けさを漂わす海面のちょっとした変化を見逃さなかった。有里は一旦カメラを離し、顔を下に向けて両目を細めた。

橋の上から海面までの距離は約五十メートルあり、肉眼で眺めても変化の詳細はわからない。ただ、暗い海面に異変が生じているムードだけがひしひしと伝わってきた。有里の肌感覚は瞬時に察知して、二の腕から肩にかけての皮膚を粟立《あわだ》たせた。ファインダーに目を戻し、望遠の倍率を上げて眺めてようやく、自分の肌が海面の模様を映す鏡であったことに気づいて、有里は小さく叫んだ。

「海が鳥肌を立てている！」

「そんなばかな」

文字通りに受け取ることはなかったが、上原は、有里が異変を嗅《か》ぎ当てたと確信して、カメラの焦点を下に向け、望遠の倍率を最大限上げていった。

海面の様子が明らかになると同時に、上原は、有里の表現が的を射ていることを知った。見渡す限りの海面が泡で埋め尽くされている。海底の地層から湧き上がった気体が、浮上するにつれ体積を大きくし、海面で泡となってはぜていた。その光景を譬《たと》える比喩《ひゆ》として、「鳥肌」はまさにぴったりだった。

火山活動が活発な山肌には、温泉によってできた沼からガスがぶくぶくと湧くところがあり、そこは「地獄」と形容される。上原と有里は、橋の上に立って地獄と化した東京湾を眺めおろした。

上原と有里は、カメラの焦点を東京湾北端の隅々に巡らせ、レインボーブリッジ以北の海域全てが泡に覆われていることを確認し、無言のまま顔を見合わせた。

ふたりの脳裏には同じ疑問が去来した。

……南極シアノバクテリアの襲来を目前としている今、東京湾北端がかつてない発泡現象に見舞われたのは単なる偶然なのだろうか。

もし、両者の間に密接な関係があるのなら、一刻を争う事態となる。

「一体、どういうことなのか……、すぐに、調べてみるよ」

上原は車内に戻り、祈るような気持ちでパソコンを開き、電源を入れ、ネットに繋げた。電波障害が改善されているのを確認して胸を撫《な》でおろす間もなく、「東京湾、発泡現象」とキィワードを打ち込んで検索にかけた。

最初のページからそれらしき項目がいくつも並んだ。アップされた年はここ数年のものが多く、見出しを読んだだけで中身を推測することができる。

「東京湾の海底でガス層を発見」

「東京湾の北部において発泡現象が観察された」

「海底ガスの採取に成功し、その96・8％がメタンガスであることがわかった」

「東京湾奥部泥濘《でいねい》におけるメタン生成」

ざっと目を通し、現在目の当たりにしている発泡現象が、メタンガスの大量発生と確信した上原は、興奮に震える手でスマホを摑み、露木の番号を呼び出して、プッシュした。

4

露木、恵子、蘭の三人は、南極シアノバクテリアの襲来に備えて第六台場東端の弾薬庫跡に身を寄せていた。「備える」といっても、ヘビーコーンの樹液を摂取済みの三人にとって、やるべきことは何もない。ただそのときを待つだけだ。

横穴の壁に背をもたせかけて両足を投げ出して、恵子と蘭が身体をリラックスさせる一方で、露木はせわしなく歩き回っては自分自身に当たり散らしていた。

従容として最後を迎えるというにはほど遠い態度に恵子は鼻白み、どうにか宥めようとする。

「呑気に休んでなんかいられるか!」

「うろうろしてないで、少しは身体を休めたらどう?」

何を言っても一向に効き目はなく、逆に火に油を注いで苛立ちを大きくさせる始末だった。

残された時間はあと十数分……、にもかかわらず、持ち時間の活用法が何も見つからない……。

地団太踏むほどの悔しさに胸を貫かれ、露木は冷静さを保つことができないでいた。

濁流が到来して朝を迎え、日差しが強まれば、秩父さくら湖の百万倍もの繁殖力を身につけた南極シアノバクテリアは、数時間のうちに東京湾を埋め尽くし、胞子を舞い上がらせ、首都圏の息の根を止める。あと十分かそこらでやってくる大災害がわかっていて、打つ手なしという状況に我慢ならない。

……打開策がどこかにあるのではないか。

あらゆる方向に思考を巡らせても、解決策は思い着かなかった。無力な自分が許せず、焦燥感に駆られ、両膝をひっぱたいて立ち上がり、横穴の天井に頭をぶつけて怒りに拍車がかかった。

露木は横穴の外に転がり出て空を仰いだ。

個人の力ではどうにもならない事態にぶつかったとき、人間は天に救いを求める。だからといって必ずしも祈りが聞き届けられるとは限らない。天からの指示を仰ぐ者に、都合よく声が降り注ぐことなど滅多にない……、いや、絶対にない。手掛かりを摑めば、知力体力の全てを捧げる準備はできていわかっていて露木は強く願った。

「スマホが鳴っているわよ」

恵子に指摘されてはじめて、露木は、荘厳な天の声とは大きくかけ離れた、ありきたりな呼び出し音が鳴っていることに気づいた。藁《わら》にも縋《すが》る思いで露木はスマホを手に取り、通話ボタンを押した。

聞こえてきたのは上原の声だった。

電波障害が改善されたらしく、上原の声は以前よりも明りょうになっていた。

「事は一刻を争う。簡潔に言うからよく聞いてください。レインボーブリッジから北の海域に無数の泡が浮上していて、その発生元は海底にあるメタン層と思われる」

上原から与えられたのは、橋の上にいる人間の視点からのみ得られる貴重な情報だった。その点を鑑みれば、ほぼ五十メートル上空からの天の声といって差し支えないだろう。願いは聞き届けられたのかもしれない。

露木は心を落ち着かせようと両目を閉じ、しっかりとスマホを握り締めて確認した。

「レインボーブリッジから北の海面がメタンガスの泡で埋め尽くされている……、ということですね」

「その通り。見渡す限り、泡、泡、泡……」

露木は両目を見開き、大きく息をついた。東京湾北端の海底に横たわる地層の中で、メタン生成菌の動きが異様なまでに活発化したと、上原は教えてくれたのだ。

原核生命には、真正細菌と古細菌のグループがあり、シアノバクテリアは真正細菌、メタン生成菌は古細菌に属する。所属するグループは違えども、シアノバクテリア同様何十億年という来歴を持つメタン生成菌は、シアノバクテリアが光と水と二酸化炭素から酸素と糖類を生成するように、水素ガスを二酸化炭素で酸化して無色透明なメタンガスを生成する。天然ガスの主成分であり、都市ガス等に用いられているメタンガスは、強い可燃性を持つ。

露木はこの情報が意味するところを一瞬で悟った。

「上原さん、ありがとう。ようやく、やるべきことがわかりました。これから先は時間との勝負となる。浮き子の位置を確認しながら、恵子と連絡を取り合ってほしい」

「わかりました」

互いにやるべきことを確認して通話を切った露木は、ほんの数十秒のうちに思考を整理していった。

メタン生成菌の動きがなぜ急激に活発化したのか。シアノバクテリアの襲来と、ぴたりと歩調を合わせるかのような活動が単なる偶然とは思えない。見えないところで連動したのだ。

沼のほとりで、露木は、背後に控える大きなモノが動く気配を感じ取った。それが、事象の裏に張り巡らせた糸を操り、お膳《ぜん》立てを整えたに違いない。配下であるメタン生成菌に命じ、海底の地層から大量の泡を発生させたことには、意図が込められている。

……準備万端整えた。あとはおまえがやれ！

山崎准教授は、南極シアノバクテリアを分析して得た特徴をこう説明した。

「やつらは寒冷の環境には強いが熱にはめっぽう弱い。四十度で弱り始め、五十度を超えればほぼすべて死滅する」

何十年か前、地震の海底変動で放出されたメタンガスの泡が静電気で着火し、海面を炎が走り抜けた現象が報告されたことを、露木は思い出していた。

ゆるぎない一本の筋となって、取るべき行動の具体像が絞り込まれてゆく。

人間は、自分たちに都合のいい環境を提供するものを「善」ととらえがちだ。自然が人間だけをえこひいきすると期待するのは、希望的観測に過ぎない。人間以外のすべての生命の利益を優先させて、人間を切り捨てることも大いにあり得る。その場合、自然が行おうとする行為は人間の目に「悪」と映る。大きな視点からの「善」は、人間の視点からの「悪」に変り得る。

しかし、これからやるべきことが、背後に控える大きなモノの意志に添う行動とわかれば、「善の行動」であるという確信を得て、モチベーションは大きく膨らむ。

力強く大地を踏み締めて露木は横穴に戻り、防水バッグから、シュノーケル、マスク、フィンのセットを取り出して小脇に挟み、右手で灯油コンロを摑んだ。

鬼気迫る顔で、断固たる行動を取り始めた露木の変貌《へんぼう》ぶりに驚いて、恵子は、腰を浮かせかけた。

「どうしたの？　なにをするつもり？」

露木は呼吸を整えてから恵子のほうに振り返った。精神の乱れを見せてはならない。冷静さと心の余裕が、周囲に安心感を与え、事が成就される方に導いてくれる。

露木は笑みを浮かべて軽いノリで言った。

「これから東京湾に火を放つ」

その一言を聞いて、恵子は立ち上がり、蘭が続いた。

「わたしも行く」

「一刻の猶予もならない。ぜひ、きみたちにも手伝ってほしい」

こうして、露木、恵子、蘭の三人は、島の北端から突き出た船着き場跡へと走った。

速足で進みながら、露木は、これからすべき具体的な行動と、その意味、重要性を恵子と蘭に説明した。

一言で言えば、「東京湾の北端を炎の海に変え、流入するシアノバクテリアを焼き払う」ということである。そのためには着火を確実なものとしなければならない。

「チャンスは一度だけ、失敗したら、二度目はない」

露木は何度も念を押し、頭の中で手順を繰り返してイメージトレーニングを行った。

船着き場の岩の上には、二艇のボートが舫《もや》われている。一艇の電動モーターは故障したままだったが、もう一艇のほうは無傷のはずだ。露木がイメージしたのは、終戦末期の日本軍が行った「震洋」による特攻と近い。

太平洋戦争時の特攻兵器といえば、ゼロ戦をはじめとする航空機が有名であるが、船首に250キロ爆弾を装着したモーターボート「震洋」が開発されたことがあった。航空機がボートに代わってもやることは同じで、爆弾を抱いて敵艦船に体当たりをする。期待された戦果とはほど遠く、幻と終わった「震洋」を復活させ、有効活用しようというのが露木が立てた戦法だった。ただし、ゴムボートと運命を共にする気など毛頭ない。ダイビング経験が豊富な露木は素潜りで三十メートル以上泳ぐことができる。

メタンの泡で覆われた海面直前へとボートで進み、船外機を一定方向に固定した上で、灯油コンロの燃料を艇内にぶちまけて火を放つ。火を放つと同時に船尾から海に飛び込んで脱出するのだ。下を泳いですみやかに第六台場を目指す。そのタイミングで露木は船尾から海に飛び込み、水面火だるまとなったボートは無人のまま惰性で進み、メタンが充満する区域に到達したあたりでゴムの外皮が焼けて浮力を失い、炎を上げたまま沈んで着火させる……、露木が抱いたのは、おおよそそのような流れだった。

大切なのは、逃げる道中の海面もまた炎に包まれるかもしれず、潜水したまま泳げる距離を正確に目算すること……。メタンが濃く充満する領域に近づかなければ着火は確実なものとならない。かといって、近づき過ぎれば、潜水距離が延びて息が続かず窒息の可能性が高まる。臆病風に吹かれて距離を長くとれば着火に失敗し、成功を期して短く取れば、命を失う可能性が高まる。絶妙なラインを目測して事を決するという、決断力が試されるミッションだった。

樹間を抜けると風景は開け、レインボーブリッジの橋脚がすぐ間近に見えた。

船着き場跡の崩れかけた岩を跳んで進み、露木は舫っていたロープを引き寄せてボートに乗り込んだ。シュノーケルセットと灯油コンロを床に置き、船外機のバッテリー残量をチェックし、予備のオールが備わっているのを確認した後、電源をオンにした。すぐに出港できる状態にした上で、遅れてやってきた恵子と蘭に、指示を出す。

「上原と連絡を取り合って、シアノバクテリアの襲来予定時刻を正確に教えてほしい。カウントは五分前から始める。五分前になったらライトを五回点滅させ、四分前には四回、三分前には三回、二分前なら二回といった具合だ」

恵子は即座に理解して大きく頷《うなず》いた。

「わかった。任せて」

「じゃ、行ってくる」

「しっかりね」

別れに時間をかけている余裕はない。露木は軽く手を上げた後、船外機のレバーを前進に入れて、レインボーブリッジの方向に乗り出していった。

走り始めるとすぐ、恵子の叫びが背後で上がった。

「あと五分！」

叫びながら恵子はライトを五回点滅させた。

露木は、火を放つタイミングをシアノバクテリア流入の一分前と決めていた。着火後、東京湾全体に火が広がるまでの時間を一分とみなし、まさに流入の瞬間を狙って炎で迎え撃つのがもっとも効果的と判断したからである。

前後に顔を振りながらメタンの泡の最前線に船首を向け、ティラーを握る手が興奮と緊張で震えた。脳内には相変らずシミュレーションの嵐が吹き荒れている。やるべき手順を繰り返しながら、失敗を誘発しそうな要因を洗い直し、いざという場合に取り得る別の選択肢に思考を巡らせ、万全を期す。

幸運なことに風は南から吹いて、海面に浮上したメタンガスを北の海域へと運んでいる。逆風なら、メタンガスをもろに受け、中毒症状を起こすところだ。

数時間前、露木は実際にその症状を体験していたことに気づいた。上原と有里を第三台場まで送った帰路、急な向い風で船の行き足が止められ、原因不明の体調不良に襲われた。今となればその理由は明らかである。風に乗って運ばれたメタンガスを吸い込み、軽い中毒を引き起こしたのだ。

その体験を踏まえて露木は自戒する。

……メタンの泡に近づいてからは、なるべく吸い込まないように息を止める。

注意すべき案件は、次から次へと湧き出てきて、整理するのが大変だった。ちょっとした判断ミスが、失敗と死を招く。

顔をうしろに向けたとき、船着き場跡に立つ恵子がライトを四回点滅させるのが見えた。うっすらと明るくなりかけた東の地平をバックに、恵子と蘭の黒いシルエットが目に届き、力づけてくれる。

東京湾に火を放つという着想を得たとき、露木の胸に死の恐怖など微塵《みじん》もなかった。ところが、すぐ前方から、潮目のようにはっきりとしたメタンの泡の境界線が迫るにつれ、意識の前面に「死」が踊り出てくる。

大きなモノの意志に添う行動だからといって、命の保証がなされたわけではない。与えられた使命に、自己犠牲が含まれている可能性は十分ある。中沢ゆかりが取った犠牲的行為の光景が意識の深層から作用して、露木は、自分もまた同じ運命を強いられるのではないかという不安に駆られた。天は自ら助くるものを助く……、しかし、天はときにものすごく非情である。自然は決して人間に優しくない。気紛《きまぐ》れに災害を起こし、何万何十万という人々を平気で殺す。ひとりの男の命など、沼に漂うボウフラと同じだ。

船着き場跡で、ライトが三回点滅するのを見て、露木は最後の仕上げに取りかかるべく、船外機の舵《かじ》をロープで固定し、船底に灯油コンロの燃料をぶちまけようとした。

まさにそのタイミングを計ったかのように、船外機のプロペラが止まって、ボートが動かなくなった。

土壇場での悪戯《いたずら》に、露木は思わず呪詛《じゅそ》の声を上げた。

「弄《もてあそ》ぶのもいいかげんにしろ！」

言ってしまってから、沼に引き込まれる直前に中沢ゆかりが発した台詞《せりふ》と同じであることに気づき、慌てて前言を撤回しようとしたが既に遅く、露木の首筋から冷や汗が滴り落ちた。聴かれてしまったのは間違いない。だからといって同じ運命を辿るのはごめんだった。露木は気持ちを入れ替え、状況を打開するための次の一手を考えた。

船底の両側に収納された二本のオールが見えた瞬間、露木の頭にマッチ棒のイメージが閃いた。大きさは違えども形状が似ていて、同じ役割を果たせそうだ。思いついたのは、シャフトの先端にあるブレードに灯油をふりかけて火をつけ、メタンの海に投擲《とうてき》する戦法である。

メタンの泡の境界線まであとほんの数メートルのところまで迫っていた。オールを投げて十分に届く距離だ。

船着き場跡でライトが二回点灯されるのが見えた。残り時間はあと一分……。

迷っている暇はない。露木は、オールのブレードに灯油をまぶしつつ、もっとも効果的な投擲のスタイルに考えを巡らせた。不安定なゴムボートの上に立つことはできず、やり投げのスタイルは即座に却下された。狭い空間を考慮に入れた上で、全身のバネを効果的に使うためには、どんな動きを取ればいいのか……。火のついたオールを両手で掴んで胸の前に掲げ、あお向けに倒れながら両手を下から上に大きく振り上げ、頭頂部で手を離して高く放り上げるスタイルが自然に定着していった。南風が味方して、巨大なマッチ棒はメタン境界線の奥深くへと到達するはずである。

灯油コンロのバルブを捻《ひね》ってオールのブレードを激しく燃え上がらせた露木は、火を高く掲げて士気を高め、そのまま南向きの姿勢で船尾に立ち、波の揺れを体感しながらバランスを取った。はるか前方の岩場に並ぶふたつのシルエットが、ライトを一回点滅させたのを合図に、露木は、イメージした通りの方法で、オールを後方の海へと放り上げた。

オールが手から離れた瞬間、身体を捻って火の棒が飛んでゆく軌跡を目で追った。

飛行距離は優に十メートルを超えただろう。一端を炎に包まれたオールは、縦方向に一回転しながらメタンの泡の海に突き刺さり、一点から立ち昇った炎はまたたく間に左右の海域を走り抜けていった。

祭壇に灯《とも》された神火と見え、露木は畏怖《いふ》の念に襲われ、胸は興奮に包まれかけた。しかし、うっとりと恍惚《こうこつ》に浸っている暇はない。炎は左右に広がりつつ、逆風をものともせずに露木を目指して押し寄せ、ボートに襲いかかろうとする。

露木は迷わず船尾から海に飛び込んで海面下に沈んだ。

身体を包む相は気体から液体へと変り、眺めている世界は一変した。ナイトダイビングの経験を持つ露木にとって、眺めている光景はこれまでになく異様なものだった。真っ暗な海の中に降り注ぐ光は、太陽を源とするものではなく、メタンが燃える炎を源とするもの……。しかも、一点からの照射ではなく、無数の光源が織り込まれた絨毯《じゅうたん》となって海面に覆い被さり、南へと領域を広げる勢いを見せている。海面下二、三メートルを泳ぐ露木は、背後から忍び寄る火の絨毯が、いつか自分を追い越し、先回りして出口を塞《ふさ》ぐのではないかという恐怖に襲われ、緊張のあまり足が痙攣しかけた。息も限界に近づきつつあった。

このまま息を止め続けた先に、何が待っているのか予想はつく。身体中の血管への酸素供給が途絶え、脳への血流が下がり、意識がなくなる……、いわゆる、ブラックアウトという症状に陥って、溺れる。

溺死は苦しいものと思われがちだが、そうではない。ブラックアウトに陥る直前、人間の脳は得も言われぬ快感に包まれる。それは悪魔の囁きともいうべき甘い誘惑……、よくがんばった、もう我慢しなくていいんだよ、さあ、こっちにおいで、楽にしてあげる。

巧妙な罠《わな》だ。

人間をとことん苦しませておきながら、甘い香りを漂わせ、死へと誘おうとする。

ブラックアウトから逃れる方法はただひとつ……、新鮮な空気を吸うことである。しかし、空気を求めて浮上すれば、地獄の業火に焼かれる。

……万事休す。

意識が朦朧《もうろう》として、積極的にどちらかの選択肢を選ぼうとする気力が失われかけた。自我を捨て、漫然と運命に身を委《ゆだ》ねれば、葛藤《かっとう》はなくなる。命への希求と、死への恐れ、その両方が消滅すれば、生と死は同一のものとなる。

どっちに転んでも構わないという諦めの境地に支配される直前、露木は、あたりが暗くなるのを感じた。

無意識のうちに身体が反転して海面に顔が向いたとき、前進する炎の勢いに陰りが見え始めたことをどうにか読み取った。暗くなっているのは、露木と炎の距離が徐々に離れつつあることの証しだ。

……浮上しても炎に焼かれる恐れはない。

そう判断を下して、露木は全身の力を抜き、浮力に身を任せた。

安全を確認した上で海面から顔を出した露木は、北の方角に目を向けた。ところどころに赤い色やオレンジ色を混ぜた青白い炎の前線は、思った通り北へと移動しつつある。ついさっきまで乗っていたゴムボートは、焼却処分の憂き目に遭ったらしく、跡形もなく消えていた。

あお向けの姿勢のままフィンをゆっくりと上下させて海に浮き、露木は空気を貪《むさぼ》った。もう少しで意識を失うところだった。生死の境目に指先が触れたのだ。身体が沈みそうになるたびに流れ込む海水を、喉《のど》の収縮で押し戻そうとして、胃が飛び出しそうになった。空気を吸っても吸っても、満足のいく血流は得られない。能動的な自我を失い、自暴自棄になりかけた自分が許せず、露木は、自信喪失に陥っていた。

弱り切った心に身体が蝕《むしば》まれ、硬直して浮力は奪われ、海面から顔を出すのがやっとだった。精根尽き果て、自力で進む能力は完全に失われ、生身の肉体は一個の漂流物と成り果ててしまった。

できることといえば、海面と同じ視点から、燃え上がる東京湾を眺め続けることのみ……。ちょっとした波の影響を受けて視界は塞がれ、見たいものが見えない。火の壁の向こう側にある未来図を胸に思い描くのが精一杯だった。

5

上原と有里の視点は標高五十メートルを優に超える橋の上にあった。望み得る限り最高のロケーションである。左手の芝浦から正面の浜離宮《はまりきゆう》、右手の豊洲、晴海を一望の元に見渡すことができた。

時間がなくて説明する暇がなかったのか、あるいは、具体的なビジョンが伝わってなかったのか、上原が恵子から受けた指示は「シアノバクテリアが到来する時間を分単位で知らせてほしい」ということのみ……。タイムアップ後に何が起こるのか、イメージはぼやけたままであったが、やるべきことはただひとつ、到来の後に変化する海の様子をしっかりと映像に収めることである。

シアノバクテリアが真っ正面の運河から姿を現すのは間違いなく、そのまま南下してレインボーブリッジをくぐるまでが撮影チャンスだと見当がついた。心配なのは光の量が足りないことだ。夜明け間近の海面は黒一色に塗りつぶされていて、そこに「濃い緑」が流入したところで、大きな変化が起きないと予想がつく。シアノバクテリア到来の瞬間を、刮目《かつもく》に値する映像で表現できるかどうかとなるとあまり自信が持てなかった。

上原はパソコンで浮き子の位置を確認し、浜離宮到達までの時間を「あと一分」と恵子に告げ、デジタルカメラ片手に北のほうに目を凝らした。

時間を告げる上原の声を合図に、有里もまた撮影の態勢に入った。橋の欄干に寄って両肘《ひじ》を固定させ、カメラの焦点を北に向けた。

虎視《こし》眈々《たんたん》とそのときを待つ上原は、何らかの変化が起こるとすれば、その場所は前方であるとばかり思い込んでいた。ところが、豈図《あに》らんや変化の火の手が上がったのは、上原と有里が立つ橋げたのほぼ真下のあたりからだった。黒一色に塗られた海面に突如、青と赤に彩られた炎が上がり、波となって足の下を走り抜けていった。

発火場所は特定できなかったが、おそらく橋脚と第六台場を結ぶ直線上の一点と思われる。立ち昇った炎が、東京湾の北端を目指して燎原《りょうげん》の火のごとく広がってゆく光景を目の当たりにして、上原は思わず感嘆の叫びを上げた。

赤と青が混ざった炎が、煙も上げずに海面を走り抜けていく様は、豪快な上に小気味よく、小躍りしたい気分になってくる。心臓の鼓動と呼吸が速まり、胸が熱く燃えた。

「光が足りない」という上原の心配は杞憂《きゆう》に終わった。有り余るほどの光に煽《あお》られ、カメラを構える手の震えを抑えることができない。

有里の口から漏れる独り言には、かつてない光景を撮影できるチャンスに恵まれたことへの感謝が含まれていた。「なにこれ」「信じられない」「うそでしょ」と口走りながら、無闇に焦点を左右に振り、もどかしそうにシャッターを押し続けている。

まっすぐ北に上って竹芝《たけしば》桟橋を目指す炎もあれば、富士見《ふじみ》橋《ばし》をくぐって豊洲方面の運河を駆け抜けていく炎もあり、向けるべきカメラの焦点はあちこちに彷徨《さまよ》った。まさに前代未聞の光景を前にして神経は高ぶるばかりである。

上原が数年前に見た、座礁した船から漏れた重油に火がついて海が燃えるニュース画像は、赤い炎がもうもうたる煙を上げて情熱的であっても美しさはなく、禍々《まがまが》しさに満ちていた。ところが、上原と有里が眺めている炎には静謐《せいひつ》さがある。静かな上に煙を出すこともなく、視界をクリアに保ち、夜の底を青白く照らして見たことのない美しさを醸し出している。自然が織り成す希有なイルミネーションだった。

北に上った炎が一旦散に浜離宮を目指す一方で、晴海、豊洲、有明の運河を辿って東に進んだ炎は、一旦南にくだって若洲《わかす》臨海公園を目指していると予想できた。

北と東に分かれて進む炎の目的地がどこなのか見当がつく。隅田川と荒川の河口……、そこでシアノバクテリアの大群を迎え撃とうとしている……。

赤と青の炎が、南極シアノバクテリアの緑色とぶつかったとき、何が起こるのか……。カメラが趣味の上原は、光の三原則を元にあれこれ想像してみる。

ほとんどすべての色は、光の三原色である赤、緑、青を混ぜ合わせることによって作り出すことができる。赤と緑を混ぜれば黄色、緑と青を混ぜれば水色、赤と青を混ぜれば紫色……、といった具合だ。そして、この三色を同時に混ぜれば「白」ができる。「白」すなわち「無色」といっていいだろう。上原がイメージしたのは、緑色のシアノバクテリアが、赤と青の炎が燃え盛る海に飲み込まれて「無色」となる光景である。つまり、「無」となって消えてしまうのではないか。

ところが、眼前に出現したのは静かな終わりかたとはほど遠い、阿鼻叫喚《あびきょうかん》の地獄絵図であった。

予定通りの時刻に、浜離宮右手の運河から現れた緑色の濁流が、燃え盛る海を正面にとらえたとき、絶望の叫びが上ったように思われた。

微生物の集合体が悲鳴を上げるはずがないとわかっていて、上原は、かれらの声がしっかり耳に届いたと感じられた。おまけに、叫び声に込められた思いが胸に焼き付けられたような気がして、顔を前に向けたまま有里に尋ねた。

「何か聞こえなかったか？」

意味を理解した有里は即答した。

「聞こえた。叫び声を上げたわ」

ふたり同時に同じ幻聴に見舞われる確率は低い。

湾内に侵入したシアノバクテリアは、竹芝桟橋の右手海域で炎の海と衝突する直前になって、見た目も明らかな変貌を遂げようとしていた。シアノバクテリアの一個体に意志はない。ところが、何兆何京という膨大な数が集まれば中核となる魂が生まれる。アリの群れと同様、意志が統一されて目的のある行動を取ろうとする。

微生物の集団は密度を濃くして薄く平べったい巨大なエイと似た巨人な生命体となり、熱に煽《あお》られて鎌首《かまくび》をもたげ、内懐に侵入してくる炎に腹を焼かれてさらに高く舞い上がり、またしても、甲高い叫びを上げた。

前回の叫びに込められた思いが絶望だとすれば、今回の叫びには「無念」が込められている。微細な細胞を集合させ、意志を統一させた生命体は、叫びに被せて想念の塊を上原と有里の元に投げてよこした。単語の連なりで意味を伝えるのではなく、魂の断片を直に胸にぶつけて情報を丸ごと飲み込ませるという強引な方法だった。

真っ正面に位置する上原と有里は、いまわの際の言葉を受け止めた。

上原はかれらが胸に抱く思いを一瞬で理解し、解釈に間違いがないことを確認するために、またしても有里に尋ねた。

「やつらは何と言っている？」

「ひとことで言えば、神への恨み節……、ってところかしら」

的を射た有里の返答を聞いて、上原は、ふたりの胸に照射された想念が同じであることを知った。

次々と上がる叫びから意味を読み取って、上野はかれらの心情を理解することができた。それは、嫉妬《しっと》と無念と絶望だった。

シアノバクテリアは、選ばれてここにあることへの恍惚と喜びに浸り、植物の生き方を真似ようとしない人間に鉄槌《てっつい》を下すために、川を下っていたのだ。夜明けはすぐ間近に迫っている。陽が昇り、光を浴びれば、光合成による養分をたっぷりと得て、活力はさらに増強する。向うところ敵なしで、われらの行動に疑問を差し挟むものはだれひとりいないはず……。

ところが、栄光の道をひた走り、ゴールを目前とするところで、目を覆わんばかりの光景に出会う。

……海が燃えている！

天国から地獄に叩き落とされるとはまさにこのことだ。

隅田川と荒川、両方の河口の先が火の海となって行く手を阻もうとしていた。小手先でできる業ではなく、背後に控える大きなモノの意図があるのは明らか……、あまりのことに絶望の叫びを上げた。

天が味方しているという矜持《きょうじ》は粉々に砕け散った。大きなモノの意志を忖度《そんたく》し、「よかれ」と思って人類に罰を与えようとしたのに、大きなモノはそれをよしとせず、逆に、造反分子の烙印《らくいん》を押した上で、あっさり焼却の刑に処そうとしているのだ。

上原は、旧約聖書の創世記に描かれるカインとアベルの一節を思い出していた。

捧げものとして農作物を差し出したカインが主に疎まれる一方で、弟のアベルは羊の初子を差し出して、主の恩寵《おんちよう》を得る。主の心が自分にではなく、弟のほうに向いていると知ったカインは、嫉妬のあまりアベルを殺す……。

シアノバクテリアの胸に去来するのは、アベルを殺す前のカインの心情であると察しがつく。

濃い緑色の生命体は、上昇気流に乗って一旦高く舞い上がり、下降線を描きながらグロテスクな姿をばらばらにして、細かな破片を空に散らせた。破片は次々と肉をつけて人間の形を成し、人の大群は炎に炙《あぶ》られて苦し気な呻《うめ》き声を上げる……。

その光景は上原が過去に見たことのある地獄絵図とそっくりだった。

上原には、眺めている光景が現実のものではなく、無念を晴らそうとするシアノバクテリアが強引に押しつけてくる幻覚・幻聴であるとわかっていた。いまわの際に、実現させたかった仮想映像を照射してきたのだ。

一瞬の地獄絵図を置き土産に、シアノバクテリアの大群は燃えて粉々になり、海に落ちてあとかたもなく消えていった。

「憤死」という表現がぴったりとくる最期に、上原は、恐ろしいほどの後味の悪さを味わっていた。

天の側にあると勘違いしていたモノが墜ちていく先は悪魔の道……。その執念は凄《すさ》まじく、ただ一度の死によって葬り去られるはずもない。

膨大な数の死骸《しがい》から立ち昇る蒸気に光が乱反射して、手向けの花のように輝いた。

都会は夜明けを迎え、水平線の下から太陽が顔を出そうとしている。朝の日差しが海を走ろうとする頃、南極シアノバクテリアを死滅させた炎は徐々に勢いをなくし、やがてすべて消え、東京湾はいつもの静けさを取り戻していった。

6

船着き場跡の岩の上に立ってライトを二回点滅した後、食い入るような視線を沖合に向けていた恵子は、突如出現した火の玉が空を飛び、海に落ちたと思う間もなく海面に炎が走り抜ける様を、網膜に焼き付けることになった。

着火の瞬間、小さな爆発が起こり、一際大きな炎にあおられて舞い上がったボートは、高熱で弾《は》ぜて粉々になり、海に飲み込まれて消えた。

恵子が確認できたのはゴムボートの無残な最期だけである。闇に紛れて判然とせず、露木の姿を見失っていた。

露木もゴムボートと同じ運命を辿ったのではないかと、恐慌をきたしかけた恵子は、「冷静になれ」と自分に言い聞かす。露木の体重がプラスされたボートが、いとも軽々と空を舞うはずがない。火が上がる直前に脱出したとみるのが筋だろう。

　第六台場へと泳ぐ露木の姿を強くイメージして、恵子は北の海域に目を凝らした。しかし、前方に立ちはだかる炎が逆光となって視力は奪われ、また、ライトの光が届く距離でもなかった。

　第六台場に来て以来、露木の帰りを待ったことは二度ある。三度目はごめんだった。ただ待つという状況には耐えられない。

　いてもたってもいられず、恵子は、蘭の手を摑んで短く叫んだ。

「さ、行くわよ」

「え、どこに？」

「決まってるでしょ。火の海のこっち側。あなたの父さんは、きっとそこにいる」

　恵子の願望だった。露木は火の海に飲み込まれて死んだわけではない。うまくかいくぐって脱出し、恵子と蘭がいる方向を目指して、自力で進んでいるはずだ。今、この瞬間、彼は助けを求めている……、柄にもなく、何かに縋ろうとしている……。だとすれば、一刻も早く迎えに行くべきだ。

　残された一艇のボートに乗り込んで、恵子と蘭は、すみやかにレインボーブリッジを目指した。船外機が壊れているため、ふたりでオールを漕いで進むほかなかった。それぞれが一本のオールを両手で握り、ブレードを海面下深く差し込み、リズムを合わせて二馬力の力を発揮させ、ヘッドライトで海面を照らしつつ力強いストロークで前に進んだ。

　波立つ夜の海に浮いている人間を探すのは至難の業である。波頭に乗ったかと思う間もなく、身体は波の谷間に運ばれて消える。波頭に持ち上げられるタイミングと、ライトが当たるタイミングが一致しなければ、漂流者を発見することはできない。

　あらかじめ申し合わせたかのように、恵子と蘭は異なった捜索方法をとっていた。なるべく広い範囲を視野に入れ、目まぐるしくライトの光を巡らせる恵子に対して、蘭は、狙い澄ました一点に焦点を定め、そこに対象物が現れるのを待つといった具合だ。

先に標的を発見したのは蘭だった。

左前方の一点を指差して、蘭は勝ち誇った声を上げた。

「あそこにいる！」

「絶対に目を離さないで」

恵子に言われた通り、蘭は対象物に視線を固定させたまま、ライトの光を当てた。恵子は即座にその方向に顔を向けて、ライトの光を重ねた。

波に弄ばれ、現れたり消えたりする露木の頭部をしっかり捕らえてコースを定めるや、漕ぎ手の息はぴたりと合い、力強いストロークで近寄っていった。

「露木さん！」

恵子に名を呼ばれても、露木は北の方角に顔を向けたまま振り返ろうともしない。意識を失って、溺れかけているのだとしたら、一刻も早く引き上げて気道を確保しなければならない。

あともう少しの距離まで近寄ったところで、恵子と蘭は漕ぐのをやめ、惰性で進んでボートの舳先《へさき》を軽く露木の後頭部に当てた。

柔らかな感触が覚醒を促すかと思われたが、漂流者は何のリアクションもせず、ただ浮かんでいるだけだ。

恵子はボートから上半身を乗り出し、露木の両脇に両手を差し入れながら蘭に指示を出す。

「ロープを取ってちょうだい」

蘭から受け取ったロープを露木の脇の下に回してもやい結びで固定した恵子は、そのままボートの内側に身体を引っぱり上げようとしたが、筋肉で覆われた八十キロの身体は水の抵抗を受けて重く、女ふたりが力を合わせてもびくともしない。

溺れかけた漂流者の身体をボート上に引っ張り上げるのもまた至難の業なのだ。

恵子と蘭が協力して二馬力を発揮したとしても、マイナス二馬力の力で漂流者が足を引っ張れば、差し引きゼロとなって動かないという道理である。水の抵抗と重力に逆らってボート内に引き上げるためには、三人の意志を共通の目的へと統一させなければならない。漂流者の心に生への願望を喚起させ、自発的なアクションを促すのだ。結果として三馬力を得れば、首尾よく獲物を船内に引き上げることができる。

露木が為すべきアクションが何なのか、恵子は具体的に思い浮かべることができた。真下に向けた両足のフィンを大きく前後させるのだ。上方向への瞬間的な推進力が生じて上半身は海面上に飛び上がり、そのタイミングで、恵子と蘭が力を合わせてロープを引けば、露木の身体はボート内に転がり込むはずである。

実際に、恵子は幾度となく経験済みだった。スキンダイビングを終えてボート内に戻ろうとするとき、フィンを大きく前後させるタイミングで、縁にかけた両手で上半身を持ち上げ、船内に転がり込んだことは何度もある。人の助けを借りずに乗船できる唯一の方法で、コツを摑めばだれでもできる。露木がその技を体得していることは、過去に持たれた会話からも明らかだった。

あとはやる気を引き出すだけだ。

恵子は、露木の頭を引き寄せ、耳元で優しく囁いた。

「さあ、いつもの力を発揮してちょうだい」

本当は頭を思いっきりひっぱたいて活を入れたかったが、逆効果になりかねない。

露木は虚《うつ》ろな目をした木偶《でく》人形になり果てている。

「わかってるでしょ。さあ、足に力を入れて、フィンを大きく動かすのよ」

浮き上がるどころか、手を緩めたとたん、露木の身体は沈みそうになった。

自ら這い上がろうとする意志力に火を点《つ》けるためには、どんな言葉を掛ければいいのかと、恵子は必死で考えた。

ダイビング中に流され、ボートを見失って数日間の漂流を余儀なくされた漂流者が、喉の渇きと空腹に苦しむ中で、好きな食べ物を胸に思い描き、生還のあかつきには思う存分に貪り食ってやろうと願望し、生への意欲をかきたてたというエピソードを恵子は思い出していた。

願望を果たすための唯一の方法は生き残ることである。

恵子は露木の食の好みがどこにあるのかよく知らなかった。ただひとつわかっているのは、最初にふたりだけで会ったホテルのレストランで、彼が注文したメニューが刺身定食であったことである。マグロの赤身に塩を軽くふりかけて、おいしそうに食べる露木の顔が、記憶に残っている。

「今度一緒にお寿司《すし》を食べに行こうよ。マグロがおいしい店、知ってるわ。奢るわよ」

反応が何もないのを見て、恵子は蘭に尋ねた。

「父さんが好きな食べ物、何か知ってる？」

「親子になってまだ日が浅いから、よくわかんないけど、トンカツは相当好きなほうだと思う」

「トンカツか……、なんだか海に似合わないわね。もっと気が利いたものはないの？」

「食べ物にこだわらなくてもいいんじゃないの。パパが好きなのは、そうねえ、自分がヒーローになることかしら……」

蘭の言う通りだった。露木が常に心を寄せるのはよりよい未来の姿である。

恵子は、何気なく露木の虚《うつ》ろな視線を追って北側に目を向けた。南風に煽《あお》られて北のほうへと吹き寄せられていく炎が、レインボーブリッジと平行する青白い壁となっていた。

その凄まじい光景に、露木は、半眼の虚ろな目を向けている。彼にとっての、今この瞬間の願望は何かと、心中を覗き見ようとしたとき、恵子はふと閃いた。

露木は自分が成し遂げた行為によって、世界がどのように変りつつあるのか、その成果を見たくてならないのではないか。自分の目で確認しようとすれば、まずは、生きなければならない。そして、生きるためにはボートに上がらねばならない。願望をしっかりと認識させ、空高くまっすぐ伸び上がる力を発生させるのだ。

恵子は、これから吐き出そうとする台詞を心の中で推敲《すいこう》し、会心の文章に仕上げてから、露木の耳元で囁いた。

「あなたが救った世界を、さあ、一緒に見に行きましょう」

当を得た言葉のつもりであったが、思ったほどの効果は得られない。むしろ逆だ。聞いたとたん、露木は頭をがくりと前に垂らし、首筋から肩のあたりを小刻みに震えさせた。断末魔の痙攣と似たその震えを見て、恵子は悲鳴を上げ、露木の頭を引き寄せて首に両手を回した。

「ダメ！　しっかりして！」

首に回した両手の平は、喉のあたりから間欠的に湧き上がる肉の隆起を感知した。なんとなく妙な雰囲気を感じ取り、露木の顔を下から覗き込んだとき、恵子は痙攣の正体を知った。

露木は、「クックック」と喉を詰まらせ、笑いを堪《こら》えていたのだ。

やがて我慢し切れなくなり、飲み込んだ海水を吐き出しながら伸び上がって、思いっきり笑いを弾けさせた。

「勘弁してくれよ」

露木は笑いながら身体の向きを変え、額をゴムボートのチューブに押しつけて両手を縁に当てた。

言葉もなく呆然《ぼうぜん》とする恵子を尻目に、露木は笑い続けている。

「マグロにトンカツ……、ヒーローときやがったか。見事な三点セットだ。いや、参ったよ」

安堵《あんど》で身体から力が抜けると同時に、目から涙が溢《あふ》れてきた。

「よかった。もうバカ。心配したじゃない」

命が失われるのではないかと本気で肝を潰しかけたのだ。にもかかわらず、寝たふりをして人をおちょくり、笑い声を高々と上げて真心を踏みにじる行為が、だんだん許せなくなってくる。

「いつ正気に戻ったの？」

「すまん。たった今だよ。力の源泉がどこにあるのかわかった。笑いだ。笑いは無駄な力を抜き取って、身体を柔らかくしてくれる。そして、柔軟さが力を生む。ありがとう。きみのおかげだ」

講釈を聞きながら、やっぱり頭のひとつもひっぱたいておけばよかったと後悔したが、命に別条なさそうな笑顔を見て喜びが先に立ち、恵子は、涙で顔をくしゃくしゃにさせながら具体的な指示を出した。

「やるべきことはわかってるわね。一、二の三と号令をかけるから、ちゃんと、やって。みんなの力をひとつにする」

「わかった」

「じゃ、いくわよ。一、二の三」

直後に海面高く伸び上がった露木の両腕を、恵子と蘭は同時に摑まえ、身体を一気にボート内へと引きずり込んだ。

あお向けになった恵子の腹の上に露木の頭が、蘭の脚の上に露木の腰が載っていた。狭い船底に重なり合っていると、互いの胸の鼓動が響き合う。

呼吸を整えて起き上がった恵子はオールを手に取って、ブレードを海に突っ込み、うまく操ってボートの舳先を第六台場に向けた。続いて蘭が起き上がってオールを持ち、来たときと同じ要領でリズムを合わせて漕ぎ始めた。ただひとり露木だけは、恵子の膝先で赤ん坊のように身を丸めて、起きようともしない。女ふたりにオールを漕がせて、手伝おうとしないのは、精根尽き果てた証しである。強がろうとする気力の一滴も残っていないのだ。発見があともう少し遅れていたら、命を失うところだったと知り、恵子は今さらながら恐ろしさに震えた。

恐怖に共振するかのように、東京湾の北端から、これまでに聞いたことのない異様な叫び声が上がった。

振り返った恵子と蘭が見たのは、空を覆う黒雲から稲光が連続して落ちてくる光景である。ステップを踏みながら遠ざかる稲光に獣の咆哮《ほうこう》が重なり、不気味な響きを大きくしていった。音源は不明だったが、恨み節で責めたてられるようで、気が滅入ってくる。耳を塞ごうとしてかなわず、恵子は、顔を正面に向けて一心不乱にオールを漕いだ。

少し遅れて前を向いた蘭は、震える声でつぶやいた。

「わたしの名が呼ばれたような気がする」

第10章　播種

1

東京湾炎上から二週間が経過する頃、湾岸地区から避難していた住民も戻って首都圏はこれまでの日常を取り戻しつつあった。

最初のうち、火の海がシアノバクテリアを焼き払ったとはいえ、燃え残ったシアノバクテリアは必ずいるはずであり、そこかしこで新たな増殖を始めるのではないかと危惧《きぐ》する声もあり、帰還はスムースに進まなかったが、有里が中心となって執筆した「週刊オール」の記事をきっかけに不安は徐々に鎮火されて、ほとんどの避難民はもとの場所に落ち着くことになった。

現場に立ち会ってつぶさに観察した露木、恵子、上原、有里の四人は話し合った末に、「焼殺処分をもって南極シアノバクテリア禍は収束したと見做《みな》すべきである」と意見をまとめていた。

火炎で破壊したのは、南極シアノバクテリア集団の中心を為《な》す魂ともいえるものである。焼却を逃れて生き延びたわずかな個体は無害であり、何の脅威にもなりはしない。凶悪な殺人者の亡《なき》骸《がら》から採取した体細胞に殺意はなく、無害なのと同じ理屈である。アリの群れや、古代ローマの重装歩兵軍団にしても、命令系統が破壊されれば烏合《うごう》の衆となって、戦力を失う。魂が抜ければ、集合体としての意志と目的もまた消滅する。

東京湾が炎上した直接の原因については、「上空に生じた巨大な電圧差によって連続的に落雷が発生し、放電による火がメタンガスに引火したと推測される」という専門家の分析が支持され、異を唱えるものはいなかった。メタンガスの発生も偶然なら、放電による引火も偶然、人為的な作用はどこにもないと判断されたのだ。

……すべては神の御加護。

おかげで、真相を知るのは今のところ露木たち五人に限定されている。

運河や岸壁に係留されたままの屋形船、木造船は無人のまま何百艘《そう》と焼き払われ、桁《けた》の低い橋もそれなりの被害を受けていることに鑑《かんが》みても、「東京湾炎上御加護説」は、露木たちにとって大歓迎である。着火が人為的なものとなれば、財産を失った者たちから糾弾を受けかねないが、自然現象となればだれの責任も問えない。自分たちの手柄を天下に知らしめたいという願望より、面倒臭いトラブルに巻き込まれたくないという願望が勝っていた。第一に避けるべきは、貴重な時間とエネルギーが余計なことに費やされることである。

犠牲者数などのデータも大方のところ確定されつつあった。

配付された南極氷を直接に摂取した五名、秩父さくら湖畔の住民二十七名、テレビレポーター、カメラマン、ディレクターなどの撮影クルー三名のほかに、浦山ダム周辺で相次いだ不審死において、後に南極シアノバクテリアが原因と特定された者が十六名……、今のところ判明している死者数の合計は五十一名にのぼる。

この数が多いとみるか、少ないとみるかは意見の分かれるところであるが、東京湾流入が阻止されず、日の出と共に大繁殖して胞子を空に飛ばしていれば、犠牲者の数は二桁ではおさまらず、軽く六桁を超えていたと推測される。

大災害を未然に防いだ功績が世に知られずとも、露木、恵子、上原、有里の四人は不満を抱かなかった。行動に見合うだけの報酬を既に得ているからである。

上原と有里は、深夜の東京湾に燃え広がる瞬間の情景を撮影して、前代未聞の動画と画像を手に入れていた。薄々気づいていたことでもあったが、動画にも静止画にも、エイに似た巨大生物の姿は映ってはいなかった。絶望の叫びや、断末魔の悲鳴は上原と有里のみならず、恵子や露木の耳にまで届いている。蘭に至ってはその声が自分の名を呼んだと言い張っていたことからも、単なる幻聴、幻覚の類《たぐ》いではなく、地球生命の祖たるものの集合体が、五人の細胞に直接働きかけて、仮想の映像を刻印したとみるべきだろう。

撮影した画像に化け物の姿がなくても、東京湾の北端を炎が駆け抜ける様は迫力満点である。繰り返しテレビで流されたり、雑誌に掲載された映像素材は、すべて上原と有里が所有するものだった。上原と有里の共著でドキュメント執筆が決まり、版元からは破格の条件を提示され、刊行前からベストセラーが約束されたも同然だった。

上原と有里が得たのが実務的な報酬であるのに対し、赤い実によるインスピレーションが露木に授けたのは純粋な情報だった。

「宇宙、地球生命、眼、言語……、この四つの発生メカニズムは基本的に同じである」

受け身的に天から与えられたのか、あるいは無意識の領域に眠っていた言葉が呼び覚まされただけなのか……、いずれにしても、正しいと信じて取り組むべき調査・研究への具体的な計画をもっか立案中である。小さな舟で大海を渡り、森羅万象の裏にある真理を釣り上げてやろうと、露木の意欲は大いにかきたてられた。

恵子は、麻生敏弘と中沢ゆかりとの間に生まれた娘イコール蘭であるという証拠を列挙した調査報告書を完成させていた。

麻生夫婦と蘭の面会については露木からの同意も得ている。蘭の出生と成育過程に絡む複雑な事情を伏せたまま面会させても、疑問を噴出させるばかりで、麻生夫婦は到底納得しないだろう。蘭は、中沢ゆかりが実母であるととっくに知っている。ここは包み隠さず真実を打ち明けた方が、蘭の今後のためにもいいだろうと、露木と恵子の意見はひとつにまとめられていた。

報告書を収納したファイルをテーブルに置き、恵子は、ここ二か月ばかりの奮闘を思い起こして感慨に浸った。

元はといえば、かつての不倫相手である稲垣謙介の紹介によって受けた調査依頼である。

麻生夫婦は、確信があって孫探しを依頼したわけではなかった。些細なことがきっかけで、孫がいるかもしれないという予感を抱き、この世に存在する可能性の極めて低い人間の捜索を、だめ元で打診しただけである。ところが瓢簞《ひょうたん》から駒《こま》で、調査の過程でこれまでベールで覆われていた事実が次々に明らかになり、ターゲットが露木の元に居たというのだから、驚きを通り越し、複雑に絡み合った運命の糸に畏敬《いけい》の念さえ湧いた。

調査報告書は完璧《かんぺき》に仕上がり、麻生家を訪れる準備も整っている。ところが、肝心の蘭が身動きの取れない状態にあった。

第六台場で狂乱の夜を過ごし、自宅に戻ってしばらく後蘭は体調を崩し、食欲不振、発熱、倦《けん》怠《たい》感、下痢などの症状に見舞われ、トイレで倒れているところを露木に発見されて、蘭は大学病院に救急搬送された。検査の結果、肺や心音は正常ながら、白血球の左方移動と炎症反応の上昇、腎《じん》機能障害、敗血性ショックの症状がみられ、即、入院の措置が取られた。翌日、翌々日になっても症状は改善されることなく、血圧が低下して救命が困難になる事態が継続したことにより、人工呼吸器の管理下に置かれながらの大量の輸液が行われたが、症状が改善することはなかった。

蘭は、今、生死の境を彷徨《さまよ》っている。

2

蘭の入院第五日目……。

ショック症状の原因であるサイトカインを除去し、急性腎不全に対する体液コントロールの処理が行われると、血圧はわずかに回復して一時的に尿の量も増えた。しかし、明らかな改善は見られず症状は一進一退を繰り返すばかりだった。

蘭の入院第六日目……。

採取した血液細胞の分析によって、本来赤いはずのヘモグロビンが緑色に変色している細胞がいくつか確認される。ヘモグロビンの中央にある鉄（Fe）が、マグネシウム（Mg）に置き換わったのが原因だった。

同時に、蘭のうなじから両肩にかけての上皮に、緑色の斑点《はんてん》や幾何学模様が広がり始めた。これまでに見たことのない症状である。うなじから採取した上皮細胞は病理に回されて分析されることになった。

蘭の入院第七日目……。

午後になって一般の診察が終わる頃、露木は、担当医の山田准教授の診察室に招かれた。大学時代の二年先輩にあたる山田から、蘭の上皮細胞の分析結果を聞くためである。

露木が診察室に入っても、山田は見向きもせず、パソコンのモニターに目を凝らしたままだった。じっと画像を見つめ、「うーん」と唸《うな》り声を上げ、顔をしかめている。やがてスツールを九十度回転させて露木と向き合い、開口一番、「なんだか、摩訶《まか》不思議なことが起こっていますねえ」と呟《つぶや》いた。

相手の年齢に関係なく、だれに対しても敬語で語りかけるという山田の癖は、学生の頃と同じである。

いいことなのか悪いことなのかの判断はつきかねたが、山田の表現は露木の不安を極度に高めた。最悪の事態も有り得ると覚悟して、露木は、山田が指差す画像に顔を近づけていった。

ディスプレイに表示されているのは動物細胞の内部を三次元で描出した画像だった。

「なんですか、これ？」

「緑色に変色した上皮から取った細胞に染色を施し、電子顕微鏡で撮影した画像ですよ」

緑色に変色した蘭の上皮から採取した細胞内には、染色体を含む核を中心に、リボゾーム、リソソーム、ゴルジ体、小胞体、ミトコンドリアなどが配置されている。見慣れた構造であったが、未知の小体が複数内在していて、初見でその正体を見極めることはできなかった。

「こいつのどこが異常なんですか」

「動物細胞と植物細胞は基本的にほぼ同じ構造をしています。最大の違いは、植物細胞には細胞内小器官である葉緑体があるが、動物細胞にはそれがない、という点です。ところが、ここを見てください」

山田は、三つの点を指でつつきながら言った。

「本来ないはずのものが、ここにあります」

山田が指差したのは細長い楕円《だえん》形をした小さな塊だった。ひとつ目は細胞膜の隅にへばりつくように、ふたつ目はゴルジ体と核の間に挟まるように、三つ目は小胞体とリボゾームに囲まれるようにして、これまでになく奇妙な形をしたものが存在している。

「意味がわかりますか？」と、山田から目で問われ、露木は自信なさそうに答えた。

「まさか、これ、葉緑体……」

蘭の上皮細胞内には、動物細胞には本来あるはずのない葉緑体が少なくとも3つ居座っているのだ。

「ここにあるのは二重膜の葉緑体です。四重膜ではありません」

二重膜の葉緑体から推測できるのは、蘭の体細胞に光合成バクテリアが寄生し、共生関係に持ち込んだらしいということである。

露木は、蘭の身体内で生じている異変を具体的にイメージし、生起している現象が「闘い」と表現できることに思い至った。

サイトカインの除去によってわずかな改善がもたらされたことからも、免疫系の暴走が身体のダメージを大きくしているのだと予測がつく。若い蘭の、元気一杯の免疫系が、外部からの侵入者を排除しようと孤軍奮闘する様が症状となって現れているのだ。

侵入の経路はふたつ考えられる。

すべて焼き払ったと思っていたがとりこぼしがあり、死滅する直前、いくつかの南極シアノバクテリアが侵入を成功させたのか、あるいは、赤い実の内部に充満していた葉緑体バクテリアが侵入を果たしたのか。

南極シアノバクテリアと葉緑体バクテリアは同じ穴のむじなである。

南極シアノバクテリア禍と、夢見るハーブの会集団死事件は、ほぼ同一の事態と見做すことができる。病原体となったのは同種のシアノバクテリアであり、一方は十数億年前に南極大陸の湖に潜んだまま氷に閉じ込められ、もう一方は真核生命の細胞内に潜り込んで葉緑体として定着した。

南極シアノバクテリア禍にしても、夢見るハーブの会集団死事件にしても、死に至るまでには数十分から数時間という時間幅があった。ところが、蘭の場合、発病以来一週間を耐え抜いている。この差はどこから来るのか。中沢ゆかりの犠牲で蘇《よみがえ》ったトウモロコシの樹液が効いているのだ。敏弘のリサーチによれば、ヘビーコーンに含まれる成分には、情報伝達をスムースにする働きがあるという。その効能が発揮され、蘭の細胞内で寄生から共生への移行が行われようとしているのではないか……。

生死の行方は、共生に失敗するか、成功するかにかかっている。

体内に侵入したバクテリアは、まずは共生を目指して奮闘する。免疫に阻まれて共生がかなわなかった場合は、赤血球を破壊して宿主を殺すという意趣返しに出るが、うまく共生関係に持ち込んだ場合は、当然のごとく、宿主を生かす方へと舵《かじ》を切る。

つまり、蘭の体内で行われている「免疫と異物との闘い」に勝ってはならない。勝つことイコール死を意味する。

病院内で行われる通常の治療はほとんど役に立たないと、露木は悟った。抗生物質の投与は逆効果だ。では何をすべきか。どうすればバクテリアとの共生を円滑に進めることができるのか……。

これまでの経緯を振り返ってふと閃《ひらめ》いたことがあり、露木はすぐにでも蘭の病室に戻りたいという衝動に駆られた。

「山田先輩、ありがとう。事情はよくわかりました」

「ほんとですか？　わたしにはさっぱりわかりませんがねえ」

夢見るハーブの会集団死事件と、南極シアノバクテリア禍の詳細を知らない山田に、理解できるはずもなかった。後々ゆっくりと事情を説明するにしても、今は時間的余裕がない。時計の針は午後三時半を差していた。天気は快晴で、夏の日差しが眩《まぶ》しいばかりである。

「ちょっと思いついたことがあるので、試してみますよ」

露木はそう言い残して山田の診察室を出て、蘭の病室に向った。

個室の北向きの窓にはレースのカーテンが引かれたままだった。自然光だけでは明るさが足りず、部屋は薄暗い。露木はベッドの横に丸椅子を運んで座り、蘭の顔色を観察してから尋ねた。

「調子はどう？」

「絶不調」

「自分の身体に正直に訊《き》いてみてほしい。何かやりたいことはないかと……」

「外の景色が見たい」

即答した蘭は、ベッド横に顎《あご》をしゃくって、点滴の管に縛られた状況を訴えて溜《た》め息をついた。これじゃあ、動きたくても動けないと言いたいのだ。

「なぜ、外の景色を見たいんだ？」

露木に訊かれて、蘭はしばし考え込んだ。

「うーん、というより、明るいところに行きたいのかも」

期待した通りの答えを得て、露木は蘭の腕に差し込まれた点滴の針を素早く抜いていった。

「じゃあ、散歩にでも出るか」

夢見るハーブの会の信者と、南極シアノバクテリアを摂取した犠牲者たちは、異物を取り込んだ直後、ほぼ例外なく、光が多く降り注ぐ場所を目指して移動している。それは生存に向けての本能的な行為だった。侵入者たちとの共生を果たすための唯一の手段が光を浴びることであると、直感でわかったに違いない。

露木は、部屋の片隅に置かれた車椅子をベッド横に移動させ、蘭を抱き上げて座らせてから部屋の外に出た。

病棟の長い廊下を進みながら、露木の視線は幾度となく、蘭のうなじから肩にかけての皮膚へと注がれた。肌に広がる緑色の斑点や幾何学模様は色合いをより豊かにして、輪郭をはっきりさせつつある。中には蝶《ちょう》の形に似た模様もあった。

エレベーターでレストランや売店のあるフロアに降り、廊下のどん詰まりにある広大なバルコニーへと車椅子を押し進め、ガラス戸を開けて外に出るや、またたくまに身体が熱気に包まれていった。だれもが日差しを避ける夏の盛りとあって、バルコニーに人影はなかった。露木は敢《あ》えて南側に歩み寄って車椅子を手摺《てすり》の前で止め、片膝《ひざ》をついて蘭と並び、同じ高さから南側に広がる風景を眺めおろした。

眼下には都心の一等地を占めるこんもりとした森が見渡せる。

露木は立ち上がり、蘭のパジャマのボタンをひとつはずして襟元を広げ、柔らかに波打つ髪の束をつまみ上げて、うなじから肩のラインに陽が当たるようにした。

冷えたミネラルウォーターを手渡し、飲むように勧めると、蘭は一気に半分ほど飲み干して満足気な息を吐いた。

「気分がよくなったみたい」

肩に置かれた露木の手に、蘭の肌が息を吹き返していく手応《てごた》えが伝わってきた。細胞ひとつひとつの動きが活発化し、やるべきことに精を出し、喜んでいるように感じられた。太陽の光を浴び、水と二酸化炭素から酸素と糖分を作り、身体の隅々に行き渡らせるべく新しい代謝のネットワークが形成されつつあるのだ。

蘭の体内に生じる変化をじっと窺《うかが》っているのは、眼下に広がる森の緑だった。

……最初から仕組まれていたのだ。

事の発端となったのは、露木自身の取った行動だった。学生時代に、情報工学をテーマとする物理学書を読み、ヴォイニッチ・マニュスクリプトの存在を知り、後輩の敏弘に教えた。敏弘はヴォイニッチの解読に夢中になり、異端の血を引く中沢ゆかりの協力のもと、土壌を第六台場に移して、ヴォイニッチに描かれる挿画を手掛かりに植物の品種改良に取り組んだ。その上で、ターゲットとなる人物を第六台場に招き入れ、ヘビーコーンと赤い実のエキスを事前に摂取させた上で、南極シアノバクテリアの大量流入をもたらし、人体細胞内へと導いた。南極シアノバクテリアは、生殖細胞である胞子を作る寸前だった。胞子とはようするに精子ともいえるもの。何億匹という精子が子宮に流れ込んでも、本来の役を担うのはその中の一匹のみである。一匹が卵子内部に侵入して受精卵となった瞬間、他のすべての精子は死滅の運命を辿《たど》らされる。同様に、一匹の南極シアノバクテリアが蘭の細胞に寄生した瞬間、他の南極シアノバクテリアの存在価値は失われ、焼殺処分されることになった。

……おれがやらされたのは、処刑人の役に過ぎない。

自分が為した行為の意味を悟って、露木は自嘲気味に心の中で呟いた。

ただし、敏弘と中沢ゆかりにあてがわれた使役は露木の比ではない。

敏弘は、十年近くの歳月をヴォイニッチの解読に注ぎ、植物の品種改良に関するレシピ本ではないかという解釈に至り、中沢ゆかりと協力して品種改良をうまくやり遂げたと思い込んでいた。ところが事実は逆で、植物が敏弘とゆかりを手先に使って思う通りに操り、人間の改造を行ったのだ。

挿画に、動物と植物の合体を思わせる構図が多々含まれていることからも、ヴォイニッチが人種改造の手引書だったことがうかがえる。解読不可能な文字で記述したのは、恐るべき意図が容易に悟られぬようにするためであり、見た者の興味をかきたてて目的に誘導するためでもある。

目的はただひとつ……、人類史上初となる葉緑体少女をこの世に誕生させるためだ。

細胞内の葉緑体がうまく機能し、光合成の働きによって光と水と二酸化炭素から酸素と糖類を作り出せるようになれば、口から食料を取る必要がほとんどなくなると同時に、呼吸器系の機能が高まる可能性が出てくる。なにしろ光を喰《く》って生きることができるのだ。そんな特徴を持つ人間をうまく操って、植物は何らかの目的を果たそうと目論んでいるに違いない。

森の緑に問いたかった。

……植物を植物たらしめている光合成の機能を人間の細胞に埋め込むことによって、一体、何をしようとしているのか。

返事はなく、森の緑の葉擦れの音が笑い声のように聞こえるだけであったが、露木には植物の企みの一端がわかる気がする。植物アルカロイド摂取による言語の獲得が、一万年前までの、地球全土に広がる過酷な旅を可能にしたとすれば、光合成を身につけた新人類の旅はもっと遠くを見据えたものとなる。植物は動けない。だからこそ、人間をパシリに使って、もっともっと遠い世界に行こうとしている。太陽系の果てまでもが射程圏内となるだろう。

旅の先遣隊となる娘の育成を任された者の重責が、露木の肩にのしかかってくる。植物の意に沿うように育てなければ、人類にどんな災厄がもたらされるかわかったものではない。責任重大である。

……ひとりで育てるのは荷が重すぎる。

正直な気持ちだった。

……パートナーが側にいてくれたらどんなに助かるだろうか。

そんな心中を察したかのように、唐突に蘭が口を開いた。

「恵子さんが新しいママになっても、わたし、構わないわよ」

以心伝心で胸の内が伝わったことに驚き、返事もできずにいる露木に、蘭は畳み掛けてくる。

「わたしが入院している今がチャンス。やっちゃいなよ」

心を読まれた上に、具体的な行動を指南されてしまった。

蘭は、禁断の赤い木の実を食べろとそそのかすヘビの化身かもしれない。

第六台場沖で溺《おぼ》れかかり、間一髪で恵子の手で拾い上げられたとき、露木は狭いボートの中で赤ん坊のように丸くなって震えた。寒さのせいもあったが、死の一歩手前までいったという恐怖が蘇って戦慄《せんりつ》を覚えたのだ。

ボートを漕《こ》ぐ恵子の膝と、露木の耳やこめかみが触れ合い、リズミカルな振動が肌に届くにつれ、身体は徐々に暖まって悪寒や震えは治まり、入れ替わるようにもたらされたのは性欲の高まりだった。危機的状況を潜り抜けたことにより、大量のアドレナリンが放出されたからだ。生死の境を彷徨った後に湧き上がる性欲を、露木は、ノールールの喧嘩《けんか》試合で経験済みである。際どい勝負に勝ったあと、無性に女が欲しくなったことは何度もある。一回や二回の射精では満足できないほどの、激しい肉欲に突き上げられた。

小さなボートの底で着火された欲望は、以来ずっと熾《お》きのように燃え続けている。

対象となるのは恵子ただひとり……、そして今、娘の分際にもかかわらず、蘭は父に向って「やっちゃいなよ」と焚《た》き付ける。

将来のヴィジョンをより堅固なものにする方法が何なのか、蘭はしっかりと理解しているのだ。娘から御墨付きをもらってもやもやが晴れ、未来の風景がよりはっきりしてゆく。

新しい針路を見据えつつ、露木は蘭と一緒に夏の西日を浴び続けた。

3

蘭の入院第八日目……。

血圧が正常値に回復したのを受けて昇圧剤投与は中断された。尿が以前の量を取り戻したのは、腎機能が改善されたことの証しと判断される。

点滴による抗生物質の投与も取りやめとなり、代わって、午前と午後にバルコニーにおける日光浴が日課に加えられた。うなじから肩、背中の上部へと広がる緑色の模様は、いよいよ輪郭をはっきりとさせ、色合いを濃くしていった。細胞内の葉緑体は順調に増殖して共生を成功させ、本来の仕事に取りかかったようである。

肌に生じた緑色の模様といっても、入れ墨などの人工的な彩色と印象は異なり、動物と植物の見事な調和を象徴して美しく、見る者の心を穏やかにさせた。

蘭の入院九日目……。

尿酸値が正常となり、身体の機能はほぼ入院前の状態を取り戻し、後遺症がないことが確認された。健康の度合いは以前より増強されたほどであり、近日中の退院が決められた。以降、治療は不要となり、主に為されるのは検査とリハビリのみとなる。


退院予定日の前日、露木は大学病院から帰るとすぐ恵子に電話して、「蘭の病状と回復の経緯を説明したいから家に来ないか」と、誘った。蘭の退院は恵子の仕事と大きく関わっている。調査報告書を完璧に仕上げている恵子にとって最後の仕事は、蘭と麻生夫婦の面会を実現させることであり、早急に日程を決める必要があった。

申し出を有り難く受け入れ、その日の午後、恵子は露木のマンションを訪れることになった。

インターホンでオートロックを解除し、待つこと一分で玄関に現れた恵子は、ゆったりとした花柄のワンピースを纏《まと》っていた。

普段の恵子らしからぬコーディネイトに驚きつつ、露木は、これもまたお似合いだと好印象を抱いた。

「バイクで来るかと思っていたよ」

「納車されるのはもっと先。残念ながら、今年の夏には間に合いそうもないわ」

調査の交通手段としてオートバイの機動力は捨てがたい魅力である。400ccのオートバイを購入したと聞かされていたため、露木は、ジーンズにジャケット姿でヘルメットを小脇に抱えて玄関に立つ恵子を、勝手に思い描いていたのだった。

「さ、どうぞ、上がって」

露木はいつも通りに恵子をリビングルームに招き入れて座るよう促した。

ソファに腰を沈めながら、恵子は、仕事を通して有里と上原の仲が男女の関係に深まりつつある近況を、おもしろおかしく伝えた。

「あのふたり、なんだか、いい感じなの。だって、有里のやつ、婚活はしばらく休止って、宣言したんだから」

「そいつはよかった。これにて婚活終了となるほうに一万円賭《か》ける」

「だめ、賭けは成立しない。わたしもそっちに張るから」

ひとしきり艶《つや》っぽい話題で盛り上がった後、本題に入り、露木は蘭の病状と、回復の経緯を簡単に説明し、原因のすべてが植物の企みにあったことを語った。

蘭を第六台場に呼び寄せ、ヘビーコーンの樹液を摂取させた後、南極シアノバクテリアの襲来に晒《さら》して体内に侵入させ、体細胞に葉緑体を埋め込み、光合成の能力を付与したという露木の説明を聞いて、恵子は首を傾げるばかりだった。

蘭の身に起こり得ることは、恵子の身にも起こり得る。なにしろ恵子は、第六台場の船着き場に蘭と並び立ち、ヘビーコーン樹液を摂取した上で、南極シアノバクテリアの襲来に全身を晒したのだ。露木も恵子も、同じ場にいて、これに相対した。となれば、ふたりの身体に同様の変化が生じてもおかしくないはず……。

当然の疑問である。

露木も鏡を何枚か重ねて身体各部を観察して緑色の斑点を捜したが、見える範囲の皮膚には何も発見できなかった。

恵子が両肘《ひじ》に手を当てて身を震わせるのは、自分の身体に生じたかもしれない変化を恐れてのことだろう。

果たして恵子の肌に異変は生じているか否か……、確認するのは簡単である。肌の表面を舐《な》めるように調べて、兆《きざ》しのあるなしを調べればいい。

露木は恵子の首をそっと引き寄せ、髪をふたつの束にわけてうなじをあらわにし、目を近付けながら皮膚に指を這《は》わせ、緑色の模様を捜した。

首筋を撫《な》でる手に反応して、恵子はソファから滑り落ちて絨毯《じゅうたん》の上に横座りし、上半身を露木の太股《ふともも》の上に倒し込んで肩から背中にかけての肌を彼の目に晒す格好を取った。

服に邪魔されて、見える範囲はうなじだけに限られている。背中の上部を射程に入れるためには、ワンピースの一番上のホックをはずしてファスナーを下げなければならない。

「ここまでのところ、変なところはどこにもない。ただこの下のところが怪しいな」

「そう？」

小さく掠《かす》れた声と、息を潜めて唾《つば》を飲み込む行為から、ちょっとした緊張を強いられている様が読み取れる。

ホックをはずしてファスナーを半分ばかり下げたところで、ベージュ色をしたブラジャーのバックバンドが眼に飛び込み、思わず手を止めてしまったが、細い布切れ一枚ごときに気後れしているようでは本懐への道は遠のくばかりだ。

「こいつが邪魔なんだけど、取っ払っていいかな？」

露木は、ブラジャーのバックバンド中央を指でつつきながら尋ねた。恵子は露木の膝の上に俯《うつぶ》せに覆い被《かぶ》さったまま、小さく頭を縦に振った。ＯＫのサインと受け止め、ホックをはずしたところ、背中の中程で結ばれていたバックバンドは、乳房の弾力を誇示するかのように左右に弾け飛び、肩からストラップがはずれていった。

邪魔ものがなくなり、滑らかな背中全体を視野に収めつつ、露木は手の平で優しく撫で回し、ところどころで指をとめては、皮膚を引っ張って広げたり、肌の弾力性をチェックしたりと、皮下に潜むかもしれない異変を捜すフリをする。

捜索範囲を背中中央から腰にまで広げるためには、ワンピース最下部までファスナーを下げなければならない。目的地はすぐそこと自らを奮い立たせ、敢然と下げきったところ、尻の上の肉になまめかしく食い込むショーツの白いラインが目と鼻の先に現れた。

無防備な姿勢を取らされ、裸の背中は間近からの視線に晒され、羞恥《しゅうち》のせいで恵子の肩がぎこちなくすくんだ。乱れた呼吸のリズムが伝わってくるのを受けて、露木の肉体にも変化が現れ始めた。

恵子の吐く息がジーンズの内側に籠《こも》って熱を帯びていく。湿った息が股間《こかん》に届くや、身体の一部は脈を打って膨れ上がり、窮屈なあまりに腰を捻《ひね》ろうとしたとき、突如、恵子の左手が伸びてきて、思いも寄らぬ強い力で腕を掴《つか》まれ、引き寄せられていった。

ふたりはそのままもつれ合うように身体を絡めて絨毯の上に転がった。


露木と恵子は、たっぷり一時間以上かけて、自分の視線の及ばない身体の隅々にまで目を這わせ、指どころか舌まで動員させて肌の奥に探りを入れた。しかし、緑色の模様や斑点はどこにも見当たらなかった。

ふたりはしばらくの間、大きな喜びと満足を味わいつつ、裸で抱き合って行為の余韻に浸った。

そうして、興奮が治まり、冷静さを取り戻す頃になってようやく、「ギフト」を与えられたのは蘭のみ」という事実を受け入れたのだった。

どうやら、新人種となるための資格を有するのは蘭だけのようだ。中沢ゆかりの血筋が影響したのか、あるいは年齢が関係したのか……、新しい時代の担い手には若さが必要なのかもしれない。

露木は、新人類の育成に専念する側に回されたことを再認識する。今日、恵子を家に招いた目的はひとつではない。蘭の病状の経緯報告をダシにしつつ、小娘からそそのかされた行為を実行に移してプロポーズするのがメインの目的だった。

言うべきタイミングは今をおいてない。

「よかったら、おれと一緒に蘭を育ててくれないか。もちろん、沙紀ちゃんにも、同様の愛情を注ぐ」

共に力を合わせて子育てをしよう、というのはとりもなおさず、結婚の申し込みである。恵子は胸に埋めていた顔を上げて露木の目を覗き込み、真意を確認して、彼の背中に爪をたてた。

「いいわよ。喜んでお受けします」

「ありがとう。心強い限りだ」

「先に聞いておきたいんだけど、教育方針はどうする？　コンセプトがあったら、事前に知っておきたいわ」

確かに、教育係としてどんな指針を持つべきなのか、あらかじめ考えておくのは大切なことである。

「まずは自分の得意分野を全力で授ける。物理・数学・哲学を主とする科学全般を教え、論理的な思考力を鍛える」

「なぜ？」

「世界の諸相は、常に人間に都合のいい状態を保つとは限らない。未来の予測はつかず、目まぐるしく変化する。若い世代に伝授すべきは、たとえ不測の事態に陥ろうとも、克服し、適応してやろうという知恵と勇気だ。そのためにこそ、宇宙の森羅万象をより正しく記述する力に磨きをかける」

「なぜ？」

恵子は「なぜ？」を並べて、指針の意味を問う。

「常に行動の理由を問うことはとてもいいことだよ」と断った上で、露木は答えた。「言語による知恵の蓄積が遠くへの旅を可能とし、旅の過程でぶつかる困難を克服することによって知識はさらに深まる。この相乗効果によって、遥《はる》か遠い世界への旅が可能になるからだ」

「遠くといっても、どのくらいの距離をイメージすればいいのかしら。月……、それとも火星？」

「最短でも木星かな。その先、視野に入れるべきは太陽系の外……、星間宇宙となる」

露木の頭に浮かぶ最短の目的地は木星の衛星のひとつである「エウロパ」だった。球体表面を覆う分厚い氷の下に液体の水があるという自然環境が、南極とそっくりだからである。南極氷層下の湖に存在する微生物の克明な調査は、エウロパの生命探査に大きなヒントを与えるに違いなく、その成果がいずれ地球生命誕生の謎の解明に影響を与えるのではないかと、露木は期待するところがあった。

「雄大な話ね。でも、蘭ちゃんひとりでは、荷が重すぎやしない？」

高校、大学を卒業して社会人となり、結婚して、特異な遺伝子を継承する子に恵まれたとしても、その数はせいぜい二人か三人。大きなミッションを果たせる年齢に成長するまでは、さらに数十年の歳月を要する。

数年先、数十年先の蘭の姿を頭に思い描いて不安に襲われるのは、「孤独」の二文字が胸に去来するからだ。

今のところ、光合成の機能を身につけた人間は世界にただひとり……、恵子の言う通り「荷が重すぎる」のだ。

植物が求めるミッションの具体的内容は知らないが、担い手の人数があまりに少ないと思えてならない。あるいは、植物から与えられるミッションは、たったひとりでも実現可能なものなのか……。何を課せられるにしても「植物の意に背いてはならない」ということが前提となる。

先に控える蘭の人生は相当な困難を伴うだろう。十五歳になったばかりの少女が、この重圧と孤独に耐えられるかどうかは、新しく築くことになる家族のサポートにかかっている。

4

退院した翌々日、露木と恵子は蘭を伴って麻生家を訪れた。

麻生家は露木と恵子にとって最初の出会いの場である。あの頃はまだ桜の季節で、屋敷を取り巻く空気には花の香りがたっぷりと含まれていた。およそ三か月ぶりの再訪……、外玄関に立って呼び鈴を押し、周囲に視線を巡らせただけで、どこか雰囲気が違っていると感じられた。漂う空気から優雅な香りがなくなり、力強くはあっても粗野でふてぶてしい気配に代わっている。

駅からの道を歩く間にも、露木は街の風景にかすかな異変を感じ取っていた。車道と歩道を隔てる街路樹の枝振りは豊かで、ところどころ信号機や交通標識を隠すところまでに伸びていた。植栽の根元を覆う雑草もまた伸び放題で、大きく横に張り出して歩行の邪魔となった。

例年とは異なる、交通の妨げになるほどの植物の成長ぶりを実感した上で、玄関前の地面に目をやれば、敷石の隙間から生えた雑草がありあまる生命力を見せつけて石の亀裂を大きく広げているのがわかる。

インターホンから流れ出た声によって、露木の視線は正面へと戻されていった。

「お待ちしていました。どうぞお入りください」

直後、カチッという施錠のはずれる音が響いた。露木、恵子、蘭の三人が門を抜けてスロープを歩き始めるとすぐ、麻生夫婦が小走りに歩み寄ってくるのが見えた。一刻も早く孫娘に会いたいという気持ちが全身から溢れている。露木と恵子に軽く頭を下げた麻生夫婦は、あとは目もくれずに、蘭にだけ熱のこもった視線を集中させた。

繁は自分を納得させるように何度も頷《うなず》き、祥子は感きわまって静かに涙を流した。


通されたのはリビングではなく、ダイニングのほうだった。総ガラス張りの窓を通して庭を眺める格好で、蘭を挟んで露木と恵子が座り、三人と対面する格好で麻生夫婦が座った。

恵子は三か月に及ぶ仕事の集大成となる調査報告書をテーブルに置き、恭しく頭を下げて、前に差し出した。

「無事に仕事を終えました」

報告書の内容を恵子が簡単に説明する間、繁はファイルから取り出した紙の束をペラペラと捲《めく》り、さしたる興味も示さぬまま祥子へと手渡し、受け取った祥子もまた一顧だにすることなくテーブルに戻した。その間、蘭に注ぐ視線が逸《そ》れることはなかった。

報告書に書かれているのは、蘭が敏弘と中沢ゆかりの娘であるという証拠の数々……、しかし、麻生夫婦にとって、そんなものはどうでもよかった。眼前に座っている蘭が唯一絶対の証しである。

蘭の身体や顔に視線を巡らせ、さっきから麻生夫婦が行っているのは、亡き息子の面影捜しだった。わずかに茶が混じった髪の色から、耳朶《じだ》の形、緩やかにカーブする顔のライン、華奢《きやしや》な首筋まで、随所に敏弘の特徴が刻印されている。頬杖《ほおづえ》をつきながら、髪に指を絡める仕草までそっくりである。内面からにじみ出る雰囲気やたたずまいの何もかもが、間違いなくひとり息子の血を引く者であると告げている……。

麻生夫婦は、蘭の身体に息子の片鱗《へんりん》を発見するたびに、手を叩《たた》き、喚声を上げて喜び合い、ハンカチを目に当てた。蘭が孫娘であることは疑う余地がない……。

それは麻生夫婦にとってだけのことであり、傍らで眺めている露木の眼には少々滑稽《こっけい》な図と映った。客観的に見れば、敏弘と蘭の間には「似ていないこともない」という程度の類似しかない。ところが思いっきりバイアスがかかった麻生夫婦の眼には「生き写し」と見えてしまうらしく、その点が微笑ましい。

「ありがとうございました」

繁と祥子は、恵子に深々と頭を下げて感謝の意を示した。

不倫調査や身元調査などでは、ドロドロの人間関係に辟易《へきえき》させられたり、不寛容な依頼人の態度に嫌気が差すこともあったが、人探しの場合は時に喜びや感動がもたらされる。大手探偵事務所に勤めていた頃、借金苦で失踪《しっそう》した夫の調査を担当し、自殺する直前にターゲットを確保して妻の元に返し、大いに感謝されたことがあった。今回の孫探しからもたらされた達成感はそのときをはるかに上回っている。

恵子は、仕事を成し遂げたという充実感に浸り、探偵業に就いて以来最高の幸福に酔いしれた。

その後、テーブルに座る五人は、和気あいあいとしたムードを保ったまま事務的な手続きに入っていった。

人探しのミッションを見事に成功させた恵子には、成功報酬にボーナスが加算されて二千万円という額が提示された。着手金を含め、今回の仕事で得る報酬は合計三千万円。恵子は、「これで長年の夢が叶《かな》う」と胸の内でつぶやき、エレベーターもない雑居ビルから瀟洒《しょうしゃ》なマンションに事務所を移して、仕事の幅を大きく広げる未来を思い描いた。

麻生家の総資産は、都心の一等地に所有する複数の不動産を主に軽く十一桁を超える。そのすべてを唯一の血縁者である蘭に相続させるためには、麻生夫婦と蘭が養子縁組を結ぶ必要が出てくる。

恵子はすかさず、煩雑な手続きの代行を申し出た。

「養子縁組に関する必要書類の取得と代書、役所への提出代行はわたしにお任せください」

「助かります。では、その分の手数料をお払いしましょう」

恵子はあわてて手を横に振ってこれを断った。

「手数料はいりません。成功報酬に含まれていますから」

恵子のセッティングによって、蘭と麻生夫婦の間に養子縁組が結ばれても、親権はこれまで通り露木が保持して、養育は彼の手に委《ゆだ》ねられる。露木のマンションから学校に通うという蘭の日常に大きな変化はない。麻生夫婦の願いは、せめて週一回ぐらいは孫娘の顔を見せてほしいというにとどまる。成長する姿を見守ることができればそれで十分と、ふたりは多くのことを望まなかった。

意見が対立したり、欲と欲がぶつかり合うこともなく、ごく穏やかに取り決めが為されていくのを見て、恵子は、ほっと胸を撫でおろした。大手探偵社にいた頃は、たとえ人探しが成功しても、新たな遺産相続人の出現が家族間の紛争へと発展し、成功報酬を取り損ねたり、調停役に駆り出されたりと、閉口させられたことが多々あった。

露木たち一行と麻生夫婦との面談は、何のトラブルもなく笑顔のうちに終わることになった。

帰り際、玄関の上りかまちに並び立ち、靴を履こうとする露木たち一行を静かに見守っていた麻生繁は、ふと何か思い着いたように祥子に目配せした。

「そうそう。みなさんに、庭を案内して差し上げたらどうかな。いずれ、この屋敷と庭は蘭が引き継ぐことになります」

繁の指示を受け、祥子は、大理石張りの三和土《たたき》に降りてサンダルに足を入れた。

「庭の手入れはわたしの仕事なんです。さあ、こちらへどうぞ」

先に立って引き戸を開けながら、祥子は、いたずらっぽい笑みを浮かべ、露木と恵子の耳元に囁《ささや》いた。

「庭の草むらにはヘビがいますから、お気をつけて」

山の手の高級住宅地に野生のヘビが棲息《せいそく》するはずもなく、ペットとして飼っているとも思えず、冗談かどうかの判別がつきかね、恵子は言葉を返すことができなかった。

まず案内されたのは柵《さく》で囲まれた三坪ほどの花壇だった。

狭いスペースではあったが、薄紫色の花をブドウ状につけたカンパニュラが密生して、さわやかな雰囲気を醸し出していた。

その横に設置された棚には、真っ赤なハイビスカスや、黄色のベゴニア、濃い紫のヘリオトロープなどの鉢植えが並んで、周囲一帯に芳香を放っている。

「子どもの頃にあの子が育てていたのは、ハーブばかり。花はもっと地味で小さかったわ。カモミール、ローズマリー、スペアミント、スイートバジル、ラベンダー……」

敏弘の面影を追うように、祥子はハーブの名を次々に口に出していった。

「ところで」と、露木は話題を転じた。「本当にヘビはいるのですか?」

「すぐそこ、草の茂みに隠れています」

言いながら、祥子は、池のほとりに生える樹の下にしゃがみ込んで根元の草むらを両手で分けた。

　草の合間から現れたモノに露木は興味をかきたてられ、一歩前に身を乗り出したところ、水際の柔らかな土の中を這う一匹のヘビが日に飛び込み、雷で打たれたような衝撃を覚えた。地中から盛り上がった支柱根は、根と幹の境目のあたりを断面とする切り株状となり、その下では、茶褐色の太い根と、黄色の地肌に黒い斑点を持つ根が、交尾をするように絡まり合っていた。茶褐色の根に開いた五つの穴を身をくねらせてすり抜けようとする黄色い根が、ヘビと見えたのだ。

　第六台場の沼のほとりでも、地中を這う根をヘビと間違えて有里は悲鳴を上げた。今見ている根は、第六台場で見た根とまったく同じ形をしている。沼のほとりにあったヘビの樹は、直径十センチばかりの幹を根の上にのばし、中央に抱える人頭大の葉叢《はむら》から何本もの蔦《つた》を垂らし、先端に赤い実をつけていた。

　ところが今眺めているヘビの樹には根から上の部分がなく、切り株状の断面にはうっすらと緑色の苔《こけ》が生えている。死んでいるわけではなかった。直径十センチばかりの円形ステージには、蜘蛛《くも》の巣状の模様が浮かび、その隙間から顔を出した芽は、池から浸透する水を吸い、日差しをたっぷりと浴びて、生命力を漲《みなぎ》らせている。

　この芽は近い将来、順調に大きくなり、やがて赤い実を実らせるという直感を得て、視線を巡らせたところ、思った通り、伸びた爪で大地を摑む獣の脚がすぐ奥の地面に埋もれていた。

　第六台場にも同じ形の根があった。獣の足の形をした根の上には、直径二十センチばかりの筒状の幹が立ち上がり、枝の先には萼《がく》で保護された実がトウモロコシ状に密集していた。

　今、眺めている獣の樹は、ヘビの樹と同様、地面すれすれのところに顔を出す切り株に過ぎず、幹や枝、葉や花などは影も形もない。しかし、生きているのは明らかだった。円く切り取られた幹の断面には亀裂が走り、やはりその隙間からは、いくつもの芽が吹き出していた。この芽が大きく成長した先に実らせるのは、間違いなくヘビーコーンと思われた。

根の形がまったく同じであるからには、地上にのびる幹や枝、葉の形状も同じになるはずである。

敏弘は二十年ばかり前、この庭で植物の品種改良をしようとしてうまくいかず、土壌を第六台場に移して成果を上げ、禁断の赤い実の生育を成功させた。ところがこの庭における栽培は失敗というわけではなかった。単に時期尚早であったというに過ぎない。蒔《ま》かれた種はしっかりと地中に根を張り、二十年もの間、表に出る機会をじっとうかがっていたのだ。

露木の目には、獣の根を持つ樹の幹の断面から伸びる芽がやがてヘビーコーンとなり、ヘビの木の幹の断面からのびる芽が赤い実を実らせる樹へと成長する様が、まざまざと浮かんだ。

ここ数年における気温の上昇で成長は早まるに違いない。芽が茎となり、花を咲かせ、ぎっしりと実を詰まらせ、瑞々《みずみず》しい果実をたわわに実らせる日も、そう遠い先のことではなさそうだ。

ヘビーコーンは、情報伝達を円滑にする成分を含んだ樹液を溢れさせ、赤い実の樹が実らせる果実の中には、細胞膜を破って這い出した葉緑体が何十億何百億と蠢《うごめ》くことになる。

赤い実の中にある葉緑体は、南極シアノバクテリアとほぼ同種のものだ。ヘビーコーンの樹液と、赤い実の細胞から這い出した葉緑体のコンビネーションがあれば、葉緑体を持つ少女なんていくらでも創り出すことができる。

露木の脳裏に、麻生繁の言葉が蘇った。

……この屋敷はやがて蘭が引き継ぐことになります。

「ランラン……、ランラン……」

小鳥のさえずりのような声が聞こえ、振り返ると、露木と同じ光景を眺めている蘭が嬉《うれ》しそうに口ずさむのが見えた。

蘭の孤独を憂うのは杞憂《きゆう》に終わりそうだ。
この子は、仲間を無数に増やすための装置を既に手中に収めている。

エピローグ

第六台場の沼のほとりでは、真夏の太陽を燦々《さんさん》と浴びて活気づいた植物が、やんやの喝采《かっさい》を上げながら中沢ゆかりを味わい尽くそうとしていた。

ゆかりの口や鼻、目や耳から毛根を差し込んで大脳の襞《ひだ》を撫《な》で回し、先端で嘗《な》めるようにして神経細胞に侵入しては、シナプスに保存された信号を読み取ろうとしているのだ。生きている間は、ニューロン・ネットワークは目まぐるしく変化して様々な模様を作り、意識の根幹を成していたが、代謝が失われると同時に信号の流れは滞り、脳は記憶の図書館に成り果てた。蔵書の量は膨大で、読み切るまでには相当の時間を要する。

死んだ動物の脳内を探って、個体の歴史を鑑賞するのは、植物にとって最高のエンターテイメントだった。今、植物が鑑賞しているのは喜怒哀楽に彩られた中沢ゆかりの人生そのもの……、ゆかり個人のみならず、彼女が関わった人間とのやりとりをはじめ、地球生命発祥の頃より受け継いできたDNA情報も含まれるため、ドラマは長大かつ壮大なものとなる。

植物の根元に人間の屍体《したい》が転がるのは滅多にない僥倖《ぎようこう》である。鳥や獣、昆虫や爬虫類《はちゆうるい》の屍体ならいくらでもありつける。空を飛ぶ鳥の広々とした大地を眺めおろす生き様も、真っ暗な地中を這い回るミミズの生き様も、それなりに興味深い物語を提供してくれるが、おもしろさという点では、人間にはまったく及ばない。全身に活力が漲《みなぎ》るほどの、まさに娯楽の王様であり、見終わったあとは、活発な意見交換の場が持たれて、大いに盛り上がるのが常であった。

人間とは異なり、眼や耳、口のない植物は、個体内に水を循環させて化学物質や電気信号を運んだり、空気中に揮発性化合物を放ったりして、コミュニケーションを交わす。運ばれる化学物質とは、いってみれば象形文字のようなものであり、そのひとつひとつに固有の意味が付与されている。たとえば、Aという化学物質には「重力方向に進め」、Bという化学物質には「害虫が葉にとりついた」といった具合だ。化学物質や電気信号、揮発性化合物などの複数の文字を織り交ぜて会話する様は、表意文字である漢字と音節文字であるひらがなを使う日本語と似ていて、コツさえ摑めば翻訳が可能となる。

以下は、第六台場における植物たちの宴をざっくりと意訳し、言葉を補ってわかりやすく表現したものである。

……いやあ、人間って本当におもしろい。

……そう。人間は感情が豊かな上に、相反する対立概念を心に抱えている。愛と憎しみ、幸福と不幸、成功と失敗、栄光と挫折、喜びと悲しみ、快楽と苦痛、笑いと涙、優しさと攻撃性、建設と破壊、進歩と後退、共生と敵対……、相反する感情の混ざり合いから生じる組み合わせは無限に存在し、同じ現象が起こることはない。時代の節目節目で作り出されるシーンは、前のときと似ているようで、微妙に異なっている。だからこそ、人間たちが織り成す物語は常に新鮮な驚きに満ち満ちて、大いに楽しませてくれる。

……おもしろく動くようにわれわれが操作したのだから当然だよ。

……われらが手柄、自画自賛ってわけか。

……人間に施した操作の筆頭はなんといっても言語だな。

……うん、われわれが産出するアルカロイドを与えて脳を活性化させたのは、人間の行動範囲を広げ、よりダイナミックに動くようにするためだった。様々な対立概念を言語にちりばめ、不合理や矛盾が発生するように仕向けたのは、永遠の退屈に陥ることを防ぐためであり、同時に、矛盾から生じる問題を解決させるためでもあった。トラブルを解決することによって、言語能力はさらに向上し、活動の範囲は広がるからね。

……言語を与えられた人間のその後は、思った通りの大活躍だ。

……知識を蓄えて文明を創り上げ、全地表へと乗り出してドラマの舞台を大きくした。当然の如く、人間が織り成す物語は格段にスケールアップして、面白みは増した。

……一方、瓢簞《ひょうたん》から駒《こま》のごとく、予想もつかない効果をもたらした操作もあった。報酬系の埋め込みだよ。その筆頭は生殖行為に快楽を付与したことだ。

……萌芽《ほうが》期の人類には生殖の営みと快楽は無縁だった。発情期がくれば衝動的な行為に走るというだけで、セックスはあじけなくてつまらない条件反射の一種だった。

……そこでわれわれは考えた。人間の生殖行為に強烈な快楽を付与したらどうなるだろうかと。人間に報酬系を組み込むのは難しくはない。われわれが産出するアルカロイドには、性行為とそっくりな快楽を脳内に喚起させるものがある。コカや麻黄から作られるコカインや覚せい剤は、脳内に大量のドーパミンを放出させて、気持ちよくさせる。植物由来の化学物質が人間の身体に作用するということは、人間の脳内神経細胞に植物由来の化学物質に対する受容体があるということにほかならない。われわれの樹液を元に動物の血液を作ったと同様、脳の機能は地中に張り巡らせる根のネットワークを参考にして作られた。脳の原型が植物の根っこだとすれば、脳内神経細胞に受容体が存在するのも当然だよ。生殖行為がドーパミンの大量発生を促す回路を新しく開いてやればよく、われわれにとってはなにも難しいことではない。

……しかし、この操作に関しては事前に反対の声がチラホラとあがったな。

……セックスに快楽を与えたら、行為にせっせと励み過ぎて人口が増え、他の動物を圧迫しやしないかってね。

……この予測が間違っていたのは、現代の世相を見れば明らかだ。

……男女のカップルが、子孫を作るためのセックスと、快楽のためのセックスと、どちらを多く行っているかは、統計を取るまでもなく明らかだ。愛し合う男女の、ほとんどのセックスは避妊した上で行われている。

……生殖本来の目的を封印してまでセックスを貪《むさぼ》る姿には爆笑させられたなあ……うん。笑い過ぎて涙が出た。

……おまけに、淫靡《いんび》な罠《わな》があちこちで口を開き、人類が演じる芝居のエンターテイメント性は爆発的に増大した。

……落とし穴に嵌《は》まって身動きが取れなくなり、足掻《あが》くほどに傷口を広げて奈落の底に沈んでいく男女の姿は、哀れで、滑稽で、笑いと涙を誘う。痴情のもつれによって殺し合うシーンなど、見応《みごた》えたっぷりで、派手に血が流れたりすれば拍手喝采だ。床一面を染める真っ赤な血の迫力たるや……。血の色はなんといっても赤に限る。情熱の色だ。緑色の血なんて、見ているだけで、心が萎《な》えるよ。

……人間が繰り広げる、ばかばかしくも愉快で、時に感動的で、笑いと涙のある物語を、われわれの多くは楽しく鑑賞する。でも、付和雷同型の葉、保守的な幹、ロマンが大好きな花、論理的思考力を重視する根と、それぞれの部位によって志向が異なるため、拍手喝采を送るシーンにはズレが出る。

……中にはすべてに批判的な態度を取る、まじめくさったひねくれものもいる。

……人間はあまりに節操がなく、害を垂れ流すだけの存在だ。下らない三文芝居はもう見飽きた。手のかかる操作を加えて導くのをやめ、いっそのこときれいさっぱり消去すべきだと煽《あお》る、過激な一派のことだね。

……絶滅はちょっと行き過ぎだと思う。

……そうだね。人間を無害な存在に変えるのは簡単だよ。われわれの操作によって組み込まれたふたつの機能を剝奪《はくだつ》すればいい。言語と、報酬系の快楽がなくなれば、人間はカゴの中でピーチクパーチクとさえずり、挨拶《あいさつ》程度の言葉を交わすだけの、人畜無害なペットに成り下がる。

……人間を生かすも殺すもわれわれ次第ってわけだ。

……人間をどう扱うべきか、意見が分かれて収拾がつかなくなったとき、われわれは天を仰いで指示を待つ。降りてくる言葉は今のところ一貫している。天の声には、人間を擁護する響きが込められている。相反するふたつの概念の間を振れ、片方に寄り過ぎたときは軌道修正するバランス感覚もまた備えているから、そう心配することもなかろうと、天はいつも人間を擁護する。

……われわれの操る人形に過ぎないのに、どうして天は人間をえこひいきするのか。

……ひとつ正直になろう。本当は人間が羨《うらや》ましくてならないんだ。

……うん、だからこそ、屈折した感情に翻弄される。放蕩《ほうとう》息子にもかかわらず、天に好かれる人間に嫉妬《しっと》するのはそのせいか。

……だからといって悔しさは消えないよ。

……まあ、そのへんにしておこう。中沢ゆかりの物語を鑑賞したのは、不満や文句をぶつけ合うためではない。われわれの事業が計画通り進んだ経緯を再確認して、反省すべきところ、評価すべき点を検証し、今後の教訓として生かすためだ。

……われわれはどうにかやり遂げたのだ。今回のことは歴史的な快挙といえよう。言語の付与と報酬系の埋め込み……、この両者に勝るとも劣らない成功と、後世に並び称されるだろう。何度試みても失敗の連続だったが、中沢ゆかりという生け贄《いにえ》を得て、見事に目的は達成された。妬《ねた》みや憎しみを捨てて、みんなで素直に快哉《かいさい》を叫ぼうではないか。

エピローグ

　……人類の体細胞に葉緑体を埋め込むという、数十万年の時をかけて挑み続けたわれわれの計画は見事に成就した！

　……これまでのところ、葉緑体を動物細胞に埋め込めたのは、ウミウシやミドリムシなど、ごくわずかな種に限られる。脊椎動物となれば、サンショウウオの一種であるファイアー・サマランダーが唯一の成功例だ。それが、今回は人類を標的として見事に改良を施すことができた。いきなり本丸に斬り込んで人種改良を成功させたのだ。

　……葉緑体少女の成長を温かく見守ろうではないか。与えられた能力に目覚めてさらなる磨きをかければ、彼女は、われらの願望をかなえる存在となる。

　……この地の緑が枯れ果てたあとも、われわれの分身はしっかりと新しい場所で根付かねばならない。自らの力で動けないという宿命は不変だ。だからこそ、新しい担い手を次々と創り出す。植物と動物、両者の利点を兼ね備えた人間は、最高の運び屋となる。なにしろ光を食べて生きていけるのだ。宇宙の構造と生命との相互作用が解明されれば、抜け道を発見して、遠い宇宙の果てまでを旅の射程圏内に入れるだろう。

　……彼女に夢を託そう。

　……さあ、光とともに歩め！

　……われわれを未知の世界へと導いて、血湧き肉躍るシーンを繰り広げ、大いに楽しませてほしい。

　ここ数日の晴天に恵まれ、第六台場を包む緑は色合いと密度を一層濃くし、やんややんやとさんざめく。

　暖かな気候と、増えつつある二酸化炭素の恩恵をたっぷりと受け、植物はわが世の春を謳歌し、終わりのない宴に興じるのだった。

あとがきと謝辞

四十億年ばかり前に誕生した地球生命の歴史は、これまでのところ、動物の視点を中心に語られてきた。地球生命全史をテーマとする科学書のほとんどのページは動物の進化に関する記述に費やされている。地球生命全重量の99・7％を植物が占めているにもかかわらず、植物に向けられる関心はごくわずかだ。

旧約聖書の世界においても、植物は生命というより、山や河や石と同様、自然の風景の一環と見做《みな》されていたようである。洪水が迫ってもノアの方舟《はこぶね》に乗せてもらえず、与えられたのは、水が引いて陸地が現れたことを知らせる役回り。空に放たれたハトがオリーブの葉をくわえて戻ったのを見て、ノアは地上から水が引いたことを知った。神は命あるものの堕落を嘆き、地上から生命を一掃すべく洪水を起こしたのだが、一掃される生命の中に植物は含まれていなかった。

……植物は神の怒りや恩寵《おんちょう》の埒外《らちがい》にいて、神の手先のように振る舞っている。

植物の不気味な立ち位置と振る舞いに気づいたのは、二十年ばかり前のことである。疑問を抱き続け、宇宙の森羅万象に思考を巡らすうち、奇想天外な着想が次々と湧き上がって脳内で実を結び、新しい小説のテーマが芽生えていった。

「地球生命の歴史を、植物の視点で眺め直すと、世界が織り成す風景はどのように変るだろうか？」

２０２０年に電気新聞から小説の連載を打診され、このテーマを話したところ、「おもしろそうですね」と即座に快諾され、発表の場を提供されることになった。電気新聞の間庭正弘氏、藤原雅弘氏に感謝します。

　本作品を書くにあたって、脳外科医の藤田周佑氏、病理医の深澤寧氏、内科医の中野幾太氏、総合探偵社・株式会社ＭＲの岡田真弓社長と渡辺正寿氏、国立極地研究所の伊村智教授から貴重なアドバイスをいただきました。感謝します。

　南極観測船「しらせ」の士官として観測隊と行動を共にした海上自衛官藤本宗一郎三佐から、南極の氷が宅配便で送られてきたのは２０２１年の春先のことだった。

　日本に帰還する隊員にとって定番のおみやげである南極氷が、ストーリーの発端を切り拓《ひら》いてくれた。藤本くんに感謝します。

　南極の厚い氷の下には未知の微生物が潜んでいる可能性があると知りつつ、ウィスキーの水割りを何杯も作って、太古のロマンを味わわせてもらった。

　今のところ身体に悪い兆候は見られない。いやそれどころか、年齢を重ねるほどに筋肉量が増えるという異常体質がここ数年続いている。未知の微生物が体細胞に寄生したおかげだろうか？

参考文献

・ステファノ・マンクーゾ、アレッサンドラ・ヴィオラ 著　久保耕司 訳
『植物は〈知性〉をもっている　20の感覚で思考する生命システム』（NHK出版）
・ステファノ・マンクーゾ 著　久保耕司 訳
『植物は〈未来〉を知っている　9つの能力から芽生えるテクノロジー革命』（NHK出版）
・ピーター・トムプキンズ、クリストファー・バード 著　新井昭廣 訳
『植物の神秘生活』（工作舎）
・稲垣栄洋『怖くて眠れなくなる植物学』（PHP文庫）
・稲垣栄洋『面白くて眠れなくなる植物学』（PHP文庫）
・稲垣栄洋『たたかう植物　仁義なき生存戦略』（ちくま新書）
・園池公毅『光合成とはなにか　生命システムを支える力』（講談社ブルーバックス）
・ダニエル・チャモヴィッツ 著　矢野真千子 訳
『植物はそこまで知っている　感覚に満ちた世界に生きる植物たち』（河出文庫）
・ゲリー・ケネディ、ロブ・チャーチル 著　松田和也 訳『ヴォイニッチ写本の謎』（青土社）
・フェルナン・ニール 著　渡邊昌美 訳『異端カタリ派』（白水社　文庫クセジュ）
・アンヌ・ブルノン 著　池上俊一 監修　山田美明 訳
『カタリ派　中世ヨーロッパ最大の異端』（創元社）
・堀米庸三『正統と異端　ヨーロッパ精神の底流』（中公文庫）

・上田安敏『魔女とキリスト教』（講談社学術文庫）
・度会好一『魔女幻想　呪術から読み解くヨーロッパ』（中公新書）
・筒井賢治『グノーシス』（講談社選書メチエ）
・寺崎秀一郎『図説 古代マヤ文明』（河出書房新社）
・中野信子『脳内麻薬　人間を支配する快楽物質ドーパミンの正体』（幻冬舎新書）
・立花隆『臨死体験』（文春文庫）
・ヘンリー・ジー著　竹内薫訳『超圧縮　地球生物全史』（ダイヤモンド社）
・デイヴィッド・クリスチャン著　柴田裕之訳『オリジン・ストーリー　１３８億年全史』（筑摩書房）
・デヴィッド・クリスチャン著　渡辺政隆訳『ビッグヒストリー入門　科学の力で読み解く世界史』（ＷＡＶＥ出版）
・リチャード・フォーティ著　渡辺政隆訳『生命40億年全史』（草思社）
・丸山茂徳、磯﨑行雄『生命と地球の歴史』（岩波新書）
・アンドリュー・パーカー著　渡辺政隆、今西康子訳『眼の誕生　カンブリア紀大進化の謎を解く』（草思社）
・小林憲正『地球外生命　アストロバイオロジーで探る生命の起源と未来』（中公新書）
・倉谷滋『個体発生は進化をくりかえすのか』（岩波科学ライブラリー）
・カルロ・ロヴェッリ著　竹内薫監訳　栗原俊秀訳『すごい物理学講義』（河出書房新社）
・桜井邦朋『宇宙には意志がある　ついに現代物理学は、ここまで解明した』（クレスト選書）
・マーク・ブキャナン著　阪本芳久訳『複雑な世界、単純な法則　ネットワーク科学の最前線』（草思社）

・竹内薫『超ひも理論とはなにか　究極の理論が描く物質・重力・宇宙』（講談社ブルーバックス）
・ブライアン・ジョセフソン著　茂木健一郎、竹内薫訳・解説『科学は心霊現象をいかにとらえるか』（徳間書店）
・ジェイムズ・グリック著　上田睆亮監修　大貫昌子訳『カオス　新しい科学をつくる』（新潮文庫）
・蔵本由紀『非線形科学』（集英社新書）
・リン・マクタガート著　野中浩一訳『フィールド　響き合う生命・意識・宇宙』（インターシフト）
・バーバラ・マーシニアック著　紫上はとる、室岡まさる訳『アセンションの時代』（風雲舎）
・アーヴィン・ラズロ著　吉田三知世訳『生ける宇宙　科学による万物の一貫性の発見』（日本教文社）
・アーヴィン・ラズロー著　野中浩一訳『創造する真空《コスモス》　最先端物理学が明かす〈第五の場〉』（日本教文社）
・須藤靖『宇宙は数式でできている　なぜ世界は物理法則に支配されているのか』（朝日新書）
・丹羽敏雄『数学は世界を解明できるか』（中公新書）
・マリオ・リヴィオ著　千葉敏生訳『神は数学者か？　数学の不可思議な歴史』（ハヤカワ文庫ＮＦ）
・小泉宏之『宇宙はどこまで行けるか』（中公新書）
・竹澤光生『特殊清掃会社　汚部屋、ゴミ屋敷から遺体発見現場まで』（角川文庫）
・岡田真弓『探偵の現場』（角川新書）

◉初出　プロローグから第7章
電気新聞　2022年2月14日号から
2023年3月31日号に掲載
第8章からエピローグまでは書き下ろし

鈴木光司（すずき　こうじ）
1957年静岡県浜松市生まれ。慶應義塾大学仏文科卒。90年に第2回日本ファンタジーノベル大賞優秀賞となった『楽園』でデビュー。95年発表の『らせん』で第17回吉川英治文学新人賞を受賞。『リング』『らせん』『ループ』『バースデイ』の「リング」シリーズが人気を博し、『リング』は日本、ハリウッドで映画化。2013年には『エッジ』で、アメリカの文学賞であるシャーリイ・ジャクスン賞（2012年度 長編小説部門）を受賞。その他の著作に『鋼鉄の叫び』『樹海』『ブルーアウト』『エス』『タイド』など多数。

ユビキタス

2025年３月26日　初版発行
2025年４月25日　３版発行

著者／鈴木《すずき》光司《こうじ》

発行者／山下直久

発行／株式会社KADOKAWA
〒102-8177　東京都千代田区富士見2-13-3
電話 0570-002-301（ナビダイヤル）

印刷所／旭印刷株式会社

製本所／本間製本株式会社

●お問い合わせ
https://www.kadokawa.co.jp/（「お問い合わせ」へお進みください）
※内容によっては、お答えできない場合があります。
※サポートは日本国内のみとさせていただきます。
※Japanese text only

定価はカバーに表示してあります。

ISBN 978-4-04-115982-8　C0093